小倉山房詩文集

四部備要

集部

中華書局據原刻本校刊

桐鄉 陸費逵總勘
杭縣 高時顯
杭縣 吳汝霖輯校
杭縣 丁輔之監造

小倉山房詩集卷二十五 丙申丁酉戊戌

錢唐袁枚子才

正月十五日園中飛下一鶴

一團白雪青天落園丁走報來仙鶴來自何方產何土鶴不能言但起舞園中三鶴一鶴單物得其偶居之安主人當作不速客取蓍筮之敬終吉

哭座主鄧遜齋先生有序

戊午科余與平西大將軍阿公廣庭同出先生門下先生每稱分校得士一文一武今年正月將軍平定金川而先生先一年捐館枚故賦詩志哀先生諱時敏四川人官大理寺卿

當年絳帳同升客此日淩煙第一勛共說門牆原不忝敢云文武竟平分名書虎榜三生夢甲洗龍沙萬里雲告奠九原公亦笑是誰衣鉢有將軍

過贍園弔託師健尚書

十年不見託尚書重過贍園感舊居匝地風花春事換滿牆煙墨兩痕疎老臣

力盡還朝後國士知深見面初擬賦八哀詩未就幾行衰淚落衣裾

哭逸園主人有序

主人姓程名鍾字在山吳之隱君子也與其妻生香居士同有詩名所居逸園在西磧山下余過訪不值次日君入城始得一見别後再投以詩而君亡矣其佳句云高樓鎮日無人到贉有山妻問字來可以想其風調

與君一見了前緣芳訊重投便杳然四海名園推梓澤半生嘉偶伴伶元似知數盡將山賣予到園時聞已售與江氏定有詩存待我傳西磧風烟太湖月從今不泛子猷船

雞

養雞縱雞食雞肥乃烹之主人計自佳不可使雞知

送保將軍勵堂之施南

吳下驪歌夾耳聞我來剛值送將軍請看江上雙旌影已似將飛一片雲

履曳星辰劍上方偏教生性愛文章倉山幾曲風華調君盡能歌我轉忘

千條紅燭兩枝花餞別依依小杜家開周他日巴山聽夜雨更誰行酒進琵琶

弓刀獵罷萬山青風捲紅旗過洞庭可帶橫塘一枝笛夜深吹與老龍聽

善撫生苗與熟苗追陪嚴武與韋皐八風平處雙聲穩一卷新詩即六韜

送君南浦草萋萋望見楊花首欲低一樣天涯送行客楊花能到夜郎西

過蘇州有懷南溪太守新遷觀察轉漕北行

六十黃堂兩鬢清一朝　丹詔下神京高年豈望遷官職　聖主偏能記姓名

緩緩漕艘東魯去煌煌衣錦故鄉行長河月色三千里萬艘齊聽號令聲

袁絲別後下姑蘇悔作尋春范大夫知己偶然心上有美人真覺世間無難將

蘭槳迎桃葉且坐甘棠聽鷓鴣愁過南衙文讌處旌旗人遠月明孤

哭侍衛明公有序

公名仁將軍忠烈公名瑞者之弟年少能詩在尹相國處見予篇詠寄

聲索贈予感其意書扇貽之而公已從征金川歿於軍矣

遠蒙京國問才名知己何曾一識荆團扇詩才從北寄雕弓人已賦西征通侯
門第文兼武上將沙場死亦生遙奠寒雲招左轂海天兜率盡交情
某學士已謫降矣猶責余不以公服相迎余雖謝過而退後不能無詩
何苦蓬門閣閣譁私蛙猶道是官蛙一枝紅蓼雖孤潔生就人間瑣碎花
眼入夜昏澀見燈輒昳戲賦二詩
薄暮雙眉蹙飛珠繞眼眶望洋空有嘆視物總如傷無復宵攤卷何妨早就牀
譬如人世上原自沒燈光
秉燭宵遊興忽差倍教白日惜年華想來老亦多情累兩眼渾如夜合花
升沉
山色蒼茫落照微升沉到處有天機楊花自繞蛛絲上莫怪春風吹不飛
江西方伯楊西峯巡撫江蘇五月受篆寄賀四章
故人開府到吳中捧日葵花色正紅入座有誰堪此席半生惟我最知公智珠
在手風雲闊卿月當天氣象空真個恩膏似流水大江西下大江東

金閶何處不甘棠回首春風二十霜（公宰昭文時年纔弱冠）在昔東廂聽鼓角於今南面握牙璋官從舊地遷纔樂人是相知喜更狂料得軍民齊額手中丞玉貌未曾蒼

記否當年聚白門兩家燈火話黃昏一餐不作常賓待萬事都從絕頂論（公精廚饌他客不得與）宦海光陰流水逝棲霞遊伴幾人存（謂莊潘諸公）而今半壁東南主爲我應留酒百尊

小人有母受恩施客歲稱觴使者馳雙束冰絲園客繭一行珠字白華詩情深膠漆真無忝分隔雲泥兩不知寄語關西楊太尉相尋未敢出山遲

贈慶郎

寂寂朱門當館娃行行珠字傍牕斜世間只有張公子（竹齋）解采華林（班名）第一花

蛺蝶雌雄且莫分女兒香贈女兒熏遙知燒處雙煙起化作仙童一朵雲

欲試芙蓉雨後妝青溪同浴兩鴛鴦分明一掬僧房水抵得華清第二湯

客牕寒重夜眠遲贈汝吳棉有所思願得他生爲翠被鄂君身上覆多時

齒痛悶坐戲作長歌

前有萬古去漠漠後有萬古來滔滔當中忽放我一人不前不後生今朝孫曾以後之人物不接見開闢以前之史冊誰傳抄徒然苦受倉頡累四千年中文字來煎熬就使學業追孔孟勛業同夔皐猶恐一朝乾坤毀也如雲氣隨風飄何況硜硜居空谷寂寂守蓬茅五岳不曾走蠟屐六十尚未麾旌旄造化小兒漸欺我齒痛呼譽聲嗷嗷眼前未死先冥漠詭談傳世不朽殊無聊擬學古之行樂人酒飲公孫穆色好公孫朝已爲財力所制限名教所阻撓再欲將身送還天與地又被殘形恆幹相拘膠只得支頤枯坐無一語自弄筆墨當笙簫甯戚高歌白石爛杞人自信青天牢方寸之間驅水火八荒以外馳輪尻身隨黃頭青曾歿處歿魂憑白蜺嬰拂招時招但願生生世世莫作有情物一任劫灰盪滌吹我作泰山之頑石大海之波濤

再贈慶郎

三月春光上巳濃笙歌人集水西東樹梢挂起燈如海照得紅兒分外紅

捲簾招月坐蕭齋意欲留春事竟諧寄語阿瞞私誓了他生爭及此生佳
爲儂指引若耶溪笑上妝樓躡小梯奪壻吳娘真有福吹簫同住板橋西
開過紅榴鳥欲飛相思能不夢依依願卿身似春潮長早到胥江晚即歸

南溪遷江蘇臬司再賀一詩

孔戣久被　天心眷重疊　恩綸下玉坡千里人才瞻舜日三遷官總聽吳歌
舟因久泊風彌順花爲遲開露轉多我與蒼生齊引領者番報稱更如何

人老莫作詩

鶯老莫調舌人老莫作詩往往精神衰重複多繁詞香山與放翁此病均不免
奚況于吾曹行行當自勉其奈心感觸不覺口咿啞譬如一年春便有一年花
我意欲矯之言情不言景景是衆人同情乃一人領

晚遊古林寺

一鐘打出滿堂僧佛面金光半閃燈龍樹無聲風小定袈裟有影月初升講經
未必花能笑拄杖微聞石欲應底事空王夸解脫春來不解半池冰

余久離祿仕而戚里紛紛誣諉不已初頗厭之旣乃有悟於物理變嗔爲

喜故作是詩

戚里紛紛太糾纏閒思物理忽欣然樹堪避雨多棲鳥水不通河少泊船石佛

疲津難欲臥雲仙捨藥且隨緣人求終比求人好平著心看卽是禪

卅年

卅年山館住悠悠十賚誰交陸敬游插處綠楊成古樹畜來黃口盡蒼頭釣竿

手顫魚難得棋局心忙子不收只有吟詩如老將窮追佳句獲才休

野廟

白石神君廟黃車使者臨客牕雞語慣僧頂鵲巢深錦雨通宵暗金苔滿地陰

上和香一炷留贈古檀林

折花

看書時是看花時兩事商量割愛遲只好折花書案供也聞香氣也吟詩

題宋人詩話

元聖雖不作何王不袞裳終日嗜菖蒲未必皆文王孔子所以聖豈在不撤薑
我讀宋詩話嘔吐盈中腸附會韓與杜瑣屑爲夸張有如倚權門淩轢衆老蒼
又如據泰華不復遊瀟湘丈夫貴獨立各以精神強千古無臧否于心有主張
肯如轅下駒低頭傍門牆

悔軒太守長淮利涉圖

長淮泱泱浪拍山舟中太守目瑩然爲貪四顧眼界寬船篷盡卸船帷褰蕩舟
者急腰背彎攣纖者猛鬚連鬈奚童持帽容清便飄飄華蓋風吹偏隄旁樹底
聲喧闐衙前散從將馬牽兜牟雉尾銜寒煙弓刀旗幟鞍鑾帴一一錯雜楊花
閙閧公何事心憂煎腰輿不坐偏扣舷客秋河決黃淮連魚頭赤子相比肩救
災如救野火燃黃堂官作羣官先疏排貴迅築貴堅何者宜堵何者穿非身親
到心胡安民視公身如大船捆載萬戶利涉川精誠所感神亦憐支祈可鎖鼉
可鞭饑者與飯寒與棉波濤聲裏頌金錢非公孰把　皇仁宣雙槳搖去重回
旋左視右視求萬全我聞史起能引泉河隄謁者稱王延煌煌史冊相留傳以

公作配何慚焉誰知公意猶拳拳畫圖當作越膽懸道民受病難遽痊元氣可
復須三年此語公然直奏 天

悔軒一稔之中驟遷觀察再遷方伯索詩爲賀

兩度 恩綸下玉京三遷官不出江城風高太覺雲行速惹得閑鷗聽也驚
更喜新衙接舊衙半條街近好移家官遷眞個鶯遷似只隔一牆紅杏花
中山王府舊樓臺迎過 鑾輿花尚開此日遭逢勝元九遷官兼得住蓬萊
東南民力近何如儒者經綸定有餘好惜分陰懷祖德青燈還擷幾行書
北海尊開酒不辭匡衡翼奉本同師自憐三十年前客合有瞻園老樹知與公同出孫文定公門下
曾賦園中景十篇曾交碑碣記先賢而今得遇文章伯合浦珠還豈偶然託尚書瞻園碑現寄隨園公將歸之

哭高東井孝廉有序

東井名文照湖州武康人高才博學父爲南浦通判有廉名東井中甲

午鄉試客死京師年三十無子

風傳消息自幽燕聽說斯人不永年循吏兒郎好才子一齊抹摋也由天
二十萬言書誦畢八千餘紙手抄忙不知一片心頭血客邸誰收古錦囊
目空四海無前輩心折千篇有老夫此日等身諸著作九原抱著見韓蘇
關情夜燭與晨燈甚矣吾衰仗後生豈料拏雲心事健一枝秋桂了前程

題黃粱夢枕圖

非因非想夢難通人有心情各不同我過邯鄲曾有夢夢攤書卷萬花中

心中賢人歌寄錢璵沙方伯

書中有賢人其人不可再心中有賢人其人宛然在其人在何處閩江爲屏藩
吾幼與同學吾長與同官温公愛蜀公生前爲立傳吾亦愛錢公公意欲書其善
公書善歐趙公詩善白蘇以兩善稱公淺之爲丈夫
天子南巡狩　璽書頒諄諄誠恐供張費累彼元元民江督黃文襄陰違而陽
遵孤行一己意束下如濕薪其人養威重上相不敢嗔公乃手彈章焚香達

紫宸　天子立召見問汝所知因公奏御史官言事重風聞倘問所來由是絕
言者根天聽為之動將黃訓飭頻有此小臣直彌彰　聖主仁一時王侯駭爭
來窺公門以為朝陽鳳以為獨角麟誰知公恂恂公貌如婦人
金吾有邏騎獰獰虎而冠內府四十名白日橫行慣公視永豐倉此輩猶狎玩
其魁名李五喧呶薄几案公怒械繫之封章奏玉殿　詔命盡革除為首者誅
竄百僚舞於衢路人相與嘆神羊挺然立百邪已消半何況鳴一聲根株自痛
斷
彰化內凹莊生番殺黔首賴白兩姓家二十有二口故事番作惡武吏有責成
生番殺人重熟番殺人輕大吏爭護前各以熟番報公時巡臺灣獨以生番告
洋洋海風起偏遲御史章奏騎既濡滯所奏又乖張　天語加切責大吏滋不
悅詗者來調停訹公改前說公指窗前山是豈可動乎苟其徇有位何以對無
辜士何矯虔吏買頭作誣證事發得上聞昭昭黑白定
三吳民風柔俗吏恣威福但博大府笑不顧小民哭公蒞觀察任上手無留獄

其一竟劾去其一稍瑟縮蠹胥擒五鬼積案掃千牘懷磚者改行舞文者坻伏片紙告誡張萬民雪涕讀傳抄未停手曲踊時頓足可惜僅一年旌旗遽入蜀民恨公來遲又恨公去速至今說公名父老淚簌簌

古有班馬才能記非常事今有班馬才苦無事可記我欲得公狀催公作郵寄公曰我生平碌碌無他異虛心而實力祇有此四字大哉明公言四字談何易其惟聖人乎當之庶無愧願公永勉旃徐徐俟其至我欲立公傳恐公事正多我欲少遼緩又恐傳者訛故且託韻語傳播為詩歌歌公更勖公公其慎晚節空山有故人含笑看史筆

題幽光集後 王陸禔至高文照凡二十餘人

河嶽英靈氣未伸有才無命最傷神何時得上韋莊表追賜科名十六人

所見

牧童騎黃牛歌聲振林樾意欲捕鳴蟬忽然閉口立

遠眺

秋江遠眺碧雲空一笑啞然對晚風鵜鳥覓魚終日立不曾肥過信天翁

留別蘇州主人唐靜涵

君家久住竟忘家兒女同聲喚阿爺借慣舊書多脫線代栽新樹暫停花商量小食先呈譜歷亂飛棋更鬬瓜如此主賓能有幾戲將瑣事記些些

謝渤海相公賜老母人參

一朵慈雲下碧空萱堂頃刻起春風扶衰正想尋靈藥造命由來屬相公價比兼金千鎰貴形如瑞麥兩岐同殷勤手付家僮意小草無言有寸衷公慮材官賚來有費牢賞故喚家僮赴衙親封賜之

哭唐靜涵十二首

吳下霜飛九月天唐衢竟賦小遊仙傷心三十年中事歷歷捫胸尚宛然

初飲華堂酒一巵青年意氣兩相知屏風窺客金釵滿正是君家全盛時

奪得鸞篦返石城三郎懊惱不勝情是誰巧作鶯花主不負黃衫俠士名事載聰娘墓志

從此雲龍角逐忙栽紅暈碧兩相將棣華書舍三間屋便是儂家選佛場

寒山聽雪倚斜曛鄧尉探梅踏白雲一輛籃輿兩枝槳嬉遊何處不同君

護世城中美膳難多君親手製盤飡晨鳧北雁商量處忙殺何曾舊食單

龐公妻子都無避稽呂相思便駕車笑我身如春燕子一年一度宿君家

爲喝梟盧六子紅驚心風浪太匆匆忝爲北海孫賓石曾匿臺卿複壁中

漸漸清霜滿鬢來欣欣且喜老懷開衣衫質盡長生庫猶入花叢醉幾回

朱絃兩度斷琵琶聘得雲仙蔡少霞一夜長眠人不醒繞牀嬌女尚呼爺

今春置酒舞曹婆蹇姊彈箏阿子歌豈料人生真局促黃公壚下即山河

早知此會成長別悔不勾留再一宵量取長江盛老淚君魂舍我更誰招

閱歷

閱歷名場四十春一言常自說津津久居軒蓋無佳士不讀詩書有俊人

昭君

妾彈琵琶非自傷傷心還是爲君王千秋幾個傾城色一旦輕輕付遠方君王

若果非知己妾亦甘心絕域死如何賤妾遠行時詔書正選良家子良家子比妾姝問旁人如不如

偶觸

偶觸危機黯自傷白頭無語立斜陽可能野谷空山裏禁住梅花不要香

偶成

安身浮世外行止自徐徐白鷺替迎客春風爲卷書
吟罷自書竹茶烟吹入牕輕雲含兩重孤蝶得花雙
一月關門住忘書記復清詩情似池水都向靜中生

悼花

梅花盛開時杏花若相覬杏花正紅酣海棠有爭意一花復一花循環作交替容華非不佳過者便憔悴春風非無情不能將花繫開落曾幾時在花如一世旁有看花人淒然自隕涕

玩月

無月夜可憎有月夜可愛忍把爛銀盤揮之出門外恰思人未來滿地月橫陳如何人一來月光飛上身思之不可得掬之若可取忽然疎影搖梅花如欲語

自讖

仙人九障名居一上士關防口最先安得四禪天上住一生風不到牕前

和沈觀察遊華山韻

仙人掌上馭風行玉女頭盆拄杖聲兩角孤雲天一握千尋飛瀑月三更近招白鴈烟中語遠望黃河樹頂生擬把綠章奏閶闔滿腔心事沈初明

造假山

半倚青松半掩苔一峯橫竪一峯迴高低曲折隨人意好處多從假字來

感往事有作 有序

予爲鳳齡事至今悒悒因憶己巳春卜妾平湖有良家子楊氏許贈不許見事故中止及買舟歸而其家追余往見則痁作不能行矣嗣後或交臂失或來歸後又遣去舛午膠轕不一而足大有悟于佛氏因緣之

說故作是詩

綺麗情懷閱歷身青天碧海漫尋春每看遭際千般幻始信因緣兩字真花到手時偏不折璧從懷後轉生嗔暗中竟有牽絲者笑我徒爲傀儡人

山頂蘭

一枝幽草植山阿開既飄零落又多不是無人采香色其如生處太高何

謝悔軒公饋烏鬚藥

買染鬚藥如買酒年年一介馳京口欣逢長者陶通明肯賜刀圭變老醜每對明鏡愁鬚蒼便趨華堂索祕方果然諸毛鬢黑水頃刻滿面消秋霜我聞度世真神仙不忍獨自作少年又聞堯染皐陶舜染禹彼此沾濡聖如許先生報國恩無量常恐年衰意惆悵但見青葱繞頰生掀髯一笑心還壯小人有母忘兒衰視我花甲如嬰孩得教綠鬢同潘岳勝舞斑衣學老萊旁人不知笑吃吃道此兩人媚側室噫吁嘻君不見從古友朋膠漆情紛紛擾擾堅白鳴何如同

讀太玄經

臥鐘

一鐘倒臥鍾山坳后夔敲後無人敲宮商滿腹悄無語草蟲亂叫秋天高我來駐馬急拊視欒乳模糊土花紫篆文隱隱莓苔封露漬斑斑鉛水洗口寬千石容有餘身重萬人扶不起憶昔橫陳寢殿中四廂九奏聲隆隆曾招鼉鼓聲相應曾喚宮娥睡不濃一朝世事浮雲過太常樂散金甌破尚有鈞天夢未終可憐小劫身先墮烏踏還疑鳧氏鐫雪飛似伴袁安臥飄泊泥沙不計年摩挲幾度遇神仙牧童手小爭來擊佛子樓低不敢懸我聞禹鼎長淪沒何況銅駝困荆棘聾俗誰爲傾耳人長眠且入無雷國別汝回頭感不勝千秋老物定神靈年年霜降商山日可作鯨魚吼一聲

寄陝西撫軍畢秋帆先生兼呈令舅張少儀觀察

九天臚唱掣金鰲三輔風雲擁節旄殿上策猶推賈董關中功已重蕭曹軍與五載民如忘章奏千回　帝總褒想見終南山色裏一輪卿月比前高

春滿軍門有所思百花頭上看花時采風手纂長安志公修西安感舊情深吉甫詩

志梓尹文端公詩已屈君平參幕府冬友更招小戴作經師敬咸知公偶折金河柳也折人間第一枝

下官銜本隸旌麾卅載身因奉母歸一面未曾瞻華嶽八行先自賜珠璣游仙夢記風前遠隔水琴彈海上稀多感羔裘千里贈教儂暫脫芰荷衣

聽說張敷住渭陽故人振觸九回腸自然杖履身還健多少雲龍事未忘半世韶華同逝水一門宅相好輝光煩公代寄滄桑信最小袁絲鬢已蒼

附少儀觀察和詩

海上相期釣六鰲十年謂可建旌旄致身公自登蓬閬草檄吾偏雜掾曹裝橐何曾羸陸賈樂章漫擬賦王褒當年誰及終軍少作賦聲摩　漢殿高

白下於今有去思中年化美漢京時直聲三上軍門牘儒雅頻賡相國詩黧面老人稱衆母烏衣弟子奉嚴師尋春杜牧非遲暮幾度吟憐綠滿枝

懶從關塞擁高麾遽買春江一棹歸繞座光華發彝鼎驚人詞賦擅璇璣神仙伴侶閨房滿鐘鼓園林俗客稀盤谷有親康且壽肯將公袞換萊衣

笛聲淒切聽山陽感舊懷人幾斷腸四十年來京華故人零落殆盡世閱冰霜元易老交深貧賤最難忘丹山近企將雛信錦字遙分照乘光一事報君堪大噱齒牙落盡似張蒼

偶閱廣輿記載盤古冢凡有三處其附會可知然題目自佳戲題一絕

無人挾長居前輩有力開天看混茫底事一坏先作俑神仙留著讓軒皇

荅朱海客先生見寄

未見投一札已見投一詩先生于鄙人殷殷如有私我昨過京口離家月已期忍住欲歸心走叩先生扉先生方擁帳說經爲人師地居寶晉齋米顛所留貽卷簾金焦落穿庭鳥雀飛呼兒出見我森然兩瓊枝解作銀鉤楷能歌幼婦辭我受僕夫促身坐心已馳胸中千萬語如蠶未吐絲不恨相別速只恨相逢遲何時得重來定有江雲知

香亭弟僦居白門來往甚懽今年服闋有仍赴蜀中別駕之行予老矣難乎爲別賦詩送之

送汝萬里行戴我一頭雪未免老人情含笑看金玦憶昔壽春去尚且情依依
矧今蜀道難知汝幾時歸汝歸自有時我年恐難待阿通纔三齡仙風吹不大
何田復何圃幾書又幾琴錄冊交與汝汝應知我心
汝家多弟昆我家多姊妹從子及孤甥因之各成隊一人一婚嫁向平力不勝
若不藉微祿此累何由清汝非貪官職衰年捨我去我非吝一麾不肯留弟住
展轉復展轉兩家事艱難羨殺脊令鳥雙飛共一山
前年弟歸來買園與我鄰公然東西屋兩邊住機雲風和兄嫂往兩晴叔姒來
庖奴鬬羹好小婢報花開似此天倫樂一日抵千霜如何青天月團圞難久長
池塘春草生阿連不可見分後紫荊花風前顏色變
歐公居穎上瀧岡悄無人似昧首邱義論者常紛紛我於隨園旁卜兆葬顯考
生壙附其間較歐稍爲好終竟大母墓尚在西湖西歲雖遣人祭此心常悽悽
兩家小兒女結婚須故鄉庶幾寒食節容易紙錢將
隨園兩山凹垣牆無所施邱壑雖云佳居室非所宜笑我烟霞癖經管三十春

一水與一石處處精神存古來高人宅多捨作蘭若我乃無懷民豈是佞佛者
乞汝改家廟祀我於西齋或者峴山巔叔子魂歸來
仙人有九障虛名是一端弘景曾此累而我亦復然挂冠三十載著書一尺餘
已付麻沙本憑人作毀譽所嫌在官日惠民無寸功輿歌太詭衆聞之兩頰紅
宋儒伊川子作狀狀伯醇傳兄無溢詞所貴傳其真
我年十八時叔父客西粵託我身後事諄諄寄手札此札藏篋內隨身不敢離
燕南與趙北時時偷眼窺迎叔歸葬畢拜向靈前焚泣陳無所負可慰九原人
我今學叔父一一付驪歌望弟學阿兄弟意將如何

意有所得雜書數絶句

一樣三株木筆栽兩株萎謝一株開分明草木尙如此何況人間才不才
擲果當年事已休閑來曳杖水邊遊無端樹有撩人意紅杏一丸打白頭
滕六才終巽二飄枝枝修竹刼芭蕉階前只有薇蘅草偏在風中不動搖
自尋低竹補籬笆兩後高雲襯落霞驚去鴛鴦真得意雙雙同上合懽花

碧桐一樹倚雲端五月離離雪蕊攢壓屋濃香高百尺世人忘却當花看

老去年來目力微回黃轉綠認依稀落花裊著游絲颺錯認空中蝴蝶飛

全家試水泛輕舠小妹張篷阿姊搖喜極兒童雙手戰釣竿絲上一蝦跳

常自閒中玩物情碧欄杆外作游行香蘭性愛風前種爭怪詩人不好名

莫說光陰去不還少年情景在詩篇燈痕酒影春宵夢一度謳吟一宛然

孫勗堂舍人殉難金川其門人汪熹以遺像屬題

舉世紛紛都畫像畫成幾個傳人樣汪倫持像索我題卷雖未展神先王道有
先師孫太初槃槃才子擅名譽曾將水榭風廊意寫作人間行樂圖一朝捧檄
馳西蜀正值天兵剿蠻觸強著書生短後衣也隨主將抽金僕妖星半夜落危
碉疋馬無聲陷賊巢束手姜維投鎧仗甘心光弼用靴刀泣語家奴莫悽愴男
兒報國真無狀速取冠巾一物歸好教兒女招魂葬 天恩頃刻下明堂錫典
榮生綽楔光可憐太死終軍早不見頭懸南越王門生風義高前古展卷淒涼
淚如雨豈料當初翰墨緣竟成此日丹青譜我與斯人一見難敬題短句發長

嘆願將此本描千幅當作金鑣范蠡看

揚州康山詩爲主人江春作

青山如高士不肯居城中難得邗江城中藏一華峯相傳棲息者昔爲康武功於今屬江淹規址增穹隆綺寮花歷歷月榭煙重重我來逢日暮海棠開深紅高登九層臺恍入淩霄宮近覽一郡盡遠極諸天空指掌月欲墮乘雲仙可逢凜乎難久留此身非孤鴻竹垞曾題詩有約江春到主人名姓同巧合如天造在昔楊憑園香山來憑眺蕭復舊樓臺王縉領其妙江山怕冷落羅綺須炫耀君今繼前徽風雅有同調宜乎海內人爭買邗江棹上迎丞相車下招居士屩分領邱壑情合參仁智樂燈紅花不落酒滿月常照康公如有知淩雲應一笑

贈朱子穎轉運卽以留別

曾騎竹馬侍尊公五十年華逝水同敢以通家參末坐偶因招隱接清風枚十二歲受知于尊人糧儲公今六十二矣平山影落雙旌上燕寢秋生一鴈中難得王濛齊抗手開樽

談到漏聲終謂夢樓太守

平生秋月比襟懷小李丹青大謝才愛向蜀江看峽險嬾從秦棧叱車回九重

語密恩仇忘公弔某制府云三年畢竟能淹我一語何曾敢負公萬里遊多眼界開莫怪使君風骨冷泰

山頂上抱雲來

讀罷秋原校獵篇三唐音節入風宣雲中金翅身摩地塞上霜笳響入天惜我

雄心聽已老借公如意舞猶顛相傳手射潢池賊真個天狼早避弦天狼早避絃公集中

句

白髮征夫別畫堂主人情重費周章佩貽屈子三湘草心表南豐一瓣香蒙贈素蘭香珠

出岫雲仍歸舊壑入林烏尚戀斜陽從今地有鶯花主杜牧揚州夢正長

舟中聞鐘聲有感于先賢考亭之語賦詩箴之有序

朱子在南安夜聞鐘聲大懼曰便覺此心把握不住

半夜聞鐘響此心隨鐘往彼來非惡聲此去非妄想緣何考亭子自慚把不禁

分明儒學淺墮入禪學深子在齊聞韶何常不動心

哭劉介菴有序

君名景福山西人歷宰福清江浦諸邑最後降真州丞以壽終

善人與道適不在親簡編醉人墜無傷由於其天全我友介菴子通籍五十年
牽絲閩海地投老邗江邊其人性夷坦土色而敦顏不以矯虔逞不以苛廉傳
所到識政體吏民靜且便清俸一上手萬弩如開弦縣僮爲主進門幹替持錢
偶聽半曲佳柘枝舞欲顛偶愛一伶美纏頭費百千堂前燈似海堂下酒成川
寧可斷炊火不可無管絃旁人代眉蹙慮其生計艱君但掉頭笑萬事且由天
未渴莫掘井未寒莫思棉卿自行卿法我自有我憐果然負課萬竟能脫罪愆
弄兒將恩報破產來爭先大吏知君愿當作老物憐藍田縣丞記許其讀終篇
古稀已過四才命將車懸朝雖將車懸夕已歸道山畢竟行樂死終身無憂煎
我昔宰棠邑年少如任延君來作交代見若平生懽受馬不數齒穿錢不算緡
感君意豪健使我心纏綿從此忘客主雲龍樂事偏有時我外出歸家鼓喧闐
問是何爲者君代張華筵子旗與子尾兩家如一焉歷歷事雖往依依夢常牽

今秋君病篤我呼渡江船握手不能語猶問老母安遲君半日死補我一面緣
方知素心人永訣非偶然君家汾晉住旅櫬何時還有妾未四十鬈髮垂雙肩
有壻治喪事踟躕張空拳未能計日後能無悲當前我亦六十叟海內無同官
知作幾時別老泪空涓涓

黃信生獨立圖

四瀆水獨流一月光獨吐只緣依傍空獨有萬萬古我友信生子清才老吳楚
瘦削若植鰭飄飄欲霞舉偶畫獨立圖四顧無儕伍敢希魏裴俠高標立天府
庶幾唐杜陵蒼茫詠詩苦我亦孤詣人躑然手獨舞平生所知交落落均堪數
甘爲夔足一恥作晉耦五何時把臂行同入無雙譜

秋蚊

白鳥秋何急營營若有尋貪官衰世態刺客暮年心附煖還依帳愁寒更苦吟
憐他小蟲豸也有去來今

偶成

白髮對花落悄然心不安未知來歲發可有老夫看欲掃且停帚將歸更繞欄
多情蜂與蝶伴我忍春寒

病足

明明聖賢途見到行不到誰知大體然小體亦相效右足忽病瘡左足徒跉踔
一柱雖支梁孤槳難移棹望山無時登聞酒先辭召想栽花近床妬殺竿垂釣
豈無張湯摩難學漢王跳未免山魈欺兼招跛鼈弔我道身何衰六十先已耄
蕩蕩天門開捷足讓年少平平王路寬蹀躞疑陷淖羨彼蟲豸行升堂還入奧
輸他落葉飛隨風尚騰趠一屨一蹻腓將爲管子笑我謂子胡然用短最扼要
兀者古王駘喪足乃入道更有臏將軍斫白張旗纛珠玉本無脛縱縱走燕趙
何況我山翁高風原坐嘯但宜臥愔愔不煩行僬僬借此自夷猶足疾奚須療
永斷沒階趨後毋非禮蹈例可免送迎心堪釋煩躁靜處光陰多閑中著作妙
弟子自來學先生免往教雖非希哲貴居家時乘轎或惹美人憐碧玉回身抱

癬

頑癬如頑妻一來不可黜附體二十年爬搔晝夜徹病類伯牛癩形同豫讓漆
其性更陰狠乘隙乃作賊不生面目間似畏見日月好據尻脽罅蟣蚤所不屑
如草多蔓延如蠶慣齮齕非仇苦糾纏非親強狎暱知我肅大賓故意將肘掣
俾縮斂褌中王猛如捫虱有時臥香衾蠕蠕作蟲嚙嬲我侍者勞麻姑爪盡折
我怒攻討之克敵占見血初將礬石敷繼用毒藥熨痛極癢始差東平西又凸
小敗勢轉張暫稀發愈密神農藥不靈扁鵲醫無術有客爲我言除惡何須絕
人生食煙火疇能免濕熱借彼作消導亦足免他疾譬如大廈居不必熏鼠穴
又如護水隄匽豬任宣洩矧是皮膚累並非心腹孽何不包容之聽其自生滅
我亦無奈何姑且聽客說甘作痕瘕人永少清淨日吾及汝偕亡一笑萬事畢

竹林寺

晚過竹林寺斜陽屋角沉風燈紅不定煙柳綠彌深僧少磬常寂樹多晴亦陰
耳根疑佛語鈴鐸有清音

平生觀書必摘錄之歲月既多卷頁繁重存棄兩難感而賦詩

愛書故看書看罷書已走何以強留之癡心轉用手悠悠三十年兀兀極卯酉食雞必取跖占星常指斗有如養蜜蜂百花無不有但可備采掇不必計用否又如大官庖甘苦皆上口吉畜盈萬千搜牢費八九一朝卷束之淒然傷白首欲作楹下藏未必六丁守欲當堯典殉空與骨俱朽不如問蒼蒼教吾傳某某

淮上榷使伊饐也先生手書索校全集先生乃故長官李觀察永標甥也

銜恩感舊奉寄二章

淮北牙旗捲朔風淮南招隱到山中卅年名姓能知我一代風騷信屬公（公札中有三十年來久欽學業之語）手荅長箋揮倚馬心憐小技閒雕蟲緣何卿月當天滿偏照幽棲草一叢

御李當年有舊恩曾持手板謁清塵誰知屏後窺探客即是天家柱石臣（公云曾在李公屏後見枚）老去自憐知己盡書來重見愛才真何當遠泛清江棹白髮追陪話夙因

題陳省齋太守雲溪書屋圖

憶作驪官日曾經侍大賢琴尊爭往返簿領共周旋彼此形骸忘官階禮數捐先生方綰綬賤子早歸田分手情猶摯推襟意更憐簫聲朝置酒燭影夜題箋九月花黃日三春雨細天攜孫入山裏閒字到堂前玉貌驚雕武鴻才愛服虔餘情忝媒妁納幣聘嬋娟公長孫熙娶於錢氏枚爲執柯冉冉雲煙度悠悠歲月遷暈移山左地辜榷水衡錢語笑風吹斷音書鴈代傳卅年如夢過八秩未華顛剩有丹青畫能描陸地仙庚桑風拂拂丙舍樹連連童子將書立閒鷗倚檻眠貌如松鶴健瞳映水雲鮮故吏雖衰矣披圖尚宛然願言打雙槳來訪五湖煙

覺衰

甚矣吾衰百不如齒牙零落鬢毛疎花間愛曳隨身杖燈下愁看小字書偏把事忘應記處慣教氣損劇談餘須知逝者如斯耳老說聰強總是虛

挽梅式菴

讀史研經四十春終嫌竹素少傳真九原此去無他樂看見古來無限人

題畫

村落晚晴天桃花映水鮮牧童何處去牛背一鷗眠

謝胡誠齋觀察送瓜

綠沉瓜向草廬投捧得雕盤暑漸收碧玉幾團隨手削紅霞一嚼滿庭秋分明

西域來佳種慚愧東陵作故侯願著荷衣捧仙果南皮池上奉清遊

再謝賜鮮荔枝

投瓜慚未報瓊瑤仙荔重教擘絳綃香色品來真一絕海風吹未過三朝形同

玉李膚尤嫩味借甘棠露不消欲假公恩詠嘉樹試將仙核種山椒

養馬圖

養馬真同養士情香萁供奉要分明一挑芻草三升豆莫想神龍輕死生

十二月十五夜

沉沉更鼓急漸漸人聲絕吹燈牕更明月照一天雪

永福菴贈餐蕁上人

山髻當牕滿松釵落袖輕老僧雖寂寞歸有一花迎

元旦

曈曈晴日表元辰漸漸柴門草色新閏歲梅花猶蓓蕾通宵燭影尙橫陳公然白髮三朝客又領東風一日春未賀賓朋先賀我堂前九十四齡親

喜魚門主事改官編修

一行丹詔下蘭臺海內風人笑口開爭說聖朝能得士此官終見此人來明中官降暗中遷天眼遲開四十年可似修真老張果白頭纔許作雲仙笑問花磚影若何當年老子也婆娑忝爲先輩無多日只隔迢迢十六科

荅大廷尉王蘭泉先生見寄詩扇有序

先生名昶以吏部郎從阿將軍桂征金川同行者趙文哲等俱歿於陣而先生獨奏凱旋論功擢廷尉

誰佐平西第一功漢家廷尉重于公心憐舊雨貽紈扇身出重圍感塞翁皓首軍機雙鬢雪高冠孔翠一翎風遙知清瘦書生貌畫上淩煙便不同公以軍功賜孔雀翎圖形內府

殺賊金川當壯遊寶刀光裏萬貔貅雲山看到中華外鼓角聽殘白帝秋半夜天星摧上將一軍風鶴起深愁斯時代作孤臣想可有生還兩字不

且喜謀參李藥師生擒頡利返牙旗手書露布三邊讀甲洗銀河萬馬知草檄已完孫楚事從軍應賦仲宣詩何當洗耳華堂上聽說蠻溪苦鬭時

故人蹤跡久離羣記否蕭齋酒半醺打槳舟忘桃葉迎謂贈婢事磨崖字許小山分公鐫澄碧泉三字在隨園假山思量鴻爪痕常在傳說鶯遷信屢聞此後袁絲休惜別舉頭天上見卿雲

讀道古堂集弔杭堇浦先生

平子才華賦兩京禮堂經義屬康成殿前放膽陳封事海內甘心奉威名一代官多徵辟少百年人重甲科輕等身著作分明在可學歐公畏後生

歸隱湖山笑眼開誰知方朔歲星栽橫衝一世談天口生就千秋數典才萬卷堆中棋局響三貂座上緼袍來傷心此日風流盡江左靈光半夜臺

新正十日聞陶衡川孝廉之訃因思去年秦學士磵泉梅式菴公子皆先

後委化曹子桓云既傷逝者行自念也感賦一詩

一度秋風一逝波故人零落漸無多蒼天留我忙何事日日桓伊唱輓歌

即事

盆梅三株開滿房主人坐對心相忘偶然入內女兒怪問爺何故衣裳香

寄江橙里主人借西磧山莊

當年曾被梅花引得到蓬萊最上巔今日將身棲下界不禁清夢繞諸天

幸喜劉盧仙籍通舊相知是主人翁數行代勒嫏嬛記也算磨崖第一功（主人命作西磧山莊記）

三年聞說無人住綠滿空庭草未除我與閑鷗謀拜賜水邊林下各分居

平生蹤跡等搏沙料理雲煙頗自夸豫辦青溪茗葉帚爲君石上掃殘花

騰嘯臺高萬嶺低獨眠人往怕孤悽未知紫府清嚴地可許劉綱挈小妻

伯通廡下暫棲遲敢學鷦鷯占一枝幾朵雲生幾楓落定書花葉報君知

不借荆州借太湖買山有券借山無遙知三萬六千頃一笑公然付老夫

哭陳省齋太守

八旬解組住鴛湖書屋雲溪有畫圖忽報神仙歸碧落應教故吏服衰纑文孫才大功名晚謂梅岑太守官清老與孤白髮參軍倍悽絕同僚海內一人無

題亡友梅式菴畫冊

數盡天難問才高藝自精斯人雖萎謝遺墨尚縱橫氣得山川秀神含水木清休言小游戲即此見生平

識面長安日題襟白下時卅年如昨耳一別竟何之絕好佳公子居然老畫師相知慚未盡頭白泣袁絲

德定圃先生卸漕帥事巡撫閩中與夫人雙壽索詩

蕭何轉漕卸雙旌常袞頒春到越城半壁東南恩已徧六旬花甲歲初更文章自得中和氣瀟灑兼辭幹濟名此日軍門牙纛靜花苗螺女盡懽聲

憶昔追隨步木天一番春夢尙依然後生許我稱名士前輩驚公更少年在翰林時枚年二十四公年二十一閶闔門多鸞振翼公歷內務府國子監吏兵工各衙門溪山秋老鶴歸田蓬萊久別

還相認邂逅揚州又拍肩丁丑公扈蹕揚州見於行宮門外

儂家仲氏學吹篪也領春風侍絳帷玉鑑冰衡無遁物珊瑚鐵網有高枝生徒負笈來千里兄弟焚香禮一師常共子由聽雨坐歐陽門下說恩知家弟樹癸未春闈出公門下

徵詩箋到士林聞爭寫瑤池琬琰文共仰金仙飄綠髮更看王母擁紅雲花開並蒂春難老酒進雙巵飲易醺慚愧袁絲相隔遠吹簫輸與武夷君

六月菊

寒菊公然冒暑黃蒼蠅側翅遠相望東籬共訝西風早秋士偏貪夏日長試把一燈來照影焉知六月不飛霜數枝冷豔當階立愁殺紅蓮不敢香

題夏山圖贈曹谷堂

夏山有景奇如許畫家有手誰能取董生北苑貌得之藏在人間忽飛舉畫雖飛人能摹徐王二手成此圖我當嚴冬雪後展卷看宛若四五六月行深山叢叢萬木雨欲滴莽莽一氣雲相連扁舟何處來盪漾迷濛天牧童驅黃牛後先

分著鞭板橋有人烟中語茅屋幾椽花外偏遠望層巒疊嶂不知幾千里對之但覺飛濤空翠生衣間據云臨摹此本已第七墨彩淋漓猶繞筆董生委化雖千年紙上招呼如欲出谷堂先生信解人上手當作共球珍當頭一跋妙絶倫更索我詩張其軍我見此本勝見真恍如身到桃花源急驅烟墨題數言願君傳之世世萬子孫

琴城課士圖爲盧太守存齋題

君之外舅古賢者曾以封章薦終賈（廣西撫軍金公）君之先人撫我鄉（諱焯）至今遺愛民難忘爾我通家未倖面四十年來才一見往事都從夢裏談回頭幾度滄桑變授我琴城課士圖命題詩句當筆等閒看一片青衿色桃李公門萬萬株泮宮峨峨起兩廡羅羅疎干旌來孑孑傔從走趺趺圉人縶其馬校官捋其鬚或執經以請益或握管而躊躇更有孌婉小公子手持如意來嬉娛鱣堂講罷高揚鞾江風遠送斜陽至使君欲起尙留連恐有秀才來問字此事依稀十數年使君五馬賦鶯遷詣學雖無何武駕聞歌還說子游賢我亦當年一貧士蒙師教

育皆如此白首難忘知己恩長安寄信訪兒孫今朝得遇師門壻不覺淋浪涕
如兩宛然舊院一蒼頭忽見小郎如見主更喜憐才意思同丹青畫出舊家風
他年官到中丞日定有聲名繼兩公

哭程荊南明府

望見金焦眼便紅哭君兩世半年中（尊人春間先去世）詩才一代清無敵德政三湘感
未終宦海波濤天外落騷壇旗幟眼前空去時略說西歸意五百袈裟候下風（殁時見五百僧相迎）
屈指交情十七年同吟同醉更同眠風窗折竹疑聽雪月夜乘槎欲上天無盡
燈常明綺席有情花亦乞吟箋如何小別橫塘雨一隔音塵便杳然

題袁蕙纕南湖圖

吾宗有賢者一見使人古學爲漢唐文筆力如牛弩屢困公車試再上慚不武
示我南湖圖其中有衡宇將終老於斯蕭然樂環堵我偶展丹青恍若遊元圃
蒼蒼遠峯蹲落落長松舞閒倚石爲梁靜看雲出府花影人過橋水聲舟蕩櫓

平生未讀書此閒真可補真是羲軒民豈徒羊求伍非飲山泉甘那知井泉苦寄語樵父仙我來風莫阻擬到溪流邊同把游魚數

七月二十三日阿遲生

六十兒生太覺遲卽將遲字喚吾兒高禖久祀心都倦燕姞初來夢恰奇（鍾姬入門前一日夢人以桂子與之）悔賣琴書還想贖怕看湯餅轉生悲萱堂握手彌留際猶問懸弧是幾時

海內爭傳伯道名今朝湔雪賦添丁長成未必衰翁見有後姑教薄俗聽老樹著花秋色好餘霞返照暮山青豆盧寧傳分明在合授雙雛各一經

尹三公子璞齋觀察蕪湖相晤白門喜而有贈

折花使者遞名箋知道通家見有緣（時花人李姓者先三日傳到名紙）廿載青溪成契闊一朝丹詔許旬宣渡江歷歷前生夢到眼依依故國天聽得耆民私地說當時公子最翩翩

觀察晨趨帥府忙軍人一半喚三郎揭來門外聽官鼓恍憶兒時上學堂洗硯

池應留墨漬題牆字可剩偏旁西園舊是君家物早晚還君望正長
相公門下老袁絲也算甘棠樹一枝沿路先教探安否升堂各自認鬚眉照來
悲喜燈俱笑說到滄桑酒不辭重入桃源莫相訝仙山樓閣倍參差
此去牙旗鎮上游天門山色捲簾收擬招荊樹來千里更奉慈雲擁八騶君奏請六弟似村奉太夫人就養訪我定搖雙槳月開關先放一輪秋何時得遂詩人志把筆同登
太白樓

附觀察和韻詩

名園粉壁舊題箋宦蹟重尋信夙緣載酒居然同杜牧趨庭猶記認彭宣燈
明水榭三更夜桂放秦淮八月天策馬來朝還過訪蔚藍深處影聯翩
買得青山日日忙江南遊客舊清郎英雄晚計成芳墅巖壑遺身戀草堂解
組半生花遶座校書他日子隨旁我來正值懸弧候莫嘆如絲鬢髮長
遙從山館寫烏絲似折梅花贈遠枝千里縱如同握手一尊那得共開眉官
驪翻見身多累親老難言祿易辭極目吳頭與楚尾嵐光隱隱水差差

石頭城畔溯前遊到處風光入眼收畫舫西園慚倒屐油幢北府悵鳴騶重來頓覺河山異高宴空驚草木秋幸有故人袁淑在朗吟同上謝公樓

甘露寺感舊呈夢樓主人有序

己未冬予乞假歸娶路過京口值商寶意前輩爲郡中司馬命公子某陪遊甘露寺今四十年矣中秋前一日王夢樓侍講招飲此間追憶前遊淒然有作

記得當年此地經雪花寒重錦袍輕酒邊綠鬢初垂影山上蒼松半未生卅載韶光春易過一條狹磴老難行憑闌暗轉衷腸事江水無情浪有聲

木天署裏老詩翁曾綰仙符碧海東要把江山付詞客特教公子伴花驄西州賓從人重到北海琴尊事已空難得多情王太守開筵重與醉西風

舟過平望訪張看雲居士不知其已亡也留詩哭之

滿擬故人在停舟問起居誰知雙目瞑已是一年餘繐帳風前卷殘花雨後疎九原知我到悲喜定何如

弱冠長安遇難壇第七人丙辰在李玉洲先生家與曹麟書沈椒園諸公結吟社各彈遊子淚同惜客中身脫手一錢贈分甘半盞春至今回首憶風義感雷陳

鶯脰湖邊屋高樓見水光卅年三領略萬事幾滄桑棋罷柯雖爛舟移壑未藏請看鄴侯架堆積尚琳琅

桑榆收晚景作客古揚州畫重連城璧詩輕萬戶侯看花醉金谷築舍老菟裘華表魂應在年年化鶴遊

松下作

小住倉山畔悠悠三十春蒼松都已老何況種松人

梅

正月東風柳未芽一庭梅影雪橫斜重他身分緣何事只爲能開冷處花

讀淮陰侯傳

滅楚身提百萬師知公含笑了無奇英雄第一開心事撒手千金報德時

老來

老來不肯落言詮一月詩纔一兩篇我不覓詩詩覓我始知天籟本天然

帆

一葉帆高掛千舡水作聲靜聞舟子唱猛見浪花迎張處休教滿收時自覺輕

從來人失足轉在順風行

雨中志感

徹夜淋浪屋瓦鳴雨如相約赴清明山中易放惟花柳世上難收是姓名月桂

根高終不落沙鷗船過也虛驚放翁自有安身法一個齋顏心太平

花朝日戲諸姬

花朝時節祭花神片片紅羅縛樹身爭獻百花生日酒不知誰是似花人

阻風京口

已出三江口難拋百丈牽一帆如懶婦終日但高眠

小倉山房詩集卷二十五

小倉山房詩集卷二十六 己亥 庚子

錢塘袁枚子才

正月二十二日出門作

衰年作事當收棋檢點遊裝有所思江上風花趁春日家鄉弋釣憶兒時殘書看慣隨身帶愛子初生負襁隨自笑此行緣底事西湖還欠幾行詩

秦園

爲高必有因爲園必有藉美哉秦家園竟把惠山借入門先見水得樹便忘夏縱横兩石橋屹作天河跨紆轉山徑曲琮琤泉響瀉濕衣嵐翠飛打頭松子下得意在邱壑忘言到亭榭我來四十年品題殊未暇底事忽留詩再遊心再化

第二泉

清絶形難比源深取不窮知名不知味來往一杯同

雨夜泊嘉禾訪陳梅岑秀才次日喜晴同遊烟雨樓三塔寺

久輟牙琴感索居一朝親叩子雲廬船銜急雨剛停槳手握詩人便起予嬌女

抱來冰雪似華堂指點火焚餘卅年世好三年別說到深情海不如

相約鴛湖打槳行萬金難買此宵晴一樓烟雨人初到三塔風光水正生桃尙

留花待殘客柳如招我過清明白頭愛話悲懽事紅盡梔燈未入城

入武林城作

肩輿望見聖湖烟觸目情生故國天不是還鄉是尋夢一邱一壑總纏綿

雖名故土全無屋且喜殘春尙有花笑挈姬人住僧舍不成孤客不成家

安排遊計首頻搔客裏光陰怕寂寥晴日尋山雨尋客不教孤負一春宵

成見年來久不存麻鞋隨處踏芳塵朱門蓬戶無分別只要能容自在身

西湖德生菴小住

遊山如讀書少年力不努垂老意愴然亟亟還思補我本西湖人久離西湖土當其家居時頗爲一城阻及乎宦遊後更覺相思苦今乃白頭來卜寓在湖所有如久饑人見物思盡取又如矍鑠翁餘勇必盡賈朝將湖烟吞暮把湖月吐行湖一枝笻盪湖兩枝櫓湖意亦懽迎浪花如雪舞

月夜斷橋獨坐

一輪月一個我半夜斷橋相對坐湖光照月月增清月色當湖湖更大滿湖烟

起將山柔山容若睡喚不應我亦下橋覓歸路緊認僧菴一點燈

孤山

一山自起伏不藉羣山扶既不傍城郭又獨占裏湖頗似臯夔世別有巢由徒

宜乎數千年獨居處士逋自呼梅爲妻自畜鶴作孥雖捐茂陵稿恰修薦賢書

倘非際明盛寧肯効區區我攜影獨來一僮一僕無問我胡爲然也學孤山孤

登六和塔

一塔表江濤觚稜夕照明盤旋看下界絕頂見平生乍上微嫌黑彌高轉不驚

縱教吹落地也有半年程

遊紫雲金鼓諸洞

看山恃一筇有境我必到垂老戒在得山靈莫相笑初尋紫雲幽再探金鼓奧

涔涔石乳滴蹀蹀仙鼠跳古藤高挐空丹厓低設竈穴深不可測誘我往前導

忽然一梁橫故意將人拗喜無元霜侵永辭白日炤偉哉真宰心戛戛喜獨造闢險乃出奇因空始見妙寄語世間人頑石猶有竅

謁岳王墓作十五絕句

靈旗風捲陣雲涼萬里長城一夜霜天意小朝廷已定那容公作郭汾陽

遠寄金環望九哥一朝兵到又回戈定知五國城中淚更比朱仙鎮上多

一個西湖換兩宮靖康小雅唱雍雍憐他絕代英雄將爭不遲生付孝宗

軍令如山鳥不譁黑風龍虎盡呼爺自然慈聖還宮日苦向官家問岳家

歲歲君臣拜詔書南朝可謂有人無看燒石勒求和幣司馬家兒是丈夫

要盟結贊屢彎弓翻錄和戎魏絳功老住迷樓人不醒趙家天子可憐蟲

小校桓桓道姓施湧金門外有專祠雄心似出將軍上不斬金人斬太師

要結中朝絳灌懽分將戰艦贈同官韓王心喜張王惱始信人間送禮難

允升一疏奏楓宸與汝何干竟殺身擬把東廂添配享黃金鑄個布衣人

華表淩霄落照遲一朝孤憤萬年知梨花寒食燒香女纖手都來折檜枝

不依古法但横行自有雲雷繞膝生我論文章公論戰千秋一樣鬬心兵
五十三人命已休秦城王氣忽然收教渠暫緩須臾死那數中原劉彦游
身後何曾有定論金陀野史仗文孫紫陽譾語瓊山繼爝火無光照覆盆
恰有狐疑問殿前周歆入廟竟身顛臾駢敵怨分明在只恐當年事偶然
江山也要偉人扶神化丹青卽畫圖賴有岳于雙少保人間才覺重西湖

孫秀姑墓

我年八歲才讀書大母爲言孫秀姑今年六十偶行路得見秀姑湖上墓秀姑
生長貧家裹鬉鬟便行拜時禮郎小從師赴學堂姑衰抱病居田里隣家嚴虎
里中豪望見嬋娟眼欲燒初將軟語投梭誘繼嗾妖童作餌挑女兒自是女貞
木豈許纖埃污白玉已歌暮棘刺陳佗重上輜車詈董卓匪人窮怒轉成羞道
不穿墉誓不休朝擲餅金窺浴所暮隨鴟吻望牆頭秀姑膽小空房怯生恐雄
狐勢漸逼皎月當天自有光紅蘭拒雪愁無力層層縫裹舊衣裳訣別慈姑掩
洞房一夕伯姬雖命絶十旬劉表尚屍香官吏聞之愧無狀急擒鼠輩尸諸巷

扁表巍峨北闕來風雲蕭瑟西湖葬此事茫茫八十春當時碑碣漸沉淪寄言當事徵文獻且莫修培蘇小墳時西湖修蘇小墳不知小小墳在嘉興見武林舊志

三月四日項金門秀才招同吳西林汪槐堂諸公補修禊詩得春字

卌年不見故園春一夕南還得主人佳節已過修禊日華堂還召苦吟身酒邊分韻詩隨意花下談禪鳥問津西林夢樓席間談禪人多避席恰好山陰儂買棹蘭亭方欲訪前因

贈金門

之子武林秀相逢喜不禁惜春常速客得句便題襟雅抱推袁意難忘說項心爲君歸緩緩湖上落花深

雲棲寺

竹密不見天竹盡乃見寺相傳蓮池師于此建初地匯徒參高禪亦且見小智矮屋難搖風戒嚴易藏事眷屬許同宿貴賤無二味更有終老堂窮坻隨所寄一切部署法井井有條例宜乎十方民甘心多布施禽學梵貝音草帶靈檀氣

我亦如閑雲一宿了來意

放生所

天性人爲貴庖犧見理明傷人不問馬宣尼分重輕魚鱉稱咸若未必非杯羹陋哉西方教兼愛徒硜硜人物混爲一不界濁與清我來放生所刺目尤心驚雞餓且啄距牛呿半陷阬頑鵝瘦于雀仙鹿穢若蠅是謂違物性桎梏加天刑放乃未嘗放生不如無生

見雨中喚渡者

船家鎮日喚人行雨後無人肯應聲載得白鷗三兩隻水紅花處倍分明

贈撫軍王味隒先生

中丞家世重瑯琊浙水緣深兩建牙謝傅經綸多靜鎮汾陽福力自豪華潮聲曉應千家笛燈影宵紅四壁花豈獨惠民兼禮士四方名宿走雷車

曾蒙草奏牧秦郵回首恩門感未休枚牧高郵先中丞所薦一樣憐才家法在卅年往事水東流星雲有耀能垂蔭蒲柳將衰易感秋願得白頭還故里村村扶杖聽歌

謳

清明

枝枝楊柳可憐生朵朵梨花笑不清四十年前舊遊客故鄉今日過清明

月夜老姊兩姬挈阿遲泛舟西湖予亦追至孤山小飲而返

門外一舟泊小僮偷掉之舉家遊西湖主人猶未知愛玆明月光亦復呼舟往相逢孤山巔彼此各停槳酒家未關門遣僕沽一壺空明水晶宮團圞家慶圖小醉將舟泊人生且行樂月照子若妻已成梅與鶴

題萬九沙先生小像 有序

先生諱經康熙戊辰翰林任學使罷官乾隆元年召試鴻博以老疾辭全謝山作公車徵士錄海內凡一百八十人序齒先生冠首杖署尾今年在杭州其季子福持遺像索題

當年　丹詔召耆英驥尾龍頭記得清未共殿前揮采筆忽從畫裏見先生春風有影鬚眉在流水無聲歲月更幸喜小同才絕世禮堂經學繼康成

淨慈寺回舟湖中風雨暴作

一角雷峯黑三潭雨忽狂小舟如鷁退高浪比人長荇藻難援手蛟龍欲入艙倘非風少定幾作水仙王

施將軍廟

將軍名全以小校刺秦檜不克死

一德格天閣正新一刀殺賊乃有人數天寃憤仗誰雪殿前小校施將軍將軍煉心如煉鐵可惜荆軻疏劍術事雖不了神鬼驚懸頭市上香三日當時元姦黨滿朝縛虎如羊氣太驕忽然刀光狹路照太師頸上風蕭蕭嗚呼三字獄兩宮駕總在將軍此刀下後代聞英風尚且有興者君不見腦碎銅椎阿合馬

萬松書院

萬松環一嶺書院建其巔我昔來肄業弱冠方童顏當時楊夫子經史腹便便門牆亦最盛濟濟羅諸賢我每遇文戰徹夜窮鑽研至今咳唾處心血猶紅鮮何圖目一瞬垂垂五十年先師墓木拱諸賢盡雲烟我來重過此几席猶依然

誤欲往學舍執卷趨師前昔也離家遠廿里走侁侁今也升講堂一步一扶肩

昔爲服子愼絳帳時周旋今爲蒯子訓摩挲銅狄仙逝者竟如斯能無意自憐

羨殺丹桂花無言但參天

偕阿遲上冢

周晬嬌兒索乳忙抱來學拜祖塋旁春風似解人間事一縷香烟吹漸長

渡錢塘江

卌年前渡此江風白髮重來似夢中就使江神最強記也難認得此衰翁

禹陵二十四韻

天地平成始皇王禪讓終一人生石紐萬古闢蠶叢玉斗胸垂象金貂耳啓聰

尋書齊委宛受牒作司空地險龍門鑿人功鳥道通爲魚援赤子斡蠱慰黃熊

學裸姑徇俗乘樏又轉蓬庚辰禽水怪豎亥步崆峒貳負甘雙梏將軍號百蟲

嘗聞下車泣忍過羽山東破石佳兒出開山遁甲窮勤能師畢子威不赦防風

息壤波全息扶桑日更紅過門心淡泊造粉事朦朧鑄鼎神姦列遐方玉帛同

偶然巡越甸遽爾墜軒弓身自跳天上椑應葬穴中葛綳烟露冷陽盱水雲空復土來蒼鳥南風送祝融江山猶拱侍廟貌更穹隆真冷懷文命偏枯想聖躬兩廂環岳牧九殿拜兒童窆石摩挲古衡碑刻劃工微臣擎卣酒不敢獻元宮

蘭亭

爲有蘭亭序青山屬右軍清流猶映帶名士盡烟雲嘆逝能無感論書孰與羣偶然數行字千古訟紛紛

王右軍祠

荒祠碑記永和年東晉衣冠尚宛然觴詠偶留修禊帖安危能上會稽箋書名太重經綸掩兒輩分甘樂事偏我欲奠公無別物一籠鵝放惠風天

西施廟

人去苧蘿空香烟恰未終死猶存越廟生可想吳宮溪水浣紗影虛廊響屧風金錢輸一見交與守祠翁

傳說西施祀鑑湖一帆先自走菰蒲三千年後情如許可是前生范大夫

石屋寺

怪石墜空天臥地猶露縫一手推可搖萬年吹不動石旁有古寺峨峨紺殿垂終朝鐘鼓寂但見鳥雀窺肅愍留手迹（寺有于肅愍手書）迢迢三百秋問僧僧不知愈覺山中幽西齋尤奇絕懸厓接屋瓦不敢開牕看亂山如走馬

吼山

山頂麥開花山腰石張口我舟昂然來直向口中走其中別有天澄泓水百畝亦復構亭榭高下羅八九絕壁摩蒼蒼似將長劍剖斜削爲鼉梁架空拖石紐偶然謦咳聲千山齊一吼水深試以篙不知有底否但見大魚游吞餌幾吞手我遊山川多此景駭未有爲之泊舟看自午直至西

禹陵大松歌

我來禹陵見大松身橫九畝疑防風當日定爲蒼烏種後來不受秦王封扶桑遮日松遮雨各護神聖安元宮旁有窆石形奇古堪與千年松作伍想見龍牽引繂時呱呱后啓猶摩撫諸侯會葬紛來朝此松未必無枝條蒼水使者來挂

繼百蟲將軍不敢燒山風吹松作濤起髣髴洪水聲滔滔我欲呼松問禹狀松不能言徒崛強且折松枝滿載歸驚夸法物商周上

湖上雜詩

浮家泛宅幾回遷先寓德生菴再遷陳莊遷得西湖到榻前從此欄杆憑不了雨餘風定月明天

月明如水浸沙隄隄上游行一杖攜惹得家僮沒尋處夜深孤坐斷橋西

桃花吹落杳難尋人爲來遲惜不禁我道此來遲更好想花心比見花深

范公祠裏藕花居四十年前我讀書今日再來人不識自家一步一躊躇

誰家愛唱玉玲瓏笛自西飄曲自東一夜蕩搖聲不定知他船在水當中

飛飛小艇慣穿雲傍曉招人到夕曛底事游蜂頻繞槳兒家衣是藕花熏

烟霞石屋兩平章渡水穿花趁夕陽萬片綠雲春一點布裙紅出採茶娘

坐看陶莊瀑布飛珠璣吹滿芰荷衣癡心欲向山僧說水不流還我不歸

遠望雲鬟意態佳近前凝視眼頻開豈知卽是我家婦一笑各詢何處來

葛嶺花開二月天遊人來往說神仙老夫心與遊人異不羨神仙羨少年

花神十二最清華齊著雲裾踏鴈沙擬向江淹分彩筆一章詩贈一枝花

冷泉亭上草如茵鎮日看泉泉滿身天竺過門偏不入觀音應不惱詩人

鳳嶺高登演武臺排衙石上大風來錢王英武康王弱一樣江山兩樣才

六陵何處認冬青望帝魂歸淚欲零偏有子規不解事聲聲啼與岳王聽

山無佛像山纔古水有魚船水不幽我愛九溪十八澗把人引去又勾留

金泥光閃梵王宮簫鼓沿隄鬪晚風從古繁華春世界朝陽不及夕陽紅

隻雞斗酒淚潸潸師友墳前薦一餐只有杜鵑心似我滿山紅與故人看

桑女留儂住小車春蠶食葉響沙沙一甌水白茶如雪足抵人間七品家（金史七品官纔許飲茶）

遊遍山南與水南就中何處最心貪爲他幽絕遊難盡兩度呼車別理菴

丁丁鑿石嶺雲開魚鳥咸知萬歲來世界昇平山水福五年一度換樓臺

春宵知是可憐宵柳下呼舟月下搖消受水晶宮世界四更猶有滿湖簫

贈轉運陳藥洲先生

隱隱金鉦雲外飄紅旗影共酒旗招爲憐碧草開三徑特訪幽人到六橋僧換袈裟迎上客吏隨啼鳥報花朝多公心似西湖月肯向禪棲照寂寥

南衙文宴敞罘罳爭誦仙郎館課詩公子□官庶常入席東南名士滿通家姓氏小君知夫人爲李存存先生之女見枚名紙驚曰此五十年前先君門下士也庭無雜草香生早座有歌童客散遲更許劉楨作平視繡帷新得好瓊枝

謝趙耘菘觀察見訪湖上兼題其所著甌北集

乍投名紙已心驚再讀新詩字字清願見已經過半世深談爭不到三更花開錦塢登樓宴竹滿雲棲借馬行待到此間才抗手西湖天爲兩人生

集如金海自雕搜滿紙風聲筆未休生面果然開一代古人原不占千秋交非同調情難密官到殘棋局可收我倘渡江雙槳便定來甌北捉閑鷗

大姊索詩

六旬誰把小名呼阿姊還能認故吾見面恍疑慈母在徐行全賴外孫扶名阿常

當前共坐人如夢此後重逢事恐無留住白頭談舊話千金一刻對西湖

四月十一夜月色小明步往泊鷗莊與陶篁村論詩次日連雨方喜前夜之不負也

見月思幽人踏月走林莽柴門風竹喧未撞已聞響主人臥而起枕痕猶在顙剪燭哦新詩忘言契真賞訝我月未圓胡爲急見訪我道來日難陰雨或者倘別後果連陰回首成惘惘黑雲半遮渡急浪欲沉槳枯坐湖樓中翻把前日想豈徒判鴻溝直欲分天壤嘆息月一輪消受不能強何況行樂處得往宜速往

春草

離離春草遍山中寂寂飛香過澗東儘有靈根堪濟世無人來採自搖風

訪柴東升墓不得

當年曾附李膺舟同到滕王閣上遊一路聯吟春夢在百年再見此生休浮家聞說居東粵歸骨何時葬首邱斗酒隻雞無處薦腹猶未痛淚先流

西湖小竹枝詞

妾在湖上居郎往城中宿半夜念郎寒始覺城門惡

蠶絲難上手蛛絲易惹人蛛絲吹即斷蠶絲永著身

雨餘紅意斂風定黛痕長妾請學西湖今朝是淡妝

朝喚岳墳前晚喚茅家埠不知相思魂船家可能渡

遠遠韜光磬聲聲淨慈鐘鴛鴦聽不得飛上北高峯

與嚴立堂諸公湖樓小集題折花圖贈高校書

先從畫裏認真真再向風前見洛神真個嬋娟人絕代桃花顏色柳花身

定情早服黃昏散張飲重陳窈窕湯底事兒家姓高氏想因行雨過高唐

膩粉輕雲一色寒湖山須對美人看漁翁遠望不相識只道高樓賞牡丹

贈錢竹初明府

早窺叔寶便心傾廿載重逢似隔生共惜官階甘小隱誰知詩律等長城梅花最近仙標格醇酒還輸玉性情聽管迎鑾書畫事所司終竟比人清

賜我青琴曲數行故人顏色照湖光深談合拍各雙笑招飲隔城時一觴隄上

花飛春欲去篋中扇掩字猶香期君大雅扶輪意好繼賢兄白侍郎

連日

連日稱觴召故人滄桑往事說津津歸來我即遼東鶴何必他年有化身

諸姨姊妹盡來過白髮飄蕭半阿婆挈女拖孫燈下坐大家還記乳名多

恩酬一飯意忡忡敢向淮陰拜下風只要此心長不昧千金原與一金同

余將返金陵行有日矣藥洲轉運招同王夢樓探花金栢田狀元集一分屋題唐子畏夜堂賦別圖

遊子還鄉難久住朝朝泥飲親朋處轉運多情更愛才一車載入南衙去南衙水竹最清華燕寢香生雨後花銀燭光中三雅滿金鰲頂上二仙譁入門先問陳蕃榻免隔重城愁鎖鑰賜來半臂護春寒乞得新茶解消渴文房張眼盡琳瑯就裏尤珍古錦囊匏菴首唱唐生畫都為江淹別夜堂春盤獸炭詩紛列鳳翥鴻驚字奇絕一夕揮毫事偶然千秋動色嗟神物我亦階前拜別身披圖展卷易傷神請留鴻爪將飛跡記取龍華會上人

留別杭州故人四首

滿耳鄉音聽未終東關行李又忽忽孔僖久已官臨晉賴上無由返醉翁此日花間送殘客明朝天外望諸公回頭多少酣嬉事交與湖樓一夜風

巾車踏遍九州塵到底吾鄉意氣眞入郡未爲投刺客敲門先有送詩人士將皇甫呼前輩官忘陶潛是部民（公席間諸太守推予首坐）招飲一宵三四處擬分身醉武林春

江頭久已買歸舠自改行期自解嘲白髮牽衣諸姊妹青燈投轄舊漁樵千山幸已都扶杖一事猶差未看潮暗裏不禁衰淚落兒時同學已全凋

諸公餞我莫留連我道重來只隔年擬率兒童迎　聖駕兼看金碧耀諸天遊山也有前生福結伴誰爲陸地仙寄語項斯休忘約天台早爲買吟鞭（金門約遊天台）

烟景

天然烟景足清幽底事齊梁鬧不休文士鐫碑僧鑿佛萬山無語一齊愁

京口卽事

舟輕風太大愈順愈難行急向金山泊已聞桅折聲

方愁三日泊忽又一帆開任汝聰明極天心那可猜

京口遇王蘭泉廷尉舟中見贈四章即如其數答之

廿載分襟感昔遊一朝京口竟同舟金山綺麗焦山冷頗似尊前兩白頭

謝公陶寫客中情流管清絲夜不停爲道何戡年半老不宜相見只宜聽

水牕倚醉便揮毫四首詩成調最高想見金川磨盾日飛書羽檄用枚皐

不載楊枝載桂枝折花時是散花時爲儂寄語司關者敝屐遺簪有所思予以桂郎薦淮關權使君爲載往

乳媪姚氏輓詞

阿如乳媪姚氏在余家十一年頗貞靜今年過吳江爲小奴擔水其夫疑之媪怒投水死

防妻李益本模糊李下瓜田孰辦誣難事世間惟有死竟將此事曉兒夫

左家嬌女嫛婗日曾受斯人乳哺恩今日一棺吳下掩教他剪紙與招魂

再題第二泉

不似中泠遠莫求不同廬瀑占高頭出山不遠濟人便最好人間第二流

寄懷梁山舟侍講

早辭金紫昵烟霞忘却蕭曹是世家一飯矜嚴常選客半生孤冷不宜花每聞逸事多風義（君於師門友誼行義甚高）相別經年感鬢華難得清明好時節忽逢舊雨試新茶

墨譜牙章手自鐫寓言詩寄反游仙（君有反游仙十三首）談禪不落三乘後作楷能追兩晉前大小冠同杜子夏（予一冠四十年人多笑之及見君乃覺有耦）短長亭送謝臨川別來又覺秋風起回首湖樓一黯然

寄懷王夢樓太守

未踏金鰲頂上行中華戒外早知名（君先到琉球後中探花）出疆海水橫身過入夢宮花繞筆生才子中年多學道仙人家法愛吹笙騷壇旗幟張多少我覺王維是正聲

代寫吟箋代整裝多君處處作津梁高霞得月方成彩幽草無風敢自香李翰文枯奏音樂涙仙詩就獻空王關心手撰鈞天曲歌到雲璈第幾章

兩江節相高文端公挽詞

一輪卿月墜烟波易簀心驚瓠子歌方喜君恩深北闕豈知臣力盡南河公薨於工所春風自向甘棠暖冬日其如夕照何此去公應不寂寞臯夔賢相九原多

卅年門館受恩身擡舉烟雲意最真頻把參苓遺老母幾番絲竹宴騷人南衙語笑春雖遠小札寒暄墨尚新料得奇章憐杜牧他生還許吐車茵

二月中似村公子過白下值予遊杭州不獲相見留書而去端陽後予還山中賦詩招之并柬其兄璞齋觀察

久別不圖君北至乍來偏值我南歸空留案上仙書在尚記江頭別涙揮春夢過時蝴蝶老好風吹處脊令飛相期早踐山中約莫負衰翁掃釣磯

余續夷堅志未成到杭州得逸事百餘條賦詩志喜

老去全無記事珠戲將小說志虞初徐鉉懸賞東坡索載得杭州鬼一車

贈鍾山書院山長錢辛楣先生

不赴蘭臺赴石城經師我亦得康成卜居擬造東西屋鐘叩時聞大小鳴滄海水原通碧落隣家燈可借餘明如何欲唱思歸引失學先教一叟驚

喜似村至

仙舟重訪武陵津雞犬欣欣迎水濱三徑已非前院落六郎還是舊丰神詩箋壁上多陳迹僮僕階前少故人知否桃花怨公子負他一十五年春

引君同到小蓬壺指認牕前樹幾株舊榻豈知今又坐新廊可記昔猶無雙鐫爾我留私印略瘦容顏在畫圖一石印刻兩人姓名隨園雅集圖似村第四一處傷心君莫往相公遺墨滿紗廚

似村約爲平原十日之飲忽賢兄璞齋權安慶臬使敦逼還署余不能留

寄詩送別

添出一重別君來轉惱余萍逢才抗手火急又回車公子三千里衰翁六十餘欲知腸斷否但看鬢何如

難卜重逢日還思乍見時藕花江館月風竹夜牕詩舊夢層層在輕雲冉冉移傷心杜陵叟泉路說交期

蘇州徐西圃居士招同翁東儒文學遊西洞庭同宿石公山房作

雙槳出胥口洞庭秋始波水含天影盡山像物形多太湖諸峯有龜魚老鼠等名鳥駭初來客風留半謝荷到時紅日晚猶有采菱歌

七十二芙蓉登臨先石公水聲山脚響霜影樹頭空峭壁勢相倚泠花香未終湖光三萬頃搖蕩佛堂中

待月歸雲洞悠然水面來衆峯如白鶴一色上霜臺倚檻沉吟久聞鐘緩步回枝枝松檜影明滅映蒼苔

主人徐孝穆雅意最殷勤感舊招黃髮尋幽入白雲與高詩亂寫顏熱酒微醺他日留題處停毫尚待君君代余題兩絕句於僧壁余不知也

登飄渺峯

一峯橫一峯豎一峯一峯行不住行到前峯無可行疑被輿夫負我上天去輿

夫笑且言此是洞庭飄渺峯頭最高處遙天四望青茫茫白波萬道搖眼光琉璃平鋪大地沒炊烟幾點人家藏若非身來塵界外那知山在水中央賴有舟楫功人世得相通桃源聞雞犬笠澤走漁翁不然便是神山可望不可接千秋萬世誰到蓬萊宮天公妬我來大風吹雨至車蓋墜復飛冠纓頸難繫冷雲滿口嚥不及逼人純是蛟龍氣凜乎難久留自掉烟中頭紫鯨不來黃鶴遠老夫行矣無夷猶風兮風兮相吹知有因勸我莫作人間絕頂人

身在

身在雲中身不覺看雲還上最高峯誰知身已穿雲過脚下雲鋪萬萬重

林屋洞

林屋山雖低一洞深不已我來入洞行山溜多泥滓初入難伸眉再轉才舉趾板輿曳村童人臥作蛇徙一枝蠟燭光萬點蝙蝠起照見蓮花垂石床滴石髓如讀雜卦傳物物堪比擬更聞聲在空波濤撼兩耳恍疑青山巔翻落太湖底急誦靈寶經遠尋龍威子其奈字一行大書隔凡矣

伍員墓

一片巍峨土未平鴟夷浮處有佳城遠山雲外學華表潮水壠前多怒聲慷慨報仇褒世事淒涼託子暮年情祗今廟貌丹青在兩眼猶如盼越兵

消夏灣贈蔡生

灣尋消夏處舟泊蔡經家幽絕槐眉樹豔開湖目花水羞菱角採火米爨烟斜惹得隣兒集驚看遠客車

太湖歸舟遇風仍挈行李宿徐氏西齋題贈西圃禮珍心梅三主人

五日乘槎泛仙島塵緣未斷心悄悄急圖歸計見星行兩槳嘔啞趁清曉誰知風伯忽怒號強欲留賓相剔𦗟軒然大波吞人面篙折篷掀桅木倒魚龍當客挾山飛天地似盆盛水小衾裯沾濕類鮫綃鬢髮飄揚作蓬葆舟師搖手再四言千金垂堂毋草草不如返旆學叔孫切莫沉湘似屈老我無成見最心虛亦且貪遊愛眼飽可行則行敢希聖於止知止豈輸鳥從諫如流急轉帆平生萬事回頭早看山如理舊時書讀過重溫更覺好蕭齋雖別再扣門陳榻猶懸休

灑掃主人大喜帶笑迎伯歌季舞爭相繞速啓西牕指示余七十二峯青未了

贈虎邱主人杜開周

前樓秋水後樓花杜牧三生鬢已華我學山塘好明月中秋時節到君家

西隣借得好樓臺怪底軒窗面面開風送衣香廊響屧水邊時有麗人來

輕舟遠泛洞庭煙八日歸來秋滿天丹桂已殘香未散一堆黃雪小牕前

相知已是廿年餘感舊難忘見面初同向風塵識豪傑梁溪還有老尚書謂拙修宗伯

余不喜陸行而渡江屢遭大風吟詩自慰

半世不知險歸舟又蕩公篷欹多漏雨帆破不兜風枕倚秋江上詩吟大浪中沙禽能識我定是信天翁

寄懷錢璵沙方伯予告歸里

屏藩官職古稀年九十慈親　聖主憐子舍未伸烏鳥志　君恩許賦白華篇萊衣久舞宮袍淡孟笋重嘗野味鮮不負故人期望意果然平地作神仙公未歸前

半年余有札寄云何不捨格天之事業來作平地之神仙乎

養堂新築小蓬壺水榭風廊似畫圖伴客一庭惟古木離家三里即西湖書聲到耳聽兒讀花影隨身當婢扶悶捧彈章九天上驚魂還到夢中無公曾劾黃太保

千齡會上酒盈卮八首吟成絕妙詞福壽能兼還有母性情以外本無詩東山絲竹供陶寫西浙文章仗主持可惜超超玄妙處靈犀一點少人知

景龍人散巨山存送抱推襟老弟昆卅載閑居輸我早一科前輩讓公尊雞壇零落人何在銅狄摩挲手尚溫長願白頭兩宮女各談天寶也消魂

瘧

歸自吳門乍泊舟忽然瘧鬼又勾留衰年一病先防死騷客三生最怕秋半老楊枝無可遣新添季豹又何求行雲流水隨風去仙不相招佛亦收

園中芙蓉盛開病中不得見戲題一絕寄調章淮樹太守家春圃觀察香亭別駕

九月芙蓉開滿園病夫無福倚欄杆妬妻瘧母真相似家裏紅妝一見難

送孔南溪方伯予告歸里

欣聞永叔賦歸田海內爭看陸地仙上疏官能辭二品懸車齒尚欠三年閒拋案牘親書卷笑把銜參換晏眠回首甘棠千萬樹曉香吹滿夕陽天

同年零落曉星殘愛我真將國士看詩錄千篇常口誦坐留一刻也心懽青山路隔相逢易白髮人歸再見難如此交情怎能斷他生還擬續金蘭

題李蓴溪詩集

偶讀蓴溪集中存贈我篇傷心數行字回首卅餘年莽莽長安市萋萋古廟烟多君夙緣好乍見便纏綿土地廟相逢當時意氣盛重疊上雞壇廣集諸年少賡歌到夜闌垂簾遮石洞送客出花欄記否讀書處高陽池館寒君寓所爲李高陽相公故居秋風吹蕊榜忝竊到蓬瀛從此通家誼兼之折輩行余出鄧遜齋先生門下妻鄧出尊人玉洲公門下呼乾阿嬭郎是小門生借得華堂住連牆笑語聲事過多如夢年華去若風幸虧鴻爪跡都在越吟中雅麗陰鏗似清幽裴迪同

名場可容易剩此兩衰翁

故事江寧榜發鹿鳴宴設於府署今年章太守之子及其從子均獲中雋於是父爲主人而醮其二子於堂上士論榮之子以詩賀

黃堂張樂宴文星雛鳳雙飛出鯉庭金字榜懸千佛麗桂花枝覆一門青竟將國瑞成家慶定有仙雲上畫屏寄語鹿鳴歌緩緩佳兒聽罷阿翁聽

謝金圃侍郎以舊時督學典試江南余病中不能走謁寄詩奉簡

久簪斑管侍岩廊謝傅忠勤動 玉皇已命三年羅俊秀更教八月舉賢良秋高碧落翔鳴鳳菊滿重陽正晚香自種明珠自家採一時佳話遍江鄉

衡門曾記訪袁絲臘嫩山青雪霽時卿月有心憐小草鶺鴒無分託高枝侍郎爲第四子索婦余以齊大非偶爲辭班春風過禽魚喜近日雲來水竹知剛值采薪難走侍獻將長句寫相思

哭雲南撫軍裴二知先生

退思圖上命題詩拜別卿雲有幾時禮士渾忘身入座憂民早見鬢千絲一家

琴學風何古公舉家善琴　萬里棠陰政可知趁此哀榮歸亦好只憐綠野負心期

自題

不矜風格守唐風不和人詩鬬韻工隨意閒吟沒家數被人強派樂天翁

笑

鹵簿逢兒住延之笑不勝我憐穿鼻馬人羨得霜鷹

香風隔牆至蜂蝶滿堂譁可惜尋春誤花開是別家

春圃香亭兩弟官白下余不能無秦鍾楚謗之累戲題一詩

紛紛何氏來殘客似向顏家覓要人速把庭籬隔門戶謝瞻還覺有風塵

靜掩

靜掩衡門細補籬自家筋力自家知病雖已去身終弱老亦何妨牘不宜齒長

漸無同話客名高愈有欲删詩把書攤向煙波看半作經師半釣師

遣與一首學皮陸體

家居盤谷泛杯湖便是真靈位業圖仙鶴銜書將字認游魚逐隊可名呼青琴

曲裏歸雲引玉女溪邊調水符儘與幽人供寂寞覺花忍草試工夫

偶然

偶然三月惠風靜關住一門花氣香學博愈增編纂累園深時覺歲修忙生前眼福猶嫌少死後文名自信長料得安排天總定只嫌無路問蒼蒼

殘冬

殘冬餘幾日風雪滿牕櫺有室徒生白無書可殺青胸中齊物論案上度人經欲語憑誰告閑呼凍雀聽

病後作

天不輕作秋一雨一回涼人不容易老一病一頽唐我年六十四今春猶聰強上山不嫌高坐夜不厭長有時逸興發跳躍如生麞人皆笑此翁童心猶未忘無端秋一瘧吾精竟消亡攬鏡不相識欒欒瘦異常加餐輒腹悶多言復氣傷彷彿傳元言欲捨形高翔回思春日健並未隔千霜如何我羨我已作兩人望始知將盡燈不可使扇颺又如將落葉何堪風再戕寄語衰年人寒暑宜周防

歲除

左插梅花右水仙當中一叟聳吟肩歲除自把光陰算又在詩中過一年
掃地焚香有所思閒人閒日此閒時誰知未了閒人事蛛網撩殘剩一絲

傷心

傷心六十三除夕都在慈親膝下過今日慈親成永訣又逢除夕恨如何素琴
將鼓光陰速椒酒虛供涕淚多只覺當初懽侍日千金一刻總蹉跎

守歲

家家守歲歲不住未到五更歲已去余不守歲歲戀余夕陽欲下猶躊躕一來
一去歲無痕何必強分舊與新只愁飲到屠蘇酒被歲排爲末了人糄盆焚罷
長恩祭階下兒童小游戲獨坐黃昏悄不言且把光陰歲歲記久不銜參不早
朝元辰睡起紅日高門亦不守無人敲敲門或者梅花梢

吳協璜把酒對月圖

延陵先生夜不寢對天揮杯勸月飲月亦多情解酬客一泓清露杯中滴君爲

主月爲賓一酬一酢三更天衣裳飄飄欲化烟嫦娥天上笑且言此人又是飲中仙

元日牡丹詩

魏紫姚黃元日開真花人當假花猜那知羯鼓催春早富貴偏從意外來
約束紅香冷更妍飄揚霞珮賀新年果然不愧花王號獨占春風第一天
如何絕代玉環姿蜂未聞香蝶未知想與梅妃爭早起嚴妝同對雪飛時
饒他傾國與傾城自結空山采伴行一樣人間金紫貴占人先處惹人驚
惱殺當年武媚娘催開不肯逐羣芳而今替我飛香早可乞清平第四章
重重錦帳護輕風脈脈私心感化工憐我白頭花福少預支春色與衰翁
一自青溪擁絳紗年年冷處受繁華也虧早把心香展不作隨行逐隊花

藏雪

平生最愛月與雪月不能留聽其缺雪更多情來我家天之所賜敢拜嘉庚子元宵雪不止主人攘臂清晨起呼僮率婢拉老妻滌甕排罌抱筐篚奔前斛雪

如斛糧晶瑩潔白裁入倉不許纖瑕污玉粒兼持仙杵擣元霜骨冷魂清神轉
王雲階月地全搜蕩已經千斛貯堂中猶瞪雙睛看瓦上我聞東吳明珠貢百
琲食之不了渴與饑又聞穆王俘玉萬萬隻枉費人間八駿力何如我之所寶
人勿趨片片瓊瑤奇貨居大夫伐冰無此樂匹夫懷璧殊堪娛轉眼驕陽六月
紅取烹綠茗生清風更把楊枝一滴灑醫盡人間熱中者

攝生

瓶裏花難謝灰中大易儲雖然同一盡終竟緩須臾徐福蓬萊藥軒轅罔象珠
何如慎眠食春夢自蘧蘧

感瓶中梅

戲折紅梅枝置之磁瓶中其時花千樹欣欣開春風設身為梅想得無心忡忡
不與衆爭春而來伴衰翁翁亦慚頭白不稱此花紅因之有薄寵安放傍簾櫳
一朝天嚴寒雪壓兼霜封園花盡凋敗細蕊亦疲癃視我瓶中梅精神方隆隆
如以金屋姝下視山村農豈知我折時並非情所鍾偶然與到耳採取由奚童

凡此榮與枯豈可常理通一笑語梅花萬事皆天公

三月二日小步池上覺兩岸少碧桃數枝方擬購買而回頭見乂手揖者門生楊近仁也問何來曰爲先生送碧桃來不覺狂喜爲賦一詩

起念買花栽回頭見花至公然天地間有此如意事機緣巧湊誰安排桃花未開心花開人生三萬六千日似此心開有幾回

景陽閣席上題扇贈歌者曹郎

角巾珠履貌蓮花邂逅相逢羽士家疑是仙人王子晉吹笙招我泛流霞

吾家臨汝最情多春圃手撥檀槽耳聽歌要試步虛聲一曲景陽高閣舞曹婆

萍逢不厭白頭狂恰恰身材似我長並坐燈前堪入畫一枝瓊樹倚斜陽

平生不飲沾唇酒此夕郎教代數卮惹得歸來紅袖問爲誰沉醉夜深時

能工楷法寫丹青不愧張文喚小生只爲髫年曾上學歌唇時帶讀書聲

三更分手話依依道返吳江見面稀且把深情託紈扇滿懷風送玉人歸

偶成

人人都厭黃梅雨我願黃梅雨暫留安得潺湲過三伏一晴天已是新秋

一花一草靜相於槐有長眉松有鬚荷葉生來不知雨星星化作滾盤珠

閉掃蕭齋靜掃蠅修行何必定如僧幽蘭花裏熏三日只覺身輕欲上昇

永建五年雙魚洗歌

徐君龍飲貽我雙魚洗中有永建五年銘內府寶造用九字篆初變隸陽文精土花漬久翠的爍水銀湧過光清瑩考建元年乃漢順其時擁立由孫程十九奄人輿猳血安知不將此洗感厥後洛陽火德改家家呼唱董逃行長安鐘簴盡灰燼此洗何幸全其形鬱堙坻伏向何處一朝古貌山中呈傷哉中郎喪老成得見虎賁如典型何況此物真漢器閱歷人世千餘齡我學子訓摩銅狄更慕圖澄解塔鈴欲詢往事再三扣雙魚作答聲丁丁

一笑

啞然一笑向東風蟬唱分明賦惱公底事蜘蛛張網密只羅粉蝶不羅蜂

錢坤一少宗伯典試江南榜後過訪隨園即事有贈

同徵四十六年前殿上揮毫事宛然每憶雲仙看碧落忽持玉尺下江天鬢眉
換盡清談在桃李栽還舊兩憐正擬尋公呼蠟屐八騶先已唱門邊
愛我山莊處處幽一邱一壑總勾留卿雲氣煖花爭迎老鶴情深語未休難得
相逢剛九日自憐此會亦千秋知公寫贈孤松意朝野於今兩白頭賜畫松一幅

哭陽湖相公十六韻

同榜滿朝空晨星一相公如何辭湛露忽又去秋風德量裴中立經綸魏弱翁
物情深惋惜　主眷極初終憶昔聯鑣日分遊上苑東衣披宮錦麗酒鬪蠟花
紅極貴原難料賡歌但覺工一朝雲海隔卌載信音通吏部銓衡職綸扉爕理
功格天無異術行己祇孤忠嶽嶽翔威鳳棲棲剩冥鴻書來常念舊言出必由
衷影畫淩烟閣身歸兜率宮黃壚真渺渺白日太匆匆故第難旋馬靈旗易轉
蓬闕心羊太傅俎豆是誰供公無子

靜裏

靜裏工夫見性靈井無人汲夜泉生蛛絲一縷分明在不是閒身看不清

六合唐梅歌有序

六合西門外吳氏田莊有二古梅相傳爲唐時仙人張果所種語雖不經然奇古輪囷在滁州歐梅孤山林梅之上殆千餘年物耶惜其隱於村野爲歌惜之

有花看梅人所同無花看梅我所獨我來棠邑看古梅九月中旬霜氣肅一株天矯乖龍翔一株湮鬱瘦蛟伏皮肉破碎筋骸存踉蹌支離苔蘚綠想當花開正月天香雪橫陳千萬斛使生孤山鄧尉間一奏定邀 天子目或賜 宸翰或寫形頌刻光輝滿山谷如何淹蹇野田中此梅有壽真無福香氣常同牛矢爭繁枝苦被樵夫斲世間萬事總皆然彼姝往往泥塗辱我欲收此千年春傍花特起三間屋廣招海內看花人一杯一酹揮珠玉傷哉吾齒已衰頹心自有餘力不足急把隃麋磨半升灑向花間慰寂寞縱教此樹無人看或者此詩有人讀

香亭任江城別駕一年奉廣東太守之 命賦詩送之

太守官從別駕移五羊城上柳如絲　君恩深處忘途遠家運隆時惜我衰得
路馬宜加努力出山雲敢問歸期不圖焚却西征賦依舊仍吟渡海詩香亭初選四川
日出扶桑自古夸羨君此去最榮華吟來紅豆新成讖生長灘江舊有家弟有紅豆
村人詩集生於粵西人號香亭入香國路過梅嶺折梅花珠娘聽說珍珠似老我猶思一
泛槎
曾因親老乞江東六載塤篪處處同卜宅只離三里近開花分看兩家紅兒童
梨棗交相讓娣姒笙歌聽未終底事天風忽吹散一場春夢又匆匆
木落天寒雁失羣兩家離緒話紛紛眼前田舍君交我身後妻孥我託君甲子
已周無可老荆花重合轉難分擬登江上高峯送目極孤蓬入斷雲

馬孺人歌爲周梅圃觀察作

女貞木鵂鶹不敢棲婺女星浮雲不敢翳潭州馬孺人戹運遘陽九明季黄巾
亂闖門獨自守有兒奕奕人中豪賊欲餌之開科招母命拒賊賊大怒三百六
十二人同受刀母受縛去罵聲琅琅兒求代母伏地頭搶更有諸姬跪哭母旁

問汝何志僉云一死無他腸母乃大笑神洋洋難得三婦豔都是千年霜人生貴死得其所耳全家赴義皎如明月光果然　聖人出妖雲滅綽楔煌煌加寵秩兒子捧盤祭母穴仇人之首猶帶血孫曾子姓多纓簪苦節之後報以甘嗟乎孺人之賢誰與偶古來只有王陵母

題南浦觀察雙鶴對立圖

一鶴矯翼翔一鶴淩風舞一客披衫立軒軒共霞舉客乃青雲人朝陽丹鳳侶
胡爲不冠巾與鶴相爾汝客云我有心別自藏靈府不能向人言惟有對鶴語
鶴住我爲賓我行鶴爲主行將挂烟帆歸看鴛湖雨高于清獻公一琴亦不取
畫師更清絕白描擅千古人立不倚山鶴立不踏土安得乘軒人風懷淡如許

小雪日香亭弟贈灰鼠裘

雪珠如豆打茅茨阿弟貽裘趁此時仙鼠蒙茸真可愛老身長短更相宜著來小試妻孥看分得餘温手足知但願多情如晏相一披便作卅年期

香亭和

雪壓茅簷兩掩茨山風珍重乍來時衰年每怯豐貂重小冷無如此服宜毛
裏天親千古共箕裘心事兩人知期兄當作姜家被同曳同披沒了期

嫁鶴詩和章淮樹觀察

桐城觀察水雲居爲鶴求婚寫聘書園叟代行親迎禮高軒一乘下蓬廬
隨園山瘦稻粱稀爭及安園飲啄肥笑嫁仙禽如嫁女勝吾家處讓他飛
三年棲息主人恩一日䙰𧝛舞出門未免數聲離別唳滿山花鳥盡消魂
送鶴丁寧語莫忘好隨嘉耦共翱翔九皐鳴處須珍重休啄梧桐惱鳳皇調公寵姬鳳姝

小倉山房詩集卷二十六

小倉山房詩集卷二十七 辛丑

錢唐袁枚子才

遣興雜詩

老妻怕我閑書卷一卷書開百事忘手把陳編如中酒今人枉替古人忙

新年無計慰衰翁春日尋春小苑中拜領東皇無別物綠梅花上過來風

小步閑拖六尺藤空山來往健於僧栽花忙處兒呼飯夜讀深時妾屏燈

抹月批風意自如有時此老亦拘拘懽場獨靜因除酒閑裏生忙爲著書

休焚沉篤防花妬且住笙歌讓鳥吟開卷古人都在目閉門晴雨不關心

枕上推敲忘夜長苦吟人與睡相妨無端窗外風濤急生恐蛟龍走上牀

歲月堂堂秋復春山花山草逐時新有時獨坐還自笑回憶少年如古人

牽車圖

許滄亭觀察繪圖將一家人物器用盡置車上主人負長繩曳之而走有持鞭者暗中笞督蓋亦借圖醒世之意

全家置一車主人牽以走車中坐妻孥車旁立僕婦車頭載尊罍車尾曳箕帚
更有暗中神持鞭督其後雖休勿能休自辰直至酉日暮途窮時精神難抖擻
猶有眷戀心一步一回首試問牽車人何如車上狗狗態尙安閒汝身能逸否
但願繩忽斷牽覆車中酒或者醉糟中一笑且放手

遊蘇州得五律六首

風花三月半我駐虎邱車娛老常攜妾消閒更帶書上山笻竹健擫笛水窗虛
借寓誰家宅樊川杜牧居謂開周
遠訪支硎寺輿夫識我不轉輪高殿活洗鉢小池幽香火諸天盛凡心一拜休
觀音無別樂受盡美人頭
小立三义路輕衫忍薄寒萬峯初過雨一客獨憑欄柳葉成陰易花枝出色難
額羅如許仄應作服妖看近日蘇州女子抹額不滿半寸
聽雪寒山下亭臺入畫圖樹深禽語亂雨久瀑聲麤曲折雲廊轉高低石磴鋪
女兒多半怯伸手索娘扶

靈巖渺天半形勝稱堯宮玉殿松雲色金鈴寶塔風太湖來掌上飛鳥去烟中歸讀瀧岡表榮華想畢公秋帆中丞祖塋在山之側

吾宗有賢者卜宅古楓橋愛詠小園賦時將大阮招書香同萬卷酒量讓三蕉且學堂前燕年年宿一宵謂漁洲

贈吳孝侯

延陵家世小仙風卜築秦淮古巷東杖履自稱黃髮叟丹青愛寫白猿公五侯門第裾常曳一笛梅花曲未終我得君爲方外友溪山不復訪盧鴻吳以畫猴得名故有第四句

供芍藥數十枝終日對花獨坐

我寧負人不負花花開時節常歸家今年出門語芍藥留花待我歸來夸果然歸時花正盛烝紅爛紫騰雲霞折花卅枝膽瓶供高低位置圍屏遮照影遠安琉璃鏡護風近障輕容紗霓裳爭舞月殿女香珮盡解吳宮娃華鬘之天化人國神魂雖蕩思毋邪人生長得對花坐比拖金紫誰爲佳況我衰年急行樂看

春生怕斜陽斜此樂豈可使卿共爲花辭客客休嗟譬如桓子受女樂不朝三
日何妨耶

覺老

行時躑躅坐曹騰自覺今年老不勝藏物怕忘憑筆記看山雖好讓人登宵眠
不待更三點晝食曾無粟半升大槪衰翁何所似春來殘雪曉來燈

送史增偕鵬姑還溧陽

我年如增小簪筆明光宮特奉　天子詔學于文靖公公方作冢宰絳帳開春
風月課諸詞臣命擬疏一通我時習翻譯技癢獻雕蟲公大加擊節逢人夸終
童從此許升堂執經相追從三朝問文獻六部談兵農至今心胸間昭然如發
蒙其時少司馬恩蔭官郎中每于鯉庭趨得親公子容長安一爲別山左重相
逢命作治河記南衙酣金鍾迢迢三十年雲泥隔數重忽然蹇修來欲以婚姻
通公卿能下士此意古人同卿雲照小草女蘿附蒼松齊大不敢辭楚國遂乘
龍今年二月春館甥倉山東芳蘭如解意花開並頭紅江梅亦相賀萬朵香雲

濃壻貌既美好壻性尤明聰勉旃繩祖武勛業垂隆隆當年門弟子此日孫婦翁先師如有知九原笑未終

鵬姑貌中下天資頗和柔媞媞七歲時脫口詠雎鳩字學衞夫人揮毫作撇勾書讀宣文君音義相咨諏將笄失所恃于爺更綢繆脂粉放妝臺縹緗堆兩頭我欲考奇字命渠字書求我欲聞異聞喚渠齊諧搜徵典代祭獺分韻替拈鬮公然女記室風雅冠士流一朝嫁公子江上棹蘭舟蕭蕭白髮翁觸目生離愁丁寧復丁寧辟呷不能休善承公姥意好偕娣姒遊相府作羹湯敬慎毋愆尤藏我數行字當作奩贈收揮我衰年淚當作珠璣投壻也誦余詩謂其是也不

碧紗幮

三丈吹綸障熱風詩隨人住碧紗籠青蠅白鳥遠相看奈此蕭然白髮翁

病中戲作

我不願來而忽來我不願去而忽去不知來自何方去從何處此中自有真消息天不能言我代說只等盤古老翁依舊活我來尋我自然得

衰年雜詠

支硎山下看花還又看真州競渡船行樂不教遲一刻光陰知是夕陽天

作字燈前點畫粗登樓漸漸要人扶殘牙好似聊城將獨守空城隊已無

長短衣裳闊狹冠卅年變換太無端幸虧守定當初式古樣重當時樣看

泮水風光閬苑春記來事事總銷魂妙人那得來優孟把我平生演一番

同榜同官屈指稀門生門下又孫枝三朝舊事填胸滿獨立斜陽說與誰

結習由來掃未除一燈猶自課三餘隨抄隨摘隨忘記偏記兒時讀過書

半刻清談覺氣差未行三步想呼車空留兩隻婆娑眼貪看人間霧裏花

三尺遺書楹下藏半生甘苦最親嘗名山事業憑誰付學識之無七歲郎

真州竹枝詞

流過揚州水便清鹽船竿簇晚霞明江聲漸遠市聲近小小繁華一郡城

誰家結構好樓臺水榭雲廊幾處開底事銅魚管風月終年不見主人來

都天會起賽神忙兒女沿隄盡點香絕似嫦娥頒令甲一齊月色着衣裳

最好城河水二分開窗終日鳥聲聞參天兩岸樹陰合中有人家住綠雲

一過清明玉笛飄釵光鬢影上輕舠只須守住東關路花去花來早晚潮

板橋宛轉采虹垂沙淺潮平艇過遲郎忽相逢妾難避大家都是落篷時

連朝分付小篙工隨意閒遊但聽風難得吟聲花外落水牕圍坐幾詩翁謂吳正民諸君

何必桃源放槳行此中仙景足幽清何時小購三間屋閒倚雕闌過一生

自嘲三絕

官量原如酒量千杯半盞殊科我是人間小戶十年官已嫌多

飲酒擲蒱度曲人生遣與三條我竟一齊不解公然樂過終朝

游戲貴人席上支吾年少場中賴是天機活潑不然誰理衰翁

新涼

人皆愁久暑我却怕新涼味似官初罷情疑寵不常晨昏難適體衣服屢開箱

安得彈琴客先教奏履霜

曹子建有感婚賦余倣之作感婚詩寄省堂

隨園山人事事早只有兒生年已老省堂孫曾繁且滋垂老偏添一女兒兩人老筆將毋同我戲盍作親家公省堂未諾顏先笑道有奇緣爲子告當年鳴笳六詔天閨中慘喪鴻妻賢正逢遺挂驚心日那有鸞膠再續絃門外蕭蕭馬戻止一老來修相見禮身佩櫜韃道姓殷家有初笄未嫁女願充側室戴香纓長捧盤匜侍君子我急搖手謝不遑請翁觀我鬢邊霜已經老圃橫秋色忍把桃花種夕陽殷翁心事從頭說家本金陵舊黃籍少走滇南長百夫漸置田廬歸不得公能攜女到江南好替家鄉留一脈我感翁言許迎娶東風吹起沾泥絮一夕金鑾產白家四年玉鏡思溫嶠今朝與子結天親殷翁見解信通神果然此老嬉遊處安置他家女外孫萬里合教青鳥使一函先報白頭人客冬臘雪紅燈映翦刀遽作巾箱聘秦晉絲蘿兩處牽劉盧仙籍三生定新春園柳叫雎鳩高固雙雙到此遊嬌娃抱出珠同耀阿孄同來花見羞人間似此婚姻樣一笑都將媒妁忘要知萬事總由天半是因緣半福量君不見陵川集裏有長歌

天賜夫人作宰相

彭芝亭大司馬八十索詩

晝錦堂開八秩樽卿雲光采耀吳門人間元老三朝少海內靈光一殿尊玉尺已裁寰宇徧金鍼還與故鄉論時掌教蘇州文昌雜錄科名記首說鰲頭兩祖孫公祖定求康熙狀元領袖清華五十霜文人中有郭汾陽曾官樞密威常在再宴瓊林話正長屈指東南誰伯仲滿朝金紫半門牆乞歸更荷　君恩重許住平泉水竹莊尚書風貌鶴同清瀟洒何曾似六卿樓起三層雲對坐集成一品世孤行仙郎已擅朝中貴佛子還從膝下生四公子尺木進士好佛佇看蟠桃親手採家風真不愧彭鏗

鯫生弱冠受恩知也復蕭蕭兩鬢絲冒雨常迎嚴武駕憐才屢和樂天詩只因路隔江波遠未免籌添海屋遲蒲柳倘同松柏茂他年扶杖祝期頤丁丑二月公遊隨園遇雨

謝錢觀察三伏日賜冬醃菜

當暑難求饍飲鮮金鹽玉豉話空傳黃芽忽嚼三冬雪赤日全消六月天物是過時纔見貴口因同嗜轉相憐多公冷處留餘味那用何曾食萬錢

和竹西公子歸鶴詩

老鶴飛歸月二更滿園花作故人迎不愁羽客去無主但覺雲仙來有情小步池塘尋舊伴重看軒蓋似前生憑欄聽得家僮報頂上丹砂色倍明

肯把滄桑說是非乘風還舞釣魚磯雲霄志在終須去館穀恩深敢不歸暫别梅花心耿耿仍逢雛鳳話依依遙知一品衣成後更向君家身上飛

惆悵詞邀淮樹觀察同作

三月姑蘇花下行天桃一樹最關情如何欲折不曾折空惹黃鸝啼數聲

記得人扶出畫堂小家生長大家妝惜春御史忘春老盼殺驚鴻下夕陽

莫惱遊蜂樓上遊藁砧原本欠風流試看夜半聽琴客嫁得相如便白頭

空把瑱函問再三迢迢秋水隔江南佳人好似瑤池果一落風前鳥便含

十里雷塘廿四橋吳娘遠唱雨瀟瀟可知有個多情叟安汝心頭尚未消

祝史抑堂少司馬七十

一片卿雲耀里閭方瞳綠鬢七旬初蕭曹世胄雖恩蔭韓范平生早讀書九月黃花香晚節十年司馬賦閒居旁人爭把神仙比我覺神仙尚不如

欲把忠勳寫上詩藎臣風采略聞知治河邵父碑長在決獄秦臺鏡不疲閩粵蔡襄無稗政潮陽韓愈有生祠至今誰把廉泉飲合浦明珠有所思

卜築平泉月一齋竟將鐘鼎換樓臺許歸　恩比加官重行樂身能及健回愛寫黃庭將墨試閒聽仙鶴報花開公臨聖教序直逼右軍　盈盈湛露宮袍滿新自鈞天賜宴來

鸞鳳分明跱絳霄絲蘿偏喜結蓬蒿想因孔李通家厚忘却崔盧舊族高鬢影牕前多玉女書聲膝下盡雲璈遙知一盞麻姑酒紅徧綏山萬樹桃

置樽

我有不朽在何必形骸謀但聞置樽語傳自古諸侯預凶雖非禮藉幹終無憂

友自西蜀來贈我楄柎木其大可蔽牛其堅可比玉筮月得閏五命彼匠慶斲創爲四阿形賦成六合體斑斑狸首文鬱鬱異香起匹如華屋成未住心先喜屋成人所同一過如飄風榫成惟我獨偃然臥其中大哉此居乎歷劫恐未終想其蟠蒼穹豈肯入黃土奈爲賢者屈與我共千古且當女手卷摩挲日三五

題羅兩峯畫丁敬身像

古極龍泓像丁號龍泓居士描來影欲飛看碑伸鶴頸拄杖坐苔磯世外隱君子人間大布衣似尋科斗字倉頡廟中歸

題兩峯鬼趣圖

我纂鬼怪書號稱子不語見君畫鬼圖方知鬼如許得此趣者誰其惟吾與汝畫女必須美不美情不生畫鬼必須醜不醜人不驚美醜相輪回造化即丹青鬼死化爲聻鴞鳴國中在君盍兼畫之比鬼更當怪君曰姑徐徐尚隔兩重界

和辛楣少詹詠物二首

圓几

彎環月樣几横陳置酒應招看月人讓處不知誰首席坐時只覺可添賓天星
合璧書稱瑞粉蝶成團影亦春悟得轉圜行智意朱門蓬戸好安身

煖炕

誰把春臺作睡鄉烏曹磚上不知霜恍疑故國眠焦土尚記新婚坐煖床夢惹
敬兒通體熱熏宜荀令幾重香燕姬也像唐花樣烘出精神覺勝常

再詠前題索辛楣和

圓几

禪門說法重圓光巧匠偷來制器良折角定煩修月斧供花合獻轉輪王卿如
戴笠來相稱我愛團瓢小不妨記得中秋好時節大家說餅進盤觴

煖炕

氤氲一榻置蕭齋火迫鄰侯笑口開昏夜至今多熱客兩雲從古屬陽臺烝憐
鬢雪消難盡煖覺冰人夢不來知否清寒門外客繩床猶是盼春回

山隣涂爽亭孝廉工小兒醫園中暮鸛夭豚皆所診視年九十二而卒賦

詩哭之

昨日支笻訪薜蘿今宵壚下渺山河常迎康節花間至看活童烏世上多屈指已成三世佛傷心未唱百年歌他時倘有倉舒病難向人間覓華佗

周瑜墓

天生一將定三分才貌遭逢總出羣大母早能知國士小喬何幸嫁夫君能拋戎馬聽歌曲未許蛟龍得雨雲千載墓門松柏冷東風猶自識將軍

旌旗指日控巴褒底事泉臺遽束裝一戰已經燒漢賊九原應去告孫郎管蕭事業江山在終買年華玉樹傷我有醇醪半尊酒爲公惆悵奠斜陽

第二番桂

木犀開過小山房第二番花較勝常金粟似招前度客月宮真有返魂香不愁青女霜將白只恐嫦娥額太黃寒菊在旁應笑語似儂遭際兩重陽

題板橋遺迹圖 有序

余春秋二十有七作宰金陵偕詩人朱草衣訪板橋遺迹苦其荒圮難

稽垂四十年矣今秋吾鄉吳小谷廣文來憑弔之餘屬揚州羅兩峯畫成此卷屬余加墨

西泠才子最多情聽雨秦淮鬢欲星尋得十三樓舊址教人收拾上丹青

荒烟一片館娃宮往日笙歌此日風賴有范寬能寫影樓臺還在有無中

君來作別話依依返櫂秋江一葉飛定向故鄉親友笑袖中攜得板橋歸

翟慈登聽雪圖

凍雨飄山牕沙沙聲不止坐而聽者誰温伯古雪子初聽若希微再聽雜宮徵空花墜欲鳴折竹啼復起分明寂萬籟轉足娛雙耳古來聖之清所得多在此試撞萬石鐘何如一溪水

揚州遊馬氏玲瓏山館感弔秋玉主人

山館玲瓏水石清邗江此處最知名橫陳圖史常千架供養文人過一生吾鄉厲太鴻陳授衣諸君皆主於其家客散蘭亭碑尚在草荒金谷鳥空鳴我來難忍風前淚曾識當年顧阿瑛

題桃樹

二月春歸風雨天碧桃花下感流年殘紅尙有三千樹不及初開一朵鮮

倣元遺山論詩 遺山論詩古多今少余古少今多兼懷人故也其所未見與雖見而胸中無所軒輊者俱付闕如

不相菲薄不相師公道持論我最知一代正宗才力薄望溪文集阮亭詩 王新城

生逢天寶亂離年妙詠香山長慶篇就使吳兒心木石也應一讀一纏綿 吳梅村

平生低首味和堂字字珍珠夜有光可惜安陽魏公集竟將勛業掩文章 高文良公

不料昇平兩相公揮毫冰雪滿心胸金盤玉露高華極轉覺嘗來味不濃 張文和公

鄂文端公

他山書史腹便便每到吟詩盡棄捐一味白描神活現畫中誰似李龍眠 查他山

天風拂拂響雲和柳惲三生慧業多最是淫思兼古意西湖堤上竹枝歌 楊次也

西崖愛好風調佳魚魚雅雅典亦該懷清堂集繼蠶尾似此公卿那得來 湯西崖

莫將死句入詩中此訣傳來自放翁掃盡粗豪見靈活唐堂真比稼堂工 潘稼堂

黃石牧

論詩竹素太拘拘苦守開元大曆初恰有唐音追到處一時沈范兩尚書許子遜

沈子大

軍門夜靜有吟聲水碧金膏一樣清誰信牙旗八州督半生甘苦勝書生尹文端公

方敏慤公

酷嗜莘田香草齋芬芳悱惻好風懷休嫌發洩英華盡唐代詩原中晚佳黃莘田

搖筆何須手八乂蘭坡速藻繼南華前生宿搆今生寫王粲精思也莫加張南華

周蘭坡

小雅才兼大雅才僧虔用典出新裁幽懷妙筆風人旨浙派如何學得來厲樊榭

一縷清絲裊碧空半飛天外半隨風盤餐別有江瑤柱不在尋常食譜中金冬心

氣猛才豪老尚堪施竹田梁守存以外孰清談平心細按三千首一集終須重嶺南杭大宗

奴僕何妨直命騷風流從古有人豪自題集內謙謙語詩品官階兩不高商寶意

騎鯨跋浪是生平要與雲龍韓孟爭絕好東南飛孔雀一篇烈女李三行胡稚威

束髮愔愔便苦吟白頭才許入詞林平生絕學都探遍第一詩功海樣深　程魚門

雲松自負第三人除却隨園服蔣君絕似延平兩龍劍化爲雙管鬬風雲　蔣苕生

趙雲松

漁村幼魯謝皆人淡遠清微自一門何必參天說松柏幽蘭不礙小磁盆　張漁村

符幼魯　謝皆人

彈絲吹竹譜宮商刻意推敲格調蒼不許神通破禪律遺山心早厭蘇黃　王夢樓

柘坡古體衡帆律介祉清華東井奇更有陸甥風調好天能亡汝不亡詩　萬柘坡

程衡帆　王介祉　高東井　陸湄君皆早死

書巢健筆頗稜嶒入蜀詩多近少陵揮盡俸金留底物白頭一盞讀書燈　胡書巢

建安詩格弟兄同竇氏聯珠個個工想見高陽家法好一團清氣此門中　慶兩峯

似村　樹齋　兩林

鄭虔未老傳三絕謝覽芳蘭自一生底事獨加皇甫序愛他絃外有餘聲　錢竹初

絕世聰明崔蔡徒肯將簪紱換江湖桃花一絕高僧偈看到紅雲盡處無　嚴冬友

常州星象聚文昌洪顧孫楊各擅場中有黃滔今李白看潮七古冠錢唐稚存立方

淵如蓉裳仲則

小別隨園僅十年記來吟句總如仙朝朝替誦仁王懺劫火休燒宋笠田宋笠田官

甘肅

鮑照聲名本不虛海門吟稿冠南徐佳兒佳句吾尤愛書味清於水養魚鮑海門

雅堂

吾鄉近日數詩家我愛山舟與嶼沙妙絕風人吳小谷萬行書對一瓶花錢嶼沙

梁山舟吳小谷

雙佩齋詩孰品題葑亭才調笏山齊青鸞獨立瑤池雪不着人間半點泥申笏山

王葑亭

扁舟常自泊姑蘇樂圃爭迎白岸趨今日應劉都逝盡阮元瑜在覺身孤張樂圃

沙斗初張昆南

皖江才調孰清新今有星村舊嘯村更喜新安楚南子遺編堪與古人論李嘯村

詹星村
陳楚南

星樹星巖七字佳是儂提出好才華如何一作風塵吏一入零星考据家　黃星巖

丁星樹

香亭風味學家兄宋氏郊祁各性情此日嶺南詩太守弓衣繡滿越王城　家香亭

常把梅岑比竹橋一沉滄海一雲霄要知劍氣珠光在班底終難壓百僚　吳竹橋

陳梅岑

白門從古詩人少今剩南園與古漁更喜閉門工覓句無人解叩子雲居　陳古漁

何南園
方子雲

天涯有客太詅癡錯把抄書當作詩抄到鍾嶸詩品日該他知道性靈時　夫已氏

周蓉衣因論中未及其詩有陶胡奴拔刃之意乃補三首以箴之

周子高才迥不羣抽思竟有葛莊新　劉廷璣　東風剪柳雖然巧不到天然不是春

幻出烟雲萬種看先求紙上字平安黃庭初搨緣何貴寫到剛剛恰好難

從古風人各性情不須一例拜先生曹剛左手與奴右同撥琵琶第一聲

小倉山房詩集卷二十七

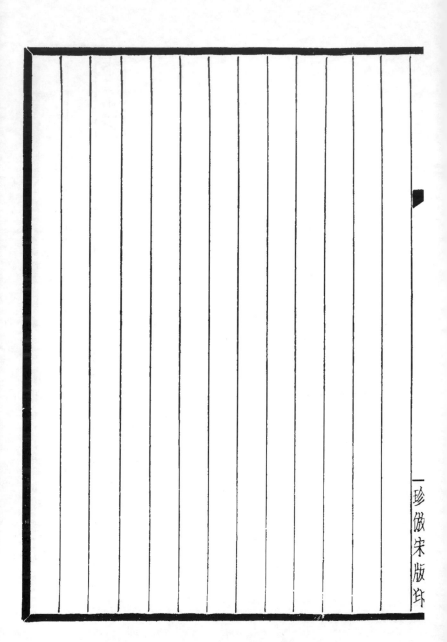

小倉山房詩集卷二十八 壬寅

錢唐袁枚子才

余七齡上學是康熙壬寅歲也今年又是壬寅矣感而有作

兩度壬寅意惘然七齡光景記從前摳衣學見先生禮買紙初裁認字箋從此蠹魚無飽日至今筆冢已齊肩三朝老物誰陪我一盞書燈六十年

贈劉霞裳秀才約爲天台之遊

觥觥問字子雲家奕奕風神動絳紗似汝瓊枝來立雪一時愁殺後堂花

能界烏絲寫洛神解吟紅豆學西崑靈和殿裏風流樹曾惹蕭郎一斷魂

未免多情枉費才狎遊頗被里人猜須知玉貌張雕武終向儒林傳上來

老我頽唐色界天熏香傳粉憶當年自憐一往情深處也是楞嚴十種仙

空山豈是少年場偶置花前酒一觴多謝嚴陶兩公子替他代饋束修羊余進怡園屢惠珍羞

負笈從師意頗殷向禽心願許平分天台倘共劉郎去定有桃花認得君

宿溧陽史少司馬紅泉書屋二十四韻（公諱奕昂）

小住紅泉館分明綠野堂姻家新里第夫子舊宮牆拔地烟巒起盈階蘭芷香半空開月榭曲徑置風廊叢桂黃雲滿修篁碧玉涼標題多翰墨照耀盡

天章屏列花爲障橋橫石作梁相公曾結構司馬更裁量瑞室堪成頌龍門孰敢望我來春正好公喜遠迎將面目爭先認鬚眉各老蒼卅年如頃刻萬事感滄桑何幸絲蘿託兼夸宅相良（外孫生纔八日）諸郎都好我排日各持觴酒器三江俸圖書七寶裝（銀杯鐫兩江清俸架上 御賜圖書集成）當官談舊政餘事問家常作楷爭磨墨題箋屢啓箱更深僮半睡坐久夜全忘鳳蠟燒方熾驪歌唱又忙衰年心耿耿後會事茫茫門外帆將挂閨中話正長女兒留阿父一日抵千霜

謁史文靖公墓

手供蘋蘩當束修先登華屋後山邱九原尙想師隨會一疏曾經識馬周蓋代勳華雲影在滿堂絲竹水聲愁知公泉下猶憐我如此英年也白頭（公爲己未館師作見喜曰如此英年命擬 奏疏一通夸爲第一）

題史氏家藏文靖公玉堂歸娶圖

相公歸娶大羅天此事依稀八十年賴有丹青作圖畫榮華留與世間傳

想見宮花插滿頭珠簾十里下揚州少年特有天人貌不控香車控紫騮卷中畫公騎馬

卷中諸老盡題詩謂徐葆光郭元舒諸先生讀罷風前有所思六部尚書八州督爾時花燭可先知

愧作彭宣拜後堂絕無衣鉢繼安昌算來只有歸迎事曾學黃粱夢一場枚乞假歸娶時公爲代奏

過陽羨家舒亭明府外出留詩贈之

陽羨停舟暮吾宗出未回絃歌聽雅化公子見清才宴用家人禮花同笑口開氍毹空燦爛不見舞人來是日演劇未果

訪宗人府丞儲梅夫同年不值

同詠霓裳五十年渡江親訪老神仙九州細數無多客一見誰知竟少緣寂寂

琴書通德里匆匆行李夕陽天晨星磧果相思切說與郎君倍黯然

周孝侯斬蛟臺

父老談惡蛟將軍磨寶刀刀光入水人不見格鬬三日風蕭蕭手提蛟頭拔浪起蛟血淋漓紅滿體兩患雖除一患存擲刀從此讀書矣初師陸士龍再討齊萬年一時文武才非公誰兼全孤軍陷入窮邊慘杖節掀髯死無憾可惜朱雲請劍遲佞臣不與蛟同斬鄉人高築土一邱至今盛夏涼如秋五百毒龍過此愁猶恐將軍在上頭

孝侯射虎處

英雄得自由一身射虎如射牛英雄受束縛五千壯士同一哭我生跳盪如雷顛過此不覺心悁悁三十三年棄綦組從此入山不畏虎

寓西湖漱石居戲作

十幅蒲帆兩筍鞋要從湖上走天台譬如千里尋師去先訪家鄉舊兩來

坐葛嶺石橋觀新開峭壁

西湖少峭壁平遠皆一狀只有葛嶺峯前年纔闢創遠削鐵稜稜近捫天蕩蕩
橫將一重橋架以三疊浪不許生猱登但容飛鳥傍其上起樓臺空濛迷觀望
其下走盤渦湖光同滉瀁明明千萬山到此低頭讓人難攀作梯我且懸爲帳
月夜抱白雲同眠此橋上

偕楊君廷三冒雨遊三生石車輞折矣縛接松柴而歸

遊山爲雨阻未免爲山嘲勇哉楊夫子冒雨來相招爲言三生石新得峯巒好
何不當奇書同往作搜討一重復一重怪石果穹隆如將胸塊壘替我安空中
歸來走陂陀忽爾折車脚客歌花緩緩鳥啼泥滑滑輿夫無計施縛以松樹枝
路人笑且疑樵叟乘車歸

余生東園大樹巷中周晬還居今六十五年矣重過其地

六十衰翁此處生重來屋宇變柴荊想同買德尋隣叟誰復婆留喚乳名蓬矢
挂時桑已盡兒裙湔處水猶清斜陽影裏千回步老淚淋浪獨自傾

海寧陳氏安瀾園席上作

百畝池塘十畝花擎天老樹綠槎枒調羹梅也如松古想見三朝宰相家

鳥歌花笑有餘懽新得　君王駐蹕看分付窗前萬竿竹年年替海報平安

福地嫏嬛主亦佳留賓兩度午筵開逢逢海上潮聲起還道催花羯鼓來

渡錢塘江無舟蒙查耕經廣文讓舟自言曾讀袁太史稿故也感謝一律

天涯乍作通名客江上同爲未渡身一隻孝廉船肯讓三更燈火話尤親故鄉有意推前輩當路無心據要津他日瀛洲三島路期君還作後來人

登鑑湖快閣弔主人任處泉先生

三面雲山一閣收昔賢於此築菟裘中年解組尋丹鼜半世看花到白頭賀監高風誰得似羲之樂死又何求我來爲踐前時約尚恨遲來二十秋詩見第六卷

過剡溪水急舟不能上

看山不嫌複看水不嫌曲剡溪百里中兩景皆到目烏篷船小沙石橫當時訪戴難爲行想見風流王子敬青天月照烏衣明我來正值春潮起白浪滔滔打船尾縴斷桅崩行不前一落深愁沒溪底水哉水哉聽我言人生且住爲佳耳

到海分明會有期問君何苦狂如此

將近蒿壩望烟村中有瓦屋數間欣然慕之

有溪有竹有桑麻隱隱烟村澹澹花瓦屋幾間田幾畝幾生修到那人家

嵊縣坐廟石上遇舊僕琴書

無端銀鹿遇他鄉泥首風前淚數行面目已非聲口是身材還小鬢毛蒼樓臺燕子飛難久雞犬淮王夢未忘知否隨園廿年事幾人無恙幾人亡

謝新昌明府蘇公（名耀宣化人）

未投名紙謁清塵早見傔人候水濱羈旅忽逢傾蓋客文章曾是受知人（公言讀我制藝登科）留賓館借亭臺地（呂氏園）送酒車生頃刻春多感賢侯似孫宰彭衙一曲證前因

新昌道中

朝出新昌邑青山便不羣春濃千樹合烟淡一村分溪水好攔路板橋時渡雲僕夫呼不應碓響亂紛紛

斑竹小住

我愛斑竹村花野得真意雖非仙人居恰是仙人地兩山青夾天中間茅屋置
佳人出浣衣隨人作平視仙禽了無猜神魚不知避我坐支機石與談塵外事
人語亂溪聲釵光照巒翠可惜遊客心小住非久計一出白雲中又入人間世

戲霞裳

一盞瓊漿一手扶劉郎安穩阮郎孤不知一夜桃花笑果是天台玉女無

司馬悔橋相傳司馬承貞被召至此而悔故名

到此方纔悔念生我來橋上笑先生山人一自山居後夢裏爲官醒尚驚

入天台路上雜詩

一灘復一灘層層洒急兩四面寂無人萬條龍作語
狹路相逢處牛多人迹稀採樵肩一擔落葉滿車飛
匼匝萬重山斷絶無行處未到不許來已到不許去
怪石當頭壓清泉與脚爭輿夫如水鳥終日踏波行

竹桴

剖竹爲桴狀能行水淺深淩霄當日事浮海此時心但有平安報從無欸乃音濟人兼涉險高節尚森森

水碓

一輪安水上雙杵動如飛雨後勢常急雲中聲漸希功成誰索謝巧極轉忘機嘆息閨中婦年年自擣衣

天然砧杵臼中鳴世事原無勉強成帆借順風舂借水也知樂得做人情

立夏日過天姥寺

正是清和節剛來天姥峯青蓮曾入夢老衲又鳴鐘覆水竹千挺迎人雲萬重路旁雷劈樹正統四年封

雷劈樹

阿香燒劫火曾劈樹千尋立地雙株鐵擎天一樣心同招丹鳳駕分作水龍吟日暮風聲起咄咄霹靂音

相傳前代弟兄同爭此樹一旦雷劈兩開枝幹愈盛蓋古杉也
兄弟爭荆意未平一雷分作兩家青至今根脚燒痕在飛過枝頭少鶺鴒

將至天台溪急嶺高勢難遽上
身坐兜籠上竹牌輿夫十步九徘徊山靈似怕詩人到澗水横衝萬馬來
一陂一磴一溪烟水自攔人人自前挽上陂陁三百丈天台原本在青天

赤城有田横廟
我遊天台山先從赤城始上山已百尋出郭纔五里遠遠渥赭明重重雉堞倚
名城果不虛號赤艮有以石幕勢若呑古寺藏其裏不圖齊田横廟食乃在此

五百人墓
想是血戰餘英魂作霞起
五百英雄骨相傳葬此鄉韓彭雖列土高冢在何方

一行禪師塔
仰天畫策救人死手捉七星安甕底千年歷法一分差身應皇唐聖人起一朝

蛻骨歸山坵五峯回環七塔幽絶無高僧能布籌門前溪水還西流

從國清寺到高明寺看一路山色

山徑鑿何處半在山腰裏輿夫作蚰行狹處僅容趾明知臨深潭一墜寧復起拚將命換山遇險那肯止行過小石梁捨車換屐齒俄而升雲中俄而落釜底手方招龍象足又踐屏几將斷勢仍續既背形復倚更有嶔崎峯欲比無可擬一笑語山靈奇絶太無理

同寂明上人遊圓通洞觀唐時貝葉經硃砂鉢

高明寺裏夕陽明僧引圓通洞口行八面窗虛嵐翠湧一龕燈照佛香清經翻貝葉西方字耳試硃砂古鉢聲愧我前生非智者也勞七十二峯迎

過寒風闕到永慶寺看牡丹

行過寒風闕雙崖出霧中天常懸石柱僧各住茅蓬地冷春常在花多色不空牡丹三月暮猶未了殘紅

素識海澄師知其在天台而入山後遍訪不得忽於華頂遇之遂招陪遊

山

西湖曾共醉斜曛一別人天信不聞每到檀林思問佛忽來華頂竟逢君溪山路熟煩先導香火緣深怕失羣兩局殘棋半枝燭又添公案在烟雲

海澄爲言茅蓬僧有梅谷者少年能詩往訪不值

爲訪詩僧去空山不見蹤茅蓬無鎖鑰自有白雲封

履中上人年七十餘自言金陵人談予作令事甚悉衆僧膜手環聽

居官四十年前事豈料荒山老衲談倘有些些談不得教儂此際若爲堪

登華頂作歌

天台山勢如爭天比高欲與天齊肩到此自知高不去擲下一朶青花蓮我來華頂峯披衣抱雲坐纔覺清風兩袖生已增白日三分大老僧拜經處下視何雄哉濃青襯淡綠瑤草雜金苔衆山八面齊安排如坐如臥如奔走爲獅爲象爲嬰孩雜卦傳中所罕譬嫏嬛記內所難該一一眼前羅列而崔巍星辰恍從頭上墜海水飛從脚底來可以吞九點走八垓遨嬉蓬島鞭驅雲雷倘乘紙鳶

竟飛去何由知我非仙才可惜烟濛濛空將老眼揩疑是仙人故意遮步障不許望見扶桑以外金銀臺玉色兩重泉相傳出龍爪人疑山頂高如何不枯槁我道高處有淵泉如人頭上有髓腦想見仙人羽化時渴飲金漿不知老山僧留我宿上方五更看湧金輪光我意殊難留將欲往石梁但說此來一大願僧其聽之毋笑狂安得放倒天台四萬八千丈喚取縫人刀尺細細空中量

從華頂左折而下至上方廣兩行十五里爲雲所遮一無所見

濃雲片片兩漫漫一路聞灘不見灘十萬烟鬟齊掩面不容騷客盡情看

且向雲中笑口開莫將缺陷惱天台世間儘有青盲客已見還如不見來

到石梁觀瀑布

天風肅肅衣裳飄人聲漸小灘聲驕知是天台古石橋一龍獨跨山之凹高聳脊背橫伸腰其下嵌空走怒濤濤水來從華頂遙分爲左右瀑兩條到此收束羣流交五疊六疊勢益高一落千丈聲怒號如旗如布如狂蛟非雷非電非笙匏銀河飛落青松梢素車白馬雲中跑勢急欲下石阻撓回瀾怒立猛欲跳逢

逢布鼓雷門敲水犀軍向皋蘭鏖三千組練揮銀刀四山崖壁齊動搖偉哉銅殿造前朝五百羅漢如相招我本錢唐兒弄潮到此使人意也消心花怒開神理超高枕龍背持其尻上視下視行週遭其奈泠泠雨濺袍天風吹人立不牢北宮雖勇目已逃恍如子在齊聞韶不圖爲樂如斯妙叶得坐一刻勝千朝安得將身化巨鰲看他萬古長滔滔

僧引石梁水爲池瀹湯勸浴

欲洗人間十丈塵老僧賜我一池春分明認得藍橋水浴罷桃花尚滿身

次日再往觀瀑

名山從古如名士名不虛傳是石梁我最曠觀偏有戀爲他三日宿空桑

平生不說維摩法此處爲僧恰不辭解得淵明參悟語分明此水是吾師

北踰小嶺路徑絕矣踏澗石而行至洞壺滴漏處

巨石如壺形淚從壺口湧聲若春行雷勢如底脫桶難教司宮斟只可巨靈捧可惜來路絕一望但巃嵸我踏亂石行跦跦復傱傱扶危支兩笻尋隙納雙踵

初覺腰脚怯繼且腸胃悚畢竟窮其源張騫真鑿空恍然印萬川豈徒曉一孔
寄語同來人但往慎毋恐縱使遊傷廉未必死傷勇

桃源路尤險霞裳有難色余勇進至會仙石遇雨而返

桃源無路行行者孰敢先我獨勇從之垂老性命賤初階方寸崖再淩千仞澗
踏石石欲動跨水水復濺五步一峯轉十步一峯變重重天塹形幅幅屏風面
神光果離合青紅遞隱現神女示人難不肯輕相見喜到會仙石洞門開一綫
其奈山靈慳飛雨急如箭衣濕身難禁峯壓目屢眩既無胡麻餐空有冷雲嚥
只好沿溪歸殘桃拾一片

題會仙石四首

果然仙近世途遙石作樓梯樹作橋想見翠屏遮隔處風鬟霧鬢有人招
古蹟荒唐怕討論事關兒女易銷魂會仙石上千年草仔細摩挲認坐痕
纔聽雙鬟合疊歌又招漁父泛烟波桃花慣作迷人事引入仙家總是他
作壻山中僅半年人間滄海變桑田教儂不敢多時立生恐歸來也惘然

惆悵溪六首

一角清溪兩岸春溪聲以外卽紅塵送郎到此怕歸去重見桃花不見人

人天作別淚滂沱山自青青水自波作到神仙尙惆悵神仙以下更如何

仙郎回首合歡床應悔匆匆遽束裝滿目山河人世換輸他衣錦客還鄉

風吹石洞幾回開玉几金牀長綠苔如此人間殊不惡雙雙何不渡溪來

老住山中萬事休歸期少算亦千秋幸虧不遇神仙好倘遇神仙我欲愁

一動凡心二女知故鄉未免夢依依勸君想作仙家壻先要思量歸不歸

水珠簾

水性如人性緩急不同科急者爲奔浪緩者爲盤渦我到斷橋西有泉下巖阿

愔愔戛水瑟飄飄穿龍梭灑灑撒飛麵輕輕捲薄羅叱之如可斷招之若愈多

峭壁爲所掩重簾遮石婆雜花爲所迷明珠拋嫦娥安得返潮笛來唱回波歌

萬年寺題壁

一庵行到一鐘鳴五百袈裟樹下迎八篕例供香積飯三更風送木魚聲僧牆

字滿詩人少雲霧茶濃水味清老我江淹無采筆不能蕭寺盡題名

兩笻歌

上山索人扶將身落人手我陷彼不知彼墜我反狃不如持兩笻勝添兩足走卜卦類得朋並耕如獲耦前支後更撐左失右還有夾輔顧周召相推似韓柳欒書解曳柴子賤免掣肘十指盡策勳雙趺愈抖擻平生愛看山一笑心語口業已如狼貪何妨作狗苟能步固爲奇似爬亦未醜喚作雙弟兄唯唯復否否

土人呼杖曰親兄弟

山行

山行不覺笑啞啞愛好真無貴賤差試看輿夫身喘汗滿頭猶插杜鵑花

寄懷陳藥洲觀察

幾行瑤札下茅茨未到天台先索詩分俸恩深非夢想渡江膽壯有山知投林鳥作閒來往行脚僧逢大布施路過桃花千尺水龍門回首倍相思

桃源行 有序

古人詠武陵桃源者自陶淵明王摩詰至薩雁門不下十餘人各極其妙惟天台桃源歌詠闕如予過其地爲補其詩

天台山高萬八千中有窟宅藏神仙相傳漢朝劉與阮兩人采藥山之巔一重桃花一重水花光入水紅霞起四顧無人忽有聲一雙玉女來烟裏吹氣如蘭前致詞道郎未到妾先知金盤共進胡麻飯瓊葉分裁合卺詩誰作姨夫誰作嫂鴛牒開看都了了但覺山中日漸長不知世上人能老仙鄉住久憶人間想把紅塵換白雲奈他一點凡心動便把人天兩界分再四留郎郎不肯送郎直到青山頂嘶斷風中班馬聲回頭還見娉婷影還鄉重叩舊柴扉豈料滄桑事事非半年夫壻分明記七世兒孫認識稀兩人相對情於邑懊悔當初輕作別一段仙緣世莫知且邀隣里從容說尋仙從此走天涯萬古茫茫白日斜不知終竟團圞否桃樹無言但作花

瓊臺

嶄嶄萬重崖中心起一臺自從明月照曾見幾人來地底千溪響天邊雙闕開

怪他王季重舉此冠天台季重以瓊臺爲天台第一景

每至一寺羣僧出迎必撞鐘鼓請余禮佛余口號二十字書扇曉之

逢僧我必揖見佛我不拜拜佛佛無知揖僧僧現在

到桐柏宮觀伯夷叔齊石像

雙雕石像古鬚眉傳說宣和建此祠門外清流千百曲庭前孤竹兩三枝也知讓國全無怨未必登山果有詩薄獻蘋蘩公莫笑料應記得采薇時

三井坑望瀑

行過桐柏嶺乃至三井坑遠望千丈瀑如天上建瓴彷佛石梁水一樣銀河傾如何說者少孤掌獨自鳴此理恰易知爲其少人行即之不可得稱之無從名我亦但望影未能遽聞聲始知古名流終當近人情

齊次風宗伯昆季周南世南年俱八九十矣招余小敘出宗伯全集屬爲刪定

龐眉三兩叟招飲一家春爲付千秋業來求後死人文章朋輩少患難弟兄親

且當華林略傳抄夜達晨

將出天台留別杭州故人孫學田時就館清溪

交情老去倍纏綿況復交情五十年千里遊山逢舊雨一燈如夢感華顛難忘竹馬同騎日且補雲龍未了緣極目清溪茅店月故人又隔幾重天

留別天台令鍾醴泉明府

劉盧家世本天親余與君有戚誼愧把猪肝累使君肯送幽人登華頂勝扶寒士到青雲南衕攜手看嘉樹北郭張燈說異聞似此深情那能忘仙山回首又離羣天台署中有桂參天碣書可封二字天啓四年陳命衆題公每晚必來寓說奇事數則

出天台城十餘里齊公子琴典史許廣文海澄梅谷兩僧溪邊送別余爲黯然

名山業已心難別況復諸公送不休七十年華千里路勸儂還要再來遊

琴高仙尉真君許子弟通家記姓齊更有苦吟僧兩個袈裟拖兩立橋西

桃花流水響潺潺送我登山又出山一樣千秋劉阮恨此身依舊落人間

驪歌何苦唱千回從古浮萍聚即開只有青蓮天姥夢吟魂夜夜會飛來

臨海都司江君余宰江寧時所識拔士也聞余到執弟子禮甚恭江名光國

昔日張童子今爲狄武襄非君心念舊老我事全忘聚檥護行李張燈宴射堂衰翁懽喜甚韓白在門牆

到台州寓詩人張雨村家雨村雖外出而諸郎款接甚殷留詩寄謝

我遊天台山忘攜天台志賴得先生詩一一如指示詩筆既工絕名山無遁形感此導師意攬勝有餘情豈徒吟佳什兼且登華室主人雖離家我住竟三日迎門五公子森森蘭茁芽把袂心殷勤愛客如阿爺苦心覓珍怪雌雄來山梁烝之學彭鏗日飲三百觴仙都難久居出門心繾綣回首望白雲人與山俱遠朋友重先施瓊投愧報遲且留短歌行以當長相思

縴夫行

天上風西來縴夫面東向有意逆天行步步與風抗牽曳非紙鳶參差同雁行首下尻益高肩敧背可相小住繩掠波急奔船起浪有時兩竿爭軍法交綏讓

有時一橋礙弓絃卸復上星見身未息兩行樹敢傍嘆息勞者心此是人生樣
爲誰作馬牛終朝僕僕狀同病合相憐飢寒代體諒急須顧山錢披簑勝挾纊
又恐半途逸呼奴作周防過驛乃踐更得替慰所望交縴如交印選夫如選將
且喜若輩慣儃儃走無恙匪徒沙飯烝兼帶山歌唱日行五百里中無麥鐵杖
個個楊將軍長繩曳三丈

同華公子因培茂咫登巾山

雙峯雙塔壓城斜登塔城中見萬家高樹帶雲青出屋荒江衝石爛成沙春聲
撩耳鳥啼樹紅雨滿身僧折花預祝多才兩公子早淩仙嶠躡飛霞

黃雲門侍郎畫雲門山作自己小像其子台州太守屬余爲贊（太守名符綵）

周有嵩嶽實生甫申魯有具敖實名二君地之名山天之偉人是一是二非果
非因奕奕黃公生而英絕厥先中丞山左持節迎　詔雲門石麟始降仙果遲
生懽動里巷惟其喜之遂以字之寄名檀林兼以志之俄登南宮俄入霜臺轉
漕八州列位三台每聞生處心也懷只王事羈身未由來只亡何小謫視學此

邦重來福地重禮空王懸弧樹在摩頂人亡睠焉顧之黯然神傷乃召畫工命圖山狀雲洞天門松石蕭曠笑顧兒曹此卽我像自題數行一空色相果然委化竟在此間神騎箕尾魄作峯巒從雲門來從雲門去去是大還來爲小住我聞在昔逝者如斯武當山折文公當之月蝕東壁鄴侯西歸歸也有期生也有時然耶否耶公知山知

黃巖道中

十里黃巖路瀟瀟雨似麻老牛知讓路新蝶學穿花雲動山疑活溪奔石欲斜黃昏行李濕惆悵宿僧家

黃巖阻雨居停潘秀才拉遊城外委羽山

道書第二洞云是委羽山及予冒雨往其小如彈丸朱子曾讀書地或以人傳道人獻丹石狀若骰子然鐵色精且堅足抵青琅玕想見井公博鏦琤鳴金盤我將攜此具招同玉女看

拗嶺

僕夫侵晨輿縛蹻來相告今朝路大難厥嶺名曰拗果然一里餘趺趺半日到
今轉右更回上銳下復峭非螺旋磨盤類蝸升堂奧周旋似足恭曲折恍迷道
始厭繼亦欣初怯後乃笑遊山如讀書久歷始知妙又如初交朋豈可遽違教
我雖慚荊公人地兩相肖姑且師昌黎少安幸毋躁

老去

老去遊蹤怕暫忙紀行連日有詩章溪清沙石都堪數雨歇林花暗送香童去
烏棲牛背穩車停人坐樹陰涼關心欲問誰家墓翁仲無言臥夕陽

一寺在萬山凹處晚間獨步

四面青山繞作城簷前雨滴殿中晴細看不識來時路轉問僧從何處迎

將入樂清境副戎白公率文武官遠迎郊外袖中出詩扇是余丁丑年所
題強留署中遣將校送遊雁山臨別贈詩公名璉

千里車遊雁蕩春一城冠蓋遠迎賓但驚勝地逢賢主豈料將軍是故人二品
尊官章服換三秋離緒鬢霜新多情強我南衙住自掃陳蕃榻上塵

藏來詩扇寫銀鉤彈指韶光廿四秋烟墨幾行人盡逝（謂扇上李郭諸公）晨星一個我還遊尊前作合皆天意世上難逢是白頭知否倉山猿鶴意望公開府到昇州

贈郭道士

白鬚道人八尺長風吹一房藥草香自言年齒不記得但見東海曾栽桑生長西涼少習武青海從軍力如虎年公麾下岳公門首領三軍掌旗鼓常爲周訪兩甄鳴好作甘寧雙戟舞眼看韓彭不善終一朝心事付空空磨將寶劍光如雪斬斷塵緣萬萬重西走崆峒北少室飲罷金漿煉金魄朝傳元女九天符暮踏漢皇五車石騎將白鹿欲尋誰採得黃精還贈客手持蠶眠細字書託我遠寄孫太初（謂章槐墅觀察）青泥不封丹篆露鍾離意態何粗疎意欲相招授大道我但不言惟有笑雲在青天鶴在山世間萬事從吾好君不見楚狂接輿趨而過啓期負手行且歌我今樂矣遑知他神仙其奈達人何

夫容嶺

行過夫容嶺峯峯聳碧霄海鮮爭入市山頂盡栽苗草色妬新柳溪聲學小潮

皦臺雖遠列　聖世久烟消

望海

一望水天空方知海不同分來中國好洗出太陽紅地少難尋岸龍多易起風
人閒宦途客都泊此當中

宿虹橋倪姓家其西席張孝廉請見色甚倨見余意不屬乃夸其先人元彪公最知名曾與袁子才商寶意兩先生交好余問君曾見袁某乎曰袁在年將大耋安可見耶余告以某在斯乃愕然下拜

相見爭夸大父行公然當面喚韓康姓名借與人閒用惹得狂夫老更狂

過四十九盤嶺裁到雁山

四十九盤嶺盤盤欲上天不教雙足苦難到萬峯顛踏處全無土喧聲但有泉
三休纔得過衣帽盡雲烟

嶺中有名馬鞍者尤險絕唐以前尚未鑿開

幷峯如龍蹲當中橫一馬想從洪荒開實爲攔路者何時鑿成鞍跨鞍纔得下

下此山如潮萬派爭一瀉立向天外多在人意中寡我欲吟成詩可畫不可寫
嘆息千萬年混沌鑿方且

到淨名寺望觀音髻半爲雲掩久之始露全峯

山雲如炊烟初起白一片未幾百道飛青山頭不見觀音幸慈悲遣風徐吹開
捲開九華帳露出雙鬟來

晚宿寺中同霞裳步鐵城障認一綫天

遊山惜寸陰得暇即尋討步入鐵障城城高天漸小打頭洒珠璣濕我縑單衣
似雨恰非雨濛濛山溜飛諸洞空中懸道是猿猴宅頗有高人風呼之不肯出
踏濕兩芒鞋流連那肯回一綫天未過一綫月又來

觀大龍湫作歌

龍湫山高勢絕天一條瀑走兜羅綿五丈以上尚是水十丈以下全爲烟況復
百丈至千丈水雲烟霧難分焉初疑天孫工織素雷梭拋擲銀河邊繼疑玉龍
耕田倦九天咳唾脣流涎誰知乃是風水相搖蕩波回瀾卷冰綃聯分明合并

忽迸散業已墜下還遷延有時軟舞工作態如讓如慢如盤旋有時日光來照耀非青非紅五色宣夜明簾獻九公主諸天花散維摩肩玉塵萬斛橘叟賭明珠九曲桑女穿到此都難作比擬讓他獨占宇宙奇觀偏更怪人立百步外忽然滿面噴寒泉及至逼近龍湫側轉復髮燥神悠然直是山靈有意作游戲教我亦復無處窮真詮天台之瀑何狂顛雁山之瀑何蟬嫣石門之瀑何喧闐龍湫之瀑何靜姸化工事事無複筆一瀑布耳形萬千要知地位孤高依傍少水亦變化如飛仙

風洞

地立千尋石天藏一洞風吹時分冷煖起處辨西東傾耳如聞響扶雲直到空笑儂搖羽扇也會顯神通

淨名寺西北石罅千尋中裂縫處有石如龍腹正補其罅垂鼻滴水兩孔一塞一通土人以盆承之號龍鼻水

是誰鑿石作龍宮無梁高殿懸虛空老龍躨跜病吹雯一鼻孔水流淙淙昔者

便了奴鼻涕一尺長更有永安王替兄拭鼻遭衍愆殃此獨一通復一塞得毋有意分陰陽我欲借居作廣廈日日清泉掬兩把更請當年孔甲來橫穿龍鼻如牽馬

至靈峯洞腰輿不能行乃拄杖步上暗數石坡得三百七十有七

遠望靈峯洞斜狹不甚寬及其拾級上儼若登天然一龕高朗同明堂排筵可容百客觴演圖不勞公玉帶著翅已到浮金房石作穹廬四面合萬古不愁天欲壓一僧念佛諸佛應片石敲崖千石答相傳劉允升入洞成仙去二女從之行飛昇在此處陳迹荒唐且莫尋眼前我亦無歸心將行已起復又坐那知門外斜陽沉未來覺我衰已來覺我少細數山坡三百七十有七層公然兩脚猶能到

每見絕壁之上有長方石門如數十間屋舍鳥或能飛人不能至

神仙不是閉門居精舍分明敞太虛只恨張華飛不上嫏嬛無處覓奇書

天柱峯

一柱擎天起千峯勢莫干分明玉皇意當作大臣看

老僧巖

遠望石頭陀近觀復不像始知彼法空終須離色相

望天猫

仙鼠飛上天此猫心不許意欲往擒之望天如作語

美人石

石婦元經著雲鬟此處斜春風嫌寂寞吹與滿頭花

展旗峯

黃帝擒蚩尤旌旗不復收化爲石步障幅幅生淸秋

剪刀峯

遠望雙峯截紫霓尖叉稜角有高低倘非山裏藏刀尺那得秋雲片片齊

玉女峯

風中梳裏霧中藏兩是濃妝月淡妝莫道玉人長不老秋來也有鬢邊霜

聽詩叟

底事聽詩聽不清此翁耳學欠分明擬攜謝朓驚人句來向青天誦數聲

卓筆峯

孤峯卓立久離塵四面風雲自有神絶地通天一枝筆請看依傍是何人
幅幅雲藍滿太虛於今不是結繩初如何大好揮毫處天上神仙不著書

謝樂清張荊巖明府

東甌久著邑侯賢海角相逢意洒然宦味兩年龍鼻水琴聲幾度雁湖天我慚
靈運呼山賊君本張筠是地仙爲辦行裝爲蠟屐征夫省費草鞋錢

寄懷淨慈寺佛裔上人

我本柴桑民攢眉白社避欣逢惠遠師招我遊初地門外閃湖光風中過花氣
浴以般若湯餐以伊蒲味依依愛才心了了見佛義更復膜手言乞詩爲布施
我時初傾衿未敢遽言志別後遊天台茅蓬百有四與之作元言如師竟無二
不覺歡喜生深心託遐契急寫雲藍箋當作袈裟寄來時佛不參去後師言記

敬佛不如師師其知我意

館頭呼蘿蔦船渡江至永嘉河最狹穿過數十人家屋下乃至郡城

十里人家盡跨河疎花密石傍籬多柴門頗有朱門意要客低頭屋下過

過謝客巖有懷康樂公

一夢傳千古詩人重友于池塘應在此春草綠如初水色芙蕖嫩苔痕屐齒疎

相傳崖上篆猶是謝公書

瞻康樂公像

清癯古貌寫丹青彷彿吟詩尚有聲此日長鬚難布施免教公主鬬輸贏

荆坑道中

遠望烟墩立翠微白沙高嶺望崔巍灘奔石自排牙立風急花如約伴飛野廟

牆崩神暴露大洋山隔海依稀甌柑仙蠣江瑤柱一路嘗新我未歸

温州坐筵詞有序

温俗新婚三日其家張飲設樂徧延郡中粲者東西列坐新婦南向主

人爹戶任客闌入平視不以爲嫌悅某美輒往揖酹酒某醻畢隨俠拜答之報爵則小往大來故非洪於量者亦無敢先焉相傳不如是則其家氏系不繁故非姝麗不延延亦不肯來也余久聞此說疑是謾語四月十九日到永嘉二十日王氏新婚二十二日晚坐筵余往觀信然遂命霞裳引例成禮歸作坐筵詞六章補古竹枝所未有

一家女兒迎新郎千家女兒對鏡光明朝坐筵誰去得大家采伴同商量

坐中珠翠兩行排扶出新人冉冉來好似百花齊吐豔護他一朵牡丹開

笙歌迢遞出雲端洞啓重門到夜闌不是月宮無界限嫦娥原許萬人看

釵光燈影兩相交就裏瑤臺孰最高徑上前歌將進酒不嫌生客太粗豪

侍兒分付紀離容斟與佳賓琥珀紅纖手自擎三俠拜禮成都在不言中

三星光小漏聲遲會罷龍華有所思笑學孝侯風土記爲編東越坐筵詞

偕高苕發俞運昌兩秀才登永嘉華蓋山

相傳容成子飛升在華蓋於今四千年仙迹宛然在蒙泉水一泓清絕味可愛

當門松五粒古極形多怪走登大觀亭始信東甌大青青萬畝田縱橫如畫卦
濛濛幾片雲山腰橫作帶目未周八瀛心已窮兩戒取海來胸中將身放天外

江心寺

孤嶼江心起亭臺聳碧霄分將雙寶塔合作小金焦來去沙灘雁興衰早晚潮
傷心文信國曾把國殤招

搖動巖

兩石相倚眠隆隆萬鈞重十手推不搖一足蹴乃動其事實可駭其理不可求
莫怪李青蓮踢翻鸚鵡洲

雲溪

雲氣弄山峯峯峯如交戰化作溪水流草鞋踏不斷

姑婦峯

石婦見石婆傴僂體自肅莫遣飛鳥來聲聲喚姑惡

有織藤盤妓甚姝而蠻語難辨戲贈一詩

明眸皓齒好身材可惜兜離語要猜安得巫山置重譯替儂通夢到陽臺

坐永嘉花船渡温溪

温溪之水淺且清舟人棄槳持篙撑風急水衝撑不上入水扶舟人踏浪水中生山來阻舟一溪分作雙溪流推開篷牕清見底坐聽篙聲打石子

温溪一名惡溪

人嫌溪惡客難過我道溪忙且讓他萬疊雲峯千尺瀑江南無此好烟波

觀瀑石門謁劉青田先生像

遠望一條白高空落翠微甘霖真獄降匹練作龍飛遺像瞻司馬隆中想布衣傷心山下水能出不能歸

偕朱友仁山謝甥新之同登白雲山望處州城

高絕白雲嶺登臨忘世間一州如斗大四面總山環竹映春波綠僧如野鳥閒羨他張仲蔚到此閉禪關常州張秀才良緣在此披剃

南明寺

小憇南明寺雙池荷葉香山深雲色古瀑細水聲長試大圍樟樹渡口古樟七人合抱夸

強走石梁數行元祐字磨滅剩偏旁

輿夫嘆

輿夫負重行上山復下谷歷盡諸險艱垂暮方息足我意獲弛擔自當速睡熟

誰如重張燈徹夜作蒱博此鬨彼復嗔甲逃乙更逐所得幾何錢未足供饘粥

胡乃大鳴張拋擲如星落明朝重聳肩勇氣勝賁育至夜又復然如有鬼捉縛

毋乃梟與盧竟是醫勞藥物性果不齊熊魚各有欲上智與下愚不可常理度

且勿憂人憂姑且樂吾樂

至却金館霞裳悅金鳳爲留一宿

蝴蝶愛花香花愛蝴蝶小底事不吹開春風也道好

元珪大師言萬事莫爲己成就野鴛鴦諸天色懽喜

山行雜詠

十里崎嶇半里平一峯纔送一峯迎青山似繭將人裹不信前頭有路行

風吹梅雨作輕寒穿破油衣濕未乾一霎車中小眠去好山已過不曾看

春田淲淲水平堤田父秧針手自攜難得插來隨意好不同春草有高低

晴山高聳雨山沉起愛天晴遊愛陰一種淡青濃綠處王維能畫不能吟

前峯遠望勢岧嶢及到行來客忘勞只爲白雲吹不散青天未覺比山高

海角山尖盡插禾衝人處處小牛過開元戶冊何須看已慶昇平歲月多

客懷

作客如雲耳逢山即是家見碑先下馬試水屢烹茶綠筍烘千挺黃精載一車聞香不相識多少野田花

白髮人間久青雲蓋易傾虛心無物我到處有逢迎村叟求詩扇僧箋乞姓名雪泥鴻爪迹吾亦紀生平

暫作蘧廬住何嫌客舍低寺遙先認塔村近早聞雞暖借黃綿襖涼乘綠耳梯客懷吾正好不許子規啼

妙理閑中得清談孰與聽松稀難起翠山遠自然青有樹風纔響無僧佛不靈

眼前能指點卽是度人經

作達全無夢還家忽有思出門梅落後歸路麥黃時遊伴憐禽子書聲憶袁師

不知門外竹新長幾千枝

看山有得作詩示霞裳

青山若弟兄比肩相黨附恰又恥雷同各自有家數或以股扇分或以瑣碎布

低者卑侍尊高者頭屢顧隱者意深藏豪者勢顯露間或生奇峯當空一幟樹

總是氣脈聯安排有法度從無雜亂皴貽譏化工誤所以仁者心深契非浮慕

寄語詩文家於此當有悟

贈縉雲虞啓蜀秀才四首有序

過縉雲思遊仙都峯值邑令陸公外出余亦意闌行三十五里至黃碧

塘將宿店矣望前村瓦屋畢如隨緩步焉主人虞姓者未觀名紙遽迎

入茗飲與語不甚了還寓將弛衣眠聞戶外人聲嗷嗷詢之則虞姓兄

弟齊來問先生可卽袁太史乎曰是也乃手燭照拜且詫曰吾輩都讀

太史文以爲國初人今年僅花甲是古人復生矣豈容遽去於是少者解帳長者捲席諸奴肩行李相與舁至其家供張甚具余亦不能拒也

次日騎馬陪遊仙都峯心感其意留贈四詩

縉雲梅雨散輕塵旅店逢春不是春忽把名山來贈客仙都接引有仙人

門前高樹萬千行壁上瑤琴三兩張主人能琴我拉當年劉子驥公然兩夜作漁郎

聞名當作古人訛道我年將百歲過自笑陽休雖健在相逢却有鬢霜多

永與家世舊知名家住仙鄉夢亦清曉起聞雞儂起舞隔花先有讀書聲

仙都峯有鼎湖響巖掛榜崖諸色目

仙都名久傳未到頭已仰可惜鼎湖高可望不可上旁列石筍形挺立相倚兩風吹山似來雲動山如往山洞疑藏人人語輒應響伊誰考羣仙森立長名榜奇哉我此來迴出人意想雖有賢主人不遇亦恐倘可見宇宙間萬事總非強人當遊某山山當受某賞一總是前緣久已定無爽

端陽在蘭溪令梁公署中觀劇名文泳廣東人

爲是端陽節嘉賓醉滿衙主人方奏樂客子正停車遊罷江山冷來看歌舞華真如人世上還俗一僧家

在台州遇曹廣文君弼金華遇翟廣文灝俱別四十四年矣喜賦一章不必相寄

我是遊山非訪舊舊人都共好山來想因緣法兼三世還要今生見一回曹植忘機能入道（君弼善攝生）翟璜弇雅最多才（翟著爾雅補）靈光殿上晨星聚不負尊前酒百杯

桐江作

桐江春水綠如油兩岸青山送客舟明秀漸多奇險少分明山色近杭州

蘭溪西下水縈回分付船窗面面開緊記心頭須早起明朝無數好山來

七里瀧邊水竹虛烟村約略有人居鷺鷥到此都清絕不去銜魚看釣魚

久別天台路已迷眼前尚覺白雲低詩人用筆求逋峭何不看山到浙西

重登釣臺

瓊臺登罷釣臺登白髮重登倍有情照水貌憐非昔日遊山事可告先生荒江小泊難忘舊聖世辭官易得名半夜推篷向空望台星終讓客星明

再題子陵廟

記得當初過富春翩翩弱冠拜音塵而今花甲還相訪也算先生一故人

幽幽江水半菰蘆寂寂羊裘一釣徒未必無心助文叔巢由兩個誤狂奴

牛牢高獲俱同隱只有斯人事獨彰惹得鄰侯還豔羨也思一枕共君王

回舟楓橋哭沙斗初布衣 有序

吳門沙維杓字斗初久擅詩名余每過楓橋家漁洲必招過從今年二月聞余到喜躍而來自言老健如牛飲啖殊豪及余歸自天台而斗初竟歿猶留題隨園雅集圖一稿存漁洲處

飄飄長鬣氣如雲滾滾詞鋒迥絕塵敢說鍾期琴獨賞本來鮑謝筆如神卷留殘墨身先逝人到衰年健豈真此後楓橋阿咸處酒杯重舉定沾巾

過蘭溪時或勸從彼處遊武夷不過十日可到余因天暑急歸已而頗涼

心頗悔之

蘭溪東去崇安郡只隔仙霞一嶺雲可惜炎風欺白髮不容親叩武夷君

浙東野廟甚多賽會甚盛戲題一絶

欹斜野廟徧叢阿嘈雜神絃唱九歌消受香烟管何事人間木偶福偏多

正月廿七日出門五月廿七日還山

爲訪名山别故山還山諸事喜平安到門細數養成竹入戸喜逢初放蘭過眼雲巒魂尚繞扶身笻杖露初乾挑燈急寫新詩稿多少風人要索看

永之觀察年逾七十需次京師書來戒我尋春賦此答之

有人不知老圖官入幽燕有人不知老看花時時顛兩人結習無短長有如臧穀同亡羊甘蟲食蔗苦食蓼各樂其樂休相笑

題何春巢賣花圖

千紅萬紫百花新花下何郎想嫁春記得賣花聲一喚山塘無數捲簾人

耕田辛苦讀書窮活計年來事事空只有種花經紀好一生程本是春風

賣花我又替花愁幾朵能簪少婦頭最是關心小蝴蝶隨花同上別家樓

十戶中人賦莫夸珍珠一斛更豪華扣籃我欲低聲問可有人間解語花

鮑文石四十索詩

鮑子投我書字字古人語道今年四十學業尚如許先生賜壽言但規慎毋予璉實用志紛自忘寥也魯青箱紫宙篇寡棄多所取作畫更作書嗜今復嗜古遂致百無成光陰棄如土我道子胡然子力方須努蜂能採百花甘蜜胸中吐廣樂奏鈞天鐘鏞雜簫鼓博學斯能文多錢裁善賈上可造聖門一貫師尼父下亦傍禪宗廣大作教主子腹既汪汪子容亦楚楚仲宣雖體弱筆力如牛弩長卿雖善病馳騁極元圃知非早十年伯玉且避汝欣逢強仕初昔賢可歷數孫宏當此時春秋習訓詁朱游當此時變節從規矩揚雄當此時作賦獻九五左雄察孝廉四十方許舉子今真壯哉似月初升戶絳灌可以文隨陸可以武欲作考据家魯魚兼亥虎欲極詞章功隆平仗黻黼畫必追荆關字必媲歐褚一堞已是城何況連百堵一槳也是船何況加八櫓譬彼失晨雞重鳴正可補

高揮魯陽戈趁此日正午明年秋桂高定斫吴剛斧久鬱氣必宣衝霄炫毛羽
當今石渠彥弁雅誰君伍君子休謙謙碩人應俁俁今夕復何夕金風澄玉宇
蓬矢洗銀河稱觴喚織女有曲徑須歌無酒速宜酤紅藕花正香青琴涼可撫
讀我祝嘏詞蹲蹲盡起舞

落齒有悟

口齒三十六巉巉相依倚同在此人身稟受如一矣胡爲脱落時遲早分彼此
或壯已乖離或老猶附體此是何因由問齒齒不理似非齒所知亦非口所使
莫之爲而爲無從著議擬始知天於人亦如口與齒愛之不能生惡之不能死
一言以蔽之萬事偶然耳

東香亭

七十人忘兩鬢絲望雲時作嶺南思阿連知我心情否半爲荆花半荔支
擬從南海看扶桑先向天台試石梁四萬八千峯踏遍看來梅嶺是康莊
幾回手札下番禺密字珍珠萬萬餘惹得衰翁揩老眼閉門三日讀家書

海錯零星寄太多黃團紫皺小紅螺鄉隣傳玩兒童舞爭唱韋堅得寶歌
白女韓娥色盡空一枝如意人名占春風教人悟得東皇意花是無心種始紅
明年倘到越王城不向司關道姓名徑上珠娘船上坐萬花扶入海天行

在杭州喜晤鄞令錢竹初

我聞天台遊定向四明過中有素心人作宰彈琴坐會城修書先寄之道我即至君應知一車一笠一筇杖替我遊裝早辦治豈知萬事難料量入舟舟人作主張乘風直過剡溪渡訪古不到曹娥江絃歌側耳花封近咫尺無由得芳訊甘茂空傳息壤盟魏文竟失虞人信新昌道上遣長鬚遠致微物申區區歸說賢侯真好我南衙早置幽人居天台登罷雁山走千里烟雲落吾手奈有胸中石關衙不負名山負良友天公知我悔過深轉教君向吾鄉尋歸來一笑重置酒償盡三秋離別心金膏水碧蒙相贈五字七言俱上乘當今真有謝宣城也解吟詩也為政西湖堤邊泛畫船白頭作別尤消魂他年願化蟲沙去還作陳蕃榻上塵

六言雜詩

粉白何如雪白爐香不及花香此是人天分界不容半點商量

一樣青青松樹一般同種山顛一樹草亡木卒一枝蔽日參天

容易天生顏色無端零落殘紅安得身爲花幔替他遮雨遮風

仄仄紅泉石磴萋萋翠竹籬笆生怕漁郎闖入滿山不種桃花

人影忽然在地仰看明月當天作速空中照鏡已經移到雲邊

吳節婦詩

郭氏女吳門妻撫孤中夜聞烏啼談何容易孤成立東風又折瓊瑤枝一解上有老姑下有孀婦如影隨形煢煢孤露忽然祝融災嘻嘻出出走無路二解孺人聳肩負阿姑阿姑頹邁驚且呼肩重如山蹀躞趨三解炙及額燒及裳心知有姑痛已忘姑雖免死身亦爛音聲啞啞若吞炭四解婦乃被髮泣涕再拜北斗旁願活我姑賜我方果然姑夢若有神焉吹以清風飲以甘泉一朝病已壽考遐年五解於今姑婦都已令終長孫入泮家風隆隆似此姬姜我聞亦寡敬作歌詩俟采

風者六解

贈花詞爲嚴子進作

錦瑟年來漸漸長嫁春時節費商量爲尋燕子安身處送與盧家白玉堂

兩載黃門夢兩清一朝重起看花情小星也有修來福不用當頭避月明子進悼亡兩次

分付雲鬟侍寢餘燒蘭劈錦靜相於妝奩替買芸香去公子平生愛讀書

金風涼動易成眠薄薄鴛衾未放綿記取中秋好時節桂輪纔滿第三天

贈彈詞盲女王三

妙絕摩登女生來色即空無人蒙一顧有曲唱三終月好雲常掩花嬌睡更紅暗中休摸索我是白頭翁

葠

愛作名理談厭聞道學氣所貴紫團葠作藥無藥味

題冬心先生像

彼禿者翁飛來淨域怪類焦先隱同梅福嗜古得其三昧觀書能窮八錄畫之妙可以上寫天尊詩之清可以聲裂孤竹然而觭耦不仵嶔崎歷落好雄惡雌污羣潔獨忽共雞談忽歌狗曲或養靈龜或籠蟋蟀揮甘始之金餐李預之玉識齊桓公之尊畜童汪錡之僕梁鴻畢竟無家叔夜終於忤俗一旦化去公歸不復誰把生金鑄他芳躅有弟子兮兩峯洗手天河描成此幅充充古貌襜襜奇服其志偲偲其神毿毿手貝葉經似讀非讀曳輭鞾履欲縛不縛鬚連蜷以離披目睕睒而凝矚買逵之衣圭齊肩張融之華帶至骼點三毫而輔頰宛然取側影而精神愈足觀者無小無大皆喟曰此冬心先生之真面目於是妬者笑思者哭慕者仰拜者伏懸諸中堂而一酹一杯當作佛像而三熏三沐雖然吾不羨夫死後之新叔敖而獨賢乎紙上招魂之楚宋玉

懋受之侍講幼時受業今侍直　上書房假歸過訪留詩見贈賦此答之

身列青雲最上層忽來山裏訪先生高冠無復垂髫影低語依然問字聲疏廣一家師傅重韋賢兩代相門清花箋粉壁題詩去四十年前弟子情

去夏六月兩峯觀察過隨園將阿遲寄膝下去今年從湖北作書來賜名文瀾俾與諸公子爲輩行寵以袍鎖等物寄詩三章依數奉答

瀟湘雲水正相思忽有新詩寄阿遲記得去年當此日藕花風裏喚爺時

錦袍文葆遠相將金鎖遙分玉雪光知道身材兒易長爲他闊幅作裁量

文瀾兩字比諸昆稚子能知假父恩時把嘉名夸阿母兒今一品令公孫

哭朱竹君學士

古人今不作古道竟非宜聽說文星墜空增吾黨悲持身盧子幹好客鄭當時奇字三蒼纂窮經六籍披請開書四庫（聞上開四庫館奏始於公）漸白鬢千絲學博天能鑒心清水共知龍門今逝矣寒士欲何之大雅扶輪者長安剩有誰玉尺持江左旌旗過小園撝謙稱後輩把酒坐黃昏佳士交相薦名山喜共論依依水精域戀戀菊花村豈料裁分手俄成永斷魂年華輸我老官爵望公尊有集應傳世無人忍忘恩遙知絳帷客淒絕老魚門（謂蕺園太史）

哭童二樹　有序

二樹名鈺山陰布衣工詩善畫少所服膺獨於余推許過當春閒修志揚州買舟見訪適余遊天台不獲一見及至冬月余往訪之而君先十日死矣

苦累先生望眼枯遲來十日渺黃壚李邕識面心何切范式登堂夢已孤留贈梅花扶病寫待商詩集滿床鋪九原此日吟魂在知我靈前一慟無

過詩人劉南廬墓下作 有序

南廬名名芳福建布衣詩工七律遨遊四方所到皆羣僧供養問何不歸家笑而不答卒於通州州人爲葬琅山駱右丞墓側

衰年舊雨意難忘憑弔詩人到紫琅一榻昔曾留穉子（丁丑九日南廬小住隨園有水影到窗知月上松風過枕覺秋深之句）九原今喜傍賓王閒雲蹤跡人難問斷碣欹斜冢漸荒深夜鮑家詩再唱天風海水應宮商

聽朱夫人彈琴 有序

朱沛三觀察寓杭州紅藕山莊招客小集忽引余入內夫人玉貌錦衣

隨二侍者抱琴出見敘寒暄畢起立曰妾故善琴非得先生詩不足以
張之請鼓一再行換先生佳句旋從容布指操關雎一曲而退
意外琴聲響桓伊喚奈何驚鴻初照影擸指已生波逸韻梁間繞餘情絃外多
曲終人不見天上一嫦娥

小倉山房詩集卷二十八

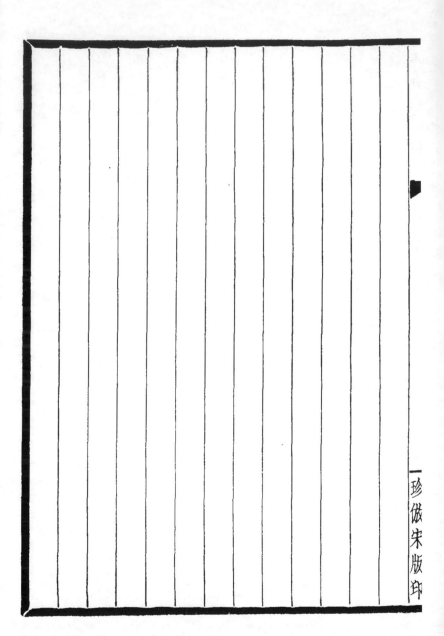

小倉山房詩集卷二十九 癸卯

錢唐袁枚子才

霞裳就婚汪氏已五朝矣芳訊杳然賦詩調之兼呈新婦

昨年遠走天台路此日真攀玉洞花從古劉郎爲壻樂胡麻飯喫女兒家

八載青衿入泮池婚期太覺阮修遲隨園烏鵲爭填路助汝銀河喚渡時

入市羊車久擅名今宵燈下見卿卿佳人不語低頭喜消受檀奴過一生

杏花紅嫩柳條纖點綴妝臺入畫圖底事清明尚飛雪想同仙子鬭肌膚

五日愔愔住洞房定知努力作鴛鴦藁砧滋味親嘗後示我房中曲一章

關雎彈出正聲希回首桑間事事非從此倉山桃李樹好花不逐亂風飛

繡被原該覆鄂君書來何必借殷勤只嫌山裏名香少還倩荀郎身上熏霞裳來借錦被

戲題花葉寄妝樓好作羹湯代束修莫惱袁絲太無賴奪人夫壻出山遊約彌月後同遊黃山

轉眼秋風桂影高明春郎賦鬱輪袍斷機勸學何人事應替先生一半勞

海棠下作

堆滿萬重雲西窗日漸曛海棠香自有只要靜中聞

同霞裳遊黃山過采石登太白樓

霞裳美少年絶似崔宗之攜登謫仙樓懷古有餘思春樹尙披錦江聲學詠詩重重碑題滿繼響知爲誰惟有蕭生畫揮毫得天倪歲久壁泥蝕我來見已遲昔人不可作後來孰與期急沽斗酒至臨風兩手持仰呼太白星下來飮一巵

采石東去磯上有賈似道鐫聯璧二字

千尋危石劃江開賈相當年興太佳家裏蘭亭八千匣尙來此處作摩厓

從平溝行至山溪作

鷄唱平溝客起遲荒原漠漠草離離竹輿行過三溪口漸漸青山來引詩

琴溪相傳是琴高騎鯉處

琴溪山若待人終朝鶴立向水濱琴溪水清可弄穿出平橋十一洞洞中丹書

不可識淚引寒烟搖石壁溪草溪花秋復春仙人一去無消息我笑琴高子終竟非仙才但騎鯉魚去不騎鯉魚來

榆嶺

榆嶺高難上肩輿換步行見山生足力聽水惹吟聲路狹烟雲讓人稀鳥雀迎息勞坐巖石刻竹自題名

到新安遊雄村曹侍郎園隨同令弟顧厓太史泛舟小南海

遊園必到辟彊宅詠勝必登給事堂況復雄村十五里水容山態相迎將主人邀我入瑞室歷盡陂陁三百級牆外風帆入座飛林中怪石迎人揖層層水木湛清華對景懷人意倍加不知朝裏青雲客何日歸看綠野花難弟同遊小南海江中別有金焦在不是人間香火時鳥聲歡動闌干外共指溪河水一條東行便是浙江潮白頭未免鄉心動即欲乘風上小船

何素峯居士招飲仇樹汪園座中黃甘泉巴雋堂汪漁村等十一人各賦一詩

何遜風騷主招爲野外吟引涼高樹早聞笛老懷深美酒出金谷羣賢聚竹林
新詩歸各詠漢上續題襟

余十二歲入泮卽讀吳冠山先生文今五十六年矣雄村歸後方知先生
家住溪南相離不遠缺於一面心殊眷然賦詩奉寄

文章早歲便相師垂老相逢願屢違千里名山空蠟屐兩朝前輩未摳衣溫公
獨樂郊居久魯殿靈光海內稀咫尺丈人峯未上鳥飛已過倍依依

同秀才黃世塏劉志鵬登齊雲山

登山非登舟輿夫多曳縴想見齊雲高飛鳥猶股戰初臨雙松橋再入桃花澗
離樓灌木陰屈曲陂陁旋路斷一洞開石裂諸天見懸崖高冪張呑覆碧池面
遊人在下行驟兩衣不濺但訝珍珠簾挂空千條線趺坐未片時陰晴狀又變
天門有單複一重又一重我欲謁真宰二客爲先容哀壑勢杳窱怪峯形穹隆
橫皴疑斧劈密縫類雲封駭駭門列鼓硠硠崖懸鐘三姑既已接五老重相逢
開口戲相喚應者聲滿空遙望西天門欲往未可窮且宿百子樓正對香爐峯

此峯真豪傑崛起山當中

從江村冒雨至黃山湯口

不獨晴行雨亦行江村卅里盡溪聲無心見客草冠好有意上山行李輕榴火照人紅冉冉秧針搖水綠盈盈夫容萬疊雲中立知是山靈抗手迎

湯泉浴

萬仞蒼厓覆浴堂早知勾漏有砂牀一泓碧玉煖如許半日熏風坐未央酌飲最憐香氣味試來難轉冷心腸何時得上知章表乞作幽人湯沐莊

過回龍橋聽土人說起蛟事

行過回龍橋山痕破羣綠怪石何崩奔滿阬堆犖确土人爲我言此處龍起陸一龍將升天八百蛟相逐噴雷兼洒雨撒沙且飛雹尾學蚩尤搖頭作共工觸未免恃龍威摧殘到草木龍視蛟如奴縱之忘束縛蛟視山如無氣欲吞五嶽送龍入海後蛟仍返舊壑當其得志時力可移山岳及其失勢後瑟縮泥中伏往往三冬堀伐蛟食蛟肉感此氣化機玄黃有剝復山川尚逢劫人世真局促

勸蛟慎行藏勸龍管僚屬頑石聽余言點頭滿山谷

一枝

一枝筇竹杖直上白雲端性命關呼吸雲山始大觀仙禽奏音樂古柏作闌干

五月端陽近重裘尚覺寒

宿慈光寺觀前明萬曆宮中賜普門和尚袈裟金鉢

古鉢金光耀紫烟袈裟針脚尚新鮮禪師披出難消受千個如來坐滿肩

從慈光寺步行穿石洞上木梯到文殊院

青天豈可剷黃山峯如刀刀上豈可躡黃山路莫逃初入雲巢洞再上脫凡橋

一梯既升天萬嶺如湧潮趾未納二分雲已埋半腰仗手不仗足手可攀樹梢

選石如選几一坐償百勞土人指峯名附會真堪嘲逼視頗不肖遥睇偏相撩

到寺魂小定滿胸山尚搖

一路望天都蓮花二峯半為雲掩到院少頃始露全峯

山如新婦羞相見故使雲為半面妝坐待片時才却扇天公教我捉迷藏

端陽阻雨文殊院雲來遮門一無所見午後小晴步至立雪臺望前後海諸山

端陽開門人世換不見人形但聞喚身入玄黃渾沌中但聞雨脚聲聲滴不斷大風西南來勢若奔萬馬老僧生怕寺飛去扛取奇峯壓屋瓦須臾雲氣重重開我乃支筇立雪臺前海後海看崔巍許看不許看全憑雲主張趁此雲歸家亟亟左右望可惜黃山大兩眼小萬簇青青看不了且倚松身當床臥更折松枝把苔掃除却雙桃獅象玉屏風只愛傴僂一峯有似老人老

章亦周秀才與山僧同迎至硃砂峯下

老僧揖我右秀才揖我左儒釋一齊迎不覺笑言瑳秀才負高懷久斷紅塵鎖時時抱孤琴到此峯頭坐彈開雲數重驚落花幾朵不負山外山真乃可人可始知曠達人世間不止我

雨後自文殊院左折而下過百步雲梯一綫天鰲魚洞是黃山最險處

雨過灘勢急水與人爭路危磴高且滑飛鳥行難度鞋苦犖确穿杖恐軟沙悞

鄧艾難褁氈董父但懸布劍戟下自天頭仰驚石怒小刦學蚓屈徐引作虵赴
疑虛背怯倚審固趾才措豈徒三次休兼貪四面顧安得億萬身一峯一翔步
平生見慣天忽然一綫小且喜雙厓夾雖跌不得倒石覆黑如夜罅露白成曉
乳竇閉沉沉靈泉滴悄悄扶人松可感迷人雲可惱才為井底蛙俄作升天鳥
有意示人難造化鬪姦巧銳進固有拒退縮亦難保不能乞山靈放平憐我老
只好息喘呿忍死往前討
鰲魚張口呑入者貌都慘我獨勇登先所恃惟一敢穿腹乃踏背入坎復出坎
遠望煉丹臺松針似鋪毯近看蓮蕊峯幽露含菡萏因之語遊人自視愼毋欿
果有猛進功萬境無不攬何必肉飛仙虎目睨眈眈只須趙子龍渾身都是膽

坐蒲團石回望慈光寺在萬山之中如落釜底

小坐蒲團望碧霄眼空下界察秋毫如何低極慈光寺昨日來時只覺高

坐光明頂上老僧送茶至

風吹帽落帶繞頸履踏蒼苔濕至脛看山看到衆山無自知身到光明頂此頂

寬平容萬馬前後兩海界井井衆嶺森羅脚底來凴我恣餐如列鼎或指九華浮遠翠或說雙丸騰倒景或夸陵陽青百重或詫宛陵烟萬頃我從絶險得坦途小坐片時心耿耿譬如聽過鈞天樂雖有他樂不敢請又如強弩射潮回會縞再穿力不猛方學渴猊思飲海忽見老僧來送茗和雲帶露一吸乾滿腹金莖仙露冷

上蓮花峯至半途以風大而止遣人登頂取香砂嗅之果然作詩二首

非關足力差實畏終風暴莫怪青蓮花顧我只管笑

想因香界諸天過咳唾隨風落作砂我把鎖雲囊裏去散來人世作天花

宿獅子林晨起登清涼臺看雲鋪海

清涼臺高迥絶倫我登正值山鋪雲一疋布將大地裹千條練許山靈分初散後聚結作片左缺右補團成羣青峯幾叢未滅頂風行水上成奇文誰持銅斗向空熨壓軟萬頃玻璃紋疑是王家元寶鬭國富樹樹絹掛南山匀又疑裴氏藍田新開墾耕烟種草龍殷勤王母瑤池砌白玉秦陵江海流水銀葛洪傾鎔

丹鼎汞羊欣亂書白練裙相較都覺有痕迹不如此處自然一氣吹氤氳更喜此身立雲上任他白衣蒼狗來紛紛爲我一謝雲中君高歌此曲聞不聞

觀鋪海時甚苦太陽思有掩覆之者忽然雲生竟得倚松而坐

人心一念動天上片雲起高雲起空中低雲起脚底高者若張蓋遮日殊有情低者若游戲鋪海尤分明俯首看蜃市仰首謝碧落倘非雲上雲安得樂中樂

望天都峯不果上

天都高絶與天隣欲上頻看七尺身底事望雲頻縮足雲中不見下來人

登始信峯 接引松觀棋散花進寶諸峯俱在此

雙峯若雙闕壁立青天近久聞人世傳不信今始信陡上最艱難占卦類得困盤旋蟻封曲出沒鵝鸛陣愁臺身屢繞澠池翼勉奮裁到此峯前開目得一瞬危哉小石橋跨空僅盈寸途寬尚可返勢迫惟有進賴松來引人援手如相認穿出石罅後別有山重重天女花盡散仙人棋未終啞然笑富媪多峯以爲寶幸喜諸兒孫頭角都要好下有沉沉溪望之如下天縱使身墮下得到知幾年

我欲投長繩量他深幾許又恐半空中蛟龍來攫取

到西海門看落日山中藏山頗似天台瓊臺

媧皇鍊石石無用秦王驅山山太重一齊放向西海門稜稜萬古猶飛動門外屏風遮迾周門中武庫藏戈矛嵌空精鐵盡壁立瓊臺突起勢未休處處惹人作危想失脚一落誰相留自非生死度外客到此誰敢開雙眸我胡留連不肯去來世或到今生不其奈金輪閣厓上海未來捧山先收不得已乃下山走遲恐星辰亂打頭

從朱陵塢繞出天都蓮花二峯之背到雲谷看九龍瀑布乘輿下山

青山長住人不住看過青山人欲去但從腹背盡經過看山才領全山趣朱陵塢下路陂陁過此陂陁平不頗明知未到峯無數但舉知名到已多賓朋相迓色欣欣世上人迎世外人我亦回頭隔兩塵衣裳尚帶烟霞痕雲谷飛泉走石隙銀河倒落三千尺似怕歸途太寂寥特遣九條龍送客關心甘苦互乘除痛定思痛樂有餘自從足繭千山後纔信乘車是大夫

土人能負客遊山者號曰海馬作歌贈之

黄山有氓真健者雲海横行力如馬慣負遊人絶頂遊人亦渾忘馬是假自言少小學飛猱千巖萬壑行周遭勇可習也胆可養足所踐處無卑高老我遊山不自量目極危厓心想上仗汝行纆縛向肩衝沙犯嶺雲爭讓初登始信兩三峯繼極蓮花千萬丈暗中偷眼往下注純是死生呼吸處不信飛廉果解飛且學孟捨能無懼疑人不用用勿疑託孤寄命憑他去果然負重力能勝個個身如著翅行有時故意作疾走萬山隨我同奔騰地雖無土總能踏天如有階亦可升上比商丘開出入水火無驚猜下比崑崙奴飛行絶迹何殊乎八日遊山事已了策勳那更如渠好不著黄羅肯負人並非赤兎能先烏祗我思量轉自憐七十老翁猶襁褓

悼松

黄山之松世少伍不在高長在奇古根未離地身已曲性似畏天頭早俯森布儼同華蓋張崛強慣從石縫吐不階尺土真英雄接引遊人類佛祖攫龍破石

菩團名載入詩歌畫入譜一朝人力少周防甘受樵夫斤與斧拉雜摧燒漸漸空八九依稀存三五奇峯不見瘦蛟蟠絕巘空餘弱草舞老僧膜拜力難救青山無言色慘阻果爲梁棟支明堂松縱受戕心亦許其如當作腐草看半入煤蓬炊瓦釜古來劫數總皆然萬事原非天作主車鞭駿馬背負鹽盤烝美人頭作脯世充書卷盡沉河阿房一炬偏遭楚可憐松亦與之同帶露含霜變灰土我欲上表通天臺玉皇勅下羣官府栽培保護三千年或者奇松還再補河清可俟人壽難獨對荒山淚如雨

筆花峯

危石尖如筆當尖松樹斜濃雲如潑墨開出後凋花

小心坡

險極坡難過小心各自持勸君平地上還似過坡時

音樂鳥

髣髴歸昌律蕭韶奏太虛漢王真識曲鳴鳥愛樊籠

木蓮花

雲海盪波濤一碧千萬頃蓮花認作池誤生高樹頂

捨身厓二首

捨身如捨錢但須值得耳樂哉此厓乎莽莽仙雲起安得李清繩墜我直到底

再過一千年依舊我歸矣

千重烟水萬重厓絕似瑤池白玉臺多少貴人身忽捨可能捨到此厓來

紫石峯

南朝三十六英雄散作黃山處處峯獨有此公顏色異玉皇別與紫泥封

偶成

是處庵俱到無求佛亦知月來如有約雲去不相辭旅舍難爲飯車中易得詩

歸添行李重松樹兩三枝

惱雲

山下看雲樂山上受雲苦雲氣忽然來萬目一齊瞽不去爲霖雨徒來作渾敦

黄山僧再上先置掃雲人

謝杖

艱險憑誰共孤笻最可憐握添腰脚健扶比子孫賢絶壁風高處荒灘水急天若非君助我若個與周旋

聽水有悟

水性比人急有觸怒卽起化爲裂帛聲花花聲不止恍讀韓蘇詩一韻直到底要知山太靜非此無聲聞古來傳道者不傳耳聾人

茶亭

茶亭幾度息勞薪慙愧塵寰着此身輸與路旁三丈樹蔭他多少借涼人

蠅

山頂蚊蝱盡蕭然絶點塵蒼蠅偏不斷高處有讒人

太平道上寄懷巴儁堂中翰

我遊黄山無主人黄山爲主我爲賓誰知尚有主中主巴君軒軒更霞舉去年

早欲來訪君人言君看瀟湘雲今年無心忽相見春水可剪情難分呼童急掃
陸機屋留我陳蕃榻上宿晨起摩松露氣清夜深說鬼燈光綠雀籙雞碑無不
有天生兩隻摩崖手藏得蘭亭字數行此碑不向昭陵朽誰云考据無詞章君
獨兩家兼擅長高歌七言長短句天風海水音琅琅山靈促我縛蠟屐欲行不
行留七日君更依依送出城下車握手難爲情轉瞬丹臺遊已過漸漸九華山
又大掉頭烟裏苦相思三十六峯人一個

陵陽鎮有甯氏者族八千人云自光武時卜居至今未曾他徙余宿其家
作詩贈之

建武有遺民陵陽住水濱不曾知魏晉那復羨朱陳一姓同輸課千昆自結隣
欣欣雞黍意雲外共迎賓

九華山

九華如屏風好處都在外勢有龍門高徑無鹿角隘直登天臺巔氣象始覺大
霞標多遠矚巖景少近愛相傳新羅王此處持法戒鳥共魚泳游虎隨僧禮拜

千年委蜕形舍利今猶在萬釘包塔縫銅繡發光怪從從走十方到此作頂戴

僧因香火富佛被禪門壞我亦三日留了此遊山債

家春園設醮九華僧有爭香火相毆者戲題二絶

禪門閒看白雲飛從不燒香惹是非生怕佛靈能降福受他恩重要歸依

不求自己偏求佛佛手拈花笑不清道我至今心抱歉未曾一粒施臺城

貴池同童伯龍公子周益三秀才泛舟齊山

兩面湖光一道堤風烟絶似聖湖西亂峯委地矮逾峭古柳受潮高復低穿石

洞行疑出世攀藤蘿上似登梯姓名畢竟摩厓好七百年來認舊題齊山二字包孝肅書

岳忠武王陽明俱有題詠

過文選樓弔昭明太子

蕭梁宮殿久蕭條剩有書樓聳碧霄生共河閒扶大雅死隨子晉賦逍遥人閒

家嗣恩雖薄天上文星位不祧聞說池陽靈最著夜深時見采旗飄

宿五溪有懷亦葦上人

遊遍千山與萬山好山容易好僧難偶來蕭寺停遊屐得見支公在講壇語妙
直教花欲笑詩成常被佛偷看與師邂逅雲堂意兩後吹來月一丸

寄德中師

九華三日住頗憶德中師妙相生懽喜多情惱別離登臨先引路布施但求詩
定有前緣在青天明月知

謁余忠宣公墓登大觀亭

一旅曾揮落日戈大觀亭畔冢嵯峨忠臣也要江山助岳墓西湖酒奠多

近來

近來愛賦遠遊篇到處逢迎感宿緣楊柳身高絲到地閑雲心冷影橫天僧庵
有字先看壁石洞無茶且飲泉兩月離家千度笑幾人如我送衰年

四月六日出門六月五日還山

家居久自嫌遠歸身忽貴妻孥迎到門顏色若有異亟亟問平安欣欣白家事
黃犬亦有情搖尾從外至稚子各牽衣爭先兄妬弟重登讀書堂再到看花地

卷軸拭灰塵尊罍加布置分明所厭餐到口覺有味恍惚衾裯閒舊寵疑新嬖
某友書尙緘某物藏還記回頭豈出夢一笑如隔世敢云謫仙人依然復舊位
自是出山雲來去總隨意

兩接香亭家信戒我遊山賦詩答之

七十扶笻涉險忙阿連屢次戒行裝那知此老有天幸六月在途如許涼
樂府休歌行路難江山原待達人看歸來更有心閒事竹比去年多幾竿
荊樹殘花剩兩枝弟兄白髮倍相思爲言黃海人歸矣宦海人歸在幾時

南陵道上喜晤宣州太守孫公別後却寄有序

公諱述曾字敦夫是予己未年居停主人也其時公纔七歲尊人牧堂太史延余權記室事余釋褐館選俱主其家今太史久亡而敦夫亦兩鬢蒼然矣旅次相逢感而有贈

五馬相逢路狹斜卅年前記住公家同聽學舍三更雨看折瓊林一樹花浮世光陰真逝水故鄉親友類摶沙不禁揩眼風前認七歲郎君鬢也華

家春圍重赴皖江臬使之任六十生辰寄詩作賀

暫息鵬程兩載餘皖江重駕繡衣車搴帷正好看新綠閱案真同理舊書雅度世推羊叔子祥刑人愛路温舒遙聽攔道官民語六十容顏四十如

請訓無勞到日邊　君王知道阿戎賢才高豈止官三品　恩重行看歲九遷課子庭多書帶草司關囊少水衡錢欣看一朵卿雲色光照鴒原薄暮天

記著宮袍歸娶時吾家臨汝最相思竭來黃巷尋棠棣轉盼青鸞集鳳池上苑分飛花看早揚州同醉夜歸遲而今相對垂垂老只覺難兄鬢有絲

金陵小住賣珠廊路隔隨園七里強常以笙歌招娣姒幾番兒女鬬羹湯添籌海屋身雖遠開府江城望正長擬向黃山覓仙草採來添作紫霞觴

哭黃仲則 有序

仲則名景仁常州秀才工詩七古絕似太白流落不偶年三十餘客死山西

嘆息清才一代空信來江夏喪黃童多情真個損年少好色有誰如國風半樹

佛花香易散九天仙曲韻難終傷心珠玉三千首留與人間唱惱公

六月二十日記寒作

六月涼雲二月同今年不競是南風公然當暑成秋士翻笑知冰是夏蟲威勢不行當令際熱腸偏在冷人中班姬紈扇休輕棄只恐炎官事未終

品畫

品畫先神韻論詩重性情蛟龍生氣盡不若鼠橫行

將詩集與人換秋蘭

許將湘草換文章兩物分明足抵當交易既成還自悔筆花豈止九秋香

每日晨起折芭蕉花上露飲之

日飲芭蕉花露鮮採來常與雀爭先瓊漿何必千年計一滴甘時一刻仙

再遊牛首宿叢雲樓作

叢雲樓再到久別覺心孤題壁數行在前僧一個無青山皆故物白髮是新吾

記得當年住藤床對雪鋪

豈料風塵客今爲桑苧翁卅年多少事一笑海天空樹影雲梯石鈴聲寶塔風忍寒還試健閑步月明中

牛首廟門外古銀杏歌

老樹高不休雷怒焚其首樹死心不甘孫枝從旁走一枝入地復出地三伏三升重起勢遠看屹立有千層近察孤根只一氣渴猊赴海尚回頭垂龍拏雲忽掉臂不知此樹生何年刼灰陣陣飛眼前大椿春秋何足算疑與盤古同開天我遊名山大川徧似此奇觀竟未見明知老矣才無多爲汝奇賞還作歌

題俞企延先生遺像 有序

先生名時篤字企延　國初隱士入錢唐縣志方伎傳其五代孫蒼石就館江寧以遺像索題卷中畫者　國初名手謝文侯題詩者周亮工吳山濤兩公而已

武林有耆舊槃槃抱逸才生當易代時肥遯甘蒿萊借畫表天倪吟詩舒幽懷心淡名雖忘道成藝自佳一時求請者珍重比瓊瑰偶然寫遺像白眼青天開

戌削芰荷衣飄蕭麻葛鞋打頭響松子拂袖飛松鈫是誰堪作伴除非巢由來文孫蒼石子箕裘傳五代詩學有淵源都宗少陵派與我遇金陵相知成逅邂欽欽授此圖矜寵毋乃太道得君子言庶幾先人愛卷中周與吳前輩兩賢在此後百餘年題者竟不再想見鄭重心琳琅如有待顧我獨何人而敢破此戒捧筆不敢辭落墨不敢快諾已書數行熏香還再拜

琴姑于歸浦口作詩送之即索壻和

秋風八月館甥忙殘臘雙雙又束裝底事秦樓留不住合歡堂上有尊章

崔盧何必說榮華就此天姻儘足夸四十五年同榜客一齊頭白喚親家芷林刺史戊午同年

綠淨軒中花滿枝蔚藍天外雨晴時檀郎愛對青山坐不是攤書便畫眉

旁和妯娌上承歡學作新人事事難寄語堂前乾阿嬭推情還當女兒看

薜包分受幾雙田荊樹枝多色更鮮想見鹿車同挽日裙釵吹滿稻花烟

廿載提攜一旦離滿山花鳥盡依依明年公子同歸日池上鴛鴦正學飛

常敬五家臘月蘭花開

幽蘭不知冷殘臘一枝香借暖堪爲佩含啼若畏霜同心招柏葉春夢憶瀟湘

想爲主人壽重徵燕姞祥敬五是月六十

香亭寄黄白狐裘

知我山居冷狐裘兩襲貽暖同冬日愛輕與老身宜黄白金銀氣温存毛裏思

常愁披日少披到夜深時

追憶前事傷老二首

自辭邑宰後久不徒步行偶過桃葉渡街頭踏月明茶肆坐男子大駭呼而起

不料袁宰官一老至斯矣我聞此語難爲情老不自覺他人驚不知當日作何

狀惹他觸目生惆悵於今又是廿年餘此人再見驚何如

十年前向縣庭行故吏猶能向我迎於今再向縣庭過識我竟無人一個歷歷

同官十數人姓名大概記難真自嘆袁安來太早白頭人比甘棠老同官零落

吏胥無始信人生老最孤

王景

記負胡牀從隊長小師家裏唱秧歌而今百戰成功日不想封王只想他

題魯星村小像

愛春風不戴笠愛徐行不著屐披出一衫青張開兩眼白胸中忙殺幾首詩旁人不知謂閑立

小倉山房詩集卷二十九

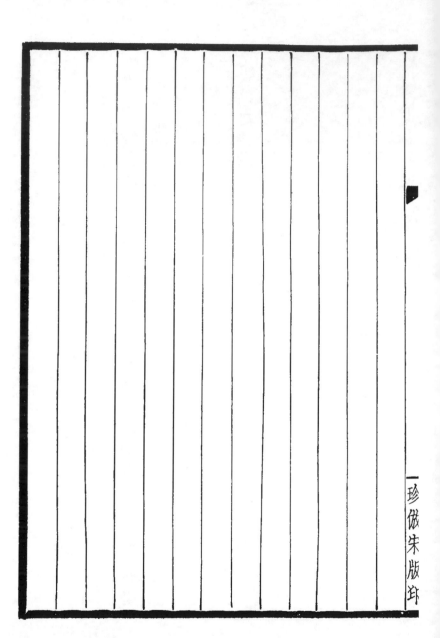

小倉山房詩集卷三十 甲辰

錢唐袁枚子才

新正二十日阿遲上學

白髮生兒喜不支公然又見讀書時傳家事業從今始識字聰明上口知秋稻晚栽期望大春鶯初囀發聲遲阿翁手授無他物畫日歸來筆一枝

花朝後三日作嶺南之遊留別隨園六首

三年遊屐未曾停又作珠江萬里行老驥不知筋力減閑雲只覺往來輕天涯禽向寧無伴謂霞裳海外韓蘇合有名寄語羅浮丹竈客早教仙蝶下山迎

姜被吾家久寂寥阿連幾度手書招弟兄尚有來生約烟水寧辭去路遙兒女開單求粵產親朋作餞趁花朝天桃莫帶消魂色待我歸來葉未凋

臨行無可繫心腸略有丁寧語數行墦祭教人還故里歸寧替女掃新房圖書雨久勤搜蠹蘭茝秋深早護霜一事思量終抱歉未能親課兩兒郎

龍門何不挈清娛遊是單身易起居天上送行千里月客中娛老一船書嬾開

黃曆占艮日愛上青山製小車到處逢迎常意外不知此去又何如（余出門不占日）從古繁華說嶺南及時領略我猶堪尋梅或有三更夢飲水何妨一勺貪未卜花船誰綺麗可知仙荔正紅酣武夷峯色匡廬瀑歸路還思次第探曳雪牽雲意灑然金陵回首隔蒼烟春風替我爲前導白髮笑人學少年所到總能增閱歷無求何處不神仙兒時記得曾王父八十歸來粵海天（曾祖象春公八十一歲作粵遊）

蕪湖阻風六日喜諸故人畢至

蕪湖賢士多相識擬到蕪湖留一日何圖舟阻石尤風六日舟停行不得故人聞信紛紛來爭攜魯酒談齊諧赭山亭邊倚檻坐蟂磯廟裏剪波回阻風領得嬉遊趣翻怕風來吹我去但願前途再阻風都像留人在此處梅岑弟子情更濃朝朝閒話來舟中祝風留我風不答偷捲長帆當投轄

次日風順

六日帆不張一朝風忽利真如暴貴兒得權大逞勢舟子船頭眠浪花老夫篷

底笑啞啞封姨此情恰不領我是離家非到家

舟行十五里至灣岡梅岑饋肴烝遣人剪江而至

樓上金燈月下烟六宵情話已纏綿挂帆又送先生饌香徧春江浪一天

荻港燈下聞笛

荻港燈殘夜色深一枝風笛遠愔愔分明九曲長江水都作回波上客心

如訴如啼水一涯江風何處落梅花此聲衹可衰翁聽業已蕭蕭兩鬢華

登小姑山

江心湧一山卓立冠霞表錫以小姑名千年長不老時逢三月初烟鬟梳更好

高閣雲層層修篁枝娟娟長江頭盆寬石鏡妝臺小我來拜神前代把落花掃

不敢問彭郎嫁事何時了只乞少女風一送東飛鳥

過彭澤縣愛其風景清絕有懷靖節先生

繞郭江聲響青山滿縣堂先生宰彭澤儘可傲羲皇多事督郵至惹人歸與忙

千秋一枝菊從此倍芬芳

泊石鐘山正值水落見怪石森布絕無鐘聲

古有石鼓無石鐘此山疏解從坡公道是風水相衝擊四更月下聲隆隆我來曳杖走山脚水落潮平見磽确滿地橫陳怪石供洞庭不奏鈞天樂僧雛引我禮上方一湖春水烟茫茫古松穿石枝亂舞頗似相助吹笙簧高坐懸厓發遐想平生所到無虛賞且學孫登長嘯聲替他代作蒲牢響

鄱陽湖

江盡入湖口漁歌四面聞鞋山標一塔鼉鼓憶千軍浪與人爭立天隨水不分匡廬雖在望尙隔幾重雲

客裏

客裏淸明記不淸但逢楊柳便關情泊船難得有山處拄杖忽驚新月生十里村莊喧社鼓一隄兒女鬬風箏湖心爲訪蝦蟆石又學飛鳧踏浪行

老去

老去無心戀歲華嬉春天氣遠離家鄱陽湖裏推篷坐不看梨花看浪花

到廬山開先寺讀王文成公紀功碑二十四韻

兵豈書生事先生用獨殊安劉有成算克段在須臾少主雖涼德強藩敢覬覦烽烟搖太白聲勢動全吳虎穴南昌取狠心北上孤指揮銀兎節分散木魚符主帥方嘗膽將軍忍惜鬚兩甄鳴臥鼓三戰獲雄狐力阻親征駕安排所獻俘河陽緩巡狩埡澤免追呼耿耿憂民意堂堂治國謨誰知公射隼正值孽攙揄不賞陳湯績翻招鄧艾誣調停十常侍勝縛一庸奴暮解三千甲朝持百八珠蒲團雙膝坐戎馬片言無冰雪心如見豚魚信可孚鐃歌書露布椽筆駕珊瑚石壁匡廬鑿龍蛇字畫麤歸功天子聖垂戒甸人誅鳥鼠驚師律風雲想陣圖山河雖鼎革苔蘚未模糊學異朱元晦功同周亞夫燕然銘自好相較恐全輸

香爐峯觀瀑

挂起西江水青天作畫看四時常灑雪萬古此狂瀾松鬣休嫌濕銀河本不乾

磨崖多少字麻列白雲端

行十里至黃崖再登文殊塔觀瀑

黃厓天上生對面作浪起我頭不敢昂誠恐浪壓己豈知下望深青天反作底

山外有山立山內有山倚頗類人衣裳幅幅有表裏忽然暴雨來人天一齊洗

避登千尋塔正對一條水瀑布從高看匹練更長矣始知開先寺相離咫尺耳

只爲絶巘遮紆行十餘里

宿瞻雲寺

一宿豈偶然前生有緣在廟額題瞻雲兩樟立門外古之宗生菴重修自

昭代琳宮既巍峨金像尤弘大相傳王右軍捨宅作香界尚有墨池存清瑩色

可愛花隱叢竹中鳥啼磬聲外豈不想留連前途有山待

早起遊萬杉寺過三峽澗坐橋上聽水

萬杉無一樹三峽猶存橋未到橋上立已聞橋下潮白龍從空來騰踔無晝宵

誰排石作陣不許逞狂驕一阻生萬怒格鬬聲刁騷猛者滅頂過弱者伺隙逃

徐者作回波疾者奔飛猱聚疑狂泉沸散似元珠跳五百天魔舞十千戰鼓囂

老僧指殘碣有字記前朝橋造祥符年石紐猶堅牢玉淵金井字彷彿天書雕

嘆息來和聖哲匠皆倕夔懷古氣彌歛起行目尙搖祇覺兩耳中刻刻生波濤

棲賢寺贈道念上人

棲賢寺裏果棲賢留客濛濛雨一天多謝僧雛爲買酒袈裟紅濕杏花烟

觀舍利

舍利盛金椀騰光似寶珠取觀還一笑未必老身無

尋湯池沒在荒草中騰騰升氣水淺難浴

湯池如處女生長落荒村不以無人浴而忘本性溫客雖相訪少泉是在山尊轉惜華清水繁華易斷魂

過柴桑亂峯中躡梯而上觀陶公醉石

先生容易醉偶爾石上眠誰知一拳石豔傳千百年金床玉几世恆有眠者一過人知否不如此石占柴桑勝立穹碑萬丈長

謁靖節先生祠

先生非隱士直乃顏閔徒不貪米五斗偏栽柳五株尊中酒或有琴上絃幷無

饑乞一頓食冥報心瞿瞿絕不作身分隨人作步趨及其入蓮社攢眉強支吾爲佛且不喜何況爲官歟出山白雲似還家春風俱偶然吟一篇太羹玄酒初品高情轉近詩淡味乃餘東坡大才人和之形神殊奚論王朗輩敢學華子魚我願生當時長爲扶籃輿

路上憶隨園桃花

柳漸芊綿水漸波隨園此際好烟蘿桃花千樹開如雪讓與漁郎看得多

上五老峯遇雨迷路到萬松坪已二鼓矣

爲尋五老峯走入三里霧地號犂頭尖險絕不容步正在盤紆間暴雨來如注輿夫不知雲踏空如踏路棘蒿亂刺人十步九欲仆退縮無可歸前行日又暮僮僕齊嘈嘈今夜宿何處用瓦衣亦漏似虎石可怖昌黎不敢哭奉先屢悔誤賴聞叫呼聲隱隱出深樹似海得指南有寺雲中露急將危苦狀從頭向僧訴自笑三年遊此是一劫度

清明

卅年邱壑慰平生垂老誰知福更清萬朵芙蓉千尺瀑匡廬山頂過清明

從萬松坪東下一路氷條封山過大林寺舊基愛其水石奇險坐觀移時

或云即石門澗也

清明斷雪此語欺廬山三月冰花飛我從萬松坪東下縱錚踏破千珠璣行過靜菴禪師塔忽見絕壁高巍巍三峯縱橫立水上其勢截嶪形𡾰㕒波濤噴薄萬壑響似有深洞蟠蛟螭恨無李清縋身繩又乏温嶠然妖犀姑學兒童飛擲戲投以石子傾駭之須臾不見風雷作得毋羊館龍皆癡或云即古大林寺頹垣尚存舊日基或云此乃石門澗水風獵獵時吹衣我亦難考景外景且贈一首詩人詩

佛手巖

如來初出世一手指天生豈料此間石還存往日情空拳擊寶座指月起鐘聲有負相招意詩人只管行

天池

清絕天池水澄澄漾碧空金仙常照影鐵瓦不愁風日月千峯上江湖一氣中
周顛遺像在無復弄神通寺有周顛等四仙祠

到黃龍寺尙早偕老僧往探龍潭

欲見龍潭清先招佛子伴誰知水作聲隔樹龍相喚

從寺東下仍過犁頭尖歡喜亭兩險處步行數里到棲賢寺宿

險途人重經如痛定復作其如山上客欲下竟無奈棄車徒步行自主轉膽大
空空仙下天盤盤蟻旋磨索索蟹橫爬岌岌箕屢簸非不欲三休陡下不得坐
所恃性命忘一勇敵百懦屏氣羊腸路攢眉虎尾過棲賢長老來且笑且相賀
急呼繩床鋪踵息勸少臥誰知躒躞餘麻鞋已全破

遊東林寺不果

東林未到小車回非戀紅塵忘講臺知道遠公今寂寞無人送過虎溪來

白鹿書院

少室山人舊草廬隔朝換作紫陽居一松門外張華蓋路旁古松枝葉蔽芾號華蓋松五老雲

中看讀書白鹿仙蹤流水遠青衿燈火講堂虛人間何處尋精舍稷下淹中恐不如

回舟星子謝丁竹江明府

先生作宰常欲笑如此廬山少人到忽然有客西湖來白髮看山頭屢掉先生大喜召役夫爲負行李扶籃輿入山七日如一世歸來嵐翠盈衣裾握手便詢何處好我道黃厓最幽渺對面千尋瀑布飛當空一塔烟雲繞先生更喜所見同細加甲乙談羣峯想見文章有定論千秋一榜傳宣公壬申湖南鄉試吾鄉吳雲巖學使預決五人果皆五魁先生其一也詰朝置酒愛蓮亭招邀太守聽啼鶯王文湧未逢千荷池上白且看五老杯中青貽我雲箋索題句奈被風吹船不住半戀名山半戀公身自長行心未去

泊滕王閣感舊

弱冠曾爲王子安滕王閣下倚闌干清風一席吹西粵丹桂三秋折廣寒海內文章傳誦易人生春夢再尋難誰知五十年前客依舊長江檻外看

蔣茗生太史病廢家居因余到後力疾追陪作平原十日之飲臨別贈歌

先生示人杜德機儀容清癯似植鰭前年乞病辭　丹墀一帆歸臥江之湄傳聞不一多異詞云生云死云垂危忽然我到君驚疑如以仙藥投肝脾登時起坐喜不支張王神氣開鬚眉詞鋒滾滾同平時箋妖語怪談神祇口所謇澀筆代攜右手偏廢左手持劈裂箋素磨隃麋旁行斜上龍蛇飛錯落蝌蚪皆珠璣雖枯半體坐若歘吐氣尚懾千熊羆其宅幽渺樹四圍長廊疏寮窈窕池鼠姑花開香拂衣朝朝飲我酒一卮繁肴綺錯堆盤匜恍如元度離京師真長九日十見之膝前森立三瓊枝長君獻賦趨南畿仲子鳴鞭試禮闈三郎長齋步步隨搔摩疴癢扶履綦見贈五言玉雪霏才子孝子人中師手抱萬首藏園詩拜述爺命言偲偲屬我細讀加檢披意若難逢某在斯士安一序千秋垂其餘作者肱可麾琥珀拾芥針引磁濠梁莊惠琴鍾期此中心契非阿私我手加額重思維先生遭逢亦數奇少年才名海內馳殿上簪筆侍軒羲一篇吟成萬口推頌刻官可登台司無端奉母江南歸　天子時時嘆不羈東山再起欲有為抒

所蘊畜佐明治不圖崔崔心事違今之相者但舉肥鴛鳩鬩遏鸞凰姿文光雖耀未閃屍天心翻悔生公非平生嗜義如渴猊專趨人急心孳孳晏嬰食祿無餘資九族貧者待舉炊耳鳴陰德古所稀以先生擬真庶幾自然食報理所宜不于其身于其兒大昌厥後今始基松根生蘭蘭生芝左視右視堪娛嬉含飴便足當優耆何須更覓倉公醫賢者形衰神不衰王夫人言豈我欺先生未必不期頤恨我粵行難久稽遨遊山川老更癡上堂再拜將歌驪先生掩面心淒其自取行狀付我窺公雖不言我已知果然賤子死或遲貞銘捨我將尋誰我亦自傷兩鬢絲臨行涕下如綆縻今生休矣來生期雲龍相逐苔岑依天上地下無參差長江知我難別離逆風日日船頭吹

重過百花洲

九曲亭臺三面湖南州要算小蓬壺喜逢花柳暮春好記得畫船當日無網罟罣稀萍藻靜笙歌人散水雲孤前朝曾有高人住一道長隄尙姓蘇南宋蘇雲卿隱居于此

謝蘊山戴可亭兩太史招集程園

五奧三菁春滿家重重樓閣貯烟霞當筵兩个鳳池客繞砌萬枝蝴蝶花曲水帶雲歸石洞亂紅隨雨落牕紗山人船泊江頭月何幸乘風到若耶

題茗生桐下聽簫圖

一枝湘竹最多情吹得英雄白髮生怪底中年謝安石愛扶殘病聽秋聲

百尺梧桐倚碧霄三行雛鳳影超超大郎此日迎　鑾去正學王褒賦洞簫

搦管佳人翠袖孤分明畫出采鸞圖不知元相金閨寵我是楊炎許見無

徐穉子墓

不是躭高隱其如漢季何功勛歸稼穡氣數聽山河下榻知交少生芻涕泪多祗今三尺土若個比巍峨

舟移新與洲爲風所覆

移舟非行舟忽然舟覆水幸而中副車所傷尚無幾追憶出門時匝月治行李凡是客中需茍有茍完矣一旦付波臣空空我而已糗糒及盤匜物物從頭始

所費既不貲所具寧能美自嘆七十翁遠行原非理心非利名牽與從山水起

倘作滅頂占亦是偶然耳風豈有心哉未必憐老子因之小坎軻轉生大歡喜

徐徐旨畜求急急衣裳洗記得遼海人常行再生禮

過萬安縣山水漸佳

舟過萬安縣悠然心目開恍疑仙境入只見好山來樹色千層錦灘聲四面雷

懸厓幾茅屋遠望似樓臺

從綿津至贛州儲潭得絕句五首

路上綿津不問津儲潭小住拜灘神廟塑十八神像欣看一路春山好梳就烟鬟若待人

琉璃四面水雲鋪屈曲風帆路欲無略綴亭臺三兩座人間何處說西湖

樟樹迷離密不分幾聲雞犬樹中聞濛濛一縷茅簷白知是炊烟是晚雲

漁翁底事不歸家細雨濛濛立淺沙生怕魚驚竿不動蓑衣吹滿碧桃花

莫惱磯多行路難但教目悅即心安荊關已過倪黃到日日天公送畫看

十八灘

一灘已覺險況乃灘十八何年脩羅王留此衆羅刹沉者如伏蛟水中暗吞齧
浮者排陣圖當頭作阻遏攤門豈安横井底亂投轄觸艙或怒僵逢纜必全割
偉哉篙工勇入水將舟奪初將周鼎扛繼作宋人揠但聞聲許許愈知難戛戛
周旋石縫中隙罅輒先察堅忍横逆來拱護使上達倮國解下裳強壘類鐵拔
南船雖將牢北兵甚操刺水犀軍已成石婆黨盡殺小屈總是伸大度何妨豁
三日出重圍櫓聲鳴軋軋

南安蔡公子清岷家鏡伊明府招遊丫山

峯作雙丫勢名應配小姑溪深乘筏渡石墜倩藤扶有瀑山纔活無僧佛亦孤
不知蒼耳子可認白雲夫

過梅嶺

南戒一嶺横拔地三百丈想見趙尉佗借此作屏障樓船十萬師到此氣凋喪
一朝雖掃除王道未坦蕩直至曲江公鑿叢始開創峨峨雙闕門尙存斧鑿狀

樹密嵐翠湧人多雲氣讓蛇盤不覺險鵠立始驚壯過此路漸夷天容如一放尙有八九峯孤蹲野田上

謁張曲江祠

天寶當年事漸非先生進退履危機篋中秋扇恩難忘天際冥鴻翼早飛金鑑果教言在耳玉環何至淚沾衣千秋丞相祠堂在留與行人拜夕暉

到韶州換小舟遊丹霞至錦石巖

看山如論文所貴在逋峭韶州丹霞山公然具此妙我換江口舟一路搖短棹所見雲外峯歷歷呈形貌高擎玉女盆銳掛司徒帽鐘旁一杵懸盤邊一鼠跳大半海螺紋團團圍百道前艙人乍指後艙人又報左失我方愁右得我又笑忽別忽相逢惝恍不可料非關山撩我有意來作鬧爲行曲澗中驟難出閫奧宜乎路匪遙窮日方能到

到山舁腰輿屈曲三里許絕壁石縫開側入步踽踽高唱升天行踏雲不踏土竄身冷翠間自笑同蒼鼠扶竹兩手霜搖松滿頭雨斗然鐵門關設險若相阻

真個一夫當千夫難用武閃爍鑄金像森嚴建紫府引水下僧廚刻石流縷縷
何年破天荒一衲開萬古坐受羣山參朵朵芙蓉舞
晚宿靜觀樓懸崖走牕下吹落珍珠泉滴瀝鳴終夜蝶夢既醒莊屐行重學謝
遠尋錦石巖別有奇峯迓三洞窈而深盤空張廣廈萬孔攢蜂窩似有聲來嚇
石色青黃朱四時倏變化嘆息造物心奇巧公輸亞小巧使人憐大巧使人怕
凜乎不可留寒風射石罅

觀音巖

江心望峭壁樓閣生空虛近前覘厜㕒方知觀音居秉燭走昏黑磴級何盤紆
已而得光明疑有牟尼珠誰知石乳垂倒懸纓絡如俯視長江波萬里聲澎湃
帆檣各乘風蛟龍或逞怪佛笑無一言愔愔坐香界閱盡小滄桑無妨大自在

英德小泊獨遊南山

雖聽響不知水處雖聞香不知何樹管他九曲烟波我自一舟來去

過湞陽峽作歌

水裏山山裏舟湞陽峽中浪不休石如人立看人遊我若不吟被石笑石若吟成被我偷世間奇景豈空設半使行人愁半被詩人收我老無愁好吟詠且撤四面蓬牕掉白頭

到峽江寺香亭以詩見迎次韻答之

峽江寺裏落花天花下吹來詩一箋剛是山僧說山事禺陽兄弟兩神仙

白門江上片帆開笑別妻孥首不回伯也年衰狂更甚一塤吹過萬山來

飛來寺

不是青山生羽翼緣何兩峽如人立空中一寺更嶔奇樓臺直欲將天逼我來小住帶玉堂迎面一片屏風張濃綠萬重裏錦繡當時帝子猶深藏攀崖繞磴尋幽徑流泉未見聲先迎拏雲三樹一根連不知木母如何孕條條白練從空斜銀河亂落風雷譁妙有蕭齋當瀑起坐來看水如看花雲外忽聞曳杖響老僧抱詩來見訪半是吟聲半水聲一時佳處難分賞下界鐘鳴日漸昏轉身急學猿猱奔戲立山門指山笑世間我亦解飛人僧名懷遠

飛泉亭觀霞裳與澄波上人對弈

棋局臨飛瀑棋聲與瀑分下山千尺雪背水兩家軍風裏葉如鬬聰前鳥不聞渾疑仙子戲橘叟與桐君

四月十六日端州楊蘭坡明府劉瓚華參戎彭藹堂別駕族弟龍文公宴晚香堂

七十老翁不知老來看嶺南山色好兩株荊樹忽相逢一朵鐵花開未了署中鐵樹開花通家難得來楊修招我披雲樓上遊閱江寶月次第到此間風景胸全收歸來晚香堂弟問兄知否即日五人同上壽彭鏗斟雉劉安進酒龍文扛鼎阿香走有如不期而會百八國都爲先生一張口千里脯五侯鯖三十六種骨董羹一一羅列求褒評不怕忙殺天上天廚星果然天星聞酒香張嘴頤朵雷公狂手持北斗斟仙漿化爲大雨猛如注搖動一堂蠟燭光合席蹲蹲人起舞都道今宵足千古十日平原何足數師生昆季兼文武誰是賓朋誰是主個個忘形到爾汝請各酣嬉將力努珍羞吞盡珠璣吐莫管衙外鼕鼕報三鼓

署中諸友同遊七星巖

端州近海海風厲天上七星吹落地冷翠凝爲精鐵橫綿延尙作臺垣繫月有廣殿星有宮果然一洞形窊隆紆曲佈覆渺難測白日吹霎來陰風滴下石乳久漸乾鑄成形怪千百般恍似山靈握肺肝教人一一張眸看時當四月春流滿山脚沉埋截其半賴有當中甬道高行人免作望洋嘆片片青山頂倒垂時時仙鼠聲相喚宋唐碑碣鐫紛紛龍蛇健筆拏烟雲想見古來好名者恨不將身化石人天門三重關雲表一重一重登更好打頭白鳥飛不高出樹行人看漸小只緣康樂好搜奇未免修期常諱老歸飲羣公酒一杯藹然不覺笑口開自指脚下雙麻鞋曾踏青天北斗來

蘭坡招飲寶月臺

我聞修月宮裝成需七寶至今端州臺以此得名早楊公簿領閒招我作幽討四面清風延一池碧荷小門前六榕樹槎枒百人抱屏後七星巖蒼蒼蹲雲表主人陳几筵欲倣古養老不夸五牛烹但求一臠好羹飫液湯經精心苦搜考

果然虞悰羹竟奪雍巫巧水引尤稱佳清絲遊裊裊惜哉甘㲋空屬饜尚嫌少有如修羅王噉月不得飽飲畢招羽人鬬棋聲悄悄要假羊抗手一惹吳剛惱吳協黃以善弈名故使道士難之累我學樵夫爛柯看未了

端州紀事詩

一詩迎我一詩催驛使奴星日幾回望見端州城半角傾城冠蓋似雲來

忙解征衣揖客遲皇華廳上語移時衰翁來意將軍解一騎紅塵取荔支感副戎官公也

子姓相扶上畫堂舉家懽喜道勝常不知此叟三年別鬢上新添幾寸霜

嫛婗文葆兩麒麟啼笑啞啞滿室春甘蔗旁生如有意趁儂來作抱孫人嘲阿順

高挂流蘇錦樹東春深人臥鳥聲中所住晚香堂多野鷺鷥終夜啁啾阿連雅得曹參意讓出華堂住蓋公

文武紛紛宴老饕家家親手動鸞刀為來護世城中客欲試羹湯若個高

淋浪終夕雨聲酣一月晴無日二三可是佛圖澄姓濕曾來此處築茅菴

恰喜文星聚一時彭楊各各樹旌旗（謁掌蘭坡）足酬太史東來意不採珍珠只採詩

賓朋棋子響西齋奴子端阮手自揩略見主人停畫筆又呼書吏寫齊諧

倀子登場舞拔河鑾方別自有笙歌只因南海波濤近半是魚龍角抵多

可笑珠娘負盛名我來孤負看花情青唇吹火柴蓬立難近都如鬼手馨

城門一過三千萬南史曾將粵嶺夸今日貪泉宛然在不知涓滴落誰家

南荒一尉古稱雄豪宕於今有素風玉豉金鹽千日酒教人能不夢周公（周尉斗齋飲饌精絕）

寶月臺邊鳩杖扶參天榕覆藕花湖七星巖對先生坐彼此垂青一語無

勝遊尚欠鼎湖行爲有春江浪未平寄語王喬仙令尹青山無我亦虛生（蘭坡約遊鼎湖未果）

荔枝二十六韻

冒暑來東粵炎風笑老夫未歌棠棣什先覓荔枝圖揩眼看嘉樹逢人問藐姑

離離星點大漸漸露痕濡外殼團黃皺中單裹絳襦梯須乘騄耳網不用珊瑚

火齊高侵月晶盤早弄珠撕開紫綿襖褪出雪肌膚欲齧心何忍輕含舌已酥華池湧靈液透頂灌醍醐嫣姣金爲彈環肥玉作軀天葩風味別神女色香俱易損憐卿嫩狂吞愧我麤口疑成露甕腹恐化冰壺飽極三餐忘柔嘉百果無楚人休橘頌齊俗撤桃殳白馬甜榴賤黃中玉李輸浸投甘谷井剝喚水精奴馳驛名原重傾城話豈誣揮毫誰詠汝碩果尚存吾寵勝紅雲宴忙催竹葉符爇中心早淡消渴病何虞帶葉教人採傾筐滿地鋪半生仙掌慕一夕化人扶尤物堪移矣衰翁其舍諸日嘗三百顆未肯讓髯蘇紫綿襖見五代史契丹語

蠹魚

不買芸香置五車公然老蠹作生涯分明紙角牙鬚動陡覺書中點畫差未必風騷供吐屬空貪糟粕失精華勸君嚼我終無味速往蟲魚註疏家

觀弈

清簟疎簾弈一盤牕前便是小長安不關我事眉常皺閱盡人心眼更寬黑白分明全局在輸贏終竟自知難憑君著遍飛棋好老譜還須仔細看

阿端

端州生子號端哥合浦明珠定是他索我抱常懷裏奔惹人憐爲笑時多看兄蠟鳳心如羡怒姊飛埥口似呵轉眼重陽作周晬兒持金印更提戈

端州大水行

端州夜半聲洶洶羚羊峽水圍城中天公更爲水張勢排雲駕雨號狂風民廬不見見屋脊廚竈掀舞如飛蓬羡爲魚鼈身猶活化作蟲沙頃刻空衆官拒水如拒賊竹籌衣袽四門塞衣冠了鳥負土忙金錢亂擲蛟龍得晉陽未没城幾版王尊立水已三日短衣赤脚出門望蝦蟆瞪目坐樓上將軍棄馬盡乘桴士女非鳧齊踏浪萬戶炊烟傍午無頭搶足躅爭相向襁負泣登太守堂太守不在誰主張六營馳檄兵借糧晝指劵約堆盈箱我雖非官敢越俎弟兄急難宜平章不料五千里外餐霞客忽來此邦此土同存亡南門已裂北門保上山上城奔未了平時只覺眼前安到此方知高處好愧無婆留築塘才三千強弩射潮回又無王景堙流法能使耕夫盡舉鍤徒學區區韓潮蘇海文惹他江妃河

伯來紛紛作書舫鯉同一笑中流砥柱今何人目擊哀鴻狀若此我有一言告
君子莫愁賑例此間無一卷檀弓皆物始廣東例不報災

藤鼓

端州城樓有藤鼓以尺圍量丈有五其色黝黝瑕環黑其聲逢逢音節古相傳
此藤能爲妖晝伏夜見浮作橋羅旁水口衆猺賊乘此渡河民驛騷前朝制府
淩雲翼剪去渠魁掃萌櫱斬藤三段製鼓形分置諸州此其一一聲兩聲蝦蟆
更三更四更天雞鳴公然瓜蔓一枝草管領金輪萬國明我爲妖藤發長想萑
苻同類皆何往從古英雄草澤來麒麟閣上爲聲響

珠蘭

誰把三湘草穿成九曲珠粒多迎手戰香遠近聞無簾外傳芳訊風前過彼姝
閼將纓絡索仔細替花扶

紅豆

生就多情種離離落絳河相思千粒少記曲一箱多丹鳳饑應啄紅兒眼欲波

倘拋龍樹上佛亦奈卿何

寄鍾姬

不聽釵聲半載餘妝臺眠食近何如愁生夫子登程後喜見嬌兒上學初海外朝雲空有夢盤中伯玉竟無書遙知七夕銀河好嬾畫眉痕月一梳

此閒光景遜江東雨慣烟綿海慣風仙荔紅香剛我到雪蘭膚色與卿同千家蠻語聽難解兩月螺舟泛未終寄語金閨諸姊妹加餐不必念衰翁

翟尊江意釣圖

子陵非釣魚不過釣其志先生倣子陵借釣抒其意難得白描手能寫此高致笠是釣者冠竿爲釣者器絕少波濤聲但湧烟雲氣鬚眉更逌然自樂羲皇世我亦釣卅年從無一絲繫未能訪桃源來約劉子驥且題字數行臨風託遐契

烹珠嘆有序

廣州漁人烹蚌蚌躍起三丈許諦視之墜徑寸珠爲火所傷作車渠色矣余哀之爲作詩

漁人烹蚌蚌忽怒飛上青天如欲訴須臾明月一丸沉滿江船戶都生怖諦視乃是牟尼珠團團一寸寬有餘可憐照乘驚星色已作焦桐爛梓枯我聞珠能辟火災豈知火爲珠禍胎萬物各有遇不遇人世原無才不才又聞鮫人採珠苦拋擲千夫性命取豈知費盡驪龍求一旦混同魚目賣怪底珠猶憤氣含銜烟跋浪飛再三玉呈楚國寃雖雪劍化延津死未甘從此漁人生悔心撈蚶不敢付釜鬵奈他堆積如山蚌一點珠光沒處尋

端州苦熱行

我聞南越非炎洲四時皆春客可遊豈知我來天時變但有火老無金柔祝融呵氣朱鳥吐沃焦登罷湯池投治病非造軒光竈攻城乃試猛火油熾炭誰安郲子位燒尾都像田單牛方麴司風懷令史吹綸被體疑重裘無病而灸疥痏滿不慚而汗浹背流炙艾才避屈突蓋均茵又遇周陽由帶來之熱因人熱使我自問笑不休七十老翁何所求捨却江南雲水幽兩袪高蹶來荒陬西江舟覆色不變端州水至心無憂可奈秋陽故意暴老朽頃刻膚理焦灼聲喟啾有

目不得瞻洋樓有脚不得登羅浮思量消遣無他法惟有掃除奥室爲詩囚一枝筆當迎涼草一竿竹對夏清侯阿弟愛我怕我去時進瓜果慰勞相遮留試想姜家大被縱然好可能此際同眠雙白頭不如一碗冷淘向天祝火傘早勸炎官收赤煒勢消白藏至風輪高扇清天秋使我逃出炎涼世界外依舊赤脚海上自把珊瑚鉤

謝龍文弟餽水

圭頂山頭水貽來感不禁淡如君子友清見弟兄心愛惜教僮守矜憐當酒斟故鄉重入夢龍井一泓深

又謝蓑衣餅

擬賦湯官餅才慚束廣微漫勞纖手巧來慰老人饑月影盤中得冰花齒上飛紅綾曾啖過今又嚼蓑衣

贈孫補山中丞

卿雲紅覆五羊城物望羣推宋廣平二月桂林移使節一江春水盡歡聲胸中

定力回風氣筆底餘波寫性情帝恐勳名掩婞雅重教管領玉堂清公巡撫雲南後重入翰林校書

此行真不負衰翁得識羅浮又識公同館敢叨前輩禮虛懷真見大臣風憐才心在官階外知己情深夕照中料得紀恩圖未了珠江轉舵督江東公畫紀恩圖第十六幅名珠江轉舵

張菊坡太守有伽南香珠余乞之命以詩易

嶺南從古稱香國遠客尋香偏不得菊坡太守古香尉胸挂香珠百八粒一珠一粒氣氤氳迷迭都梁迥不分庭前風過旃檀樹座上衣熏荀令君野人心貪口難忍強顏遽作紫雲請自憐臭味無差池或者主人竟首肯主人愛香兼愛儂欲許不許心忡忡自言佩帶始童蒙先人手澤在其中業已卅年侍膏沐如何一旦棄秋風我發讕言君且聽楚弓楚得原無定從來湘草佩靈均爲他髩鬚騷人性同抱留芳百世心何妨脫手千金贈主人大笑憐我狂登時解繫我衣裳馡馡鼻觀覺勝常夸示賓朋嗅未央從今東郭七旬叟永奉南豐一瓣香

旬日之中中丞兩饋肴烝賦詩志謝

一接春風笑語温兩番臺使致壺飧買從清俸情尤重捧出軍門物便尊千里脯盛金盤脫三辰酒滿玉昆侖自憐七十餐霞叟難學侯嬴說報恩

枚方以詩獻中丞而中丞贈詩適至病中如數奉答即以留別

正投巴曲到軍門忽聽鈞韶降野濱汲鄭果然能禮士皐夔原本是詩人筆揮強弩堪穿札氣吐秋雲不染塵病裏瑤箋當靈藥一回雒誦一精神

舟泊羚羊峽口邊早聞父老說公賢官如子弟人人見政比秋霜樹樹鮮渡海輕裝常載石焚香諸事不瞞天嶺南元氣非難復只望旌旗駐十年公有百一山房專供怪石

揭來門外八騶鳴野叟頽唐廢送迎禮錫百朋裁兩面交雖十日勝三生民間疾苦殷勤問海內文章次第評我亦臨歧託君子元方有弟望裁成

羅浮擬訪葛仙衣可奈頽禽翅不飛一息尚存山要看秋光漸老客思歸掃門魏勃從今遠識曲鍾期自古稀回首五層樓在望謝元暉尚夢依依

附孫公贈詩

翹首雲階未許登今朝把手與飛騰文能壽世輕千劫力可迴瀾此一燈樞地有人誇紫雪（廿年前慶樹齋同寅極譚紫雪軒勝槪）海山到處引紅藤（現游丹霞西樵諸山）條冰相對青繩去陛覺炎埃隔幾層

綺年入洛最知名壯歲游秦宦早成兩卷檀弓寧有例三生杜牧本多情江山跌宕旁妻好風雨飈馳老筆橫聞說明珠雙照座（通遲兩公子已能讀父書）慰懷何止一官輕

不遞鄉書不遣媒闖然直爲荔枝來文章澤國蛟龍避（先生啖荔令弟太守署中西漲驟至城不沒者三版漲旋落）裙屐偎山蛺蝶陪（將裹糧訪羅浮）當日登場誰不識衹今此事更交推自慚海上孫賓石瘴霧憑公一掃開（粤東濱海多霧雨公到後連日晴霽）

渡嶺裝歒一葉風小倉紅影落霜楓（計深秋方還隨園）人將仙佛疑山賊天遣亭臺屬寓公心跡仍依徵士傳姓名早隸 日華宮歸逢詡（蔣苕生）壹（趙甌北）皆吾友爲報居官與昔同

遊西樵山左行三里至逍遙石下

冒暑遊西樵爲訪白雲洞渡過兩危橋逼仄不容輕將身學螻蟻紆曲穿石縫絕壁飛泉奔激怒聲如鬭其下鑿曲池流觴借水送磨厓字紛紛前明遊者衆左轉尤奇絕逍遙石可弄萬牛輦不前兩手推可動安得秤象船一試石輕重山鐫曲靖太守龐義一銘白雲洞三字逍遙石如屋可推

未盡西樵之勝染疾遽返

未盡西樵勝仍回半路槎遠遊原倚健小病便思家落葉長年怯秋風短鬢嗟思量瞞阿弟猶恐瘦荊花

服藥有悟

前秋抱腹疾香連一服佳今秋腹疾同香連乃爲災方知内患殊未可一例該天機本活潑刻舟求劍乖善乎莊周言詩書糟粕皆荊公誤宋家直爲周官紿

病起遊羅浮得詩五首

遊山如選士佳者拔其尤矧我力疾登羅浮難徧搜名傳華首臺先往作勝遊

果然穿磴上古松蟠龍虬兩蜂合掌迎峯名合掌匹練從空投何時金翅鳥蹴翻銀
河流奔赴此山巔一瀉不可收
西上五百級乃至黃龍觀中湧雲萬重羽扇揮不斷風停樹聲微花多香氣亂
羣僧率衆迎袈裟不掩骭夸我石樓高指我鐵橋看推牀讓我宿雲臥天之半
可惜難晏眠灘聲早相喚
水黑名曰盧不流名曰奴佳哉五龍潭兩病都已無雙厓夾青天四面噴銀壺
下有獨角蛟沉沉不可呼碑鐫淳熙年苔深字模糊石刻淳熙己亥夏月望日郡守睢陽吳裒男有書又長壽澗三字范陽祖無擇書其清毛髮見其色琉璃鋪伸手取石子粲粲摴蒱如我戲投竹
葉當作調水符
仙衣化蝴蝶蝶去不我親梅花化美女無花空有村明知古人語渺莽難具論
奈已書上見未免胸中存參橫月落時沉思欲斷魂擬扶綠玉杖一問黃野人
羅浮四百峯所踏都可數只有飛雲嶺吾衰勇難賈此處號洞天佳名震千古
其實幽夐處拔十僅得五大半行夷庚黑石臥黃土不信蓬萊峯如此割左股

倘取名山圖品題甲乙譜吾將不帝秦詎肯中分魯且吟詩數章庶免嘲啞虎

贈寄塵上人即送赴潮州兼申武夷之約

支公最神駿古寺弄松釵經講花知舞詩呈佛說佳能參無上義只喫自然齋幾筆銀鉤字珠娘扇上皆（花船妓扇皆上人所書自然齋見唐六典）聽說潮陽去聰明學大顛三更鳳樓月萬頃鰐溪烟海映袈裟綠雲生畫筆鮮武夷如踐約待我菊花天

宿華首贈寄林上人

華首臺邊踏翠微天風吹冷五銖衣泉衝危石聲如怒松立空山勢欲飛鴿爲無齋常看佛龍因聽講屢忘歸蒙師引我禪房宿修竹千竿月一扉

到新會同侯輩原明府登圭峯望海上厓門南宋張陸諸公殉國處

圭峯遠望厓門影南宋遺踪不可求萬里山河無片土一朝臣主有孤舟紀侯去國何時返蔓叔違天到此休畢竟忠魂吹未散瓣香猶作陣雲浮

謁陳白沙先生祠觀宣德皇帝聘玉

玉形似圭長七寸許青色葵首下削中有小孔沁暈紅潤映日瑩然洵古物也守祠者裹以錦匣客至許觀

名士當年重三徵尚古風曾將水蒼玉遠聘白沙翁我到祠堂拜秋深草樹空清嚴諸葛像猶自供隆中

光孝寺僧以菩提紗見餉

菩提樹葉傳名久輕似秋雲薄似紗想見此間諸佛笑只拈迦葉不拈花

九耀石

南漢假山石厥名稱九耀屢置藥池中落落峯傾倒榕根若連鏁水浪時鳴竅其上鐫姓名宋元各年號或云熙寧秋避暑搖仙棹或云慶元春泛月恣憑眺篆隸雖殊形點畫皆奇奧有石人能存有字石纔妙嗚呼八百年多少遊人到此水聞其吟此石見其貌安得石能言一一爲我告

海南雙門觀銅壺滴漏作

鎔銅爲壺高下安四壺畜水藏波瀾中穿小孔相接引從高而下瀑布然有銅

尺標十二字子午卯酉辰巳未一聲一滴一字呈順時而報尺相示我來適直午正中銅尺升起如有風旁鐫元帥名某某延祐二年鑄此銅我聞張衡地儀造最巧八道金龍銜日表一龍機發風沙飛隴西地震先能曉又聞田曹參軍造氣輪二十四扇鋪地勻一氣將至一扇動灰飛葭管分冬春此壺偷得此消息五百年來滴未歇黯黯色同記里鼓鏦鏦聲類知時鐵日有十位朝至暮地有四遊萬里度但憑壺尺作圭臬分寸光陰無舛誤老我摩挲有所思壺中日月過來遲難忘待漏三商日更憶花磚測影時

聞魚門編修乞假赴陝卒于秋帆中丞署內余生平至好也賦詩志慟

暫辭東觀走西秦幕府風高遽喪身到耳忽驚腸欲斷痴心還想信非真三吳屈指推名士四海同聲哭善人料得中丞騷雅主不教遺稿付沉淪

送抱推襟四十霜美髯如畫怕思量龐公入座妻孥喜祖約深談晝夜忘淮上我留常把盞山中君有舊眠牀而今都是前生夢月墮西巖事渺茫

結轖名場卅載餘中年作賦迓鑾輿稱心竟領三清職悅目還修四庫書遊

債臺高難戀　闕招賢館好易呼車傷心二月初三札猶自殷勤訊阿如女阿如寄君膝下羊求結伴意欣然屬我金陵買數椽白首同歸空有約黃壚重醉竟無緣孤兒尚寄幽燕地君六十二得子纔五歲旅櫬誰扶兩雪天且喜交期泉路在不多時别是衰年

挽大司馬彭芝亭先生三十二韻

四海瞻星象三吳喪斗杓驚心一元老兜率作逍遙魯殿靈光失唐車顯慶凋尚書昔臚唱姓氏冠　中朝給札登東觀賡歌到絳霄三雍調禮樂九奏協簫韶陸贄嘉謨獻王珪異數邀衡文屢持尺選士慣乘軺桃李花千樹臣心冰一條門生多八座故吏亦三貂履曳星辰上衣看袞繡飄周官重司馬漢禮絕羣僚公獨謙如故人欽寵不驕珊珊仙骨瘦藹藹惠風招舒鴈威儀肅黃花晚節昭四夷爭拱手百辟盡垂腰兼有林泉福能教歲月消抽簪辭　玉殿蠟屐走山椒謝傅歸華屋裴公造午橋童時垂釣處鄉里看花朝置酒杯三雅投壺矢

百驍入旬猶小楷五字極搜雕　闕豈江湖忘心因名理超花磚兒步武蕊榜壻連鑣（公子紹觀官學士壻壯培因壬申狀元）一品文成集千秋位不祧氈生纔覓覺都下荷鈞陶春兩梅開日秋風桂落宵園曾來杖履詩每贈瓊瑤月落心常契山頹事豈料黃粱雖夢醒青史定名標語笑還如昨人琴竟寂寥生芻遙寄奠頭白泪飄蕭

蘭坡明府聞余從廣州歸先在鼎湖延候已五日矣遂與同登

楊雲待我遊鼎湖艤舟五日相招呼我約久矣踐更喜跨上筍輿行十里守門獅象兩峯迎扶筇先上半山亭佳境從茲如海湧令人高唱升天行盤盤石磴九重曲似帶如環往而復秋陽隔樹笠帽涼松陰覆體衣裳綠溪聲漸大人聲小高厓瀑布飛難了萬斛珠璣撲面來五條白練和雲搗我拚身臥浪花中憑他衝去都爲好白髮方袍佛子來牽裾同上講經臺威儀戒律都井井布金地掃無纖埃正值香花三會日留餐蔬果入關齋可奈斜陽紅滿樹心雖尚留身已去重斟尊酒肆高談舟中還說山中趣名山烟景主人恩相別如何不斷魂

留取幾行詩句在大書深刻鎮山門

香亭贈松鼠裘

戲言松鼠爲裘好豈料端州竟有他野色蒙茸身上動故山來往樹頭多曾偷仙果遊三島不羨羔羊賦五紽喜汝相貽最相稱教人遠看似烟蓑

留别香亭

四月珠江賦友于三秋蘭槳盍歸乎塤篪遠奏音纔合鴻鴈分飛影又孤水上風搖青雀舫燈前人指白頭顱遙知此後重逢處只有君歸我到無

小住黄堂燕寢東可憐姜被幾宵同三更促膝陪清話一飯經心怕惱公杖履依然遊物外笑聲轉覺勝家中緣深更有嬌兒在索我牙牙抱未終謂端官

教儂遠上五羊城海寺花田次第經沙面笙歌喧晝夜洋樓金碧耀丹青熏成香界終知幻夢入鈞天幾个醒莫怪老人歸計決要歸說與合家聽

歸帆將指粤西斜五十年前小謝家趙國遠投蘇季子吴公首薦賈長沙溪山似畫些些記東海栽桑事事差一旦遼城仙鶴返也應驚殺桂林花

以吾一日長諸昆臨別殷勤有所陳認路莫隨風色轉看花須耐雪中春嫁衣日爲他人作金穴誰知住者貧倘念丁單門戶薄夕陽紅處好抽身

柳枝不折折荊枝萬里江山兩鬢絲薄暮雲應歸洞急多情人每上船遲生還已遂班超願閱歷重添杜甫詩千萬丁寧君莫送送兄難是別兄時

附香亭詩

幾年別夢繞江蘺盼得歡逢佛誕期兄以四月八日至粵雅集纔賡連理句離觴又賦送行詩人歸忽共青山遠手握難分白髮時欲向尊前訴衷曲秋烟如緒兩如絲

宗支零落幾人存階有蘭芽未抱孫荊少莫從分處折被寬須共老來溫水雖異派終歸海樹到成陰自衛根好向伊南開別墅春潮待我款衡門

說到將歸便黯神鶺鴒原上動征塵歡場況味離方憶宦境艱難見始真襛纖無端頻觸客嶺南無盛暑今夏酷熱異常陽侯何苦亦驚人六月間大水城不沒者三板豈因聚首招天忌故促征車速返輪

風扶籐杖雪盈頭放達能輕萬里遊足底居然騰海嶽眼中應亦小羅浮若非膽壯無斯會可奈襟分及暮秋從此晚香清嘯遠（兄寓晚香堂）月華愁對畫簾鈎

桂林此去訪前緣（兄弱冠遊西粵五十年矣今由桂林放舟南下）城郭依然景物遷蟲化定知同小劫鶴歸何必待千年掛帆不畏征途遠投轄深知地主賢（謂汪芝圃太守）是我昔時生長處夢魂相逐繞巒烟

逢迎隨處可停驂歸去何愁道路難也應山深防雨雪莫因身健失温寒行過湘水秋將盡計到家園臘又殘稚子候門妻妾聚笑聲遙聽闔家歡

重九後七日赴桂林香亭送至江口

阿弟送我怕我悲誓言明歲辭官歸我道明年即相見此別愁容休上面可奈臨岐淚又流總緣老字在心頭江邊望見舟車影各學雙鳧立不休

龍文設餞黃江廠諸公送者自厓返矣龍文獨後

秋老關津樹有霜吾家臨汝捧離觴淚痕似雨住猶滴月影照人行更涼（蘭坡在舟）

中泣下第亦泫然

代製征衣裁縞紵頻探食性餽羹湯驪歌爲汝真難賦情比端江水更長

從端江到桂林一路山水奇絕有突過天台鴈宕者賦六言九章恐未足形容終抱歉于山靈也

前望不知去蹤後望不知來路山川如此遮攔不見一船留住

山下怒濤坌湧水中怪石橫排檮向狠牙曳出舟從虎口吞來

鎮日烟村斷絕一時難問迷津賴有鷺鷥幾點溪邊目送行人

長繩牽上青天一步船高一丈分明水底山多篙打亂山頭嚮

我愛昭平陽朔峯峯長箭鉤連疑是宋康武乙張弓同射青天

底事船窗忽黑壓來天外孤峯可是女媧擲下有心驚駭詩翁

怪似奇鶬九首險如鹿角雙叉四面兒孫執笏千軍背水如麻

碧簪照水橫抽石筍當空孤插造成阿育天王八萬四千寶塔

可愛溪流清淺數來石片分明且作滄浪童子終朝濯足濯纓

舟中又病誓不服藥

常笑王微太認真朝朝昌朮不離身我今學得朱雲様不作呼醫飲藥人

在陽朔寄香亭

半月與弟別昨夜與弟見見弟在何方泊舟陽朔縣漸漸急灘平欣欣夢魂善分明晚香堂弟婦作華餞目疾雖未瘳心情猶繾綣吳娃進肴烝手自搴釵鈿敦女巧言詞聰明堆滿面阿端學走忙跦跦兩脚旋不復索我抱知抱能幾遍我亦傷離筵且喜是家宴有酒姑緩斟有羹或遲噉庶幾七十翁猶作須臾戀何圖荒雞鳴頃刻懽場變骨肉渺雲烟孤燈明一線曉山更欺人窗開如亂箭

舟中贈霞裳

一枝玉樹當筇扶臨水登山與不孤不是子春高弟子琴聲能入海天無

挂榜厓名惱秀才丫叉雙髻是誰裁綠章我欲天公奏乞汝三峯架筆來

灘急聲喧鳥不聞猢猻滿樹嘯成羣與君賭向船頭數一個峯頭幾朵雲

傳世文章豈易描會須筆下起波濤水堪招隱都緣曲山到成名畢竟高

附霞裳詩

壓船山影十分險洗月江光萬派清夜半聯吟同剪燭人間應少此師生

飯後圍棋例幾回私心不敢把牕開昨宵底事輸先著爲有奇峯數朵來

船行船止任風吹九節吟笻是我持望見前村烟樹好先生又是上山時

一雙孔雀一猢猻相伴船頭共作羣啼嘯似知山水樂居然清福與人分

讀白太傅集三首 有序

人多稱余詩學白傅自慚平時于公集殊未宣究今年從嶺南歸在香亭處借長慶集舟中讀之始知陽貨無心貌類孔子然余性不飲又不佞佛二事與太傅異矣姑吟三首質太傅并質好余詩者

人道儂詩半學公今看長慶集纔終宦途少累神先定天性多情句自工手把酒杯仍獨醒口談佛法豈由衷誰能學到形骸外頗不相同正是同

當年領郡最逍遙吳苑杭州景更饒五馬金鞭朝按部雙鬟玉指夜吹簫簿書忙處常休沐僚寀閑時替造橋滿口說歸歸不得想緣官樂是唐朝公遊山挾十妓俸錢

太多度置梁上

衰年未免悼龜羅駱馬楊枝奈老何朝裏最憐朋輩少集中惟有妓名多詩如天女衣無縫心似秋江水不波爭怪瓣香人供奉元之以後又東坡

重入桂林城作

我年二十一曾作桂林遊今年六十九重看桂林秋桂林城中誰我識雖無人民有水石水石無情我有情一邱一壑皆前生不學習鑿齒重到襄陽悲不止不學武夷君逢人開口呼曾孫只學藍采和踏踏流年自作歌更學薊子訓千年銅狄手摩挲黃粱一夢誰能再我竟來尋夢還在

十月八日同陸君景文汪增履青及府署中諸君子遊棲霞七星洞方知五十年前夏日阻水遊未盡其奇詩未殫其妙補作一章

山外看青山如把人皮相入洞看青山如抉人五臟桃林諸洞皆峆岈就中奇絶稱棲霞窊隆三里相綿延以雲作地石作天萬怪惶惑藏其間吾文請隧從此入艮夫執火誰爭先道人持楄杆買勇作前導指示淨瓶柳羣蜂來作鬧指

示金鯉魚龍門如欲跳忽然老衲晒袈裟忽然漁翁挂笠帽仙人牀冷竟忘歸石柱擎空吹不倒紂絕陰天旣可疑吾公壑谷尤堪笑其他獅駝蛇鳥百千餘一一像形誰所造我道諸名皆強呼並非山靈有意相描摹萬物有單複山川寧獨無此是石婆石丈之心腹腎腸耳遊人搜剔作巧屠奇章雖愛那能輩王宰會畫或可圖但恐一燈吹滅薪不繼從此我輩幽宮永閉胡爲乎納手捫心方自怖隱隱東方一白露雖然報曉少雞鳴漸有微光開覺路洞中久行目盡昏恍恍爭往明處奔誰知返射斜陽影還是懸厓不是門

獨秀峯

來龍去脈絕無有突然一峯插南斗桂林山形奇八九獨秀峯尤冠其首三百六級登其巔一城烟火來眼前青山尚且直如絃人生孤立何傷焉

遊風洞登高望仙鶴明月諸峯

泱泱天大風誰知生此洞古劍劈山開千年不合縫我身傴僂入風迎更風送折腰非爲米縮頭豈畏凍偶作謦咳聲一時答者衆磤散非扣鐘弇鬱類裂甕

奧草挂綿絡陰冰凝螮蝀遊畢再登高出洞如出夢一筇偃又豎兩目闌復縱遠山亦獻媚橫陳怪石供仙鶴不可招明月猶堪弄底事急謀歸雲濕衣裳重

普陀寺

一寺藏山凹松竹淡如許古佛坐無言流泉代作語

南薰亭

翠竹清沙水數灣亭臺參錯白雲間不圖桂嶺叢蠶處也有江南平遠山

相傳虞帝駐江皐一曲南風手自操今日蒼梧烟月冷松聲猶自學簫韶

桂林諸山率皆峭立突然而起戛然而止如古琊之頭如汝頳之士爾雅銳上曰融邱是也戲題一絕

一笑白雲端邊山亦太巒攢空如欲刺此處作天難

贈吳樹堂中丞

久識東山有慶雲揭來西粤見經綸趙衰人愛三冬日崔篆車班一路春桂嶺高峯天作柱灕江清水玉無塵偏於野叟殷勤甚憐是留侯門下人壬申枚仕陝西爲先

司寇屬吏

記得袁絲學未優中丞官舍最淹留賦成銅鼓三更月表薦鈞天萬里秋丙辰金德山中丞命賦銅鼓薦博學鴻詞入都賦載省志中既往事如風過水重來人已雪盈頭幸虧舊雨持旌節猶許衰翁處處遊

附吳公詩二首

曾奏長揚軼子雲瞥從湘浦見垂綸洞簫聲重三千玉銅鼓詞傳五十春勝蹟每勞青嶂夢舊題自拂碧紗塵至能去後無斯客請與壺天作主人

關中駿烈誰能說嶺外高軒我得留壯歲共看華嶽雪老來同泛桂江秋新詞合付紅牙板故曲誰傳鞠部頭未免亦嫌金帶重不堪爲賦少年游

重登撫署八桂堂有懷薦主德山公

彭宣當日謁安昌一見傾心在此堂親向燈前修薦表幾回座上嘆文章人天渺渺恩難報函丈依依事未忘今夕西州儂再過幾行衰淚落荒莊

遺民難訪地行仙幕府蓮花盡化烟只有庭前丹桂樹見公夸許見公憐

接馮星實方伯手書道西江去官光景

西江聞說去屏藩父老紛紛擁馬鞍崔帥留靴沿路泣文翁畫像滿城看官聲豈是臨時取膏雨應知及物寬底事先生芳訊到尚嫌心力未全殫

訪韋鐵髯鉢園舊居有序

鐵髯居士故刑部尚書傅鼐之門下士也曉星學方書尤精導養年六十餘髮不二色以事謫戍桂林築居鉢園當事貴人常詣其家言初濫耳聞者謖然丙辰余相見金中丞署中疑是毛仙翁黃野人一流今年與李松圃郎中同訪其居則已捨作佛寺東廂供鐵髯小像亦復遺失因倣陸魯望過丹陽張承吉舊居故事賦詩弔之

特訪丹陽處士家幾間茅屋供楞伽周顒捨宅人何在元化焚書事可嗟君多秘方臨終都付焚如大抵神仙多解蛻非關勾漏少丹砂回思綠鬢方瞳意化鶴歸來尚看花門前手栽杏尚存

德山中丞撫粵九年事在雍正間問之粵人竟無知者惟劉仙菴僧恆遠

猶能言其顛末喜贈一詩

天寶遺民少誰能姚宋知不圖留老衲尚解說當時白傅逢康叟東陽遇婢師一言能感舊雙泪落如絲

余小住桂林與馬嵰山浦柳愚兩山長李松圃郎中朱心池明府朱小岑布衣文讌甚懽臨行時五人買舟相送依依不捨余爲愴然到全州賦詩却寄

重到灕江印雪鴻不圖風雅遇諸公三生自有因緣在十日何曾酒盞空爭揖古碑投我好分抄詩本問誰工關心打槳開船際尚有青琴聽未終小岑袖詩到船中送行

苔岑未免惜分攜久住黃鶯尚欲啼舟子鳴鉦催客散暮雲含雨壓篷低青山耐久情原在白髮重逢事怕提知否衰翁行半月夢魂還繞桂林西

岑溪令李君義堂猥蒙佳贈兼索和章舟中却寄

李侯示我詩百首古人已亡今忽有裁駭杜陵闖入座旋驚退之笑窺牖健鬭

員俶兵五千富奪東阿才八斗筆所到處鐵可洞彩欲飛時霞滿口歐冶劍鑄
吳鈎雙項籍力扛周鼎九自言追古如追敵誓不生擒不放手自從作吏少知
音一卷離騷空繫肘昨宵筵客得袁羊如針遇磁牝遇牡君戲言得見隨園如回紇占見郭公急
乞官假錄舊作排比琳瑯卯至酉輦卷來呈劉彥和焚香細讀香山叟感君溺
愛似齊桓其脰肩肩忘我醜我亦低頭學東野願作雲龍逐此友桂林喜有舊
騷壇十月同傾八仙酒松圃柳愚諸公共八人南熏亭前把臂行開元寺裏看碑走獲一
奇字輒咨詢考一紀元必分剖嘆息宦海人如麻似此奇才寧有耦要知孝穆
本麒麟此外董龍半雞狗我年七十行萬里欽挹心常記某某辱將咳唾贈珠
璣勉寄糠粃答瓊玖詩成燭跋夢見君未識岑溪月落否

接大司馬慶樹齋手書及貂冠等物賦詩報謝

隨園紅雪軒唐氏棣華屋別君二十年流光如電速初聞宰天官繼聞鎮邊塞
豈無字數行終嫌萬里外今年閱邸報閩地作將軍賤子在東粵歸途擬訪君
人言君驟遷改官樞密府將繼韋平業豈作絳灌武果然我家信寄來君手書

家信半寸許君書一寸餘始知良朋情厚重勝妻孥書中何所語感受　君恩深參贊密勿地力薄愁難任餘言念賤子絮絮情無已如以九回腸纏綿堆滿紙恐書言不足外加詩一幅恐詩難慰寒更贈貂皮冠貂冠暖洋洋滿頭消雪霜詩韻繞梁飛滿手捧珠璣君爲天上雲我爲山中草秋草問春雲尚有幾時老

明我齋參領扈　蹕南來見訪不值將園中松竹梅蘭分題四詩而去余歸後欽遲不已寄五言一章

良朋路遠隔一見原知難良朋竟遠至不見心何安我與我齋公相知廿載寬南北雖乖分吟箋常往還終是兩人詩不是兩人面兩人心淒然今生可得見欣聞　鑾輿巡知君必扈行偏觀從臣單竟無君姓名因之走東粵不復候里巷豈知君竟來敲門失所望反似尹與邢有心相避狀登堂既寥寂題鳳自咨嗟高吟詩四章分贈園中花我恨不如花猶得迎君車歸來問僮僕君來夫如何車馬可赫赫冠佩可峨峨僮僕爲我言君容頎而秀望之若神仙不知是貴

肯我老難北走君官可南來補此一段緣非君誰望哉倘緩須臾死置君終在懷請看翹首鶴日夜盼三台

舟中遣懷四首

習靜三十年忽然愛山遊一年得遊趣三年遊不休戚里笑我老搖手止白頭妻妾憐我老亦復相遮留我意大不然人生本浮漚倘爲利名出未免心煩憂專爲山水行何處非虛舟老健縱難恃觀空便無愁況且腰脚輕或者前生修

遊趣夫如何約略手能數台宕峯巒佳黃海松樹古匡廬高瀑飛羅浮仙蝶舞一一收雙眸森森插肺腑落筆心有得開卷詩可補更有意外娛逢迎人栩栩公卿半擁篲布衣爭納屨或把文盡讀或將詩暗舉驚我是古人疑我作仙侶迎則笑欣然別則涕如雨深山窮谷中牽衣願作主於我何求哉人情厚如許

海內五名山古來兩高士禽向缺一焉其行亦孤矣我攜霞裳生翩翩風貌美詩筆肖三分圍棋低半子三年伴奔波一舟共憂喜扶我助登山牽我怕墜水今年學更優跌宕到文史味可辨淄澠聲能別宮徵藉此吾更豪行行忘暮齒

倘策遠遊勛應請從隗始

昔人年七十懸車不赴朝我意到明年亦復止遊遨可奈武夷山與僧曾有約

杭州明湖聖尙想住行脚因之自展限還思買舫行又恐隨園花嫌我太無情

周旋二者間當秋以爲期花既受温存山亦供娛嬉心願雖如斯仰首有天在

茫茫大化中未必我主宰生祭陶淵明壽藏司空圖笑問雲中君安排得及無

謝李松圃郎中贈石菖蒲

蒙賜仙蒲草教儂老眼清鋪宜青玉案飲稱綠昌明細葉迎燈舞輕香繞硯生

倘將書帶比學愧鄭康成

謝浦柳愚山長贈苗錦

魯望文傳記錦裙邱遲割愛許平分天孫組織輸新樣蠻女機絲妙絕羣裁被

真堪覆衰老囊詩兼可寄夫君只愁疊向空箱去化作華鬘五色雲

桂林至興安路止百里舟行十日

虞姁始作舟本學魚尾掉但聞河容刀豈可陸蕩奡我從桂林歸冬月水力耗

偏以萬斛艘來行三寸潦沙沙危石齧處處惡聲告賴有百健夫曳舟如曳轎進寸復退尺風從浪又拗空作豕負塗難掀公出淖裹絮走荊棘所至生阻撓獼猴騎土牛滯留先自笑百里行十日幾幾跛鼈誚無怪從者愁跰蹮聚而噪我云子胡然即此可悟道看山如讀書不可求速效杜陵舟楫遲得盡所歷妙張融岸上舟居之若堂奧夫豈無家哉亦各隨所好我今法兩賢少安且毋躁深厲淺則揭能行未可料要知隨園梅芳訊尚未報盍約春風陪殘臘一齊到

興安

江到興安水最清青山簇簇水中生分明看見青山頂船在青山頂上行

將到湘山寺江上有垂柳一枝入粵以來所未見也

一枝垂柳桂江青霜後依依尚有情可是江南人憶我六千里外教君迎

兵書峽有序

丙辰余過東安舟人指絕壁曰此武侯藏兵書處也諦視之見木匣正方圍四尺許庋山腰間今五十年矣舟過再觀宛然無損雖俗傳讕語

可嗤然頗聞閩蜀間往往高厓上有仙牀浮舟造物奇詭不可測也

誰把金箱置碧虛相傳諸葛有兵書擬呼羊侃横行上取獻 熙朝補石渠

瀟湘

烟波南望楚雲長蘭槳輕搖十月霜折取一枝斑竹去教人知道過瀟湘

二妃廟

翠輦雲旗古殿高黃陵風色草蕭蕭碑先啓母傳靈蹟歌繼皇娥落碧霄穿井能教夫壻出渡江不許祖龍驕千秋姊妹分湯沐天與瀟湘水二條

過永州太守王蓬心留飲署中屬題小像

蓬心先生舊相識同看菜花蔣詡宅（誦先親家）分手於今十八年一朝相見心茫然出圖命我題其像我覺精神比前旺羨君還是看花容愧我空留種菜狀我從桂林來逢山脚必到知君領永州昏黑還停棹山爲太守召遊人君爲羣峯作引導名山名士一時兼心得所好口欲笑鈷鉧潭綠天菴公子陪儂次第探君贈畫我題詩彼此居奇交易之吁嗟乎我與先生雙白頭此詩此畫俱千秋

與振之公子遊愚溪

斜曲一溪水雜樹三兩株公然傳至今爲有柳子居柳子命此名胸中未曠如當時所施設聰明頗有餘斥罷宮市弊召還陸敬輿問此詔令新愚者能爲歟天命竟無常負此心區區萬事論成敗千秋足嘆吁依倚成功名古賢亦有諸倘使永貞永未必愚溪愚

到鈷鉧潭尋袁家渴不得

愚溪行半里鈷鉧字森森（石上鐫此三字）石秀何妨小溪清不覺深避人雲自去懷古鳥空吟可惜吾家渴年多没處尋

朝陽洞觀會昌元年李坦題名

韋誕昔書淩烟臺黑頭上去白下來朝陽巖高三百尺李坦如何能鐫石我想雲梯駕六鰲終難著翅強揮毫青山或亦如人長昔日猶低今日高

柳子厚祠

金章紫綬照江濱王者衣冠古逐臣但說權門難託足誰知文士易成神宮庭

慷慨伊周事湘水淒涼屈賈身剩有荔枝丹一曲至今歌徧楚南人

撿得魚門託買屋手書淒然有作

幽居託我訪墻東花要殷繁樹要紅白傅正期元尹至嵇康忽報呂安終彈琴

碧海清音斷吹笛山陽舊雨空正是思君垂泪際又抽君札亂書中

全永兩州奇石林立如蟲蝕劍穿者江岸不一而足置之園中皆千金直也

我本園居客看山便憶園似此嵌空石得一足爲懽天偏不愛惜棄擲滿荒灘

往來有舟過鑒賞無人看我欲攜之歸九牛不能舉我欲畫之歸丹青亦難取

惟有學米顛拜石與石語嘆息天下才沉埋多類汝

湘水清絕深至十丈猶能見底

湘水無纖塵十丈如碧玉真是銀河鋪不用燃犀燭我性不茶飲到此酣千鍾

愛極無可奈藏之胸腹中

余登山甚豪客有羨老健者賦此告之

強學修期老去身彎弓盤馬力猶存殘燈欲滅光重大寒雪將飛氣轉温晚菊自香夸老圃夕陽雖好近黃昏明年七十筵開後只造生塋不出門

浯溪鏡石

浯溪鏡石光可愛立向荒江照世界照盡東西南北人鏡中依舊無人在五十年前臨汝郎白頭再照心悲傷恰有一言向鏡訴照儂肝膽還如故

窊尊歌

千尋絶壁立江口上鑿窊尊容一斗有時飲者不經意一杯便落蛟龍手想見當年元次山退谷杯湖隨處走拉得襄陽孟彥深白浪如山來飲酒吾溪吾亭名不休據將公物爲私有我昔來遊美少年我今來遊忽老醜新吾故吾尚難占一邱一壑誰能守不如交還與太虛遊者何人隨某某千峯看過皆我物千載同心皆我友試傾江水當葡萄卽託江風召聱叟叟縱不來聽我歌未必搔頭呼否否

十一月十三日冷水步夜起玩月

霜月兩澄鮮孤篷夜悄然自攜雙鬢雪獨對一江烟僵樹立如鐵寒星搖滿天

橫斜幾枝槳也學榜人眠

日日

日日奇峯迎面過不能圖畫只能歌老夫可奈看山後愈覺胸中磈磊多

衡陽許吾南明府同遊回鴈峯聽芥菴僧彈琴

衡郡小丹邱鳴琴主客遊萬家烟火上一曲楚江秋遠水淡將夕頹雲凝不流

自憐人似鴈到此亦回頭

明府有侍者張彬年二十餘聞余至喜奔告諸幕府以得見隨園叟爲大

幸出所作詩斐然成章喜贈一篇

沅江有秀民隱於青衣閒見余投名紙欣然喜破顏奔告諸幕府當作古人觀

聞其性醇粹紛華無所迷主人賜婚錢買書不買妻料量典籤事井井魚貫柳

偷得趨侍閒一編又在手出其所吟詠甕眠字數行雖未入堂奧亦頗具篇章

我見貴公子見書如見仇胡汝獨不然胸中有千秋又見呼騶人頗多安沒字

胡汝又不然觥觥有奇志我聞吳皇象爲奴爲大儒又聞漢李善官至上大夫
觀汝所行爲非其儔匹歟願汝守初志嗜學加精勤芝草無夙根名流無出身

遊南嶽登祝融峯觀日出二十四韻

軫宿開南戒天神掌祝融名能尊五嶽秩早視三公列岫規模大明裡典禮隆
庋懸牲玉罄象教冕旒崇蒼水來仙使元圭佐禹功碑刊岣嶁字益施楚王宮廟外有銅盆鐫楚王捨三字豈止司民壽兼宜祝歲豐雌雄雷肅肅文武露戎戎石磴攀援
上天門呼吸通流泉迎耳奏飛鳥向人衝繚繞溪成帶彎環路似弓萬重山在
下一座殿當空未禱雲先散初生日倍紅金輪桑影外玉鏡海光中浴罷還疑
濕吹高似有風鷁天霞作彩權火氣成虹紫蓋朝從北黃人捧向東沃焦雖止
沸赤堇未消銅笑我來還次傾葵慰素衷雞鳴先束帶僧引共攜筇絕好朱明
洞登臨白髮翁暉雖含六辨芒不射雙瞳官久離青瑣恩常憶紫濛九千七百
丈來去愧匆匆

李鄴侯故居

枕罷君王膝已涼衡山暫築小茅堂調停骨肉同田叔假託神仙學子房一品

衣披紫微令半生心在白雲鄉渾疑蔓草荒烟處尙插牙籤萬萬行

起程時客有苦勸擇日者笑示一詩

何須六甲卜王匡心是功曹善主張展氏自知無隱慝呂才從不信陰陽燕知

戊己巢雖穩人守庚申道亦亡豈若信天翁最好一生所到是康莊

再贈霞裳

孟喜傳經枕膝時田何雙鬢已如絲夕陽花影更深月既得相逢又恨遲

老我頽唐夢不成多君勤學有心情湘江篷小燈如雪漏盡猶聞放筆聲

追悼魚門不已賦詩自解

何事人間最斷腸好花吹落好人亡易居枚乘忘憂館難覔張衡不死牀感舊

心雖同向秀觀空道可學蒙莊須知晨起宵眠際一日輪回有幾場

十一月二十七日秦芝軒方伯陪遊嶽麓山

方伯名山主長沙嶽麓高多君陪杖履爲我擁旌旄霜葉紅於錦松聲響作濤

希文有清德應賦履霜操

言尋禹王碣獨上最高峯字冠四千載雲封一萬重埋沙疑有鼓山路踐之鏗然號響鼓崖

拄杖戲敲鐘不信開如雪梅花滿仲冬

狂風吹日落叱馭急言歸人老知寒早山高見鳥稀道鄉臺尚在北海筆如揮

可惜黃仙鶴乘雲早已飛李邕碑字宛然惟黃仙鶴三字久斷泐矣

方伯餽盆梅

盆梅蒙見贈轉使老人嗟抛却滿園雪來看一尺花小枝橫筆架細朶落牕紗

夢醒差堪喜聞香似到家

鴉

牛背一鴉立牛行鴉不行牧童分坐位溪水引前程踏愛茸毛軟飛夸去住輕

似招同伴至還向樹頭鳴

偶成

黃髮影毿毿殘冬滯楚南七旬猶欠一五嶽已登三天上辛公宅蓬萊白傅龕

不知曾築否吾欲問蘇耽

過洞庭湖水甚小

我昔舟泛洞庭烟萬頃琉璃浪拍天我今舟行洞庭雪四面平沙浪影絶昔何其盛今何衰洞庭君笑來致詞請君將身作水想消息盈虛君自知君昔來遊可有胸吞雲夢意君今來遊可是心波不動時春自生冬自槁須知湖亦如人老

長沙陸朗夫中丞傾衿相款一如補山樹堂二君子風利不泊餉予一言到洞庭賦詩寄懷

白雲雖返岫常愛卿雲鮮鷗鷺雖無求亦受鸞鳳憐賤子乞養久巖棲白下園側聞陸敬輿風裁三古前屏藩齊魯地聲名萬口傳一朝　予告去官若脫屣然山左庶獄起惟公名節全　天子強起公開府湘江邊風過草知勁事過人知賢安得盡公等布置岳牧間自然歌明良虞廷無愠絃我遊南嶽返心欽北斗懸特修士見禮長沙爲停船公喜降階接握手心拳拳道年十七時曾見袁

絲顏一別卅載餘萬事風輪旋感舊旣款曲餽遺尤纏綿王丹所贈縑機杼自家穿陽城所分俸公家度支錢譬如仲子井涓滴皆廉泉又如仁者粟合以供其先自傷年耄矣報德知何年行過洞庭湖猶望龍門烟敬寫方寸意寄懷詩一篇

再題賈太傅祠

一別先生五十年洛陽年少也華顛自憐枉受吳公薦白首重來意惘然儘把封章奏玉階一時絳灌口難開經生漢代知多少屈指誰爲王佐才多情容易損年華一哭梁王壽竟差若把湘蘭比君子春風只發二分花事定方知石畫高徙薪端不動弓刀如何七國連兵日不祀長沙一少牢一篇鵩賦斷聲聞看破浮生水上雲只恐魂歸還痛哭千秋幾個漢文君

息夫人廟

一望蘼蕪滿廟青溪風到此似吞聲桃花結子原無語鸚鵡移籠尚有情千載香煙誰供奉三年涕淚妾分明神巫解得夫人意簫鼓還須啞樂迎啞樂見宋史

岳陽樓

岳陽樓望水無涯萬里荒荒白浪開氣象果然吞八表神仙豈止醉三回靜聽鐵笛聲吹過動覺魚龍影上來幾點君山雲外立擬乘風去訪蓬萊

黃鶴樓看雪

漢水茫茫搖白浪一樓高踞浪花上相傳黃鶴此間飛至今猶畫仙人像仙人一來不再來我竟兩次騰麻鞋更值天公張玉戲雪花片片飛瑤臺鸚鵡洲漢陽樹遠望迷離一疋布妙手描成白澤圖長江化作銀河渡卅年看雪俱在家今年看雪天之涯達人行樂足向神仙夸可奈想殺小倉山裏千梅花長揖與仙約借我黃仙鶴騎上鶴髮翁鶴翅休蹉躂趁此高樓西北風送我連夜還山中一天明月一枝笛踏破瓊瑤萬萬重

琵琶亭弔唐蝸寄榷使

一曲琵琶白傅賞千秋過者猶聞響遠望孤亭枕大江詩人來去都停槳蝸寄先生抱古歡來持英簜守江關灑潜誃臺留古蹟多增朵殿對廬山老去風情

尤娓娓八墨三儒來者喜嫺徵商稅愛徵詩滿亭鋪徧硏光紙一紙詩投兩手迎敲殘銅鉢幾多聲姓名分向牙牌記賓主重申縞紵情酒賦琴歌聽不足風警晨烏夜秉燭才子高擎鸚鵡杯侍兒爭進防風粥賤子當年繫短橈也曾援筆賦鸚鵡東方獸錦筵前奪平一宮花鬢上標身世悠悠五十載黃壚白社人誰在侍史屏風草盡生碧紗籠壁風吹壞非關臺榭有凋荒可奈騷壇少主張峴首碑移羊叔子鹿門亭毀孟襄陽（前供香山遺像拆去改立戲臺）落日憑欄一白頭荻花風裏再來遊關心別有山陽恨不聽琵琶淚亦流

禰衡墓

荒墳三尺掩蓬蒿撾鼓餘聲作怒濤落筆爭夸賦鸚鵡罵人何苦學山膏干將易折終非寶元豹難尋始是高知否才流生叔季揚雲一曲反離騷

臘月二十六日阻風彭澤諒歲內不能還家賦詩自遣

歸舟從上游自道行必速豈料帆不張有類馬無足初阻風可忍久阻胸作惡閉置作新婦稱貞徒縮屋暫屈學尺蠖鬱堙走窮瀆星飯沙中餐冰襟水上宿

夢裏喜篙響驚醒便張目頸勞相風竿若盼大將纛躄者不忘走蟄者不甘伏
南郭坐惘惘子貢愁頊頊呼風與風語爲戲毋乃虐佛家重方便天道有剝復
汝送大貴官旌旗行稱娖再送巨賈翩百貨攤簇簇衝浪不須臾其飛如箭鏃
何獨欺老人有意相束縛稱物而平施亦宜小推轂風遣巽二來苦言再三告
時當元冥令本分北風作君須南風吹毋怪行躑躅譬如夏取冰又如冬種菽
所求適相反難從心所欲況君逍遙人風趣最乖俗當此膢臘終歸家轉齷齪
祀竈封黃羊粃盆堆鬱肉餽遺須報謝逋券急催促新春賀履端車馬尤僕遬
門疊百紅箋耳煩千爆竹何如道路中獨享清淨樂元旦不衣冠舵工稱萬福
代書利市符舟人以紙求寫春聯高點桅竿燭不飲屠蘇酒雖老誰能覺小住彭澤村淵
明如有約登山尋梅看添詩與人讀春王正月天再唱歸來曲

贈折霽山明府四首名遇蘭山西人

蘭蕙隔千里其氣常相通天風初隕霜商山乃鳴鐘萬物以情感其機不可壅
我與折夫子黃籍分西東忽然遇南海握手情雍雍一言若有契千言不能終

僮僕驚相問此客何由逢

我病旅館中孤燈懸泠光君聞急奔赴更比衙參忙贈我琳琅篇其氣清以蒼

縱論至於文百家能平章豈料竹皮冠有此孤鳳凰毋怪苦相留一刻如千霜

古人原有之引例請舉將晏嬰遇子皮元度見真長

吾鄉孫中丞眼明一心正耶律楚材云宰相要兩眼明一心正為我言折君能詩能為政曾有某

疑獄倂張擾五聽獨能料治之清瑩如水鏡鞭絲見鐵屑審居得刀柄古之良

吏然於茲君乃更賤子聞謖然葉拱起而敬記得少年時曾為秣陵令

傷哉吾老矣此別成千秋雖然相見晚終比未見優君為得霜鷹我為蘭單牛

何時得再逢仰問天悠悠大海水可割相思疾難瘳且盡此時情秉燭談綢繆

君為我緩歸我為君少留同拜雙飛鴻他時寄書郵

小倉山房詩集卷三十一　乙巳丙午

錢唐袁枚子才

乙巳元旦舟中與霞裳聯句

舟中度元日江上領春風宿雨猶霑樹袁朝陽乍出宮喜無賀歲事劉轉有賦詩功家近心尤急袁天遙霧正濛開窗迎紫氣劉解纜促篙工寸步行皆喜袁千山看未終醉人眠舵側劉爆竹響波中吉語時聞耳袁祥飈瞥轉篷遠村梅蕊白劉隣舫鬢花紅伐鼓兒童競袁敲棋師弟同紀年更甲乙劉認水辨西東想見深閨裏金錢卜幾通袁

新正十一日還山

自覺山人膽足夸行年七十走天涯公然一萬三千里聽水聽風笑到家

迎門兒女慶團圞隣里爭當遠客看不是桃源真福地如何雞犬盡平安

香雪階前撲面飛喜從香裏解征衣老妻指向諸姬笑不爲梅花尚不歸

一雙孔雀艷歸裝惹得傾城士女狂爲要誘他開翠尾麗人來往盡濃妝

賓客連宵坐滿庭問山問海問花名急抄詩與諸公讀省得衰翁說不清
重理殘書喜不支一言擬告世人知莫嫌海角天涯遠但肯搖鞭有到時

七十生日作

士龍百年歌七十始長歎可知上壽難古人見詞翰我今危得之自取平生按
解龜四十年著述百餘卷多少顯榮人隨風作雲散而我獨逌然青蓮留一瓣
愛惜一山雲不肯三公換悟徹萬緣空不屑空門竄食不喜重味而恰精肴饌
氣不識金銀而亦多清玩心安身卽行陰陽非所憚理足口卽言往往翻前案
樂自尋孔顏學不拘宋漢新從兩粵歸萬里江山看攬揆三月天滿園春色爛
偕老妻尚存遲生兒亦丱奚僮蒼頭多諸姬白髮半開池成巨波種松成古幹
弟子來英英老夫時灌灌夷甫尚鮮明韓嬰頗精悍雖乏李清繩遽把仙凡判
且學魯季孫六櫝東門辦住隨白日留去憑天公喚詩成鳥共吟酒到花能勸
忘老當作孩視昏猶若旦厭聽麥邱祝自作東方贊

不染鬚

留鬚鑷鬚染鬚都有詩四十年來能幾時今年七十染不必一白而已鬚事畢記得當初未有渠意氣淩雲渺八區一回吟詠一回老不惱韶光只惱鬚我既不能諱老求官祿又復不能煖老求燕玉有如孀婦此心灰永不妝臺理膏沐人言本色是英雄我恰掀髯笑未終二十一科黃榜客捫心可是白頭翁莫嫌老去人無用有時老亦因人重且免身充元甲軍兼堪彈出銀絲供君不見蒲輪車上尊酒不向終童家裏走又不見香山圖畫洛社耆英都是皤皤黃髮形我鬚容易白如許頭責何須勞子羽開牕只替海棠愁一樹梨花將壓汝

考据之學莫盛于宋以後而近今爲尤余厭之戲倣太白嘲魯儒一首

東逢一儒談考据西逢一儒談考据不圖此學始東京一邱之貉于今聚堯典二字說萬言近君迷入公超霧八寸策訛八十宗遵明搨搨強分疏或爭關雎何人作或指明堂建某處考一日月必反脣辨一郡名輒色怒干卿底事漫紛紜不死飢寒死章句專數郢書燕說對喜從牛角蝸宮赴我亦偶然願學焉頃刻揮毫斷生趣撏撦故紙始成篇彈弄雲和輒膠柱方知文字本天機若要出

新先吐故魯人無聊把瀋拾齊士談仙將影捕作爾雅非磊落人疏周官走蠶叢路當時孔聖尚闕疑孟說井田亦臆度底事于今考据人高睨大談若目覩古人已死不再生但有來朝無往暮彼此相毆昏夜中畢竟輸贏誰覺悟次山文碎皇甫譏夏建學瑣乃叔惡男兒堂堂六尺軀大筆如椽天所付鯨吞鰲擲杜甫詩高文典冊相如賦豈肯身披膩顏袷甘遂康成車後步陳迹何妨大略觀雄詞必須自己鑄待至大業傳千秋自有腐儒替我註或者收藏典籍多亥豕魯魚未免誤招此輩來與一餐鎖向書倉管書蠹

戲夢樓

夢樓見佛不見我一望蒲團頭欲墮鄙人見我不見佛行遍香臺不作揖君不必爭佛有我不必爭佛無只問此中方寸意何如請看世上尊官貴人亦儘有我果無所求則亦視有如無免應酬

遣懷雜詩

一笑老如此作何消遣之思量無別法惟有多吟詩譬如將眠蠶尚有未盡絲

何不快傾吐一使千秋知
早貴如早起所見人事多早退如早眠心神常安和吾生有天幸熊魚竟兼兩
每聞宦海波設想吾其倘
雨脚三月斷火龍當空蟠偶有一片雲狂風驅還山老人苦炎烝風前將書攤
磨墨如車水隨車隨時乾筆燥觸紙響何能生文瀾硯田尚如此農田更可嘆
願揮渾身汗當作時雨頒
萬物蟄於冬而我蟄於夏赤帝一當關羣客可以謝我其陳蟫歟蒙頭不出舍
書卷盡情翻衣冠終日卸平生所著述往往趁此暇可奈正憑欄秋隨一葉下
女媧摶黃土濛濛沙塵飄百千億萬年回轉無停鑣而我生其間泰山一鴻毛
雖則一鴻毛矜矜頗自豪三十早歸田二十早登朝在邦無怨尤在家無喧呶
逢花皆采折無山不遊遨李杜韓歐蘇相逢足解嘲官或比我尊壽都輸我高
誰是七十翁握筆猶嘐嘐
凡才欲其大凡志欲其小才大事易辦志小量易飽譬如挽強弓我力十石餘

情願挽九石其氣恬以舒君看韓彭輩不如滕與薛更看袁公路不如黑山賊
阿斗與黃奴以懦全其生李志與曹蜍以庸傳其名
一見動相慕未見早相惡問其所以然有緣無緣故緣法苟未終臨死補一面
如其無緣者抵死不相見豈徒今人哉於古亦如此或佞我愛之或賢我不喜
緣之所由來其中豈無因知者其天乎板板偏不言
竇融在河西光武欲招之適融遣使來彼此歡不支隗囂亦遣使中途被讎殺
遂致生釁端彼此兩不察其一富貴終及其子若孫其一勤干戈禍至滅其門
其時佛未來緣法已如此佛因敷衍之曉人當如是
宋儒談性理漢儒談典章或疑尚書僞或道周官亡聚訟數千年長夜無燭光
我聞沮渠遜言人浮海洋親見孔聖人絃歌聲未央七十二弟子羅立自成行
何不往詢之所苦無舟航傷哉觸觸生捕影枉自忙雖有記事珠不如返魂香
有心積陰德殊非高士懷而況讀葬經貪鄙尤可哀古有端木叔六十而散財
彼豈真老悖不念子孫哉實見身後事非我所安排宣尼大神聖晚年伯魚災

昭王溺於楚成康非禍胎看破此機關浩浩與天偕出門不選日入廟不持齋
陰陽非所忌仙佛難我紿隨雲去處去隨風來處來
明月幾時有問天天不知縱云有開闢開闢始何時往往眼前事考究無窮期
與其張目想兀兀發狂癡不若合眼眠一笑姑置之
少年愛讀書硜硜守章句衰年愛讀書消遣領其趣雖然讀輒忘過眼皆吾有
書味在胸中甘於飲陳酒
漢有符節郎請發不韋墓謂是秦火前所藏多竹素求書至發冢早被莊周譏
我意覺可惜發或竟得之不見陳伯茂曾發郗曇墳大獲右軍書幅幅生烟雲
鋤地得寶者斷非望氣掘世世出公卿不聞謀吉穴彭鏗壽最長何曾談服食
百戰百勝將兵書字不識天之所付與不必人營謀何苦蚩蚩氓奔如燒尾牛
知進不知退力欲爭上流豈無烘開花一開花已休
代公未遇時盜鑄略人口及其成大功黃龍且授首國奢實懷貞無恥衆所訾
及其簿錄日俸外少餘資盧杞亂天下家無妾媵妍杲卿大忠烈乃索花粉錢

寄語腐儒輩觀過于其黨放開眼界寬流覽史書廣
劉誠允善飲苦無酒伴陪或薦一軍校可以千百杯問其量何如曰醉不敢放
愈到沉酣時愈作謙謹狀劉乃笑搖頭此未足爲量凡事一改常識者所不尚
嘉祐頒陣圖德用諫不可道兵貴神速泥古恐相左錢乙善醫疾往往心忖量
道是病萬變不可拘古方觀此二公言可悟作文術提筆學化工一味活潑潑
貪生學仙少畏死學佛多生死兩相忘仙佛如余何我道佞佛者其人必諂諛
未知靈與否尚向木偶趨奚況權貴門炙手可熱歟
邢尹一相見涕泣服其美賈充郭夫人見李屈膝矣青蓮服崔顥不敢再題詩
李郃愧劉蕡登科願讓之真美人才子大抵心多虛木虛爲琴瑟竹虛爲笙竽
後代妄庸人不肯爲人下山膏形如豚厥性但好罵
侂冑魏公孫並非宦寺流伐金雖賈禍志在復國仇偶作南園記思擬晝錦堂
不喜鄭棫作而慕放翁名出其四夫人玉手擎杯觴下士肯如此便是爲善資
毋怪放翁作勤懇加規詞一朝事機失頭顱敵國葬士論羣吠聲放翁名節喪

豈知論成敗所見尤卑庸符離大喪師謀者張魏公何以不加誅人異事則同
太邱弔張讓不失爲君子一切苛刻論都從宋儒始
青耕能禦疫跂踵好降災窮奇見善去觟䚦觸邪來物性大不齊人性亦參半
所以孔子言上智下愚判子輿道性善學孔翻孔案
漢有崔子玉隨官葬洛陽唐有辛藏之亦葬萬年鄉道死果有知吾豈守墓者
如其死無知枯骨何取捨我意亦如此隨園旁起墳雖學嬴博達終愧首邱仁
報德必以德聖人有明言宋人獨反之攻擊先恩門魏公薦王陶陶劾其縱恣
歐薦林之奇林發其陰事允文薦蕭杲杲乃首疏彈旁有朱晦翁嘖嘖加贊嘆
嗚呼報施絕忠孝何由來且冷朝士心何人肯愛才惟有范文正大賢獨多情
一受元獻薦終身稱門生
屋造鼠卽至池開魚卽生問其所由來蹤跡不分明大抵天地間氣化先形化
青寧程馬間生生相代謝洪荒無匹偶人類自萌芽伊尹生空桑詰汾無母家
人言晚景佳恰比少時好我意道不然行樂還須早譬如美衣裳少艾可光軀

老雖著金紫不稱白髭鬚又如美飲食壯佼不嫌多及其既衰矣未饜腹已皤
我少雖好學無力購書看而今眼昏花萬卷徒空攤又嘗思窈窕貧莫能致之
而今作枯楊生稊亦可嗤所以徐諤言人生壽七十生長富貴家一日抵兩日

夢遊淡巖石上鐫此四句

一回開闢一乾坤物換星移日日新盤古如麻朝玉帝不知誰是領班人

題鄒若泉牧羊圖

白草黃沙望眼迷荒荒落日雪山西羣羊似解孤臣意翹首南雲一剪齊
李廸丹青筆最超鄒生粉本更親描擬教添個蘇卿婦幾點胭脂染節毛

誰家

誰家低唱玉瓏玲流管清絲夜不停一曲歌終人一世那堪頭白客中聽

哭陸朗夫中丞

持節長沙有正人泊舟野叟謁清塵誰知望重蕭夫子早識風流賀季真傾蓋
未消衡嶽雨停春已失楚江春傷心萬里西征賦爲了三生一見因

栽樹自嘲

七十猶栽樹旁人莫笑癡古來雖有死好在不先知

哭蔣心餘太史

西江風急水搖天吹去人間老謫仙名動九重官七品詩吟一字響千年空中香雨金棺掩帳下奇兒玉筍聯如此才華埋地底夜深寶劍恐騰烟君家花裏別君時君起看花力不支三月四日一慟自知無見理九原還望有交期應劉並逝空存我李杜齊名更數誰教作藏園詩稿序已成未寄倍凄其

自驚

蕭蕭落葉滿階庭冉冉流光老自驚世事過來惟有夢古人一去總無聲千年仙鶴歸何晚兩個金丸打不清悟得輪回文字孽張衡才死蔡邕生

哭章公子

傳來消息滿城悲玉樹凋傷第二枝心力豈緣書局盡姓名已受聖人知公子纂修四庫書議敘員外蘭方飲露花先隕鶴正淩霄翅忽垂從古天心忌才子不教終賈

鬢如絲

跋扈飛揚氣絶羣偏于野叟最殷勤每吟佳句先呈我豈料衰年反哭君賴有舒祺延弱息更無阿鶩嫁秋雲而翁倘作西河慟莫遺堂前大母聞

香亭卓薦後欲賦遂初忽以前任霍邱事鐫級聞其歸舟已過峽江喜而有作

聽說君歸喜欲顛更聽君到峽江邊去官難得因微罪行樂公然尚壯年骨肉兩家人健在星霜五載夢纏綿開牕屢探春風色月照荊花影又圓

代謀精舍老身忙硯北溪南費酌量陸賈裝雖無巨萬阿連居要有池塘水邊斑管高吟處竹裏棋枰小戰場准擬安排來告汝白頭一笑共扶將

端江作別淚交流那料重逢歲兩周雲路似君真可惜風帆依我竟須收大府出考語甚佳門前五柳心思種海上三山浪打舟天意玉成知感召好燒紅燭夜同遊

從此青溪水不寒高風六代有人攀陸機文史東西屋何點琴尊大小山棠棣花雖兩處種桃源門可一家關唐生相我言如驗五載猶能作往還相士胡文柄相余六

十三歲得子壽七十六其一已驗

袁郎詩爲霞裳補作 有序

在粵東時袁郎師晉年十七明慧善歌爲吳明府司閽乍見霞裳推襟送抱苦不得一霑接再三謀得私約某日兩情可申忽主人奉大府檄火速鑿行郎不得留與霞裳別江上涕如綆縻余思兩雄相悅數典殊希爲補一詩作桑間濮上之變風云

珠江吹斷少男風珠淚離離墮水紅緣淺變能生頃刻情深誰復識雌雄鄂君翠被牀纔疊荀令香爐座忽空我有青詞訴真宰散花折柳太匆匆

騎牛

騎馬上林街騎鶴揚州市平生兩願都已償惟有騎牛身未試朅來鄉閭逢水牛相牛之背笑不休此是人間安穩處七十老翁有所求呼僮扶上不施韉牛亦相憐身不動兩笠烟蓑汝慣馱褒衣大袑毋乃重鞭之不前行徐徐此牛腹中似有書聽之黃鐘滿脰鳴此牛曾否三犧生可見世間萬事學難了騎牛未

必牛道好但願他生一日作牧童絶勝終朝牽鼻爲三公

穀兩雪

重陽雪穀兩雪兩年下雪非時節菊花秋草尚禁寒海棠嬌紅定愁絶老農老圃爭致詞春行冬令非所宜各持天官書一冊按曆書雲占驗之我道萬事總憑天作主無心成化本如許若教板板循規矩天不作天讓與汝

女弟子陳淑蘭窗前開紅蘭一枝遣其郎君鄧秀才來索詩

佳話傳來鄧十郎金閨蘭草作紅妝想因燕姞梳頭處偶灑臙脂水數行十年辛苦國香栽消息曾無一朶開今日徵蘭芳訊到紫瓊宮裏有人來鄧未有子

名重針神遠近聞同心同臭有夫君好將一穗紅心草繡向瀟湘六幅裙

端陽

黃鶯聲裏泛蒲觴今歲春光太覺長七十一年人未見滿欄芍藥過端陽

檢書圖爲盧抱經學士題

他人借書借而已君來借書我輒喜一書借去十日歸缺者補全亂者理君言

檢書性所嗜精比揚金細擇米獲一義勝真珠船剖一疑如桶脫底康成寸策
非八宗晉師渡河豈三豕倘非古本費研求訛以傳訛誰撫掎昌黎讀書先識
字伊川凡事求其是胸中秉此二義行點畫偏旁究原委當年簪筆侍青宮曾
繪此圖呈　帝子饌斥邪蒿寓訓詞官名正字存微旨至今七十已懸車猶日
孳孳勤不止摩研編削宵秉燭綠字朱文堆滿几非爲三教纂珠英定替六經
作奴婢我聞古人老好學操夸孤與伯業耳更有南朝沈驎士八十手鈔八千
紙君今神勇欲過之直以邱墳當欒餌我愧賈山徒涉獵鈲剳苛碎愁欲死偶
質所疑蹉撞鐘大鳴小鳴應聲起也思北面就經師可奈頽光剩無幾他年文
苑繼濫登儒林一傳君先矣

撫孤行爲畢尙書作

我聞郭代公四十萬緡脫手空又聞魯子敬指千囷粟作投贈此皆周恤生前
朋不如畢尙書待死友有深情諸公聽我撫孤行一解　新安魚門子姓程字蕺
園平生著述千萬言重仁襲義人稱賢只有作家二字天性短玉巵無當不能

慼一錢食翰林俸逋負如山長髯拂拂兩眉皺急走西方求佛救二解形形徂暑乘弇棧車烈火燒其心炎風炙其軀行年六十胸煩紆望見畢尚書當作菩提如尙書迎入南衙居只道故人來不圖新鬼俱奄然一病遽委化瞑目而去片語無三解尙書親視含殮泣下數行楄柎爲藉榦柤免爲服喪三桃湯五穀囊一一布置加周詳柳翣駢羅羽葆輝煌送歸靈輀白下葬旁人嘖嘖相誇張道如此異鄉死哀榮勝故鄉四解死者樂矣生者哭矣孤兒曾無棲宿矣尚書聞之又買屋矣可奈尚書官大梁孤兒居建業昏夜乞水火鞭長莫能及魚門平日交滿海內空紛紛誰管東里西華冬日猶衣葛練裙如枚百輩何足數只能代爲躅足仰望高天雲五解闖然明駝千里來黃金百鎰光皚皚交與桐城俠士章淮樹替主進替營財但許取子不取母十年以後交兒手六解七月二十四日隨園風和章公挈孤兒載酒相過作畫紙券唱得寶歌頌刻金城千萬丈崽子孎孀得依傍七解滿堂賓客額手再拜不信當今古人尚在一叟無言搔白頭招阿遲來笑不休而翁縱死汝無憂汝不見畢尚書風義高千秋八

珍倣宋版印

解

重宿棲霞感懷往事賦贈墨禪上人

憶甲戌春遊攝山荒厓絶磴窮躋攀琳宮尙少金泥色古徑多生苔蘚斑歸將山景繩其美望山使相聞之喜擬劃蓬萊左股來當作人才獻　天子拜表丹墀請六龍經營慘淡召諸公石從地底搜雲片泉引天河下碧空朱雲善畫龍鑑莊周巧經畬潘令栽花涵摩詰掃發桂更有徵歌置酒人桃花潭水汪倫好楷亭賤子從公幾度來旌旗隊裏一芒鞋諸天月落猶分韻萬木霜明更上臺果然聖主鑾輿到一遊一豫　天顏笑松聲有意學嵩呼石佛無言作前導相公三次展經綸奪取西湖放寺門彩虹明鏡三千丈手折青蓮奉　至尊一朝入贊黃扉務猶自停驂來此處雪泥鴻爪認前因馬亦驕嘶不忍去此事于今廿載餘白頭重到舊人無黃公壚在山河遠東霸城高銅狄孤剩有墨禪師一個與談往事淚同墮今爲長老昔沙彌眼中無數浮雲過攜手香臺處處遊滄桑萬種說因由青山也似人衰老白鹿泉乾水不流白鹿泉今無覓處

哭江蕉畦太守

才送花驄過石橋遽騎箕尾上丹霄吟詩雅欲追唐代作吏真能報 聖朝清俸一籍書畫在住祠千縷佛香飄襄陽片石江隄柳多少蒼生淚未消君牧亳州作堤捍水人比之羊公墮淚碑

客春賤子病空山幾度蒙公走馬看古鏡過時偏肯照青琴舍我恰誰彈頻驚碩果風前落愈覺孤花樹上難腸斷郎君鳳池客麻衣如雪下長安

霞心菴看桂贈月初上人

棲霞四面環中心一菴聳入門爲無聲諸佛但葉拱不須旃檀燒自有木犀擁樓窗開一角金粟如海湧難將萬斛量恨不千手捧四野黃霧塞六時異香壅氤氳染衣裳熏炙入毛孔老僧尤多情煨栗相矜寵新雪落紛紛舊話談種種笑我七十翁晚歸心輒恐且辭月宮還殘花雙袖攏

寶華山

山門一路松直上寶華峯銅殿風霜古經臺草樹封律嚴齋鴿靜香散佛雲濃

羣鼠都持戒來聽午後鐘華山鼠不避人晝行夜伏

棲霞古松無故自萎者甚多

千年古松葉四布一朝禿立不知故老幹雖招雷火焚殘枝尚作蛟龍怒意欲
人間作棟梁不貪冷處飽風霜甘心絕代擎天手付與樵夫說短長

哭家漁洲

年年蘭槳泊楓橋爲有吾家小阮招竹裏鶴留賓一榻窗前花勸酒三蕉同揮
玉麈邀詞客沙斗初代製金釵餉阿嬌此日思量如隔世碧天雲散雨瀟瀟
今秋正擬續前緣豈料山河竟渺然一紙訃來真膽落九原人去未華顛芸香
空掩三千卷錦瑟誰彈五十絃賴有季方賢弟在好扶雛鳳上雲烟

憎蠅

深秋醜扇尚紛紛偶據高柯自道真枵腹可曾餐墨水惡聲偏欲擾詩人神昏
不附追風驥暑退能留幾日身辜負天教生羽翼枉鑽窗紙費精神

八月二十八日出遊武夷

半生夢想武夷遊此日裁呼江上舟山抱文心傳九曲水搖花影正三秋神仙半面何時露錦幔諸君識我不擬唱賓雲最高調支笻直上碧峯頭

夜泊江山聞隣舟有談鬼者揖而進之

夜船正寥寂聞客談齊諧知是鬼董狐揖而招之來客亦大欣然搖唇萬鬼集頃刻燈光青寒風射窗入天地亦大矣陰陽相乘除千寳莫道有阮瞻莫道無謝客真多情贈我勝絲竹得聞所未聞平生有耳福

過仙霞嶺

乍上仙霞嶺遙山漸莽蒼梯田高下種環水往來忙峽束人如小雲封路覺長輿夫先斂足取勢作低昂

亂竹扶人上蒙茸但見烟千盤難度鳥萬嶺欲藏天古樹拏雲健重門鑄鐵堅分明兩戒外別自一山川

從浦城新鄉起行六十里宿㓚口一路山勢奇險是武夷之先聲

簇簇青芙蓉對面開千朶頗似武夷君著渠來迎我有時形突兀雲中插箭笴

有時盛盤紆長眉鬭婀婧遙青與天分近綠將人裹陵上更援下斷右忽連左灘聲萬雷奔松竹一亭鎖遠望樹深處茅蓬起烟火心忖是何村今宵安歇可

漁梁道上作六絶句

一過仙霞兩耳無人聲都變鳥聲呼客中只與雞談好慚愧當年介葛盧

遠山聳翠近山低流水前溪接後溪每到此間閒立久採茶人散夕陽西

山腰逼仄小車停竹作長籬樹作屏遠望自家行李過畫來都是好丹青

荒村小店歇征鞍上漏旁穿板壁單回首洞房金鴨暖夜眠却也一般安

劉郎才思本縱横遊過名山氣倍清得句榮於得科第急奔車下報先生

初笄鬟女髮鬖鬖折得溪頭花亂簪一幅布裙紅到老不知人世有江南

崇安署中觀清獻梅

一樹偶然種千秋謚法加人皆思往哲天亦重孤花北宋風霜古南枝骨幹斜對君吾欲問琴鶴在誰家

夜告閣

事苦無人告朝朝告碧空香焚高閣上天在此心中有感雲皆散無言聽愈聰
是誰瞞得過吾欲問崖公

到武夷宮望曼亭峯作

武夷宮前多古樹參天蔽日杳無數我來可惜宮殿荒冠帔真人多暴露一峯孤撐號曼亭其下戍削上隆平想見帝臺千尺石傳觴一夕來仙靈八月中秋月正明武夷之君駕玉軿招集鄉人童與叟開口曾孫喚某某過來多少事茫茫今宵且盡杯中酒招英妃兮鼓琴命妙容兮擊鼓手製雲霞羹七夾麒麟脯雲璈水瑟數聲來白鹿蒼龍一齊舞羽換宮移曲漸終五更玉漏響丁東唱到人間可哀曲湘弦齊斷月明中香風忽起彩霞捲羣仙去矣歌聲遠牽衣兒女盡哀號雲馬風車不可挽至今小別二千年石上蒼苔鳥跡滿吁嗟乎君兮君兮胡爲不再來豈不知望斷人間更可哀

試茶

閩人種茶當種田郄車而載盈萬千我來竟入茶世界意頗狎視心逌然道人

作色誇茶好磁壺袖出彈丸小一杯啜盡一杯添笑殺飲人如飲鳥云此茶種石縫生金蕾珠蘖殊其名雨淋日炙俱不到幾莖仙草含虛清採之有時焙有訣烹之有方飲有節譬如麴蘖本尋常化人之酒不輕設我震其名愈加意細嚥欲尋味外味杯中已竭香未消舌上徐嘗甘果至嘆息人間至味存但教鹵莽便失真盧仝七椀籠頭喫不是茶中解事人

從大王峯下乘舟入溪探九曲

溪南溪北山連連一曲二曲水盤旋三姑相逢疑玉女長城高障如鐵堅有臺不知誰放鏡有架不知誰挂冠有竿不知誰作釣有槳不知誰拕船紅板橋名更奇絕長椽短杙相連牽分明堆架在巖穴何以不朽不墜千萬年疑是開闢以前乾坤壞此木逃出劫灰外又疑堯時洪水災人民居者巢猶在兩說紛紛世所疑唯唯否否姑聽之老身但願化猿鳥飛騰而上攫數枝可奈一波迎一波拒盤渦急浪來無數篙工只好隨波去扁舟小泊尚艱難何況中流作砥柱

灘水迅急篙工負舟而行余立石上相待

山似不許水脫逃多生怪石闌波濤水又怒石作阻撓終朝衝突聲呼號左騰乖龍右起蛟儼若格鬬三軍鏖馮夷列陣氣勢驕舟人一手難兩篙只得赤脚淩滔滔負舟於背作擔挑滿艙盤盂齊動搖我時獨坐浪打額游興忽被性命迫舍舟而徒登絶壁宛然鷁鳧立一隻帶濕搜毛風拍拍呼船速上來相逆千峯萬峯氣太逼遲恐老身化作石

登天游一覽樓覽武夷全局是夕月明如晝

千峯壓地地無縫三峯插天天欲動金鐘大鏞碧空墮醜犀怪象八蠻貢相角相掎洛蜀黨半伏半走鄒魯鬩重重奇景散若麻天游一亭聚其衆武夷山脈多紆緩到此鋪張勢忽縱我坐兜籠門外來松柏排青夾成衖三步一休頭仰看兩足騰雲身忘重羽衣道人下相揖灑掃高軒設清供正逢明月挂前峯手指金丸請客弄水精盤裏漾青螺銀海光中走白鳳翠撲鬢眉影欲飛唾落九天風爲送果然化人解乘虛豈止張騫能鑿空酒酣茶罷榻上眠魂抱萬山同入夢吁嗟乎人生不遠遊如雞伏甕中果能窮宇宙自可豁心胸我今一笑告

諸公此來不負遠行二千里此山不負婆娑七十翁

從金雞寨入小桃源

一聲金雞鳴滿山白雲起忽然絕壁開走入雲中矣其間别有天草屋相橫排稻是百餘畝催租無官差四面山環之鳥飛不能上一二野人居有如麋鹿放可見世界海尚藏太古春何必陶彭澤思訪避秦人

至伏虎巖徧歷險怪憬然有悟

世人談虎輒色變我忽見虎目亦眴青天盡被怪峯劃猛獸欲同奇鬼戰更有虎舌重萬鈞手搖輒動雷聲聞高懸萬古不輕落此中奇理難具論我記兒時好鎔錫戲投水中皆壁立如臺如閣如峯巒亦復膠粘不敢仄苟明此理山亦然借此疏解何疑焉混沌未分水沙合玄黃已判氣脈連偶然高下若鑄就非由人力非由天可惜天形大人形小山壽長人壽夭以致滄海桑田變化時不能在旁張眼看分曉遂覺化工有意鬭姦巧假使有生無死壽若毗騫王翼若萬里垂雲金翅鳥看見乾坤開闢兩三回又能頃刻飛翔周八表自然一切仙

船石匱虹板橋原委由來都了了

在舟中回望天游一覽樓已在天上

一樓高立萬峯巔遠望迢迢在半天昨日幸儂樓上住不然還道住神仙

草鞋嶺觀仙蛻手按之頭尚搖動

神仙蛻骨傳張徐峯高梯朽路莫踰只有草鞋嶺上仙真身未化形瞿瞿道人引我至彼處溪攢石簇途煩紆我乃踊足鼓勇上果有石洞如瓜廬洞中一叟魁踽坐非漆非土非皮膚叩之橐橐作聲響筋骨雖有眉鬢無齦齶闕殘齒牙腐雙眸垂下元珠枯我思精神天所有鋒隨刀盡歸空虛鬱茲枯腊遇好事裝飾凶穢驚庸愚聖人六經尚糟粕何況區區恆幹歟何不束縛瘞邱隴化臺兩字顏其墟仙雖不言如解語風吹頸動搖頭顱

引路者云杜轄砦最險是前朝屯兵處攀援而登讀壁上吳中立碑記不覺失笑

天形蕩蕩寬到此忽然狹是誰造方城磦砢四面夾我懼作虎兕一束難出柙

又恐化寶劍被人裝入匣洞雖分上下勢總環匼匝前賢碑記存細字可摩挱
杜者杜塵緣轄者轄石硤云此讀書佳烟雲供吐納如何詢土人謬以屯兵答
中塑杜將軍持刀披金甲拾遺訛十姨一笑口難合
從杜轄寨下行至雞母洞回望寨中樓閣如在舟中望天游也
渺渺樓仍在茫茫到已難人生高處下莫再仰頭看

兩過

兩過山洗容雲來山入夢雲兩自往來青山原不動

伏羲洞

絶壁森森古洞開羲皇曾此坐蒼苔想因細看横排石悟出先天一畫來

鬬眉峰

青山有意鬬眉痕巧作彎環月樣新急取筆來描粉本還家重作畫眉人

換骨巖

每對黄庭眼倦看有誰能得大還丹吟詩骨與神仙骨一樣天生換總難

老行

老行萬里全憑膽吟向千峯屢掉頭總覺名山似名士不蒙一見不甘休

飛鐘

何處鐘飛來挂空如碧瓦有意避人敲甘心萬古啞

晒布巖

山立如長城萬里一刀截有時織女來晒布三千匹

黃竹

想尋黃竹到瑤池忽漫相逢在武夷王母曲裁歌罷後女兒箱未打成時三春作伴鶯尤好九月抽霜筍最遲料得瀟湘雲水恨此君雖老不曾知

宿紫溪聞雁

客館燈殘夢不成忽聞秋雁語深更非關畫角因霜落還似孤舟曳櫓行千里關河方寂寞一封家信欠分明衰翁久斷人間事棖觸翻嫌兩耳清

履霜

清霜一夜草鋪平遊子支筇踏欲驚葛屨不知何故響板橋先似有人行偶貪身在松間立漸覺寒從脚下生不怕輕冰消息近藍橋吾欲訪雲英

到鉛山與程吳二友遊積翠巖

山川大固佳邱壑小亦好但須結構嚴便見化工巧我遊武夷還重登積翠岩意謂齊魯遊定將邾莒嫌不圖孤峯起長劍青天倚其下洞穴奇嵌空杳無底地仄氣易聚徑曲景愈幽始知河與海原宜納細流

石井

石井一泓水潺潺鎮日鳴無功能濟世只管自家清

冒雨宿射溪

數椽立水上四面淩荒灘征夫為雨窘到此更已殘衣裳類戰罷汗透濕中單然糠急自燎倉猝何由乾野菜購盈把與夫同一餐有燭不能秉風中為燈難有帳不能支雨中為客寒櫂把旅店臥當作行船看驚疑窗外響魚龍來問安

蘆花

虛負花名色不嬌漁翁舟過幾枝搖風前作絮秋將老江面鋪霜午不消羞與吳綿爭冷暖甘從潘鬢學飄蕭天涯有客開箱嘆欲取寒衣路正遙

紅葉

武夷高嶺曉霜濃楓葉離離色不空草上有時隨意落花中無此可憐紅非關冬日行春令直把臙脂寫醉翁我欲題詩學宮女奈無心事訴秋風

坐蘿蔦船到西安

蘿蔦船輕似鳥翔喚來小坐趁朝陽水深五尺碧于玉橘滿千林紅映霜篙打亂灘雙耳鬧碓舂空屋一輪忙濛濛篷底炊烟起疑是溪雲墮滿艙

憑欄

鎮日憑欄一笑生世間萬事莫分明溪河石子豈無數可有神仙數得清

重過玉山感舊

玉山平遠路斜長五十年前此束裝店主已經三代換征夫重作一宵忙飛鴻踏雪痕難覓司馬題橋夢未忘弱冠風情當日景不堪轉盡九迴腸

屛風館詩爲霞裳作

玉山東下屛風館茶肆盈盈青色滿劉郎慣聽唱廝波穩坐羊車頭不轉輿夫貪喫六班茶引入長陵小市家竹徑白飄千點雪茆亭紅出一枝花抽觴有女來相迎口是杭音張是姓斜溜嬌波目不停驚郎玉貌將奴勝郎意三分妾十分瑤光奪婿今宵定行李先行郎未行探懷無物贈傾城自憐螢火單身客那有庚桑一宿情佳人暗啓縷金箱代取纏頭賜阿娘挑燈親製黃昏散把盞同餐窈窕湯千金一刻呢呢語戒懼摩挲心更許三更問字學侯芭一局彈棊輸玉女郎與大北弈夜漏難將海水添汝南雞叫五更天願甘同夢情何極怕誤行期起更先班馬已經嘶陌上弓鞋猶是立門前天涯分手太匆匆落月啼烏盡惱公何日柔卿能解藉何時阿軟得重逢劉郎歸向舟中坐細說前因淚濳墮老我聽來感不禁教郎身受如何過回首蓬山路已遙勸郎自懺莫魂消冶容易惹天花染莫再他生作宋朝

七里瀧

七里瀧深草樹踈青山匼匝水環紆老翁白髮手雙槳同著女兒喚賣魚

哭蔣用菴侍御

夷甫曾看裴楷終我來君去太匆匆故人不及春宵雪一夜猶能待曉風

彈指交情五十年回頭水上過輕烟不能忘記春明夢折柳題襟小雪天

膠青刷鬢好容儀袍褶衣圭一剪齊安置屐裙都得所風裁誰似謝征西

手持玉尺領文星驄馬嘶風萬里行聽說牂柯千尺水至今猶遜主司清

遊子前年返故鄉白頭人送滿天霜也知此會成長別剔盡銀燈話尚長

兩家食譜有成書每到筵開折簡呼今日奠君真草草可能勉強一嘗無

來遲九日便離羣恨是三分悔十分賴有陳遵尺牘在開看一字一逢君（將君手札裝潢成冊此番帶至杭州而君先九日亡矣）

留別杭州故人

飛鳥猶知戀故都我來心欲別西湖賈生詣闕當年早丁令還鄉此日孤聽笛事雖隨夢遠看花身未要人扶且將滿目河山意徧訪黃公舊酒壚

胸中屈指故人家處處敲門日未斜強半兒童呼大父相看風貌類孤花高談
誰聽開元曲乍到人疑博望槎問比昔年台宕返鬚鬢又白幾多些
瀧岡阡上草如茵歐九時時暗愴神苦爲他年謀祭掃誓同鄉里結婚姻新豐
雞犬多相識故土枌榆倍覺親可奈西泠無片瓦九原應恕不歸人
班荆道故日匆匆頃刻天涯又轉蓬此會自然非偶爾他年還要遇諸公三千
世界花同落十二因緣事未終天意欲憐垂老別連宵不起挂帆風

寄同年阿廣庭相公

一紙西川奏捷書淩烟閣上有誰如功成鳥道千盤外身是金精百煉餘　天
子寵行郊勞禮王侯爭迓上公車欣看麾下從征士都藉風雲到　玉除
郇伯旬宣物望隆年年車馬自西東春深似海方調鼎事重如山又借公治水
魚龍聽號令安邊刀劍挂崆峒有緣最是西湖月三度旌旗照眼紅
聽說裴公兩鬢絲精神還似受降時中天運好夔龍健首相心勞管葛知愛惜
人才都爲　國平章花月偶吟詩師門風義殷勤甚屢問人間杜牧之

鯫生榜下便離羣略記威容一二分身賤龍門難灑掃勳高鷗鷺易傳聞青山木落人空老黃閣風和日未曛莫道巢由真嬾散也曾終夕望卿雲

題浣青夫人詩冊名孟鈿字浣青常州錢文敏公女也

絕妙金閨詠絮才一生詩骨是花裁分明擁髻揮毫際別有心從天外來

尺五真疑戴皂紗風裁不似女兒家也因氣得江山助簪盡秦關蜀嶺花

已隨夫壻綰銀黃更見嬌兒步玉堂天爲佳人破常例清才濃福兩無妨

而翁南下賦歸歟適我新婚北上初水面匆匆通數語懷中正抱女相如

重提春夢最消魂老去尤驚日易曛難得相思竟相見宣文君與武夷君

臘月七日蘇州張君止原招遊靈巖山館次日往寒山天平登中白雲看雨

張敷今逸士招遊古靈巖龍頭大艑搖不畏雨廉纖日短河流長到山天已暮亟持懸火遊亭臺歷無數肴烝旣甘鮮賓從尤嫺雅謂徐沈二生論古兼評詩玉屑紛滿把五丈蘄王碑九曲畢公園藉君作導師使我得窺觀

次日往寒山山寒冬更寂紺殿與琳宮鎖閉無由入扣門久不譍寺僧嬾可想
祇道無人來豈知有我往枯葉瑟瑟語凍泉微微鳴分明千尺雪化作一團冰
朔風挾雨至濕雲吹滿地不待晚鐘撞行矣各挽臂
張眼貪看山滿身不知雨餘勇遊天平持繖遮芒屐白雲分三層我竟登中峯
無梯天難上有罅路可通誰把石筍插壁立將人壓豈徒雙鳳銜直是二嬋夾
歸來謝主人躍躍興未了我不厭山高山不嫌我老

贈吳如軒 有序

如軒齒猶未也忽以狀來屬爲立傳蓋懼余之衰而他時秉筆之無人也按古人生傳甚少除昌黎於何蕃温公於景仁外絶不多見至於梓人圬者則是借彼爲寓言非其實也但良友諈諉勢不能已乃取其生平大概韻其辭而贈焉庶幾千載後讀此詩者如見其人并以質之現今海內之識如軒者

釣魚須釣海上鼇結交須結扶風豪吾友如軒古俠士仰空一笑天爲高身著

黃衫走吳下春宴春遊窮日夜挾彈桓東年少場投縈子野公城舍　朝廷命採赤堇銅羣商低頭拜下風海船峨峨天外去姓名直到扶桑東上至公卿下廝養置驛通賓相識廣傳呼某到合座迎一紙書飛應若響有時指囷助賑災閭門沿路無啼孩有時周䘏友朋急千萬黃金手一擲山塘十里女如雲稱觴上壽來紛紛一枝新花開出色蜂蝶爭先報與君張燈讌客花如海冶葉倡條憑客採歌終不怕月沈西城門自有金吾待與我交情廿載餘白頭把手各相於每當玉漏三更盡帳外猶聞訊起居看君酬應忙如箭感君處處能周徧豈徒咤叱廢千人直可精神當八面殘臘匆匆遽返山自慚才盡詠君難且貽越石并州調當作朱家本傳看

題張熙河孝廉梅花詩話即送遊峨嵋

熙河孝廉真奇士自言生性無他嗜好同山水結夙緣慣替梅花作花史穿穴寒香二十年梅詩梅話手親編蠶眠細字盈萬千字字皆帶梅花烟君貌清癯如鶴古見訪隨園月端午隨園七百七枝梅望見君來一齊舞送君西遊巴蜀

中折梅相贈行匆匆好將五月江城笛吹上峨嵋第一峯

附霞裳和詩

紅葉

驚心最是滿林楓底事皆成醉客容青女曉辭紅日去朱顏常被白雲封飄零時響空山路墮落纔逢古澗松我欲題詩先煮酒揾衣自掃葉重重

蘆花

蕭蕭一片荻花稠憔悴江濱早白頭映月慣招鷗作侶隨風誤上客行舟如棉不肯因人熱落絮寧甘付水流知否楊花翻羨汝一生從不識春愁

履霜

侵晨上嶺滿途霜紅日將升未吐光屐齒留痕誰更早馬蹄怯進我知涼遙山望去頭微白野徑行過草露黃最是負薪人太苦糾糾葛屨走危岡

聞雁

夢返孤舟月影西忽聞征雁語聲悲同懷離緒輸儂遠可有家書報客知訴

出旅愁雲裏聽喚醒霜角枕邊吹寒檠一點燈如豆頗似長門夜坐時

小倉山房詩集卷三十一

小倉山房詩集卷三十二丁未至己酉庚戌

錢唐袁枚子才

春日偶吟

萬里遊歸說武夷江山成就六年詩而今自笑無遊處閑步柴門數竹枝

三兩人家設綺筵招儂同醉落花天緣何不掃陳蕃榻生性吳蠶怕獨眠

春暮陰生滿苑苔曉風吹急小窗開濕烟繞瓦雨剛去寒翠撲人山要來

草木爭春各不同碧桃文杏兩般紅竹因葉密聲招雨蘭爲香多性愛風

堅冰乍散水生烟小草知春比樹先荷葉自舒蕉自捲性情生就總由天

攏袖觀棋有所思分明楚漢兩軍持非常懽喜非常惱不著棋人總不知

明窗淨几太嫌多無計分身喚奈何只好安排閑筆硯聽憑老子自婆娑

不獨憂除樂也除衰年事事付空虛聽來忽有心開處鶯囀高枝兒讀書

支頤閑坐可憐宵何處旃檀遠遠飄鼻觀氤氳心忽靜方知香要別人燒

白髮蕭蕭霜滿肩送春未免意留連牡丹看到三更盡半爲花憐半自憐

浮生何必苦安排隨意閒行心自開失物每從無意得懷人恰好有書來

幾个傳人占古今浮雲何處問升沉杜家兄弟多榮貴官小民高是阿欽

逝者如斯喚奈何桓伊何必定聞歌數來傍曉星何少過去飛鴻迹太多

戒詩

戒詩如戒酒屢戒復屢開又如茹素人欲炙涎流腮蠶絲一以抽金刀不能裁

始知性所暱一旦難相乖江淹才已盡白傅興方來詩中有馮婦叟其自號哉

笋方作竹多有萎者名之曰竹殤而弔以詩

羣竹方淩雲其中數枝傷頗似楊家烏無端忽暴亡人世有嬰鬼園林有竹殤

壽者是何幸夭者是何殃與其生不育何如勿生艮栽培傾覆意何處詢蒼蒼

嬰鬼見易林

裁袍

閒居無所事緩步自逍遙底事裁袍短平生怕繫腰

夕陽

水竹光雖滿桑榆景已斜夕陽不肯去想是戀桃花

灌花

久旱天無雨呼童汲井陰雖然杯水力也表惜花心

嘲畏熱者

君莫畏炎風炎風期漸滿不及待秋涼除非君壽短

冰

一片輕冰到蒼蠅盡轉身許儂登席上能救熱中人

六言四首

酬應則吾老矣嬉遊則吾尚少老少憑儂自為不免旁人一笑

夏五日長如歲況兼無事閑居傍晚回思早起宛然三代唐虞

一切總求徹底便生無數疑端不若半明半昧人間萬事相安

宣尼待子如客想見胸襟灑然不是趨庭獨立聞詩聞禮何年

題駱秀才乞食歌姬院圖

乞食平康一笑生衲衣手板拜卿卿此中定有憐才者較勝王侯門下行

冷炙殘羹味若何妝樓行慣有誰呵只愁一椀桃花粥中有佳人紅淚多

造生壙

莫笑先賢造化臺何人不向此中來譬如華屋身將住可不梅花手自栽三板

暫教風月閉一門且待子孫開香山墳畔泥濘酒先與羣公醉幾回

重赴泮宮詩 有序

余以丁未年入泮今又丁未矣仿重赴鹿鳴故事作歌

憶昔袁絲年十二簪筆學趨童子試門前已送好音來階下還騎竹馬戲其時

學使王交河面取經書諷倍多李泌圍棋雖未賦何郎雅樂已能歌一番正試

兩番覆道路爭觀人簇簇喧傳泮水出芹芽豔說童蒙充棫樸巍巍雙闕聖門

開將命疑從闕黨來並行敢逐先生後 受業師史玉瓚先生同入學 倚寵仍眠大母懷諸姑

伯姊欣欣到替我梳頭向我笑看著青衿試短長勸拖錦帶休顛倒恭逢 先

帝御明堂服采新頒 詔數行已入黌宮換短褐更教雀弁耀銀光 雍正四年奉 旨各

宮帽上加珊瑚水精諸頂生監用銀東家笞兒苦相羨西家奪壻招相見童子翻增滿面羞伴採花枝弄筆硯此事於今六十年茫茫滄海過雲烟阿婆喜說新婚日羸馬驚聞上苑鞭膠庠舊伴今誰在孤花碩果真無奈寄語新知衆秀才老身願作同年待特設隨園酒一巵強顏首唱泮宮詩從來白髮傷心處最是青年得意時

哭慶兩峯觀察有序

丁酉七月兩峯觀察赴任湖北過隨園留別云交情共指青山在別意相看白髮多余讀而傷之旋聞以孤身出鎮塞外非其任也不逾年病還京師又一年卒余賦詩哭之即用其第四韻爲起句

別意相看白髮多今朝永訣奈君何平原自是佳公子劉秩原非曳落河翠竹淩霄難鬱抑良金受鍛易消磨可憐絕代風騷手空把穠華委逝波

假山成題曰巫山十二峯自嘲一首

看徧真山造假山公然十二好烟鬟如何老去風懷寄還在高唐雲雨間

書所見

人老惜分陰一日如一歲但問一歲中幾度得心醉人生行樂耳所樂亦分類但須及時行各人自領會我生嗜好多老至亦漸忘惟有兩三事依舊懽如常攤書傍水竹隨手摩圭璋名山扶一杖好花進一觴談文述甘苦說鬼恣荒唐七十苟從心踰矩亦何妨

形神偶相交忽然竟有我及其既散時空雲無一朵來非我有心去非我有意物物有一生人人有一世所以達觀人遊行在空際來共雲卷舒去隨風搖曳不談佛與仙恐受彼拘繫既已說長生何以悠然逝既已悟無生何必又詞費

水精屏歌有序

香亭弟假水精屏一架爲老人消暑喜賦一詩寄之

六月溽暑天炎烝阿連貽我千水精爲盤爲盞爲盆罍高低錯落架作屏使我老眼如再明急陳座右當瓊英蒼蠅遠望雙目瞠側翅欲上飛又停兒童聚觀喜且驚欲摸怯寒手戰兢我聞琉璃世界夸晶瑩佛家妄語未可聽又聞冰山雖高容易傾誰能倚恃爲長城何如此寶羅階庭如白龍皮挂迎涼廳頃刻習

習秋風生峨嵋之雪萬古凝藍橋之霜飛滿楹陽烏欲鬭氣不勝銀蟾下矚疑
繁星三更尚作長明燈客來相對心怦怦人人都化聖之清我覺下筆尤空靈
頭銜豈止一條冰

對書嘆

我年十二三愛書如愛命每過書肆中兩脚先立定苦無買書錢夢中猶買歸
至今所摘記多半兒時爲宦成恣所欲廣購書盈屋老矣夜猶看例秉一條燭
兩兒似我年見書殊漠然此事非庭訓前生須夙緣名將不兩代文人無世家
可憐袁伯業對書空嘆嗟

荆楚歲時記七月八日雨名洒淚雨葢調牛女也戲和香亭五絶句

纔過七夕雨如絲說是雙星別泪垂怪底淒淒聲不響想應瞞著怕天知
烏鵲橋空行路難銀河風急起波瀾織來雲錦三千疋儘拭啼痕恐未乾
惹他兒女盡消魂都想乘槎一問津侵曉夫妻兩行淚不知先落是何人
雨散雲飛夢易乖人間多少别離哀倘教都學黄姑樣海水還愁大上來

羨殺匏瓜樂未央生來無匹影幢幢有情便有年年恨就作天星莫作雙

極淨之室日光照處濛濛然碎塵忙擾感而有作

漫空野馬鬧紛紛牕漏朝陽看便真我覺伯夷清不必人生一世在紅塵

爲花樹撩蛛絲有感於運氣之說

草木都須氣運扶旁觀只少靜工夫灰絲蛛網欺蒙處病樹常多好樹無

得玉尺詩有序

余失去案上玉尺尚不知也忽陶怡雲持來相示方知被客攫去轉售陶家怡雲素識此物即以歸趙余嘆造物之巧感友誼之重不能無詩

一條玉尺廿年持忽起波瀾匪所思失去未曾三日別得來如有六丁追量才事業慚無分返璧心情喜可知不是曹公風義重文姬歸漢是何時

附陶怡雲和作

偶逢寶器落風塵知是隨園席上珍璧返相如原有數珠還合浦豈無因物多著意求難得巧到無心樂更真容易量才持玉尺若除公外竟誰人

九月五日招春圃香亭觀芙蓉兩弟俱以高官解組作見烟雲花草意倍
欣然各以詩見寄余賦七絶句答之

秋雲遮日樹遮風同看芙蓉上短篷難免芙蓉花一笑弟兄三个白頭翁

天邊消息近重陽花正迎霜未拒霜十斛胭脂千匹錦秋娘臨水盡紅妝

消遣閒情弄釣槎招呼網戶挺魚叉登時潑刺銀刀響撲斷青蘆幾節花

細雨濛濛濕小舟貪看花色尙回頭可知客把芙蓉戀不是芙蓉把客留

謝傅無官倍有情愛拈棋子鬬輸贏千秋乞墅添佳話今日羊曇又外甥兩弟與健葊甥對弈

看罷芙蓉坐小齋自家棠棣又花開家常雞黍燈前供也算紅雲宴一回

送別殷勤語阿連最難平地作神仙希文經略西邊日再憶圭峯定惘然

題漪香夫人采芝圖附來書

月尊周氏端肅問隨園先生萬安尊讀先生之書十有餘年矣又時時
聞中丞道先生言論丰采口無虛日海內老師宿儒奇才異能之士至

中丞左右者莫不盛稱先生之才其在先生同輩諸公亦極口讚揚於無既尊覺耳目所及海內名流無若先生者矣尊凡陋之質叨侍上公巾拂身世無復所憾惟幼躭翰墨妄生好名之心不肯汲汲終世乃生少聰明兼多疾病蛩寒蟬寂終不成聲於今悔嘆廢棄始信天限之弗可逾奪又無絕技殊能高于輩行可託傳於名人著述以垂永久他日晏然隨化澌然神傷而已前在中州取義山十年長夢采華芝句作采芝圖畫工既劣更不能擇手題詠誠無可觀今特寄呈求賜宏製斯人斯圖雖不足當大方題品誠欲藉傳姓氏於集中則生平之憾始釋然也小兒嵩珠年甫三歲近已種花以為遲郎福命宜兄弟所致先生與中丞誼重交深聞之必喜用敢附及冒昧干請臨啓惕然附呈微物導意

空山雪花飛滿地雪中一葉仙書至道有真靈位業圖教儂小綴蠹眠字開圖驚見魏夫人蝶繞雲鬟花繞身手采靈芝覓仙種果然天上降麒麟（謂公子嵩珠）欣

傳嫁得尙書壻明珠九曲穿無數朝衣熏罷便題箋寶髻梳成還作賦尙書愛士古人同海內名流走下風誰知日具千人饌都是周家絡秀功尙書署中客無不頌夫人賢山人欲乞簪花格特寄隨園圖一冊上元靈笈未曾披玉女真容已先得方以隨園雅集圖索夫人題而夫人之圖先至急爇旃檀十斛香拜乾阿嬭喚蓉祥阿遲寄夫人膝下取名蓉祥偷描一幅天人貌供向慈雲大士旁

答似村以詩見寄

屢接吟箋喜不勝珍珠圓轉水雲清心從天外來千里人在詩中過一生字寫燈前應落月信傳江上正啼鶯宛然不繫舟邊立當日郎君笑語聲海內何人不贊嘆雪中南北兩袁安漁歌鎮日憑闌聽棋局千盤袖手看我已白頭遊五嶽君方紅日臥三竿巢由人物從來少生長侯門隱更難

題成嘯崖夢遊清涼山圖

人生惟有夢最好千山萬山許搜討縱有蕭何法律叔孫儀難把夢魂管得了金陵諸山清涼高嘯崖公子人中豪忽然夢到清涼頂是誰相約誰相招露戎

戎兮鋪草亭高高兮淩煙松蒼蒼而蔽日江遠遠以浮天待天雞之喚醒仍枕席之依然清晨大笑告吳友吳也驚疑但掩口道是昨宵我亦夢來遊底事路上雲遮不拱手毋多談且載酒果肯尋夢夢還有呼車同向清涼走指看今日諸烟巒還似昨宵光景否雪泥鴻爪怕消亡請付丹青傳不朽我聞古莽之國以夢爲是覺爲非列子此語不我欺嘯崖此夢亦如之又聞天姥之峯李白遊夢中詩句傳千秋得毋嘯崖前生卽是李白不我家清涼山脚下山神昨日來相訝說丁未孟秋詩人兩個都過隨園門如何不速先生駕

題吳秀才醉竹圖

竹醉露人醉酒詩人生在竹醉日似與此君相識久科頭獨坐萬竿中奴捧酒壺不放手把竹數一枝取酒斟一斗澆竹便爲竹葉春自飲便爲竹林友竹醉人扶竹不知人醉竹扶人知否是人是竹渾難分一醉之外別無有此之謂與天爲徒與物化君不見藕中之仙橘中叟

揷芍藥數枝詩示香亭

數枝紅藥膽瓶斜頃刻蕭齋變館娃心醉異香如中酒眼驚神女轉忘花翻階
尚記中書省多寵還輸小宋家我亦將離人世客賴卿相伴送年華

香亭插芍藥三十六瓶喜以詩賀

阿連春想一肩擔羅致名花露正酣三十六瓶香欲湧百千萬朵色相參藏嬌
不惹諸姬妬絕色何妨儘力貪半世黃金擲虛牝者番擲得最心甘

左足病瘡作

雙趺虛左便無聊欲走堂前怯路遙甘把足拳師野鷺只愁人老變山魈千峯
踏月心還在七步成章興已消何日浮圖重起躄白雲紅葉一肩挑

戲答香亭弟問足疾

知君手足最情多問我蹣跚足若何我學禽言吟向汝道行不得也哥哥

松頂立一白鷺賦詩贈之

飄然白鷺鷥風中不知冷有意示人清獨立青松頂汝身閒若斯汝立高若許
知否紗窗中有人羨殺汝

哭李猗南諱開第

君官石城北我家小倉山相離未三里車騎常往還君年逾花甲鬚鬢未曾斑

疑有仙家術遊戲在人間春秋風月佳彼此具盤飧看花至日昃說鬼到更闌

吏隱雖分途言笑常同懽不圖半月別已作千年看我在吳得信驚駭摧心肝

願喚黃仙鶴騎之叩天關但許贖此人百身非所難

我昔遊珠江迢迢五千里歸來老妻言李君真俠士袖攜一笏金來賜雙稚子

教以勤讀書助其買果餌我聞世俗交分手便忘矣君胡獨不然體卹同毛裏

未受主人託能使舉家喜我忝長十年而乃後君死有如報恩雀含環向誰視

感君不能忘思君不能止惟有淚兩行彈入湘江水

贈蘇州奇麗川方伯

皖江官舍接風標桂嶺重蒙折簡招衣上酒痕香未散燈前花影夢難消寒梅

老更思春切倦鳥飛偏怕路遙恰好天心稱人意一輪卿月照楓橋

謝方伯贈春衣

清遊已居嫩涼天未帶春衣意惘然偶漏一言緣酒後竟蒙雙襲賜尊前輕華似挹浮邱袖長短剛宜子貢肩惹得山人忘歸去披來又泛五湖烟

留別蘇州故人兼寄汪硯香太守

兒時遊已愛蘇州七十年來幾度遊鄧尉梅花開似昔金閶舊雨冷於秋追尋往事雲同散照到斜陽水亦愁身愈頹唐心愈健寒山兩上未甘休

紛紛人看魯靈光談到風騷老亦忘烟墨亂揮千幅紙笙歌環擁一頭霜敢云名重蕭夫子可奈情深白侍郎多少吳娘乞詩贈登車猶自挽衣裳

五茸三泖久聞名難得汪倫打槳迎隱士遺書尋笠澤先生新饌試蓴羹花光引我村村到天意憐人日日晴十里橫雲山下路風廊水榭記分明

出門兩月賦歸遲惆悵郵亭酒一巵住久易生臨去恨年高難說再來期節過寒食春將盡人到忘家樂可知寄語諸公各珍重明年此日最相思

喜晤龔華滕明府

作宰湖湘四十年歸來小住板橋邊原思底事貧如此龔遂須知政可傳久別

師生如隔世重逢雞犬欲疑仙匆匆又向長安去此會今生豈偶然

人間萬事等摶沙說到金陵更可嗟白髮尚存前令尹烏衣不見舊人家鉛松作貢途雖遠（時運鉛京師）印綬還鄉氣尚華莫忘兒時讀書處參天一樹海棠花（君家海棠為金陵第一）

和香亭別芍藥詩

紅藥欄空意惘然白頭人坐散花天枕邊已醒黃粱夢座上還飄紫玉烟小剩半枝如戀主多看一刻當留仙明春約汝開宜早我是衰年弟少年

秋暑

熱客不知老天公忘作秋何圖霜露降尚見火雲流桂有為薪嘆人難秉燭遊從今纔省悟紈扇莫輕收

孫子瀟抱西河之戚繪佳兒重生圖索詩

望子臺空最惱公孫郎何處哭秋風畫師真有通神筆一個童烏活卷中

楊柳依依水竹居佳兒獨立意何如披圖乍見聰明相還想詢他讀甚書

哭似村 有序

尹文端公諸公子俱好學能文官亦顯貴惟似村以秀才免差使長侍公於制府署中與余往來尤暱性愛吟詩別二十年所寄箋素裒然寸許余羸老也有來無往今春始寄答二章詩未到而似村亡矣

纔把懷君詩寄君詩猶未到訃先聞浮萍尚想重逢日駟馬難追已散雲絲繡平原空有畫隨園雅集圖五人中君其一也雁飛遼海漸無羣三二兩公子先亡衰翁諒不多時別只算離亭手暫分

蕭騷風骨有誰同生就人間張長公調鼎兩朝門第貴高吟一世秀才終題襟山館燈頻剪握手軍門雪滿空今日思量可能再幾行衰淚付秋風

再贈奇方伯

衰翁扶杖耳頻傾來聽吳儂說政聲能以直言匡大府不將初念負蒼生吟詩偶愛閑風月報　國能留真性情羞把封疆祝賢者知君心早薄公卿

王若農蓬萊閣讀書圖

蓬萊閣下王喬坐萬卷書橫都讀破誤認三更海日生誰知兩點魚睛大高詠新詩寫壯懷蛟龍傾耳嘆奇才至今落筆與酣際尚帶扶桑風雨來

到清江贈河帥李香林先生

西平兩代有名賢萬里黃河付一肩持節能平行地水前生原是渡人船羊公雅度飄裘帶謝傅中年愛管絃奏罷安瀾無底事龍虵驅上衍波箋（公工詩善書）

仰止高山三十秋今宵纔喜識荊州慚非國士蒙青眼惜傍龍門已白頭海上蟠桃消息近（公逾月花甲矣）尊前叢菊晚香幽感公情似青天月送過黃河尚未休（公命所坐船護送渡河）

李公贈詩

景仰中懷時緬然而今甫得晤高賢文章久已驚寰海風雅應知屬大年吐慧片時比雪豔留香滿座勝花妍塵勞面目慚相對幸接芝顏的是緣

野鶴風琴共一船江淮爭識地行仙烟霞性格多知己花月情懷入詠篇常愛碧山恣逸興每開青眼爲才憐探奇欲往雲臺去落落能全自在天

沭陽呂嶧亭觀察招遊舊治十月五日渡河宿錢翁家次日寓萊園作

一條黃河流隔斷江南界我忽渡河行直到錢家砦人生最樂事所蒞還能再況我宰潼陽四十六年屆錢翁出相迎不信我還在張燈照客顏認定方始拜道別年纔髫於今年已艾重逢固可喜久別毋乃太我亦自狐疑此身來天外笑問君家中兒孫已幾代

賢哉呂大夫候我十字橋乘馬亦有情歡鳴聲蕭蕭衣冠數十輩簇簇來遠郊敢云有遺愛能使諸公勞亦如觀古物人情爭相邀高城忽森列從前沭陽無城市廛尙煩囂微聞兒女言袁公去已遙如何飄然至如鶴下九霄毋乃武夷君來把曾孫招

次日詣縣署重尋所居地某屋高堂棲某庭姊妹戲恍惚有聲容呼之如欲至書齋柳雖枯根盤尙雙峙是昔吟詩所摩挲自隕涕少時梓雙柳軒詩皤皤兩吏來歷歷談我事何獄我平反何村我賑濟明知黃粱夢已醒何須記終竟兒時書重聽覺有味我已入輪回一世如兩世

呂公官山右賢聲人所仰能歌白華篇萊園將母養方池水漣漪高臺月晃朗招我榻其間良醞日相餉深夜談古今百史瞭如掌秋儲弈縱橫陳耕堂廣文詩倜儻朱竹江更有延陵吳書畫具精賞吳南昀招我虞溝遊遂忘雲臺往良友貪合懽名山付虛想留此未了緣重來或者倘

過虞溝題虞姬廟姬故沭陽人也

爲欠虞姬一首詩白頭重到古靈祠三軍已散佳人在六國空亡烈女誰死竟成神重桑梓魂猶舞草濕胭脂座旁合塑烏騅像好訪君王月下騎

留別嶧亭觀察

十日平原飲正豪一聲班馬又魂銷甘棠樹下惟君在相送相迎舊板橋

迎何懽喜送何悲芳草多情戀落暉人自回頭車自走淚痕彈不上君衣

贈遺無物不橫陳水碧金膏炤眼新自笑侯嬴忘却老白頭還作受恩人

十畝方塘水石幽風廊月榭菊花秋爲貪金谷勾留好不向雲臺作遠遊

浮生聚散等摶沙況復衰年日已斜只恐黃河攔不住夢魂還會到君家

己酉元日香亭以詩見寄依韻答之

筆花開向早梅先知道能詩有阿連昨飲屠蘇纔改歲今看瀑竹尚留烟兩淮遊屐歸千里七十過頭又四年尚有閒情品書畫招君來作米家顛

元日敲門便送詩好懷報與老人知不看荊楚歲時記但唱玲瓏絕妙詞春色一庭香雪在花箋兩個玉人持祝君歲歲長如此較勝排衙領郡時

荷塘明府和香亭詩見寄余疊韻答之

揮毫元日寄焦先不信人間吏即仙百里花封無案牘一枝彩筆有雲烟家傳風度追前哲詩覺工夫勝昔年滿紙龍蛇飛欲動判詞爭怪乞張顛

還山已載滿船詩又見詩來樂可知身不賀年心恰到遣人持名紙賀歲老防僭坐酒先辭珠璣耐我千回讀硃墨輸君一手持指日梅花開有信可能來看月明時

青州都統慶雨林世講集唐詩見寄且索和章甚嚴

幾度瑤華託鴈奴將軍心愛白雲夫催詩急似徵兵餉集句嚴於演陣圖眼看狼烟消渤海手揮珠玉寄菰蘆如何荊樹連年折門裏風人兩個無謂雨峯似村

山河從古說青齊萬丈雲門待品題老去應嫌金甲重分飛可記玉人啼吳門故事
花間舊事誰能說夢裏相思路易迷安得泱泱大風起吹君直到秣陵西

答碧梧夫人附來札

夫人名雲鳳字碧梧吾鄉令宜觀察之長女今年十四與其曾祖諱陳典者同赴己酉科試今六十年矣夫人自稱女弟子和余別留杭州詩見寄來札云前歲星槎回里悵叩謁之無緣恰喜錦句傳來幸芳塵之可步曾和短章恭求鈞誨竊謂先生鍊金點石之才必有啓聵發矇之賜乃聞貯於案頭將欲登諸集上得冒丹砂雲鳳雖爲一時之幸混收魚目先生恐詆千古之名且崔汪二夫人久已聯珠合璧安敢雜以粃糠而閨閣諸女伴亦有碎玉遺金何堪並收瓦礫雲鳳得蒙清訓已列門牆忝在弟子之班安竊詩人之號自顧彌增慚汗問世益覺厚顏務祈先生即加針砭附便擲還萬勿災諸梨棗徒滋貽笑方家

密字珍珠遠寄將簪花標格粉花香早欽道蘊名家女敢屈班昭弟子行四世

交情存白髮千秋衣鉢有紅妝伏生自笑衰頽甚還想傳經到故鄉

洗馬圖

龍駒卷浪刷毛衣高坐支公與欲飛笑殺三郎豪氣少温泉只解洗楊妃

正月二十六日陶怡雲移尊賞梅坐客董觀橋太史等七人以繞屋梅花三十樹爲韻得樹字

老人看花嬾舉步想喚梅花屋裏住折得橫斜千百枝高低上下親安布一瓶一几一燈張但見花開不見樹雪如鬭白私窺簾月似相尋偶入戶夢醒未免師雄愁妻多定惹林逋妒怡雲公子來宴客探花使者爭先赴（董太史丁顧名未第三人）思義盍探乎一笑花多手難措不如對弈子丁丁敲落仙雲將局護頭上時疑蝴蝶飛鼻間暗覺旃檀度三杯吞盡孤山春一室踏成銅井路記此盛事莫如詩寫韻分箋七人賦梅花送客客不知衣上寒香帶歸去

平安南歌爲補山尚書作 有序

安南國王黎某爲臣阮惠所篡其國母率族衆逃至南寧求救杭州孫

補山先生督兩廣奏請討之　詔命領兵前往大破之阮惠逃竄入其
城立國王嗣孫黎維祁護送其逃人歸國　上嘉之賜爵謀勇公
堯之南交周越裳年年貢使日相望忽然國母款關至訴有篡臣亂紀綱乞賜
天朝師一旅遠爲興國扶孱王尚書拜疏臣請往一奏便聞　天子獎伐叛
安邊　聖主心兵符玉節將軍掌朱鳶之山形崎嶔市球之江水毒淫一江纔
過一江深賊兵冒死爭抵敵螗蜋怒臂張如林尚書儒者色不動十萬貔貅左
右擁錦帳談兵孔雀聽軍門傳箭蛟龍捧九天九地孫武謀八戰八克吳漢勇
來嚼鐵李摩雲陣前奉命如嚴君浮橋誘黑夜燒出奇制勝誰能料指揮頃刻
黎城定三軍出入無人境釁凱雖逃未授首呂嘉終獲難延命日南久不見王
師壺漿簞食爭來迎尚書宣　詔立黎維彼國君臣笑口開不肯縣陳貪尺土
敢忘朝漢立高臺二百姝徒送出關佛桑花下唱刀環單于內附爭端息陁利
來歸境土安屈指成功未匝月鬼方何用三年克紫桂濃熏甲冑香蠻溪紅洗
弓刀血蠻夷大長盡來賓威德傳呼到九真共欽遠國存宗社端賴中華有聖

人捷書飛報天顏喜重疊　恩綸加不已一个詞臣爵上公千秋佳話傳青史

君不見吾鄉前朝三大賢文成忠肅劉青田雖然社稷功勳大尚未揚威海外

天

兩湖制府畢秋帆先生六十壽詩

三湘開府樹旌旗四海傾心望袞衣五福壽從花甲始八州督是狀元稀樓前

仙笛吹黃鶴天上　恩綸下紫薇擬把卿雲比卿士一生長捧太陽飛

曾經三省任封疆水化恩波樹化桑巨細經綸陶太尉昇平歌舞郭汾陽蒼生

引領覘丰采　聖主加餐讀奏章不是騷人領旌節肯將湯沐賜瀟湘

隻手能扶大雅輪英才強半出龍門百花都藉春風養五岳先推泰華尊但有

青琴皆識曲斷無名士不懷恩金閨更喜詩人在海內文章與細論謂漪香夫人

多蒙裴令意相憐幾度書來喚樂天扶杖自應隨野叟稱觴或恐後羣仙夔龍

屈指誰同輩黃綺看公尚少年知否秋江紅樹裏白頭人拜漢陽烟

二月八日記夢

夜夢老僧入門長揖賀余二十二日將還仙位問是何年月日曰本月
也少頃又一道士如僧所云余生平不喜二氏之說而妖夢忽至驗固
佳不驗亦得
吸露餐霞四十年不成仙已久成仙如何尚有仙龕在夢裏分明喚樂天
寄語仙人蔡少霞安排此老莫教差金銀宮闕非吾愛只愛天台二女家
二十三日荷塘遣人問安戲筆答謝
仙車盼斷夢無靈空惹親朋側耳聽慚愧戴逵根氣薄前生不是少微星
尙有人間未讀書匆匆何必賦歸歟多情恰感張元伯白馬朝來訊起居
聞成衞宗同年爲臺灣舊事簿錄遣戍賦詩寄懷
東望愁雲結不開聞君消息我心哀魯人猶較當年事楚國亡猿此日災有妾
那堪垂老別無兒莫上望鄉臺百身欲贖知能否從古神仙怕劫來
兒時同學長同年每到杭州訪必先滿院落花招舊雨一燈如雪鬬吟箋黄楊
厄閏憑空至白髮投荒舉世憐只望虞庭頒　赦詔金雞銜下九重天

浴湯山五絶句寄香亭兼謝荷塘明府

爲尋聖水濯塵纓愛忍春寒遠出城剛是杏花村落好牧童相約過清明

方池有水是誰燒煖氣騰騰類湧潮五日熏烝三日浴鬢霜一點不曾消

延祥寺裏證前因二十年前借住身今日僧亡菩薩在應知我是再來人

野外閑行樂有餘阿連底事勸回車天生此水溫存性只恐妻孥轉不如

多謝張華地主情遣人洒掃遣人迎耳根洗得清如雪不聽人間事不平

洪武大石碑歌離湯山十五里

青龍山前石一方弓尺量之十丈長兩頭未截空中央旁有屓贔形更大直斬奇峯爲一坐欲負不負身尚臥相傳高皇開創氣概雄欲移此碑陵寢中大書功德告祖宗壓倒唐漢驚羲農碑如長劍青天倚十萬駱駝拉不起詔書切責下歐刀工匠虞衡井中死碑下有井芟刈羣雄笞八荒一拳頑石敢如此周顛仙人大笑來天威到此幾窮哉但赦青山留太樸勝扶赤子上春臺丁丁從此停閒鑿夜深無復山靈哭牧豎宵眠五十牛村氓晝晒三千穀材大由來世莫收此

碑千載空悠悠昭陵石馬無能戰漢代銅仙泪不流吁嗟乎君不見項王拔始皇鞭山石何嘗不可遷威風一過如輕烟惟有茅茨土階三五尺至今神功聖德高於天

自知

七十經過又四春自知非復舊精神客來平輩還相答詩怕顏唐越認真書畫不嫌千遍理亭臺重整一番新譬如棋子將終局收拾全盤付後人

登湯山高處有感

登高忽有感慷慨作高歌日月閒時少乾坤空處多蒼松愁獨立流水愛奔波逝者如斯耳神仙喚奈何

謝女弟子碧梧蘭友題隨園雅集圖

詠絮才原出謝家雙雙珠玉鬬妍華披圖頃刻香風起開到西湖姊妹花掃眉才子兩瓊枝自署門生遠致辭不怕程門三尺雪兒家情願立多時惹得袁絲喜欲驚千秋佳話在門庭河汾講席公侯滿可有天邊織女星

孫晉山幽磵鳴琴圖

與君不相識開卷有琴聲花下七絃響溪邊一水鳴曲終松子落風定月華生

我欲師襄訪移情海上行

蔡呂橋江樓喚鶴圖

一樓漢江水八面風窗開黃鶴久飛去青蓮今又來喚鶴鶴不譍喚起江心月照見謫仙人憑欄吹玉笛

佳句

佳句聽人口上歌有如絕色眼前過明知與我全無分不覺情深喚奈何

失去虛舟先生小楷書冊

虛舟小楷世無幾我得二千字如米銀鈎精寫靈飛經真珠密洒砑光紙紙尾自署兩年作平生精力盡於是持贈老友沈凡民此後牙琴彈亦已凡民珍護加跋詞至好如儂絕窺視亡何喬梓相繼亡我臨其喪爲料理嫠孀感激泣相贈當作投瓊特報李拜而受之悲且喜頃刻兩賢都來矣頁頁掀翻嘆觀止方

知一代作傳人苦心孤詣原如此金翅擘海龍攫天收束精神如芥子古來豪傑成奇功都從謹小愼微始錦裏香熏三十年一朝失去心難死萬索千搜去路遙料在人間非海底名畫能飛事豈眞銀杯羽化形相似想嫌我老物先行藏珍閣上悲風起

赴浴湯泉見路上翁仲感而有作

千尋華表石崔巍來往行人弔落暉六代如船搖櫓去只留翁仲不能歸

贈揚州洪建侯秀才

天瑞五色雲人瑞鄭仁表從來天上石麒麟一落人間名最早洪郎二十貌清華生長膏腴舊世家家有園亭迎 聖主門多冠蓋賞瓊花孩提便把平原繡服飾爭將臨汝夸誰知郎意蕭然遠一朶青蓮泥不染朝披書卷誦愔愔暮對幽人吟緩緩自采香芹一莞然肯將崔烈三公換與儂兩代締雷陳昨歲相逢臘底春聲聆雛鳳心先喜玉倚蒹葭意倍親特借僧廚款摩詰代刊尺牘寵陳遵蒙刻隨園尺牘回思三十年前事琴歌酒賦分明記桃花扇底月三更晝錦堂前人

一世（己卯秋令祖魏勿先生招看桃花扇）轉眼滄桑萬事空抽黃轉綠夢重重蘇夔有子真難得張老雖衰頌未終相期手折今秋桂直上蓬山第一峯

寄錢竹初

聞君竟賦遂初衣也逐閒雲野鶴飛陶令一官真偶耳鄭虔三絕本來稀知機不愧蕭嵩早勸退方知袁淑非（曾以書招隱）我似郗超慕高隱喜人歸勝自家歸

病中作

自憐生性像梧桐一到秋來便改容久不登樓看落葉不知露出幾多峯

雄雞戛然鳴意欲催日出一雞鳴不勝羣雞相輔翼一鳴兩鳴千萬鳴東方遼遼纔露白老夫張眼望天明恨不催雞早作聲

霞裳落第後有北行之志賦詩留之

聞君將欲赴長安惹我連宵意不懽萬里雲程求取好十年師弟別離難花無桃李春纔老座有瓊枝雪不寒趁此斜陽紅未了牙琴多作幾回彈

詩會分詠美人霞裳拈得綠珠連作五首不愜余意乃請老人擬賦兩章

恐有鮑老登場之誚奈何

一斛珍珠聘禮成美人心上尚嫌輕珍珠似妾原無價妾比珍珠恰有情

人生一死談何易看得分明勝丈夫聞說息姬歸楚日下樓還要侍兒扶

附陸崑圃作

金谷樓前玉質摧烏啼夜月有餘哀美人一點分明意不是珍珠買得來

作書託陳舒軒寄鎮遠將軍索裘舒軒慮路遠難到代將軍購得先寄賦詩謝之

一紙瑤華接好音輕裘遠寄水雲深思量野老禁寒態體貼將軍念舊心收到園林剛下雪披來江上更題襟從今不受西風管添得燈窗半夜吟

青陽沈倫玉上舍與亦葦上人入山見訪贈詩志別

屋內看君詩門外報君到文章真有神杜老早相告憶昔五溪遊逢君好風調相離八載餘蒼蒼改玉貌閑拉紫衣僧遠泛青溪棹各呈珠玉篇天機何清妙其時春正濃百花開窈窕有意若迎君嫣然齊欲笑惜我耄且衰不能陪登眺

草草具盤飧時時看晚照此會非偶然此別中心悼大化有輪回前途寧可料
只恐再相逢君老我翻少

庚戌春暮寓西湖孫氏寶石山莊臨行賦詩紀事

再見西湖笑口開惹他魚鳥盡驚猜分明白髮滿頭叟說不來時今又來

借得孫莊勝畫圖行裝飛送入冰壺主人贈我千金值三面雲山一面湖

鼠姑階下剩殘紅楊柳當樓颺碧空一色琉璃鋪十里開門便作釣魚翁

從遊兩個女雲仙雲鳳雲鶴得信呼車拜榻前多謝朝朝送清供湘蓴帶露筍含烟

一盂麥飯手親攜走奠先塋淚滿衣生怕歐公遷賴上瀧岡阡畔紙錢稀

入城要訪舊知交床上人危塞上遙璵沙前輩危病臥床成山同年謫戍塞外吹斷山陽一枝笛此身雖在已魂銷

兒時舊屋板橋西再訪前蹤夢已迷剩有窗前丹桂樹見儂嬉笑見儂啼

桃莊靈隱買舟探老去心愁再到難業已回身還轉步一回分作兩回看

虛名何苦累袁絲酬應如麻力不支寒屋魚箋堆案絹差徭繁重是題詩

翻將地主作嘉賓當事紛紛置酒頻謂歸清兩觀察唐曹兩明府更聽城門深夜報將軍傳箭放詩人將軍保公見訪湖上分付司城余到即開

紅妝也愛魯靈光鬧字爭來寶石莊壓倒三千桃李樹星娥月姊在門牆女公子張秉彝徐裕馨汪坤等十三人以詩受業大會於湖樓

彤彤暑到想歸家再說重遊話恐差且唱驪歌莫回首一年春管一番花

題竹初菴圖贈樹驂主人

竹初先生今鄭虔獨擅三絕誰比肩偶然作宰東海邊魯之子賤漢任延庭前無訟堂有絃吏民交口稱其賢廣庭相公一見憐道當揮毫玉殿前如何簿領相拘牽大吏驚聞將擢遷先生搖首辭之堅士各有志公胡然宦如大海中泊船何時傍岸心悁悁叔寶清羸生相偏僧祐善病兼愛閒奔馳風塵終寡便行當投劾歸弄田作書寄我將意宣回看父老留纏綿當斷不斷猶遲延我學繞朝贈以鞭勸馬卸轡箭離弦急流勇退全其天先生從諫如流泉欣攜劉寵一大錢高詠淵明歸去篇自買隙地起數椽白石齒齒池漣漣竹初帶露桃含烟

歸雲倦鳥相周旋不須鑿井時跰躚自歌自畫自題箋考槃之樂將終焉客來治具饍飲鮮我口未近先流涎收藏書畫如丹鉛清祕閣中甲乙編蒙君相招兩夜眠魚郎入洞疑登仙請分坐席與君連循吏儒林止足間兩家各占三千年（姚思廉撰止足傳專爲曾仕者設所以別隱逸也）

謝兩村居士饋墨

居士饋我墨十螺如導黑水來西河上鐫隨園先生著書墨意欲把墨將人磨其質精堅其色古和麝調烟三萬杵直追韋誕與庭珪豈止君房與于魯我愧無班馬掞天才攜之修史登蘭臺又無燕許如椽筆灑之黃麻作批敕徒然仰首看屋梁播弄風月爲詞章欲磨不磨惹墨笑豹囊隱隱騰青光呼童收藏付兒守此物原宜歷世久只愁烏雲夜起風雨來十二龍賓上天走

題奇方伯天馬行空圖

天馬西極來張眼不見地但逢英雄人長鳴便吐氣麗川先生性倜儻一見肆騮卽奇賞騎上空中自在行兩耳惟聞風雨響羣駟望之心胆寒一齊慹伏仰

頭看是人是馬不可辨但見空中雲氣飛漫漫我聞李衛公曾上青天騎白龍手灑葫蘆三滴水頃刻四海生春風又聞李鄴侯幼時能向空中遊阿母怕教成仙去特擣葱蒜相遮留先生身際明良會那用馳驅出邊塞不是鳴鑾赴早朝便來江海搖旌旆畫出丹青若有神分明肝胆向人真只憐逐電追風足難救拖泥帶水人（公方簿錄某中丞家）

哭錢璵沙先生 有序

四月十六日余將還山行李已發念璵沙先生之病繞道作別不料五鼓已亡尚未殮也

纔別西湖又別君入門僮僕換衣巾方知昨夜聞雞候已是先生駕鶴辰易簀餘聲猶在耳長眠善氣尚迎人夷衾揭起重攜手未忍匆匆了宿因

平生風骨最闌珊獨有交情重似山一紙彈章驚海內（黃制府威震兩江時君特疏劾之）滿車甘雨在人間官高不改書生面詩健能忘鬢髮斑寄語九原隋武子他生趙孟再追攀

選詩

消夏閒無事將人詩卷看選詩如選色總覺動心難

山行

山行不厭草萋萋纔上籃輿鳥便啼春雨濕衣簾未捲野花拂帽首頻低橋橫溪水都無板人去桑陰尚有梯掃罷先塋歸已晚斷鐘聲在夕陽西

雨中獨坐

從來無雨不成秋況復衰年坐小樓好夢醒難尋枕上落花扶不上枝頭司風令史空相憶艮醞中丞孰與謀雲影昏昏燈悄悄隱檽行過一蜉蝣

喜補山宮保從西川移督兩江賦詩四首卻寄

果然轉舵督江東人意天心往往同公畫轉舵圖十六幅紀恩遇也枚曾題云料得紀恩圖未了珠江轉舵督江東今成詩讖千里峨嵋來紫氣一朝南國有春風爭聽野老呼生佛勝說詞臣爵上公公初封謀勇公不是孤忠能格　主幾人　恩眷極初終

客春海外奏鷹揚萬馬浮江劍有霜風掃鯨鯢真頃刻氣吞蠻觸少周防偶然

小挫同諸葛終竟餘威鎮鬼方不信試看兩階舞是誰來享復來王

遭際如公古所難生平佳話滿朝端封疆解組登詞館大將投戈作試官桃李三千新絳帳貔貅百萬舊軍壇而今文武經綸畢又爲黃河勒馬看公兼理河務

羊城猶記賦驪歌八載星霜兩鬢皤只道龍門渺河漢何圖卿月照江波雲泥位分今生隔香火因緣宿世多願學龍邱蓑備錄爲公扶杖出烟蘿

前詩未寄而宮保書來問及新詩再答二首

行轅那得好工夫飛下龍虵墨尚濡天與精神當八面公將文采照三吳五官並用無留牘雙管齊揮有智珠寄語蒼生應額手於今江左見夷吾

當年吉甫愛論文排日傳箋到夜分尹文端公都中見懷云此日柴門風雪裏有誰騎馬送詩來一自衮衣還 北闕至今旗鼓失南軍欣逢哲匠來持節多少風人想策勳可惜江淹才已盡不能彎筆鬬淵雲

奇方伯少時冬日讀書圖

鄴侯仙骨本珊珊年少曾逢楊契丹寫出天人容絕代淩烟閣外我先看

玉軸牙籤滿碧櫥燈窗未免惜三餘知公兩件關心事世上蒼生架上書

七月廿六日大風園中古樹盡拔而小草晏然因之有作

大風拔樹不拔草駭浪驚人不驚鳥男兒入世才須長達者求權志要小越人夸射能參天五步之內矢已顛廣廈萬間苦偪仄茅屋數椽足晏眠吾常讀書史吃吃笑不止公孫皇帝自尊嚴結局不如劉盆子

秋海棠

小朵嬌紅窈窕姿獨含秋氣發花遲暗中自有清香在不是幽人不得知

題我我圖

以指喻指理易得以水洗水水更潔達人了此善者機把鏡相看似相識鏡外之我未必真鏡中之我聊效顰世間除却青銅巧面目如君有幾人

奇方伯饋人葠形如小佛手

我讀柳邊紀略書人葠白金價不殊騰貴於今未百載一莖葠抵一斛珠我嘗倚健誓不服見人服者心揶揄不料行年垂八十忽嬰腹疾形神枯盧扁相環

勸服藥非此難補中宮虛我非荆公性倔強敢將紫團力掃除其奈將身與葠較我賤葠貴愧不如譬如巴蛇欲吞象心非不勇口怯呿奇公聞之大憐惜手持仙草佛手麤脫手相贈勸卽噉愼勿愛惜猶躊躇開匣三椏同瑞麥交枝百結如珊瑚清香拂拂鼻觀覺仙露濛濛元氣俱我口未咽神已旺滿腔生意回須臾帶歸傳觀夸戚里嘖嘖偷視驚妻孥欲服不服但把玩旁人笑我愚公愚我道將軍恐負腹何況藜藿寒儒乎服之不效擲虛牝中人之産一嚼無服之有效後不繼博施堯舜猶病諸曷若珍藏當守器子孫寶護同璠璵只愧金環無處覓報恩空抱心區區願公推仁到黎庶春風吹扇周八衢活我活民兼活國萬家生佛非公歟

謝李太守贈葠

五馬人來丹桂天三椏靈草賜尊前衰翁忽得長生藥太守原操造命權葛井丹砂分到手淮王雞犬合成仙只慚仲叔叨恩重豈止猪肝累俸錢

腹疾久而不愈作歌自輓邀好我者同作焉不拘體不限韻

人生如客耳有來必有去其來既無端其去亦無故但其臨去時各有一條路
或以三年淹或以頃刻仆或明如水精或瘦如涸鮒黃帝雖成仙依然有陵墓
扁鵲被刺死醫病不醫妬去路不雷同僂指難悉數我年垂八十神明頗強固
客秋傷暑痢服藥偶然誤膳飲輒滯留腸胃失常度每有前後溲相約必齊赴
如船張破帆雖行不速渡如客騎病驢無鞭更緩步如酒滴漏巵前茹後已吐
臨食不忘憂非僧強茹素雖然子公指染鼎心猶慕其奈廉將軍三遺矢可怖
人身即國家臟腑乃倉庫五倉逐漸空危亡在朝暮因之將平生歷歷自追溯
弱冠登玉堂早獻淩雲賦飛鳧到江左民吏俱無惡山居四十年虛名海內布
著書一尺高梨棗俱交付妻妾鬢髮白兒竟頭角露黃粱夢太長仙枕何時寤
晨星雖竟天孤懸亦寡趣逝者如斯夫水流花不住但願著翅飛豈肯回頭顧
偉哉造化爐洪鈞大鼓鑄我學不祥金躍冶自號呼作速海風迎仙龕陪白傅
或遊天外天目覩所未覩勿再入輪迴依舊詩人作

諸公輓章不至口號四首催之

久住人間去已遲行期將近自家知老夫未肯空歸去處處敲門索輓詩

輓詩最好是生存讀罷猶能飲一樽莫學當年癡宋玉九天九地亂招魂

莫怪詩人萬念空一言我且問諸公韓蘇李杜從頭數誰是人間七十翁

臘盡春歸又見梅三才萬象總輪回人人有死何須諱都是當初死過來

附和作　趙翼

薤露如何可預支渡江來似別交知故人惟恐君真去不肯輕爲執紼詞

君果飄然去返真讓儂無佛易稱尊只愁老境誰同調獨立蒼茫也斷魂

生平花月最相關此去應將結習刪若見麻姑休背癢恐防又謫到人間

修短終須聽太空莫將殘錦乞諸公還防老學菴燈火絆住人間陸放翁

姚鼐

龍飛四歲一詞臣嘯詠江山五十春莫怪尊前爲了局當時同輩久無人

一代文章作滿家爭求珠玉散天涯替人未得公須住天上寧無蔡少霞

宮闕前朝迹惘然隨園花竹獨清妍滄桑憑弔雖難免且願從遊更數年

起行抛杖坐吟詩豈是膏肓不可治自此但留貞疾在也堪談笑却熊羆
氣聚升成五色霓倏將散與太虛齊海山兜率猶粘著那更投生向玉溪

讀彭竹林司馬海洋獲盜詩喜而有作

海水搖天青不了萑苻草寇據爲島香山邑宰彭使君破浪乘風往前討賊奴心把儒者輕螳螂怒臂爭來迎抽刀渡水直相犯風雲變色蛟龍驚誰知君計早預籌命舉砲火焚其舟青天霹靂如星流負嵎之虎一哭休紛紛藉藉水面投投畀河伯不肯收乾啼濕哭聲啾啾半沉半浮皆賊頭此時擒賊如把釣長繩魚貫無須鉤歸來獻俘軍門走節相褒嘉不離口人夸大盜獲三千君喜新詩添百首　天子召見登明堂　恩加冠帶榮非常古來循吏傳無偶海內騷人面有光紀君功績爲君歌我老其如才薄何狄青應作平蠻頌劉秩真爲曳落河

九江觀察福公過訪見天女散花圖而乞之余雖贈猶憐賦詩送別謫霞裳亦就渠書記之聘故有第三首

卅年紙上喚真真忽遇知音便嫁春天女臨行應一笑此翁翻作散花人

君是前身蔡少霞贈君仙女最宜家只愁霧鬢風鬟態羞見長安富貴花觀察內寵六人

九江此日朔風嚴賴有長途樂事兼一個門生一天女被公奪去太傷廉

送霞裳之九江

十年前是相逢日十月十八日今唱驪歌亦此時似是安排天早定不須惆悵爲分離

翩翩書記駕香驄多少諸侯拜下風只有衰年張禹苦彭宣一去後堂空

負笈同遊萬里來名山處處費詩才而今失却劉郎伴再到天台花不開

新共揚州看月明誰知轉眼賦西征殘棋再著知何日怕聽秋藤落子聲

少年直可賈生看我愧吳公作奏難不薦朝廷薦觀察爲君幾度廢書嘆

每到論詩兩莞然風人妙悟本通禪支公當日精神減總爲身邊喪法虔

夜半傳衣事已非臨歧握手尚依依生憎天上多情雪偏向程門立處飛

函丈原非日日親在家恰也手常分如何一說天涯別轉覺時時想着君

此去潯陽江上舟蘆花楓葉正當秋琵琶彈罷佳人去知否香山淚尚流

自笑

自笑多情范大夫西施網得獻東吳臨行兩下私房訂還要同舟泛五湖

蠹魚嘆

蠹魚蠹罷發長嘆如此琳琅滿架攤富不愛看貧不暇世間惟有讀書難

錫山相公八十壽詩

天生潞國好精神坐鎮華夷有重臣八秩高年同 聖主兩朝調鼎繼先人筵開 賜第聽傳 詔花發瓊林再看春二十七科黃閣老商盤夏鼎尚嫌新當年慘綠少年郎曾受恩知話最長絳帳傳經雛鳳小受之侍講年纔七歲泥金報捷館僮忙枚戊午館公家即於是秋舉京兆難追玉局三春夢剩有南豐一瓣香倘共羣仙來晉爵袁絲也算魯靈光

小倉山房詩集卷三十二

小倉山房詩集卷三十三 辛亥

錢唐袁枚子才

今春風雪連綿梅花殘損爲賦一詩

梅花無語似含悲雪虐風欺十二時嫁與東風真薄倖不曾一日得舒眉

補山宮保見和輓章中有自輓之言調羹未畢遽想騎箕恐商巖老人見機不如是之早也再呈小詩以當大諫

軍門頒下輓章來讀罷袁絲笑口開自是少微歸位日敢勞星象動三台

蒼生方賴謝安石紫府誰迎韓魏公就使升天同作佛也應前輩讓袁翁

水星聞說命宮居十載旌旗住有餘但恐賡歌無謝朓江南閑煞沈尚書

清涼山下好松楸露冕行春望見不一隻太牢文一首累公告墓我先愁

和篛齋先生自輓詩　　孫士毅

夢返清都斗帳温數篇蒿曲自招魂不須易水衣冠送定見班超入玉門

鹿繞庭除鶴護扉道山人去是耶非文章星斗惟公在莫把虛名應少微

久聞奏事重端明又說蓉城主曼卿未必九天香案吏肯將賢路讓先生

丹還底撥藥爐灰暝老房中玉作堆自有堅牢仙一種不關美釀勸君回

文書眯目驗吾衰腹痛憑誰奠酒杯囑備一奩磨鏡具他年高會望公來

五嶺曾叨折柬呼余于粵中初見先生揭來正喜傍菰蘆十年果踐星家語請譜蒼山二老圖上年持節西川吳山錢道士寓書告知水星入身宫十年方出未幾即拜量移兩江之命現爲先生題隨園圖故云

寄霞裳

記得離筵燭影孤兩人倚枕聽啼烏無端忽下傷心淚灑向君衣乾也無

清明再寄

假葬倉山有玉人郎行誰把紙錢焚清明儂掃先人墓爲汝分羹奠細君

送補山宫保作相入都

甘霖不終日歲星不周天江南諸父老相對心茫然或欲嗅靴鼻或欲拗馬鞭引領問春歸如何不少延我道叟休矣所見毋乃偏從古臯夔佐俱在堯舜前都俞一二語恩澤周八埏八埏尚且周三江胡缺焉但看陰陽調便知卜相賢

汝曹宜相賀抱孫且晏眠

巧宦空挾術天鑒難彌縫廉吏不曉事亦復慚尸饔惟公獨坦率而能兼明聰

剔弊如理髮爲政如張弓精神及木屑判決驚雷風有某官訴違限被劾之誣公撤取所過州縣囚糧簿勘之冤不訊而已雪賜達由也果古賢將毋同所頒教敕條鄉城寫百通至今歌唱者沿

街聲嚯嚯鄉城將公告示演爲唱本

公廉不知貧公勞不知苦公貴不自矜公能不自詡洞把重門開不設早晚鼓

稱名答下僚迎賓至堂廡折節布衣交勤求芻蕘語薦賢百口保劾貪餘勇賈

燭燼方詠詩雞鳴又演武南河水百條西江城萬堵一一身所經歷歷績可數

惜哉老師丹聞十僅記五

貴人能御下便是第一流所以壅蔽故養尊而處優惟公獨不然迅如鷹脫韝

八騶赴縣倉筦籥自校讎二卵棄干城行部無督郵公不設前驅懸庭魚或受飲水

錢必投慊從三五輩叚馬八九頭易事而難悅霜威凜若秋一朝相陽綰風采

勳王侯郭令應撤樂黎幹定減騶

三江名勝地從古生英豪無人提唱之文心苦鬱陶公本名諸生文場百戰鏖
揚威萬里外結習猶未消下車卽課士披沙兼拔茅探取舊玉尺裁量新俊髦
試題公屢掌督學主試總裁之任皆斬新知者頗寥寥翠嫣元扈間人人都傳抄可奈山雞
舞明鏡已北行得毋珂馬上似聞春蠶聲孔席雖不煖時雨已滂沱遙知東閣
開搜羅才更多
賤子遊南海纔覘公光儀一識然明面便蒙國士知自此八年中雲泥兩相憶
喜捧百函書恨無雙飛翼忽然九霄鳳來作三山翔鷦鷯大歡喜草木生輝光
補羸贈紫桂煖老遺良裘推襟送袍意絡繹無時休不料璽書徵袞衣留不住
寸心抱區區送公渡江去江水明于雪照人垂老別對公淚不彈還家衣已濕
或者意外去亦復意外來一息苟尚存夜夜望三台

送李寧圃太守調任松江

金陵賢守去吳淞纔送春歸又送公身本西清老詞客人欽北海舊家風蓡苓
屢贈情何厚簫管同賡曲未終一旦官民齊惜別就中難別是衰翁

公餘幾度訪林泉想見心遊物外天水樹花明朝聽雨柴門馬響夜傳箋官清只帶銅琴去（公市得銅琴一張上鐫薛道衡三字）詩好真如滄酒鮮（公籍滄州）我感薛瑤英許見明春還想拜堂前（公有姬人國色只許枚見故用元相國待楊炎故事）

遣興

今春天漏影沉沉一日佯晴十日陰幾樹海棠紅淚滴向人似訴雨難禁

日長未免學邊韶腹笥便便要受嘲不是詩人誰救我南柯國裏把門敲（余正思睡芷衫淡泉諸君忽以詩來睡魔逃矣余甚感之）

竹繞柴門水繞廬卅年於此賦閑居鷺鸞也漸通文墨高立松梢看著書

安老原應百事休誰知晨起便生愁徵銘索序兼題畫忙煞人間冷應酬

愛好由來落筆難一詩千改始心安阿婆還是初笄女頭未梳成不許看

獨來獨往一枝籐上下千年力不勝若問隨園詩學某三唐兩宋有誰應

但肯尋詩便有詩靈犀一點是吾師夕陽芳草尋常物解用都爲絕妙詞

平生作字類塗鴉況復衰年腕力差爭奈家家索親筆不容老樹不開花

難得生逢玉燭清人生行樂及時行祇慚不及蕭恭達苦被詩書管一生
不夷不惠機全忘無想無因夢亦稀剩有兒時清興在拋埥驚起野鷗飛
七齡上學寫魚蟲七十揮毫尚未終倘聚諸毛論勳伐應封多少管城公
諱老人難對鏡光衰容欲避費商量寬心祇有燈前影壁上從無兩鬢霜
終軍弱冠愛橫行梅福中年變姓名一局殘碁回想好纔拋幾子便收兵
兄弟怡怡事恐差衰翁及早替分家尚留一點文心在無計能分莫惱爺
記得歐陽詹語佳起居玩好見人才一瓶一榻兒知否都是心精結撰來
雪泥鴻爪去匆匆觸著難禁老眼紅六十年前舊家信偶然翻出亂書中
人人望子作公卿每到趨庭絮不清我道兒孫是何物世間不過一蒼生
碁局長安自古談塞翁得失豈難參盧仝不宿王涯第七椀清茶喫正甘
人生有壽原爲福同輩無人眼孰青愁煞當年文潞國四朝閒話有誰聽
七六春秋相士言老夫行矣尚何論三十年前相士胡文柄許壽七十六急將手錄三千卷臨別
從頭理一番

知己恩深報未能蕭蕭白髮已鬅鬙買絲若把英雄繡不繡平原繡信陵

鄭孔門前不掉頭程朱席上懶勾留一帆直渡東沂水文學班中訪子游

倉山西去我幽宮壙外還餘地數弓陪葬蒼頭工匠滿九原還作主人翁余不信風水之說生壙外葬工匠奴婢三十餘人親鄰之貧者與焉

成仙成佛總模糊一任茫茫造化爐但見玉皇儂要問果然天外有天無

消夏八首

曝書

問富數書對收藏却最難趁兹三伏好分作幾回攤線脫忙教換雲遮怕未乾蠹魚應一笑未必子孫看

滌硯

硯面如人面難留半點塵浴分仙掌露清見紫雲身宿墨都無迹揮毫自有神湯盤原示訓一日一回新

招風

吟客雖難請相招亦有媒肯將高閣敞自有故人來消息青蘋訪動搖團扇催
笑他漢武帝翻築避風臺

待月

嫦娥疑怕熱六月嬾升天待到星無影還防樹有烟與誰同出海累我不成眠
此後來宜早山人已暮年

補竹

竹孤嫌寡偶補種十餘叢綠葉鋪成海青天易起風爭高牆角外添響雨聲中
誰是新來者森森自不同

采蓮

何處采蓮去清池泛小槎自慚雙鬢雪還愛六郎花香霧多生水西湖恍在家
手擘荷葉繖遮得夕陽斜

避蚊

白鳥成羣至驚同刺客看聞聲雙耳怯披甲一身難羅帳長城築天衣沒縫鑽

此翁惟墨水不中汝曹餐

辭客

熱客名先惡炎天來者當明知秋信近何必火攻忙水竹相依慣衣冠已漸忘請看牛女宿隔水尚相望

辛未壬申間余與魚門太史廣購書籍有無通共今魚門亡僅十年其家欲賣以自贍屬余檢校已亡失十之七八矣感賦一章

奇書交易兩家抄壬申春寄魚門之句三十年前事未遙祇道堯編同骨葬何圖論語當薪燒丹黃批抹人如在魚蠹叢殘紙亂飄我亦苦搜三萬卷不能自念不魂銷

讀昌黎集戲作

偶讀昌黎志墓篇殿中少監最淒然哭人三世悲如許彭祖何堪八百年

余所梓尺牘詩話被三省翻板近聞倉山全集亦有翻者戲作一首

自梓詩文信未真麻沙翻板各家新左思悔作三都賦枉是便宜賣紙人

秋熱

騰騰節已屆中秋羽扇頻揮尚未休老健倘如秋後熱衰翁還有幾年愁

嘲蚊

穿破輕紗與葛巾黍民如箭復如雲方知絺綌還須表宣聖當年也怕君

紙鳶

紙鳶風骨假稜嶒躡慣雲霄自覺能一旦風停落泥滓低飛還不及蒼蠅（余前有憎蠅之作）

有所嘲

魯人獵較本尋常縮屋稱貞欠大方但得經綸如謝傅心中有妓亦何妨

謝奇方伯賜裘

兩度輕裘遠寄將（客冬賜猞猁）餘溫分到水雲鄉傳觀鄭服三英粲剛稱曹軀九尺長鶴氅同披堪踏雪天衣無縫不知霜（袍前後不開衩）老身著慣忘恩重轉說今冬煖異常

庖人楊二事余有年忽然化去不能無詩

護世城中失好廚鬱單天子召雍巫誰知教導儂非易犢鼻裙穿幾竈觚

代庖後此誰能繼舉箸先教我欲愁辜負芙蓉開似錦不曾招客泛扁舟

賴有婆娑老孟光重番洗手作羹湯勝他當日黔婁婦杜祭先生祝尚享

品味

平生品味似評詩別有酸鹹世不知第一要看香色好明珠仙露上盤時

莫怪何曾嘆奈何殽佳原不在錢多靈霄炙與紅虬脯未必蓴羹遽讓他

落葉

落葉如人老依依戀夕曛都從霜下落也有後先分

汪芝圃姬人李氏國色也亡後來索輓詩

當年平視學劉楨老眼看花早喫驚道是姮娥天上降人間未必許長生

連喪佳兒事可哀美人未死已心灰可能追向重泉去抱得雙珠再轉來

老夫久不渡江津倘到華堂也愴神安得潛英東海石披帷重見李夫人

春夢難尋月易斜同喪鸞室兩親家去秋余亡金姬蒙君賜弔替君拭淚爲君囑莫種人間

得意花

前詩未寄而芝圃又來催促戲答一章

汪倫老去情何重輓妾徵詩嬲不休笑殺東山謝安石不曾同樂要同憂

朝起

朝起萬般有宵眠一念無不知人世上何物是真吾

哭談毓奇郎中三十八韻

每數從遊彥晨星一個懸門生兼老友風燭共衰年忽聽山陽笛吹來兩雪天驚魂空淚落往事復情牽憶作河陽宰來稱弟子員咫聞何博洽才語更嬋嫣手板纔通謁麻沙已代鐫余少時雙柳軒稿君爲代梓束修無影質批閱有丹鉛酒滴花間露琴彈海上絃赴官辭絳帳秉鐸擁青氈講席推胡瑗文名說鄭虔士皆通六藝堂可集三鱣卜式重輸粟蘇君遂入燕秋官司訊刺郎署暫周旋愛唱思歸引輕回弱水船飄然辭組綬莞爾到林泉彼此芳隣結春秋樂事偏白頭重立雪綠野許隨肩月榭梅花白風廊桂蕊鮮羊頭羹入饌黃雀臛開筵君喜食二味擊

鉢朝分韻張燈夜擘箋論文師不讓角藝老猶顛君酷好時文手不停披牕嵌玻璃片鑪燒艾納烟亦趣還亦步遊藝復遊仙君鑲窗燒爐悉仿隨園鷗鳥機心忘禪僧衣鉢傳何圖磨耗宿暗伏笑談間身受東床累爲彭太守寄頓事家將大宅遷化居雖折閱眠食尚安便且喜藏書富能教後嗣賢君有貯書還望子孫賢之句牟尼珠八百靈寶卷三千算法秋儲纂階平醫經仲景編磬塘看孫登蕊榜課僕種藍田竇氏靈椿茂顏家庭誥宣松鎬方健在旗鶴遽蹁躚回首三生夢通家四代緣輸君一歲長占我九原先渺渺雲歸壑茫茫水逝川相期師與弟來世倍纏綿

謝張莚亭觀察賜裘

千里孤裘一介馳開箱先有好風吹蒙茸不信毛如活輕煖方知老更宜愛著忙呼刀尺製貪披忘却夜眠遲從今五體應投地都是慈雲覆庇之

除夕告存戲作七絕句

三十年前相士胡文炳道余六十三而生子七十六而考終後生子之期絲毫不爽則今年七六之數似亦難逃不料天假光陰已屆除夕矣

桑田之巫不召貍脤之夢可占將改名爲劉更生乎李延壽乎喜而有作

天上匆匆守歲忙天公未必遣巫陽屠蘇酒熟先生笑此是盧循續命湯

八十三齡阿姊扶白頭丙子笑提壺倘非造化丹青手誰寫隨園家慶圖

手種梅花四十春暗香踈影盡纏綿花神似向諸天奏還乞林逋管數年

生壙司空久造成家家生挽和淵明如何竟失閻羅信唱殺陽關馬不行

天上堂題辛刺使海中龜待白香山主人久別不歸去未識籬門關不關

相術先靈後不靈此中消息欠分明想教邢璞難推算混沌初分蝙蝠精

過此流年又轉頭關心枕上數更籌諸公莫信袁絲達未到鷄鳴我尚愁

造假山

峯巒紛布置巧匠出心裁曲折隨人轉都緣假字來

八月二十七日悼金姬作哀其爲藥所誤故有第二首

相依三十載忽隕九秋霜不是旁妻死真如老友亡寒温資料理坐起賴扶將

竟捨衰翁去知卿也斷腸

勿藥原知好其如坐視難庸醫夸妙手野葛當仙丹苦叫聲猶應頻摩體漸寒

幸無兒女戀泉下可心安

九月三日又得二絶句

梳妝人去鏡臺涼居士蕭蕭剩老龐愁殺書齋行走處定須經過畫眉牕

姊妹輪流慟未終老夫遠避坐牆東如何五體全衰矣聽到啼聲耳獨聰

飲奇方伯寄來藥酒腹疾頓差

千里郵傳酒一盃衰翁飲罷腹如雷侵晨不赴更衣所周歲纔逢笑口開腸胃

似蠶眠始醒精神辭我去仍來方知已落西山日竟有仁人喚得回

除夕以菊花送補山制府

肯抱冬心向太陽東籬吐艷不知霜風高曾著黃金甲歲暮彌增晚節香不有

此花甘隱逸誰能除夕見秋光淵明種慣渾閑事送與韓公晝錦堂前歲公征安南故有

第三句

上元張荷塘明府以杖職員被劾奉　旨還官感而有贈

吉語傳來喜不禁彈章　恩比薦章深鐵船渡海真奇事風笛回飇更好音養氣讀書賢者事知仁觀過　聖人心愁君磨折鋒逾利特學虞人獻一箴

題畫

茅屋千竿竹農歌四面隣桃花源自在只少問津人

鐵冶亭宗伯典試江南入山見訪

一自宣公知貢舉秋闈事事總超羣詩成便把關防撤疋馬傳箋寄白雲

炯炯雙眸似電開不辭辛苦爲憐才六千生紙硃砂字都是文星照過來（公親閱卷六千）

鹿鳴聽罷聽雞鳴（公遊雞鳴寺遂到隨園）到處雲山緩轡行野老不知　天使至早從花外住鳴鉦

冠飄孔翠一翎風來看芙蓉萬朵紅那及公門桃李盛此花身老水雲中

許折蟾宮第一枝陳郎路遠渡江遲文昌雜錄添佳話追到倉山謁座師（解元陳鴻）

諸六合人
榜發人爭十日留六朝風景足清遊三山二水皆文字也要先生鐵網收
詩吟庚鮑筆鍾王重疊頒來字字香愧聽瑤琴無以報鍾期頭上鬢如霜

衛輝道上遇霧 補刻

無端行李入洪荒頃刻青山失太行天地未分人在卵江湖欲沸水如湯掃除
想借仙人帚惹悶疑登學究堂記得兒時夸狡獪大家蒙面捉迷藏
客來對面見無由但覺鈴聲響未休遮眼人疑元豹隱瞞天我替毒龍愁何妨
夢夢登前路終有蒼蒼在上頭只把新詩吟不得明珠恐向暗中投

無端

無端一笑對雲烟記得抽簪正少年松樹長高三十尺種松人尚未華顛

到清江題河庫觀察謝蘊山先生種梅圖

官署河防管庫名官閑日日讀書聲梅花手種三千樹香入黃河水亦清
種罷寒香月滿階可還春夢憶蓬萊公庚辰翰林佳人病起珠簾捲防有飛花點額

來調姚秀英夫人

雛鳳趨庭玉筍姿百花頭上立三枝種梅辛苦看梅樂太傅由來自教兒

我來袁浦試肴烝羙饍家家記不清怪底公家稱獨絕雪中久已學調羹

何蘭庭同遊天台以詩卷索題

一卷新詩氷雪清芳花疑向齒牙生憐才記得先賢語悔不多生女配卿老友西舫曾以蘭庭許余作壻

通家情緒向依依傳粉何郎貌已非到底姻緣終未了天台同去又同歸

到和州題宋刺史竹梧清嘯圖

爲浴香泉水停驂住歷陽通家風義重循吏姓名彰步月登蕭塔和州香泉有昭明太子塔張燈醉羽觴出將梧竹卷教洒墨花香奕奕風神秀飄飄袍袖涼手持書一帙身倚樹千章詩句風前得棋枰石上張人爭看小宋俗盡化庚桑蜀嶺桐花鳳灘江螺女妝都曾霑雨露誰不挽衣裳憶昔京華日相逢晝錦堂司農同館閣公子學趨蹌事竟同春夢人經幾夕陽我猶伴園綺君早作龔黃兩代交何久

三遷望更長願持銀兎節指日鎮封疆君幼時以雙兎見貽故及之

小倉山房詩集卷三十三

小倉山房詩集卷三十四 壬子 癸丑

錢唐袁枚子才

二月二十八日出門重遊天台

一息尚存我千山不讓人重攜靈壽杖直渡大江春柳絮飛如雪桃花吹滿身親朋齊莞爾此老越精神

記得前年住湖樓樂有餘聰招花月入燈照水雲虛遊子登山屐佳人問字車者番尋舊夢風景更何如

到杭州

不到西泠已二年重來風景更清妍條桑葉綠初抽兩野菜花黃直接天廢寺僧無鐘磬響幾家墳有紙錢烟湖光似鏡頭如雪照見今生已了然

身似晨星影太孤故鄉同伴孰招呼九原前輩知來否錢璵沙萬里纍臣尚在無成衛宗感舊空吟潘岳賦傳經又畫伏生圖宋家姊妹多才思爭把新詩質老夫謂碧梧姊妹

閒行

飛絮飛花有宿因重尋春夢最銷魂關心七十年前路處處閒行認屐痕

越溪舟中喜晤李曉園太守

再訪天台過會稽欣逢賢守急摳衣停船便取金杯酌揮麈頻聞玉屑飛八郡志書方纂輯四方名士盡歸依（謂朗齋斗泉諸君）尚書兩代憐才慣克繼家風世所稀（公爲河帥香林尚書之子湛亭尚書之孫俱以愛賢禮士稱）

杜陵遊興老還濃幸得依棲嚴鄭公特遣蒼頭扶白髮更將畫舫換烏篷（公命家人將坐船送入天台）千林紅雨飄征蓋一路青山問舵工不必瓊臺登絕頂此身已到九霄中

衰翁遊罷有餘情閒步山陰聽政聲二百朱提周驛吏（趙賓彬）三千白骨葬蒼生（公野壙三千餘棺）東平爲善心逾樂房豹居官水變清我到江南怕傳說惹他父老望干旌

斑竹贈潘校書兼調香嚴

陡遇仙山一朶雲小樓春暖百花熏昆邪自覺衰如許不入氈幃惱細君
寄語摩登掃淨房香嚴童子貌相當巫山努力行雲雨一夜溪聲助汝忙
未死春蠶尚有絲白頭無奈兩瓊枝遲眠私取銀燈照要看桃花受露時

答問

昨夜燈前酒未乾今朝曉露濕征鞍重來一問尋常話奈我衰年答最難

徐朗齋讀此詩而哀之爲代答一首

八十華顛千里路後期重訂謝紅妝餘杭酒熟吾還到只恐麻姑鬢有霜

到華頂有懷霞裳

賈勇登華頂無言度石梁桃花含薄怒向我索劉郎
問得張思曼何如劉阿稱衰年貪有伴古佛也傳燈

茅簷訪梅谷僧不值留詩託履中上人代寄

十年前訪君君往城中去今年再訪君君又往何處前年我亦城中行君來相見懽喜生今年我竟自崖返未免此別難爲情二千里外龍鍾叟意外重來事

竟有留下茅篷字數行遠公歸後相思否

將到上方廣即聞瀑聲

我來非拜佛僧誤認燒香鐘鼓一齊作袈裟披曳忙心雖如水靜髮已比松蒼瀑布如相迎聲先響上方

從天柱嶺到天宮寺一路險絕前所未經賦詩以詈導者

平生說山遊天台爲最樂峯高不礙車地險可受足何圖此番老來僧竟余毒教走天柱嶺晚到天宮宿路斷多崩沙草深少樵牧直下五千仞旁無三兩曲欲休不得休肩輿屢脫輻迷雲入大荒傍澗臨絕壑踏石石先動攀樹樹已禿往前惟有飛退後無從縮自慚羝觸藩羨殺猱升木輿夫氣力盡揮汗狀觳觫縱以性命殉渠死我何託背聳若就沐尻高坐離褥譬如椀盛水椀欹水便覆我今身在輿輿掀身應落苦以手據輗臂痛口呼謈痛久倘不禁一仆寧能作旣無李清繩難把趙羅縛將學冉猛顛惟有昌黎哭直待諸劫盡纔得百身贖殘星爲招魂炊粱爲果腹寄語天下人萬事無欲速大道自坦夷小徑終局促

導師慎指南一誤悔難復

從天宮寺出山竟還班竹將國清高旻兩寺忘却不遊亦爲導者所誤

兩處伽藍景最幽肩輿已過始回頭想應福地嫏嬛好只許張華一度遊

棠溪遇顧伴檠孝廉拉遊南明寺觀石佛

天台自崖返餘情尙鬱陶幸逢顧野王棠溪將我招輕雲遮日炙雜花隨風飄老人學黃鳥上樹啄櫻桃吳園櫻桃紅鮮纍纍余登樹攀而啖之不及摘也紅珠折纍纍插蓋車搖搖行至南明寺山形尤岧嶢鑿成天然殿朗徹無邊撩中立一石佛其狀凌烟霄雕自元嘉年成於梁武朝掌擎千僧膳口含五石匏似學修羅王噉月月必逃倘作夸父渴飲海海亦消金裝到乳盡名香抱脚燒有猿入耳住無鵲借頂巢差免踏醉象或可驚山魈我來耳目新彌增游興豪敢獻小言賦爲解大佛嘲洪師昔上天自顧成僬僥教念須菩提一念一丈高我若得此法頃刻誇曹交神通隨變換芥子須彌包勿侈形軀怪而忘工匠勞試觀天龍笨何如獅子超

舟行越溪見山腰有一圜白處徐小汀云此卽射的山也

挽臂操弓易當場命中難仙人今不見縣的與誰看

曹娥廟

久說曹娥廟今纔打槳尋滔天江上水抱父女兒心黃絹題詞在青苔古墓深

燒香來此處絕勝拜觀音

遊四明山作

從嵊縣入四明山不過山之一角耳業已險絕宿石屋禪林一夕而返

四明山高莫名狀兩峯夾空作屏障長篇大股氣鬱蟠絕地通天自開創奇松伸臂似來攫怪石攔人不肯讓白雲偶被風蕩開僧樓影落青天上僧樓可望不可登回盤曲折崖千層業已攀藤攤樹氣力盡忽然飛泉截路如奇兵籃輿欹竹擱短心愈急路愈遠吩咐輿夫行緩緩縱墜深潭也不妨松花鋪地如棉軟僧樓已到坐須臾盲風怪雨起四隅佛堂鐘磬亦大作似與風雨相唱喁客子吹燈暫休息兩耳喧騰灘水急徹夜誰將屋柱搖打門疑有蛟龍入分明身臥海潮中明日先生行不得誰知晨起來陽光照牕縫未午山路乾樹枝風不

動依舊松陰一路歸但添瀑布千條送夜雨朝晴樂不支洗心亭上立多時天公于我若有私早知此老遊山清福尙如許何必前年乾啼濕哭廣徵生輓詩

錢忠懿王墓

新昌路旁古墓歘大書忠懿錢王碑更書南京尙寶某爲十世孫德洪題其壙旁隆中窪陷頗似發掘遭赤眉在昔錢王薨逝後宋主恩禮無少衰賜葬洛陽賢相里不聞此地曾輿機或者子孫衣冠葬七百載事難參稽從來正史與碑碣往往傳聞多異詞崇韜枉哭子儀像安生誤受熊光欺我非成精老桑樹難呼翁仲說是非且題數行書所見郢書燕說存其疑

題武肅王像求觀鐵券不得

遊桃源歸過護國寺僧洪乘說錢王鐵券藏王村錢亨恂家郎往訪之主人故農也合家款客出武肅像與觀云券現在天台縣城中族長文川公處

展卷驚逢王者來如日出海雲爲開垂頤廣顙目閃閃是人是龍心疑猜良久

方知武肅像天生乾坤命世才擲却鹽車便用武越水吳山裁有主黃腰獸至走若麞妖鳥羅平變爲鼠劍氣能寒十四州潮聲尚怯三千弩餘杭美酒千斛馱灑作故鄉春水波小名悉憑鄰姥喚大風且唱高臺歌八十金尊九十玉次第分頒與民樂白頭醉倒手親扶赤子遮留馬前伏石鏡重看舊冕旒山龍更挂新衣服過眼滄桑七百年銅駝石馬盡寒烟將軍衣錦今何在我亦遺民過惘然相傳鐵券王孫護走訪方知傳者誤只有農氓荷鍤歸手舂黃粱留我住想見君王愛士心家風此日還如故不肯塡西湖不肯號皇帝保障生靈有深意花開陌上送妃歸婆留老矣還娛戲可惜稱臣漢賊前仲謀略損風雲氣嗚呼君不見南朝三十六英雄曾無一個肯受朱三封但聞聲聲苦勸討賊羅江東

兩賢大夫詩有序

門下士陳尙志作涇縣校官爲同官某試禮部濫出印結致擬城旦安慶太守孫公濬憐其衰老爲之贖罪素無交也陳感深次骨求余詩以

紀其事

陳琳贖城旦邂逅遇英雄直把千金贈曾無半面通仁心羊太傅高義狄梁公

我爲書名姓留詩待采風

朱君家濂刺光州以邪教事爲撫軍陳某勒辦批牒現存後別案發覺部議嚴切而陳全卸過於朱朱隱忍不辨有開封司馬李林字西園者意大不平爲力爭於後撫楊公致遭怒謫以喉疾亡朱故引陳例徵詩

干卿緣底事開口直如絃不覺身無位惟知上有天迎風花易謝觸樹瓦難全

此際當權者應羞見九泉

到鏡湖寓菴訪平瑤海太史臨別有贈

檮響客將到開腮君已迎湖寬多得月地僻只聞鶯松學蒼髯色詩分貝葉聲

觀音含笑坐得句定先呈寓菴供綠衣觀音一座

羨我人緣好欽君道氣深趨朝前世事看水一生心護世城中膳成連海上琴

此來雙領取垂老別難禁先生肴饌精絕於枚詩文矜寵過當

遊天台歸留別武林諸友

要訪桃源第二回攀籐抱樹上瓊臺果然涉險能忘老始信成仙別有才杖底雷聲溪水急雲中花影石門開笑他劉阮都輸我一到人間不再來

歸舟何處訪煙霞又到雲門與若耶武穆祠堂瞻賜勅（起復岳王賜勅高宗親筆）仙靈古寺認袈裟（仙靈寺藏基公金絲袈裟有緯無經不知當時作何織法厚三分許）百般隨喜都尋夢一動塵心便憶家寄語諸公休戀別他生還看故鄉花

從杭州起身到蘇松毗陵京口所過故人家輒留一宿

七十七翁老如許三年一看西湖兩歸來處處作勾留累得家家具雞黍諸公休問重來期此事茫茫非我主慣說不來偏又來無顏再作欺人語

聞麗川方伯實授巡撫喜而有作

四省屏藩疋馬馳十年勛績九重知民看牙纛思公久　帝重封疆下　詔遲畢竟天隨人意轉肯教雲受野風移（公久受　天眷有忌公者尼之）于今江左同稱慶半壁東南某在斯

閑鷗江上冷如冰也學山雞舞不勝待我情同歡喜佛欽公心是水精燈事無掣肘經綸易胸有包羅福量增更幸秋闈監試近高軒一月駐金陵

五月二十一日到家

兩度天台返曾無七百年迎門妻子笑到底不成仙

分付兩兒子行囊富不支急營牆百尺挂我送行詩

意外東風好長江一葦杭人愁三伏近天送七宵涼

讀悅親樓詩爲祝芷塘給諫作

手編珠玉寄江東白首袁絲拜下風華嶽三峯從筆起混茫一氣接篇終分明任昉來天上何必王球定侍中給諫少年以風貌見推我怖君詩似孫策有誰旗鼓鬭英雄

讀楊蓉裳駢體文喜而有作時牧靈州寄來

白草黃沙萬里秋珠璣吹下古靈州上追六代攔難住下取千秋得始休月下吹篪能退賊盾頭磨墨竟封侯文章的的傳薪處惹我燈前掉白頭君宰伏羌守城三日

賊兵退走

聞蘇州丁姬事有感

附草休教附蒺藜落花何必落污泥玉兒一死真難得可惜蕭郎負色低用徐世劇

向梅蟲兒語

賀王尉柏崖生子

筵開湯餅醉春風五十商瞿笑未終冷署忽聞簫鼓響洗兒日演戲上林初放杏花紅已欽梅福成仙尉更喜張堪號聖童二十三科前太史祝兒名壽與余同

讀張朝傳有序

江陰沈吉士作張朝傳朝九歲賣張爲奴張從温將軍征金川隨營辦事賊圍登春朝拉主人突出重圍夜得騾一頭騎而奔朝步行相從爲賊所擒欲降之不可口呼主人而死

賊勢三更逼奴星一點明雪中將馬讓刀裏帶頭行難拾還鄉骨遙聞喚主聲汪錡勿殤可宣聖有餘情

汪義士歌

西泠有義士姓汪名耀川幼不習詩書而能率性天曾事宋令尹樹穀結交諸名賢槃槃才既大骯骯志亦堅宋公故廉吏謫戍到窮邊妻孥泣相顧親朋睨不前耀川慨然請公行無憂煎精衞尙填海頑石亦補天公雖有八口儂豈無一肩願以家事付竭力爲周旋宋公感其義相誓爲昆弟從此一諾終便結千秋契縫人將衣供廩人將粟繼助婺貰屋錢爲兒辦婚費亡何宋公亡羈魂墮遐荒君又駕素車歸骨葬故鄉於今二十霜道路皆感傷我聞李次孫東漢聲隆隆卯翼幼主人兩乳爲流潼身作太守歸走拜墓門松於今千餘載誰能繼此風獨有耀川子行事將毋同如看西湖山南北兩高峯

題王雲上西莊草堂圖

僧祐愛山棲虞山結衡宇遶廬兩三椽錯落横煙渚既已坐臥便更把丹青取寫作西莊圖風月淡如許愔愔獨坐時孤懷少儔侶雙槳聽挐音七絃作琴語但斟村中醪不停戶外屨鴻妻亦最賢農談相爾汝

伊小尹司馬供張棘闈中秋夜作詩見寄卽次原韻

棘闈風靜燭花涼鈴鼓沉沉夜未央天作中秋挂明月人攀丹桂試新香諸生落筆春蠶響主試衡文玉尺忙只有高才白司馬吟殘醉管茶湯

謝慶佑之世講贈衣 有序

枚出文端公門下五十五年矣公督兩江時佑之纔三四歲嬰婗學語彼此不知誰何也今年奉　命杭州勾當公事入山見訪懽若平生別後憐余衰老遠寄棉衣三襲貴重華美賦詩謝之

遠製襜褕教我披買絲真箇繡袁絲（猩紅一口鐘最華）不圖一叟悲秋日忽像三軍挾纊時輕似春雲看便煖長堪覆足寢尤宜袁安從此堪高臥雪滿空山也不知

九月七日以真州蕭美人點心餽麗川中丞蒙以詩謝敬答一章

說餅佳人舊姓蕭呼奴往購渡江皐風迴似采三山藥（阻風一日）芹獻剛題九日糕洗手已聞房老退（美人年四十餘）傳箋忽被貴人褒轉愁此後真州過宋嫂魚羹價益高

附錄中丞原唱

酒冷燈昏夜未央山人忽餉美人香三千有數君留半先生命人過江購得三千而以一千餉余八種紅綾我盡嘗山月不催人影去江風猶傍指痕涼紅綾捧出饒風味可似真州獨擅長

將阿遲寄中丞膝下蒙賜文綺雜佩諸珍代兒作謝

呼爺尚未逾三日珍物頒來已百般觽礪丁當童子試天孫雲錦衆人看製衣尚覺身材小佩韘應教嬉戲難寄語都中乾阿嬭幾時披了問娘安公夫人在都中

慶樹齋尚書別三十年今春奉　命赴浙余迎謁揚州出聽其所止圖命題

一葉扁舟萬頃風尚書心共水雲空終朝含笑推篷坐但指青山問舵工

愛聽拏音似管絃浪花無際水搖天平生爲國馳驅慣不肯收帆白晝眠

曾經絕塞走風沙曾到東甌泛海槎底事心波渾不動胸中自有指南車

小住邗江笑口開九峯園內好樓臺前身合是歐陽子隔歲平山兩度來

姑蘇記否駐雕輪昆季摳衣見小君今日風帆依舊過不知何處問朝雲指甲申年

事兼調晴村都統

憶昔先師不繫舟東西南北任勾留慈航普度蒼生了調鼎黃扉已白頭

老我披圖喚奈何且將題畫當驪歌輸他檮後鷗鳬好得共春江泛綠波拉余同往

杭州以年衰辭免

明知後會是空談竟說來生又不甘苦向封姨百回祝再吹此舫到江南

某明府兩夫人招女校書到園張飲爲賦一詩以美之

賢媛挾妓來聽曲手拔金釵賜美人真箇佛門多變相觀音不是女兒身

樹齋事畢還朝余到京口送行卽用乙酉年送文端公作相原韻

唱罷皇華四牡歸別何迅速見何遲送君要忍雙行淚奈我年登八十時青史

功名須是愛白頭後會恐無期海天兜率相逢處再作通家未可知

尚書和

憶昔江城送北歸共垂別淚意遲遲忽來邗上重逢日正是先生矍鑠時丰

采益教增我愛功名却恐負君期縱然後會難重卜一片心情兩地知

尙書別後五日復有赴浙辦公之　命老人正欲還山聞信欣喜卽泊金焦山下詩約同遊

苦向封姨祝未終果然江上有回風驚傳　天使重持節惹得山人復轉蓬五日離懷方耿耿百年嘉會又匆匆金焦山是三生石攜手同看夕照紅

尙書和

駟牡言旋事乍終何期歸棹又乘風殷勤一片雲羈岫惆悵崇朝雪打蓬天意竟隨人意轉驪歌不讓棹歌匆海天兜率重相會好證前因佛火紅前承贈別詩內有海天兜率相逢處之句今又於金山相晤豈非讖語也

接尙書詩和疊韻再答

接得瑤章笑未終尙書疊韻有家風文端公好和韻屢疊不已一枝詩筆才如海十里江聲雪滿蓬尙書住慶春園爲雪所阻不能渡江天上　詔書恩鄭重人間行李事倥匆西湖此去儂尤羨雨後桃花色更紅

尚書和

交誼從來重始終謝他太守有高風聞節齋欲回白下而恩太守告以余有返浙之信爲憐今世難謀面特挽幽人暫緩蓬江上煙痕雲漠漠雪中鴻爪事匆匆花箋投贈多情甚讀對船窗燈火紅

在焦山與尚書別後聞其行至望亭　詔徵還　朝及舟抵高郵而仍有赴浙之命蒙寄新詩五首文綺八端余不能渡江再送賦長句六章寄之

人生離合似輪迴天意蒼茫未可猜共說相逢在來世誰知來世眼前來

纔聞北去又南征一曲皇華唱不清疑　賜長江作湯沐金波搖蕩使星明

再過吳園雪已消應憐身似往來潮中丞厚意君休忘曾遣雙鬟慰寂寥公寓吳園

風雪中奇中丞遣二伶人賫酒問安

賜儂文錦太鮮華老女如何忽戴花急喚縫人動刀尺著來可覺少年些

一別郎君三十秋班荊消得幾多愁天公知道詩人苦吹轉旌旗與倡酬

再渡長江力不支不能相送倍相思風前灑盡衰年淚只有金焦兩點知

京口宿駱佩香女弟子家七日賦詩道謝

小住金山供佛齋多君事事費心裁代籌寒煖將衣送更作羹湯破浪來任婦無兒空課女佩香有秋燈課女圖左芬有貌更多才自憐劉尹清談久坐見庭蕉帶雪開余初到時蕉心未展未幾雨雪而蕉葉全抽

高青士左蘭城兩生遠送江口依依不捨不能無詩

江上春寒鬢上霜歸心如箭趁朝陽好風且莫吹篷滿尚有門生岸上望

一回相見百回思寂寞歸篷自詠詩知否老懷工作惡最難禁是別人時

正月二十七日出門二月十四日還山

干卿何事不安居半月江船兩度呼八十翁爲遊蕩子古來可有此人無

且喜門生莊未荒香閨中有駱賓王新詩題就吾剛到手捧鸞箋出洞房

衰年與比少年豪酒綠燈紅送晚潮風雪一天江萬里自披鶴氅上金焦

天使遊山草木驚八騶齊唱老龍聽誰知著箇荷衣叟翻使台星讓客星尚書到處推余首坐

春分時節嬭輕寒不料炎涼忽改觀今日狐裘昨絺綌天心真箇揣摩難

歸帆還到增鄉行老去猶含舐犢情一處女兒家一宿耳邊愛聽喚爺聲

還山尚剩七分花桃正妖紅柳正斜忙拉阿婆勤掃屋待他雙燕好來家阿通就婚

杭州

小池一首再寄佩香

小池清淺像銀河閑倚紅欄看綠波晴日不愁遊女少美人終竟大家多春陰似夢花都睡積雨收聲鳥亦歌寄語金閨詩弟子幾時來訪病維摩

哭彭竹林司馬

竹林名翥雲南孝廉宰香山余到廣東即以師事其人秀羸多能書氣盎然受知于孫傳兩節相薦擢瓊州司馬紆道見訪宿山中三日載書滿船而去旋卒於官年纔六十

方訝經年芳訊乖誰知身已赴泉臺十年循吏龔黃政一代騷壇屈賈才分我俸慚無物報讀君詩恐有魂來小眠齋裏三宵宿永訣人天事可哀

寄霞裳

薛調自是生菩薩陸遠真爲訂坐梨倘教宋禕分甲乙都輸妖冶謝征西

有福人迎幕府蓮無端我送掌書仙須知小史風裁好張令門牆已十年

滿洲孝廉嵩雨韭齡素未識面有人誦其見懷二句云名從五十年前盛

交在三千里外論余感其意答謝一章

金張門第賈生年佳句吹來宛似仙老我山中將就木多君雲外忽傳箋蒹葭

倚玉知何日風雨懷人各一天安得將身學鴻鵠飛投公子執吟鞭

讀史有感

禍福憑人各自爲塵心一動便難追魏其屏迹南山下知道田蚡是阿誰

長門賦罷主心移天意終難人力支空與醫錢九千萬阿嬌金屋竟無兒

跅弛才能立事功規行矩步半籠東請看王粲英雄記不在三君八顧中

聞鶯

金衣公子最多情小別經年舌更靈學我吟詩聲宛轉干卿何事苦丁寧珠穿

九曲風猶裊笙入三終響未停想為遷居少喬木春愁訴與落花聽

香亭姬人吳香宜學詩於余今年仙去姪女敦姑偶寫采芝圖屬余題詩

開卷宛然吳也因令香亭別為女兒寫照而以此幅供諸蓮室書四十字

以弔之

丹青描謝女忽作絳仙猜豈是情難了還從畫裏來香風吹鬢滿花蕊壓肩開

似向先生告新詩滿夜臺

放言三首

雲來青山無雲去青山有我欲問青山去來可覺否

盤古可曾立后神農尚未耕田閒殺羲皇兩手公然一畫開天

要學無心便有心不如隨意作閒吟行雲流水來何處海闊天空沒處尋

琴田小照

水木湛清華汪倫處士家門無朱鬣馬庭有白雲車池靜魚窺客童眠鶴管茶

嬌兒雙足健飛步趕楊花

小冠杜子夏花福最能消已把飛瓊引還將弄玉招衫紅桃雨染鬟綠柳絲飄我亦三生幸披圖見二喬

山右兩賢歌兼寄法時帆學士

文昌宮有明星流光墜地生兩賢兩賢英風不可遏早年飛上蓬萊巔一賢何平叔噴卽成珠唾成玉一賢劉子政手持太乙神人鏡鏡中照見江南城城中未滅隨園燈二十三科翰林竟還在九州士女來往呼先生物希爲貴草亦寶靈光殿古不嫌小已將高文典冊爭爬羅更把讕語巵言盡搜討十緗易一篇百手抄一稿說鬼夸董狐塗鴉當章草刻木拜柳詟黃金鑄賈島有若聽青琴雙聲齊道好又若嘗美酒彼此酎不了兩賢如一賢同生山右亦太巧不是釋梵天王座上前生都有香火緣何繇入骨相思如此其傾倒可奈長安長老人滿鬢霜不能生翅來報謝腸中傻悒如渲湯仙人王子喬(封亭侍御)憐人兩相慕喚鴈呼魚傳尺素從此一箋來一札去泰山黃河攔不住倘學古人蔓裏來相尋依稀似識門前路吁嗟乎從古英雄貴知己賢聖重傳薪虞翻到老想殺不能

得終是天生骨相屯沈約嗟傷朋輩盡忽然遲暮逢王筠逢人夸說猶津津香山老子願作義山兒或者袁師美秀寧無因我得兩賢絕勝彼如天之福世有幾屧爲之穿躍不止骨肉妻孥色盡喜手指七十二卷萬張紙得所歸依心足矣兩賢身爲隨園生隨園心爲兩賢死謂余不信當訊誰但問在旁拊掌大笑之時帆法夫子

聞樹齋司馬署荊州將軍寄詩奉懷

尚書性愛畫扁舟莫怪風帆總不收公畫聽其所止圖小照鼓棹而行韜略是誰堪上將江山從古重荊州卿雲捧日心還在赤壁逢秋景更幽想見多情羊叔子新詩題遍岳陽樓

九天　丹詔信傳聞望罷燕雲望楚雲遠別心驚惟舊雨昇平官好是將軍投書渚近箋難寄回鴈峯高日易曛兩點金焦一天雪不知何處再逢君

書制府六十壽詩

歲星三省隸帲幪甲子初周聽祝嵩從古高陽原世族於今節帥有家風籌添

海屋千枝外佛坐蓮花一瓣中此日嫦娥來進酒清江浦即廣寒宮（公防秋汛駐節清江）

兩度旌旗江上迎臣心江水一般清樹高偶被風相擾雲過方知月更明諸葛

居心惟謹慎曹參爲政總寬平誰能雅抱休休度不愛黃金不近名

金川曾佐霍嫖姚（謂同年阿廣廷相公）十九人中慣奪碉（凌烟閣畫公第十九）已上雲臺卸金甲更

持玉節降丹霄停車白下風先煖立馬黃河浪即消閒畫淩煙年尚少雙翎孔

翠早飄搖

積翠軒詩命討論當年元老愛才真（公大父嵩瞻先生積翠軒詩兩卷文端公命枚加註重刻）荒園兩叟尚

書履仙草頻頒白髮親（文端公兩來隨園每賜老母人參）開府有才能繼武衰翁無力再趨塵

（枚足蹇不能跪起）壽言忽獻公休訝我本留侯門下人

讀前年除夕告存詩自嘲一首

不貪長壽只貪詩佳句如雲盡得之頗似辦裝錢到手臨行依舊沒歸期

和李松雲太守重修莫愁湖詩

莫愁湖冷幾經年修葺欣逢太守賢絕似佳人幽閉久一朝梳洗整花鈿

廿首詩成已費才更分清俸起樓臺游魚望見旌旗影疑是六朝人又來

一片琉璃百頃鋪千年紅粉變青蒲漁郎高唱淘沙曲摸得金釵半股無

雲廊水榭好安排待月迎風處處佳儂獨摩挲浣紗石當年曾踏玉人鞋

眉峯掩映夕陽西回首妝臺夢渺迷剩有梁間新乳燕啞啞還學阿侯啼

湖不通潮喚奈何誰知天肯助煙波今年日日黃梅雨賜與詩人作櫂歌

八月滿湖秋水生湖邊女兒趁月明阿嫂弄篷姑盪槳不管景陽鐘幾聲

沙作長堤石作橋美人何處把魂招知卿已化紅心草歡不來時不蕩搖

輕煙淡粉十三樓擠殺秦淮水一溝何不移家此間住湖光如鏡照梳頭

周昉多情替寫真風鬟霧鬢藕絲裙白描高手追魂筆留住南朝一朵雲華君畫莫愁小影懸壁

一代元勛異姓王彈棋賭得小滄浪算來還是盧家福世世王孫替管莊

紅拂何妨伴衛公武寧遺像供當中英雄放下擎天手遊戲來彎射鴨弓湖邊畜鴨甚多

勸栽楊柳好棲鴉勸種芙蓉待發花拚著他年說遺愛甘棠都在女兒家

造成精舍託山僧李白王維各署名（王石長司馬監工）似比鬱金堂更好莫愁何事不重生

樓上看湖湖水流湖上看樓樓更幽碧窗半掩竹簾捲知是阿誰在上頭

采風先采竹枝詞出郭家家載酒巵應乞將軍傳契箭水西門要略關遲

老我來遊五十秋袁絲當日也風流而今照水頭成雪到此教人愁不愁

不但添愁更喫驚支笻細認翠微亭青涼山是我家物底事跟來此處青

欲將西子西湖比敢向煙波說是非但覺西湖輸一著江帆雲外拍天飛（太守詩可比西湖有幾分）

余幼不習書每有著作倩人作代海內所知也不料年登八十眼昏手戰而來索親筆者如雲我知其意戲吟一絕

詩人八十本來希揮翰朝朝墨染衣越是塗鴉人越要怕他來歲此鴉飛

題駱佩香秋燈課女圖

秋風瑟瑟烏夜啼寒光閃閃燈光微有人課女如課子夜半書聲猶未止佩香女史賓王族對雪曾吟柳絮曲嫁得才人渤海郎秦嘉何幸逢徐淑伉儷方諧玉樹殘人間佳耦白頭難錦瑟頻年彈寡鵠雌雛一箇伴孤鸞手持竹素丁寧語勸兒勤學兒毋苦女傅常懷宋若昭狀元竟有黃崇嘏衍波箋紙界烏絲兩漢三唐親教之嬰婗上口嬌鶯似辛苦分明絳蠟知有時課罷天將白阿母還思作女日記得當初老伏生一樣燈前勞指畫夫人幼從尊甫學詩偶倩良工寫畫圖袞翁展卷笑軒渠后妃卽是能詩者何必男兒始讀書

成敗

成敗論千古人間最不公苻堅竇建德終竟是英雄

昨宵

朔風日短夜漫漫長苦衰年寢不安一醒驚看窗紙白昨宵竟算小還丹

哭張莅亭觀察諱士範陝西人

將麾羽蓋返咸陽小住金陵待束裝一病竟騎仙鶴去兩江齊嘆善人亡魂歸

華頂三峯月風捲靈旗萬里霜有道碑應教我撰只慚才遜蔡中郎公子命爲先生銘墓

握手還思卅載前琴歌酒賦倍纏綿狐裘煖覆衰翁體錦字高懸滿壁箋視疾登床猶有約探梅折柳竟無緣病中猶相約來看梅花祇祈雛鳳都騰上安世侯傳二百年

聞香林尚書往浙巡勘海塘枚不能還鄉趨侍賦詩奉懷

唱畢東南瓠子歌旌旗又向浙中過海河並治經綸大喬梓相逢樂事多公子曉園現守杭州立馬湖山看臘雪投鞭潮水化恩波袁絲家本錢塘住霑接無緣喚奈何幾時江上轉歸航日倚柴門探信忙打槳亟思迎棨戟衰年未免怯風霜仰看卿月光雖遠曾坐春風夢未忘羨殺西湖鷗鷺好隨波猶得近牙檣

吳蘭雪秀才拜梅圖

吳生抱異才長劍青天倚忽然見梅花再拜不能起此膝久不屈胡爲恭若此想被此花迷寒香入骨髓如迎綠萼華甘心投五體如對藐姑仙嗒然先喪己老人披圖驚私心爲梅喜隨園七百株看君來行禮

哭陳聲和秀才

一代清才最汝憐無端騎鶴去遙天胸中江左青箱學筆底昭明錦帶篇蘭正開花偏遇雪玉方待買已成煙傷心八十龍鍾叟又向人間哭少年

以詩代札寄奇中丞

中丞夙擅掞天才每到揮毫花亂開儂獻松煤光似漆剛逢公勘黑洋來更喜畫眉須用墨玉姬花下正梳頭不知相國金閨寵可許楊炎一見不（公有題玉姬畫眉絕句）八旬想還短筇扶看過梅花喚僕夫到底相思情未了一輪鄉月一西湖

和中丞觀海詩

聞說海茫茫魚身千里長（談薈有泛海者日行千里一日見魚頭二日見魚身三日見魚尾）風來無彼岸佛到有慈航日月輪流浴江河朝覲忙倘將公比大毛孔好收藏（佛經如來取四大海水收入毛孔中）

二閨秀詩

掃眉才子少吾得二賢難鶯嶺孫雲鳳虞山席佩蘭天花雙管舞瑤瑟九霄彈

定是嫦娥伴風吹落廣寒

小倉山房詩集卷三十四

小倉山房詩集卷三十五 乙卯

錢塘袁枚子才

福敬齋孫補山兩相國和希齋大司空惠瑤圃制府同征西藏軍中各寄見懷之作賦詩答謝孫公詩及答謝詩已刻集中故不再錄

答敬齋公相

聖世韋平兩代賢瑤華來自大西天百僚誰敢奔趨後一士偏蒙淑問先塞上風雲搖彩筆山中熏沐展長箋梅花香裏千回讀繞屋光生五色烟

弱冠終軍早請纓旌旗所到將星明崆峒挂劍碑留字鑾海班師浪洗兵招引降王朝紫闕領安南國王入朝平反寃獄活蒼生廣東黃養水一案卿雲直把山河覆豈止朝朝捧日行

履曳星辰下殿遲黃銀腰帶好威儀千金有賞如揮土萬馬無聲聽詠詩已作鹽梅調鼎鼐更懸冰鏡照茅茨箕山潁水巢由事都被皐夔一笑知

記識先公玉殿旁非常矜寵夢難忘掃門未得瞻麟角芳訊猶通及鴈行謂我

齋諸公半世因緣誰介紹一門天性愛文章執鞭莫笑侯嬴老留與他生願轉長

附來詩 弁來札

余自束髮時即耳隨園名知為當代作者而南北相睽不得一見心輒向往甲辰春扈從金陵思一訪隨園適奉 命他往遂不果今又將十年矣向見隨園詩話新齋諧二書雖遊戲之筆而標新領異已遠勝滄浪虞初諸書攜之行篋把玩不置茲來衛藏軍事之暇適補山相國瑤圃制軍咸共朝夕談次時及隨園和希齋大司空攜有小倉山房全集因得讀之才氣浩瀚茫無津涯快為目所未覩余于役萬里征討絕域出青海而眄碣石登昆侖以睇星宿復過衛藏以西數千里歷古未通中國之地殊形詭狀不可臆度惟隨園之才庶幾彷彿似之竊以余髫年侍直 禁廷不及讀中祕書遊歷幾遍天下所過名山大川竟未能著所聞見形之詠歌讀隨園之詩乃不禁怦然動也聞補山相國適有札覆附寄四律亦以見傾倒之有素爾

獨開生面領騷壇萬首詩成墨未乾傳世何須一品集買山肯戀十年官諸
天歡喜隨緣住泛宅烟波著意看曾是六朝金粉地此中容得老袁安
敢誇旗鼓兩家軍蹤跡原如歧路分客過元亭常載酒我從東野願爲雲聽
明自占無雙福翰墨先收第一勳知否有人三藏地把君詩卷佛香薰
曾識先人紫閣中披襟　玉殿對和風士逢知己心難忘誄善言情讀忍終
集中有先文忠公輓詩四首　君早歸田真作達余慚專閫又從戎鴈行亦有相知雅獨恨
神交路未通我齋侍衞二兄曾有投贈之作
五嶽游成杖復搘壯懷仍似少年時赤城天半標霞綺隨園近作天台鴈蕩之游粵嶠春
深擘荔枝數年前聞啖荔嶺南跌盪未教閑蠟屐逢迎到處識霜髭小倉山畔梅如海
踏雪還將與鶴期

答和希齋大司空

星象三台動雲箋萬里來居高偏下士爲國自憐才五字長城重千秋隻眼開
江淹斑管秃何以報瓊瑰

少小聞詩禮通侯卽冠軍彎弓朱落鴈健筆李摩雲罷獵隨拈韻安邊更策勳

擎天兼捧日兄弟各平分

忘却天人貴甘居弟子行長途憐老馬古劍識干將招隱心何切撝謙道愈光

平生知己感東海水難量

地位雲泥隔精神夢寐通光分青海月遠照白頭翁西笑儂無分南來日望公

定知唐節度卽是漢司空

附來詩 幷小札

隨園先生爲當代龍門余耳其名無由一見得小倉山房詩集讀而愛之

攜置行篋日夕玩詠不輟得詩二首以誌服膺

不信紅塵裏神仙攜眷居曠觀百歲事大隱六朝墟天女皆從學聞多女弟子梅

花伴讀書隨園有梅七百株世間饒熱客應亦薄金魚

數卷倉山集先生道性靈錦心羅萬象妙手運無形侯合依前席彭應侍後

庭因緣知有日天不墮文星予向慕有年自合在弟子之列今先生年登大耋神明無異少壯竊幸領教正有日也

答瑤圃中丞

聞昔裴令公金甲受降時念及香山叟軍中常寄詩我公鎮西域笳鼓連天響亦復懷隨園秋水蒹葭想先和生挽詩再和告存作愛之欲其生高歌相延祝我如深秋草含霜翻得露公如佛國雲萬里相遮護有緣公漸近移旌來漢陽中有紅鯉魚銜書可寄將相思渺無極相見知何日黃鶴樓雖高借鶴騎不得安得吹公來江右擁八騶鳳鳴野鳥答一笑三千秋

附來詩 幷札

余與隨園先生向有唱酬之作實則宦轍東西未展嘉覿也壬子臘尾余因凱旋駐前藏從補山相國處讀其除夕告存詩七首若嘲若解較淵明自挽尤爲作達古人云相由心生從此知術士之說不足憑而先生曠傲江湖洊登上壽余益竊幸奉教之有日也爰次其韻以廣先生之意並博嗢噱焉

除夕人家百事忙先生讀易辨陰陽待他漏盡無消息一笑濃薰五木湯

紅男綠女共相扶酒勸屠蘇倒玉壺浩劫已隨殘臘去倩誰一寫再生圖
休悵斜陽近暮天柳枝雖老任吹綿從茲避得黃楊厄此後光陰不計年
豈緣姹女大丹成神鼎居然煉七明我爲白頭添一笑冥官勾牒不教行
探春常泛青溪水選勝還游白下山竹杖芒鞵隨處好風吹不到鬼門關
相推生死豈皆靈此夜空教坐到明忘却點倉山舊路閻羅原不管猿精
物外逍遙任舉頭恆河沙數記添籌天公留得文星在長管風騷不管愁

錢

百物皆可愛惟錢最寡趣生時招不來死時帶不去

蒙瑤華主人寄贈二律恭答四章

九霄咳唾落烟霞氣湧祥雲筆吐花宗子久欽龍鳳質仙才多出帝王家汝陽眉宇天人異蕭統文章錦帶夸瀟灑早忘金紫貴花箋書款署瑤華

禮士親賢萬口傳一朝芳訊到林泉能兼三絶詩書畫聽喚千聲儒佛仙道合何須煩介紹神交原不隔人天舉頭便見梁園月何日抽毫命仲宣

記從弱冠試明光甲子推排六十霜白髮尚存唐進士彤廷及見楚元王己未挑選

進士誠親王與和親王並坐鄒枚接席知誰在雞犬還山壽轉長多謝　天孫貽玉尺萬人如海教橫量主人賜玉界尺一條

束筍詩箋墨未消蒙寄詩三十餘首空山三月似聞韶周南已當王風讀韓孟還將險韻挑見贈詩用乖埋等韻賢比河間多著作勞非姬旦更逍遙野人瓦奏匏宣曲敢和鈞天碧玉簫

附來詩幷序

倉山太史寄隨園詩話見示奉答二首予與太史曾未謀面而數十年來耳熟先生之名者竟歲月相集神交既久寓懷於言

臘風吹玉到軒階半世知名悵晤乖近代徵明堪伯仲古人方朔有詼諧我慚雞鶩同登俎君自蛟龍早入懷五十年來林壑興想應靈藥井中埋

漢廷梅福晉陶潛隱逸神仙那得兼澹泊寧貪鐘鼎貴疎狂不惹宰官嫌汝南月旦時開帳白下雲峯盡入奩消息春風憑社燕年年芳草對銀蟾

寄懷阿雨牕轉運

福星一路頌鮮于儒者經綸自有餘飲水不糜度支費隨身祇有讀殘書張筵東閣花開後待鶴桐陰月上初（公有桐陰待鶴圖命題）嘗罷鹽池心轉淡他年調鼎更何如

千里神交未識荊龍門初謁倍心傾幾回握手忘車笠一樣論詩重性情安放仙舟迎蠟屐（公命坐船在湖上伺候）平分清俸送歸旌回頭尚戀蘇隄月只覺公來色更明

相國嵇文恭公輓詞

黃扉人去白雲鄉青史哀榮寫未央　帝把重臣呼老伴公移生日避　君王（公改生日在聖壽之後）　皇孫拜奠　天家酒中使傳宣　諭祭章千里銘旌官護送江流不及　主恩長

瀛洲仙客盡趨門（公兼掌院學士）重宴瓊林又四春正色立　朝風度好求賢若渴性情真漢廷久缺三公座秦誓終思一个臣（公薨大學士缺半年尚未有人）試夾金甌掄指算

先皇耆舊有何人

七齡公子貌妍華（受茲侍講小字熹官）招我傳經設絳紗通榜心勞粱補闕逢人口說賈

長沙退　朝陪喫先生饌（公侍直南書房日昳歸來輒陪晚膳）賜宴分饍　上苑花記撤金蓮歸

娶日牙牌還借相公家（公亦詞林歸娶有奉旨完姻牌故借之）

中年賤子賦南陔公亦思親乞假回兩處萱幃齊繞膝幾番賓主又銜杯山塘

一別黃壚遠（二十年前與公虎邱作別）華表千年白鶴哀寄問九原隨武子何時叔向也歸

來

謝鏡詩 幷序

余有鏡癖家藏古銅玻璃三十餘種每一張燈熒煌炫赫自以爲豪矣今年浙江方伯張松園先生投其所嗜以大洋鏡相貽如月到中天羣星盡避喜作一歌奉謝方伯

平生性愛金鏡朗三才萬象都成兩只愁量狹物難容未免太邱道不廣張公

槃槃海樣才水精菩薩空中來親喚波斯造大鏡神光閃鑠金銀臺月宮八萬

四千戸頃刻吳剛斧鑿開其高八尺横六尺海水飛來堂上立身横九畝可傳
真光照諸天如沃雪我來摩挲拜下風一時兩個隨園翁主人大笑脫手贈教
他二叟時相逢峨峨巨艑千夫扛讓鏡高臥占上艙我如侍者蹲其旁揚子江
心夜有光毒龍水怪齊遁藏入城先怕前途隘園丁高啓柴門待果然雲母好
屏風現出玻璃真世界三千書卷斗然加十二金釵掠鬢鴉對面青山齊弄影
升堂白鶴誤銜花客來多怪先生巧海市蜃樓帶到家老幼欣欣恨見遲賓朋
簇簇共題詩鏡無招引花偏入我有樓臺鏡盡知風不能搖雲不掩看照兒孫
到幾時千金難買奇珍供遠近多傳顯者送但覺花開四壁榮誰知鰲戴三山
重秦宮古製久聞名我道西洋鏡更精照到衰翁心膽上感恩兩字最分明

題阿兩總轉運秋林待鶴圖

先生妙德清於雪人不能知鶴能識高軒乘罷坐秋林待鶴歸時如待客鶴若
自矜身分高欲來不來蹲松梢高鳴一聲震九皐洞天髣髴吹笙簫先生吟詩
答鶴語揮毫頃刻珠璣吐一池墨水硯頭流萬朶白雲山上舞我亦婆娑鶴髮

翁年來雙翅久氌毿感公相待殷勤意千里飛來拜下風

答張船山太史寄懷即仿其體

我昔弱冠游幽燕於今五十有九年金蘭簿上三千客回頭一顧如飛烟忽然洪太史稚存誇我得奇士西川張船山槃槃大才子我因猛記當年車笠盟中有思曼年最輕得毋與渠有瓜葛寄聲相問心怦怦蒙君答書禮甚恭道是尊人太守公我如吳通晉路得狐庸又似宋家掘井忽得翁始知文字因緣勝香火不然兩家天南地北何由逢太守聞之喜動色萬里馳書道相憶更問當年趙世家可憐蕭瑟無從說謂趙學齋總憲父子船山養志求親悅勸儂遠踏峨嵋雪我道君言亦自佳無如老身衰矣精力差星飯水宿愁天涯只望君持旌節江南走定遣花輿迎太守我當左扶笻右執酒遠迎故人到江口故人見必驚且狂縱談十日猶未央南山風吹已作地東海沙湧都栽桑古強勸瞍莫笞舜孟歧摩足扶成王此雖荒言杳渺無足據後生聽者亦覺奇古非荒唐但怕武夷君高唱人間可哀曲我願太守來同爲劉阮相徵逐我三到天台但喫胡麻飯便回

桃花笑我非仙才倘得髫年好友結伴去或據華頂或登瓊臺定有羣仙招手相追陪不許兩家兒子高揭零丁來尋覓直待七世以後皤皤二叟各攜玉女同歸來

附來詩

公八十我三十前世已堪稱父執我庚戌公己未二十三科前後輩人海何茫茫望公如隔世因緣畢竟緣文字忽枉隨園一紙書纏綿五十年前事五十年前事可知先生不恨我生遲似將戲語分明寄曾見而翁年少時老親七十顏皤然識公應在庚申前倉山花柳眉山月兩地而今鬢如雪大江南劍門北天涯聚散無消息何意兒童數首詩重聯音問如疇昔家書昨夜到都城老親問訊心怦怦喜極翻成譽兒癖敢憑驛使呈先生先生展牘疑今古定對長江欲飛舞我願先生興發不可收飄然竟作淩雲遊手弄桃枝竹足濯涪江流老親扶杖迎仙舟白頭對酌麻姑酒髣髴神仙入世同攜手使我西南士女譜作傳奇傳不朽

貴人出巡歌

一龍上天百蛟舞狐假虎威威勝虎龍虎無心欲害人此輩獰獰爭攫取婢下有婢號重儓奴外有奴難悉數投鼠忌器隱忍多積習成風人世苦君不見霍家奴欲蹋御史門御史跪奴乞奴恩又不見爾朱僕主人敝衣僕華服輿夫兩臂金釧雙身坐高車人側目蜀中男子張君嗣受人送迎疲欲死人自敬丞相與張無與耳趙儼偶然問服散頃刻藥物堆如山方知言語正不易捕風捉影生波瀾古來豪貴皆如此此弊於今尤甚矣門外已費千黃金門內未飲一杯水我戒貴人慎出巡重門洞開休養尊先能察下纔安民不然懸魚瘞鹿徒作僞一琴一鶴能污人

重陽

重陽時節雨昏昏座上黃花笑欲言莫道催租無吏到恐催詩債要敲門

哭錢籜石先生 有序

先生名載字坤一嘉興人乾隆丙辰與余同舉鴻博　召試　保和殿

壬申入翰林官至禮部侍郎　予告還家得風痹之疾年八十七而薨

詞科同日賦長楊甲子迢迢六十霜陶令山中琴早挂郗詵殿上桂初芳屢操文柄無遺彥(兩次典試江南)曾祭堯陵有奏章(有辨堯陵奏疏)四十二人徵士頌伯恭此日倍神傷

前歲扁舟訪病身病中能坐板輿迎(公在家二婢扛轎見客)雖枯半體神猶旺聽說三朝語更清豈料別來成永訣但留詩在卽長生臨風一奠君知否彼此都應老淚傾

題祝芷堂給諫接葉亭圖

記曾接葉亭中住(丁巳秋余試鴻詞報罷爲椒園先生權記室事得居此亭)彈指於今六十霜倘學麻姑管閑事定談人世幾滄桑

一卷丹青乍捲開依然當日好樓臺分明玉洞桃花發又許漁郎到一回

多少名流在卷中珍珠密字墨猶濃與儂大半有瓜葛恍忽靈山會上逢

園林到底仗人傳少宰宮詹兩謫仙添個吾鄉真御史勝他後漢有三賢(兩謫仙湯

右會少宰張鵬翀宮詹

秋非不暖也而草木依然黃落

秋宵如此煖落葉一般飛想見衰翁健終非善者機黃花香色好白髮故人稀笑問倉山鶴他年歸不歸

重陽苦熱

炎官張繖宴重陽客怕登高汗似漿只有孟嘉秋興好風前落帽不知涼

麗川中丞五十壽詩 幷序

壽詩非古也古之人隨時可以爲壽詩所稱介壽史書所稱爲某壽者俱不指生日而言今之人以生日爲壽隔十年而一大慶必有詩文申其頌揚其中有公焉有私焉公者其人之德之才克副所稱如歐公之晝錦堂記是也其私者各有恩知不得不以文報德如高僧智之於高令公是也有公無私則鋪敘陳迹尊而不親有私無公則但可作一家言而不可以供衆覽其他敷衍酬應者更無譏焉枚之以詩壽麗川中

丞也其在公與私之間乎枚受公知從皖江始聞人稱公之賢亦從皖江始未幾公遷粵西矣枚到粵西聞賢公者如在皖江也未幾公遷蘇州矣枚到蘇州聞賢公者如在粵西也又未幾公以方伯遷巡撫矣枚在金陵聞賢公者如作方伯時也公如明月在天南北東西照臨如一而枚恰如微星螢火往往附月而飛公之賢久而不變枚之受知則久而愈深初以文字相契繼以縞紵相貽繼而觀過知仁再繼而略形骸忘貴賤衣公之衣眠公之榻坐公之舟或千里相迎或數旬留宿其神交意合光景旁觀者不知其所以然公與枚亦不知其所以然惟其不必然而竟然無所爲而爲之是以天合非以人合也古之英雄愛其人者至於鑴金鑄像報其人者至於摩頂捐軀大率類是哉今當公五十生辰一時士大夫祝釐者道枚必有詩枚自問當有詩卽公亦未必不料枚之必有詩也然而枚衰矣才盡氣索何能操禿管美盛德之形容況寂處空山久不與人閒事凡公尊 主隆民之勳業無從探聽而張

皇之只可就其所見者所聞者所身受者學崧高之頌申伯閟宮之祝
魯侯韻其詞以獻所以數止於九者亦古人九如稱祝之義也
兩江何處不恩波（公本皖江布政）五十中丞鬢未皤鄧尉剛飛千尺雪吳娘齊唱百年
歌生逢冬日人原愛開到梅花春正多我欲借詩當圖畫將公丰采一描摹
起居八座貴全忘自製書生印一方（公鐫私印書生本色）官有廉明皆特薦獄無冤抑不
平章心清豈受鹽池染（兩署鹽政不受陋規後事發公獨無染）才大能將海水量（勘定黑水洋界址）聽說
東征諸戰士至今挾纊尚盈箱（王師征臺灣時值臘月公賜士卒棉衣三千）
盡撤關防罷采風一生心在水精宮（署內盡蘇州人聽其出入）鏡懸佛座諸天照月到層霄
萬象空片語詼諧皆妙諦良方小試亦神通（公精醫理）請看絕世聰明處置屐安聰
總不同（書聰置曲柄葫蘆以出烟氣）
月榭風廊曲徑開華堂新搆小蓬萊纔聽官鼓參衙畢又弄詩牌喚筆來奴入
蕭家都愛士（家人夏慶徐祿等俱雅）賓登孫閣半仙才（內幕尤二娛盧湘槎林遠峯皆詩人）公餘更試拏雲
手一箭穿楊酒一杯

兩詣黃堂泣馮豹蘇州賢守馮巽泉病危公兩次泣臨旁觀齊下淚盈盈侯生殘稿關心護侯枕漁幕友孫宰遺孤倒屣迎孫春臺中丞大抵英雄俱念舊斷無菩薩不多情賓朋風義敦如許何況　恩知答　聖明

更喜名賢聚一家高陽里第儘堪誇郎君娟雅非紈袴公子在長安小市見枚三十年前手書詩冊即買送公處命婦慈悲是釋迦眉掃姬姜來問字公有觀玉姬畫眉詩風吹旌節盡生花門庭雍肅經書滿不數南陽鄧仲華

義父　貤封　特旨頒登時佳話遍長安希文復姓歸宗易趙武酬恩繼絕難封公生中丞時哀老友塞公無兒即抱與之及長將赴試填履歷塞公不肯欺君仍遣公歸公感撫育恩官巡撫後奏請　貤封以次子廣麟嗣養父為孫上俱嘉允一點丹心陳　帝座兩家　紫誥下雲端高風古誼千秋少應作三賢合傳看

十年小草覆卿雲每接清談輒夜分千里仙舟迎郭泰來往蘇杭公以坐船迎送幾番絃管醉司勳探知食性將廚訓代掃秋蚊把帳薰公聞枚欲往親為熏蚊兩眼盡赤如此憐才真絕代古來青史少傳聞

鯫生也居杖朝期額手雲天有所思百歲擁旄應更健十年作相莫嫌遲長江路遠難攀爵知己恩深易措辭寄語金閨女公子加簽添誦祝爺詩到公書齋見小倉山房詩稿多加紅簽初頗愕然後問家人方知公簽出課左家嬌女也

書香巖詩後

長繩難繫日西沈尺璧誰能買寸陰病後知饑身始健詩成能悔學才深暫時染指休言味鎮日淘沙自得金寄語聰明好年少古人甘苦細追尋

筆不老

賦詩如開花開多花必少況我八旬人神思久枯槁可奈索詩人終朝猶剔嬲明知未死蠶抽絲終不了勉強與支吾自慚真草草何圖良朋來公然齊道好吾斯之未信姑且存其稿或者五體盡頽唐只有一枝筆不老

左蘭城銀河洗筆圖

左思賦三都留下一枝筆傳家二千年他人不敢竊裔孫蘭城美少年刻刻詩狂欲上天尚嫌筆舊色不鮮前身原是漢張騫可以乘槎握管直到銀河邊銀

河波濤正浩瀚慣洗壯士甲兵三百萬忽然文人來洗筆烏鵲牽牛爭欲看君身高立蓬山窪辛勤洗筆如漚麻不許宿墨留些些直將陳言死句諸毛都伐盡只剩江淹手上燦爛千枝花歸來游吳門得詩若干首更賦七言律爲我介眉壽我乍讀之心驚猜何處得此真仙才今朝披此圖𧮫然笑口開方知郎君含金吐石諸佳句都在織女機邊長跪乞得來君與佩香女士常倡和故調之

再寄和希齋尚書 有序

運河司馬黄小松錄司空與渠札見示云袁簡齋 盛世才人琳久思立雪客中攜小倉山房詩稿朝夕諷誦虔等梵經如親手采云云余讀之感深次骨且知前寄答詩尚未收到而公已總督四川故呈二章兼以墨寄

東河司馬寄郇雲讀罷袁絲淚滿巾大漠風沙方報 國小倉詩卷總隨身山中樹老開花少海上琴遙聽曲真從古名臣雖愛士自甘立雪有何人

西川開府駐旌旗早有威名絕域知諸葛功成籌筆驛嚴公酒置浣花池民扶

老弱爭迎佛天與江山好賦詩謹獻隃麋鑴姓氏也如躬侍染毫時製墨三十螺寄作芹獻

題尚書西招雜詠詩後

幾行珠玉詠西招一卷新詩卽六韜自有輕裘羊叔子不聞鏖戰霍嫖姚甲兵那用天河洗烽火都從墨淚消更喜臯夔好吟伴同登雪嶺奏鈞韶謂補山敬齋兩相國瑤圃中丞

香亭家居八年忽將赴闕臨行畫烟雲供養圖索題

一山雲氣半山烟供養人間陸地仙莫把阿連貧相也也曾消受幾多年

忽負初心馬又馱回頭其奈畫圖何烟雲倘作分家物慚愧賢兄占得多

入旬別弟倍綢繆唱到驪歌便惹愁但陟高岡休悵望雲中知有此翁不

章觀察挂車山丙舍圖

挂車山脈分龍眠層崖複嶂何蟬嫣天爲孝子藏吉兆靈氣蟠結三千年章公素曉青烏術苦爲慈親謀丙穴一見佳城心了然不須別向山靈乞輿機下窆

奠幽宮負土親將馬鬣封百頃祭田交野衲千株宰樹護春風自從綽楔瀧岡表墦祭歸來心悄悄不能膝下手扶娘知道墳前誰拔草畫師替寫好雲山當作丁蘭刻木看但使公餘時展卷恍如拜掃勸加餐扶笻似是含愁立樹影扶疎烟冪歷九原知否畫圖中長有白頭兒侍側老我龍鍾八十身披圖不覺淚沾巾家離先隴雖然近終愧當年廬墓人兩親墳離園半里

題朱磵東湖山草堂

花滿庭前竹滿崖此中合住謫仙才一湖浪白風初起七十二峯吹欲來

安放龍威一卷經天然圖畫付丹青勸君吟句須珍重防有魚龍牕外聽

今春我作洞庭遊小住悤悤返客舟可惜幽人居未訪空餘清夢繞汀洲

寄懷前杭州太守明希哲先生有序

先生守杭時余以民禮修謁先生一見如舊相識卽命梧桐袖香二姬受業門下皆國色也次日女弟子會詩湖樓先生代爲治具旋來請觀温語移時乃騎馬歸以所坐玻璃畫船爲諸閨秀遊山之需少頃使者

襜襜然賫盛禮來分餉羣仙一時傳頌此舉爲前賢白蘇二公所未有

也後一年先生解組還都余心不能忘賦詩寄之先生名保滿洲人

昔公五馬杭州駐士女謳歌盈道路山人兩度故鄉游未敢通名謁白傳前年訪友到官齋公竟歡迎早下階纔學趙元乂手揖便招弘景上樓來四株瓊樹當牕立艷比芙蓉清比雪就中兩個女相如學字彈琴年二七主人知我意相傾伏勝剛來好授經教看美女簪花格教聽平沙落鴈聲一樣搴裙齊下拜雙聲同日喚先生我出黃堂公低語先生詩社何時舉可許靈簫鮑爵閑雲外飛來許玉斧我道公班南國春夭桃穠李盡沾恩儘可賓雲歌一曲武夷君下見曾孫詰朝小作雲仙會果然鉦響來旌旆款款都將姓氏詢娟娟各把門楣對始知班蔡本名家愈信姬姜勝蕉萃詩會中相公徐文穆公女孫錢璵沙方伯女孫臬使二女俱在焉公去騰身跨紫騮餘情回首尚勾留讓出畫船張綺席好供彩伴作春游佳人打槳俱欣躍吟詩苦換看山樂野寺分簪姊妹花　行宮同上梳妝閣夕陽游罷各歸家厚貺頒來更拜嘉如意八枝雕碧玉綺羅十疋爛朝霞金閨分送加珍重隣

嫗窺觀皆色動買繡爭將太守描停針擬作甘棠頌一時佳話遍家鄉管領湖山望正長誰料袁絲歸白下倏驚李泌去錢塘近聞微罪全超雪偷得閒身弄風月公自東山起有期儂來西笑知無日冉冉韶光歲月徂一場春夢落西湖不知此叟頹唐態尚有雲鬟記得無

除夕戲作

五旬有九逢除夕生怕雞鳴人六十七旬有九八十逢雞不肯鳴心忡忡祇因自作八十詩見彈思鵰太豫支有如秀才自認元魁者榜發無名空惹嗤今宵事急矣求雞早開口一聲膠膠一歲增我便把詩好出手豈徒從此秩膳加常珍兼可公然扶杖朝中走

除夕前一日蒙東浦方伯餽米酒等物

歲暮柴門掩綠苔是誰剝啄鳥聲猜驚傳養老珍羞至恍似陽春頃刻回仁粟先供家廟祭芳樽剛賞蠟梅開關心更感蕭夫子奴不憐才不遣來使者程鵬工詩有所犒非筆墨不受公存問隨園必遣渠至

小倉山房詩集卷三十五

珍做宋版玶

小倉山房詩集卷三十六 乙卯 丙辰

錢唐袁枚子才

元旦

爆竹隣家響未終開門賀客已匆匆天晴好著黃綿襖奴老都成白髮翁千樹梅花迎我笑三朝文獻有誰同諸公莫羨衰顏好昨飲屠蘇臉尚紅

香亭家居八年年逾六十依然赴都候補作詩送之

兄弟皤皤兩鬢霜新年攜手上河梁阿連別我休垂淚尚有來生別不妨

知君心也戀烟雲庚癸頻呼耳怕聞半世黃金擲虛牝誤人端是孟嘗君同官借去者六萬餘金

鄉住溫柔奈老何弟詩中句伯輿天性患情多腰纏此後應珍重莫負丁娘十索歌丁姬聞弟不仕垂泣三日

茫茫宦海渺無涯就有神仙不敢猜但願善人天默佑神光仍照管寧回

讀論語有感

天下歸仁理自超誰知此柄也難操諸侯圭幣爭相聘一個桓魋手握刀
公西束帶登朝日點也嬉遊沂水天同在聖門心事别至今瑟響尚鏗然

邗江雅集詩有序

野叟山居忽作揚州之夢春江水漲遂拕白下之舟纜繫隋隄花迎阮屐則有臺使香泉先生早登仙掖之班出視淮南之漕幸相逢而握手蒙枉顧以移尊扶輦門生我攜雕武當筵歌者君愛何戡坐忘春夜之寒少男風聚人奪燈花之豔玉樹枝聯當金迷紙醉之餘爲換羽移宫之舉一則才稱狂簡願依謝傳門墻一則歌帶書聲堪作袁絲弟子深深下拜兩兩傾衿折柬以敘同門聽呼小友升堂而問奇字互喚先生更喜江左王珣朝歌吳質牽雲曳雪聯襼擠裳或贄禮以通名各交懽而盡意昔人西園之集南皮之遊其克具此豪情方茲韻事也哉僕方來跨鶴旋去揚帆識歐九之風流忽向龍門而揖别忘江淹之才盡命操秃管以成文記就一篇詩成三疊此日平山堂下齊聽佳話之傳何

年羣玉峯頭再續雲仙之會

華筵移置阿咸居蒙移尊家致華寓中一朶瓊花載後車絕好齊梁詩弟子何妨師事沈尚書

入座風神玉樣清可憐毛髮亦聰明賦琴新把嘉名錫乍喚知卿聽尚生計五官謝公賜字賦琴

解託多情杜牧之寄聲山裏說相思仙桃無福移來種還託東皇好護持

到溧陽看鵬姑再宿紅泉書屋作

十四年前宿塔鄉餘溫猶在舊眠床入門最是傷心處不見懽迎白侍郎

侍郎閒話每三更頭觸屏風耳尚聽今日蕭蕭白楊下可憐鶯語尚丁寧

欲看園林似舊無女兒指引外孫扶桃花對我嫣然笑似識前來一老夫

諸郎排日飲袁翁盤盞銀光射眼濃上有兩江清俸字分明即是孔悝鐘文靖公曾署兩江總督

鵬姑才似女相如健婦持家綽有餘記否當年燈火夜替爺數典替抄書

安世侯傳二百春更聞天上降麒麟翩翩喜見佳公子三試都爲第一人謂元圃世講子錫疇新采芹

衰年臨別意綢繆借看圖書又上樓絕似鴻飛憐爪迹閒花野草尚勾留

三宿紅泉酒未消春風吹雨溼征袍回頭尚有關心事未奠喬公一太牢未掃文靖公墓此心缺然

彭鏗一見慰離懷便似曇花不再開他日夢中如識路定教著翅再飛來謂彭賁園先生

舟中寄彭賁園先生

彭夫子負異才清矑炯炯明鏡揩偶見隨園詩傾衿誦百回咢鼻任華推李白孔融思伯喈書來苦道願相見自傷衰頹願屢乖聞說先生八十有三歲我當兄事何疑哉急買溧陽棹笑劃江水開路離君家八九里我尚未到君先來手扶筇竹杖脚曳雙青鞋仙風道骨顏如孩形病神不病齒衰身未衰野王二老既相遇誰爲浮邱誰洪崖欲把四十年事一口說要將八十一家文字同編排

相約詰朝到君室擘蘭燒錦飲百杯誰知天帝驚有意相遮礙道是昌黎二鳥歌業已駭真宰更有青田二鬼行憑空發光怪那堪更使文星聚鐫殘造化天難耐急命兩師風伯起波濤淋浪隔斷彭衙界只許君推袁不許我訪戴我如南海禮佛人一見觀音不可再君如雞黍款茅容枉自欽遲將客待馬行淖而蹄傷舟衝波而帆敗此情耿耿海同深後會茫茫年各邁愁腸轉轆轤老淚飄巾帶只好高歌杜甫詩九原泉路交期在

附賁園光斗先生和詩

先生曠代之鴻儒九苞蘊采含智珠弱冠名騰入中祕翱翔蘭署暨石渠天寵奇才姑小試俾膺民社來江湖惠政羣歌顧建康清風不減范萊蕪現宰官身試遊戲辭香案吏賦遂初遙指倉山孕靈秀急營小築安琴書吾愛吾廬洵樂地山花山鳥供清娛名齊鑿齒傳四海行蠟阮屐周寰區迄今壽考屆八秩精神不與龍馬殊試問先生何所癖憐才愛士實若虛苔岑異質常滿座葑菲野味充山廚即如斗也素守拙荊州未識徒嗟吁辱公嗜痂頻齒

及聊寄敝帚供掃除先生不鄙情益摯郵牋懇款手足如古云知己勝感恩己無足知感亦愚祇祈邂逅覯一面三生願遂幸不孤今春伏枕方苦疾喜聞玉趾臨蓬廬披衣急起走迎候握手話愫病欲舒狂飆肆虐淫雨驟乍逢旋散仍回車來朝急遞賜華柬長歌千字何瞿瞿爲言此別艱後會九原相訂誓不渝讀罷悽然頓掩卷淋浪涕淚沾髭鬚斗雖早死骨未朽祝公百歲善保軀

送阿遲就婚苕溪沈氏

東陽族姓一村稠弄壻人來定不休只恐金閨有徐淑催妝索句替兒愁
記得兒生鬢已絲向平有願畢無時今朝看汝成婚日喚作遲郎竟不遲

到西湖住七日卽渡江遊四明山赴克太守之招

湖樓再住興闌珊兒自完姻我看山一渡曹娥江上水烏篷船仄鳥綿蠻
路過慈溪水竹村祠堂一拜最消魂五代祖察院槐眉公有祠堂余入翰林香亭成進士匾額俱存八十年來從未一到不圖劉阮歸來早已見人間七世孫

久聞天乙閣藏書英石芸香辟蠹魚今日櫝存珠已去我來翻擷但欷歔廚內所存宋版秘鈔俱已散失書中夾芸草廚下放英石云收陰濕物也

莪亭尺牘善收藏三百年人聚一堂鄞縣范莪亭孝廉藏前明尺牘千餘家采到袁絲真有幸塗鴉也厠兩三行

天童寺

十里古時松蒼蒼護梵宮殿餘千片瓦佛坐一天風樹老根全露僧窮禮愈恭無多香積飯肯供白頭翁

招寶山望海

招寶山頭坐茫茫望大洋波濤如起立人世定洪荒水合天無縫雲生鳥盡藏有誰溫帶下親手折扶桑

放光松歌

放光松貌奇古雷火不能焚工垂不能斧老子雖猶龍學禮頭轉俯考父背傴僂下民誰敢侮長無八九尺壽有千萬年松根騰騰生紫烟松針平鋪十畝田

松濤依稀奏管絃左枝欲斷右枝聯升者拗怒伏者眠風爲轉折雲盤旋或爲
駱索或龍牽甘心入土復出土不敢朝天似避天相傳阿育王遺失舍利子挂
在此松梢夜夜寶光起方知松有神十方皆頂禮于今廟宇雖凋喪此樹毿毿
神所相飽餐風雪愈槎枒未死蛟龍猶崛強我欲作青詞奏玉皇將松移種東
海旁常陪紅日照扶桑勿與山中魑魅常爭光

遊四明雪竇七章錄呈楓村太守兼寄雪堂僧

捨卻肩輿換竹兜爲探雪竇作仙遊一峯才了萬峯起似上青天我欲愁

秧針綠滿寺門前未見禪堂早見田幾個高僧叉手揖袈裟吹滿稻花烟

一條瀑布有聲聞噴出山腰認不真覽勝須登峯絕頂與豪應讓捨身人（瀑布旁有捨身崖甚峭）

中天卓立妙高臺穿破浮雲眼界開四面山如兒女伏一聲呼喚定飛來

狂客由來愛四明果然風景似蓬瀛不知人世藏何所但聽仙禽奏樂聲

上通惡像果超羣傳說開山是此君伏地當時參佛祖衝天可號大將軍（相傳上通

禪師即黃巢也

十日天晴豈偶然舟車全賴主人賢黃堂便是西天佛替了靈山會上緣

回首僧房紫竹床難禁一宿戀空桑此身已落紅塵去還寫雲箋寄雪堂

重遊山陰石屋

十六年前地重來景未忘山多迎我笑人竟比松蒼雨氣諸天濕經聲晚課忙

爲尋于少保急急步禪堂廟聯云花雨欲隨巖翠落松風還傍洞雲寒錢塘于謙題

再過招寶山觀海四首

再看海方信東南地缺多三山雖宛爾一笑奈風何天后來招寶山有天后廟觀音

住普陀相逢定相約　聖世莫揚波

九點烟如許中原算一支天心無畛域地界有華夷魚目三更日蝦鬚十丈旗

宣尼果浮海語怪也驚疑

若個探深淺歸墟隔幾重九天烝日月萬怪走魚龍善下斯爲大能虛自有容

江河似邾莒爭敢不朝宗

弔古能無感追思漢與秦戈船尚來往砲位更横陳徐福三千士田横五百人
成仙與作賊強半此藏身

記遊一篇留寄太守

滿頭白髮披過耳聽說青山心尚喜向平願畢才兩日康樂束裝竟千里楓村
太守風雅士館號招賢從隗始片葉輕搖范蠡舟一江直渡曹娥水初登招寶
山鯨波將眼洗再拜阿育王摩挲舍利子雪竇參天石鏡開徑往從之歌行李
胸羅青嶂影層層脚踏紅霞烏几几僧能憐老杖先扶天許看山雲不起鐘鳴
漏盡尚行乎海闊天空竟歸矣試問人間八十翁如此風懷能有幾羲之樂死
怕教兒列子耽遊將沒齒旁人倘訝子胡然我亦無言笑而已

八十自壽

自笑將開九秩筵挽詩翻在壽詩先剛修禊事傾三雅再宴瓊林欠四年瀟灑
一生無我相逢迎到處有人緣桑榆晚景休嫌少日落紅霞尚滿天
白雲深處白鳧翁尚記髫年入泮宮賈誼登朝裁弱冠趙元叉手揖三公金蓮

花燭家家羨南國甘棠樹樹紅一日慈烏思反哺搖鞭不待管絃終

買得青山號小倉一邱一壑自平章梅花繞屋香成海修竹排雲綠過墻嵌壁玻璃添世界張燈星斗落池塘上公誤聽園林好來畫盧鴻舊草堂（甲辰春聖駕南巡和致齋相公遣人來畫隨園圖）

卅載承歡鬢已星萊衣舞罷此身輕千重越嶺看花去兩度天台采藥行倭國都來購詩稿（高麗使臣李承薰洪大榮等）佳人相約拜先生（孫雲鳳張玉珍諸人）九州不信吾還在陽五都疑古姓名

甲乙丹黃萬卷餘兒孫珍重好家居但看手澤應思我莫爲科名始讀書平子四愁能自遣香山三泰有誰如此翁事事安排定生冢營成傍草廬

欲爲遲郎賦感婚卽將此日卜良辰蟠桃會上看新婦玉鏡臺邊祝大椿白髮妝成三女粲（陸金鍾三姬俱老矣）好風吹滿一家春畫梁乳燕雙飛處添個堂前問字人（阿遲婦全寶能詩）

一枕黃粱夢太長憑人喚醒又何妨烟雲起滅山還在桃李榮枯松自蒼不解

臯盧呼彥道愛藏金石學歐陽竇公他日西湖召擬獻周官樂幾章

逢花逢月客誰招碩果晨星逐漸凋怕過山陽聽玉笛嬾從酒店贖金貂性不飲而愛飲客

牡丹豔豔開三月　聖世看看歷四朝倘把光陰掄指算占人多少可憐宵

閨中妻老尚齊眉冷暖常先侍者知同榜一人惟首相阿廣廷公相及門五代見孫枝談羽儀郎中家詩多幸賴辭官早累少全虧得子遲更喜女嬃還健在白頭閑坐說兒時陸氏姊八十七歲

尚書小楷尚登樓滴露研朱事未休清福已經消半世虛名遑敢望千秋貧能行樂仙應妬老不逃禪佛亦愁擬乞壽言何處乞抽毫先向自家求一作杖過杖朝無可杖思量只好上天遊

三月二日

杖朝人被四方知千里人來萬首詩惹得衰翁心轉怯牡丹開到十分時

兩家爭把壽星迎又愷姪楊仁山世講兩隻花船載酒行同到觀音山下泊蓮花座上祝

長生

多謝吳娘金叵羅爲儂齊唱百年歌曲終人散先生笑又遇人間春夢婆

讀嵇文恭公行狀覺前詩有未盡者再補一首

不曾聽過鹿鳴聲庚戌會試世宗特旨許大臣子弟一體入場便向金鰲頂上行賈誼治河艮策備公署南北河帥俱有奏疏千秋上殿小車輕封章屢乞歸田里　恩旨纏綿眷老成寒免趨朝朝免早翻勞　聖主替經營

自壽詩亦嫌有未盡者再賦四首

自家心要自家安身自頹唐筆未乾海客忘機鷗便下龍門不峻客常懽孟嘗焚券除煩惱所焚券如魚門太史高直方明經者九家蕭惠栽楊總達觀只有平生幾知己衰年說著淚猶彈

不能飲酒厭聞歌草帶常寬嬾著靴那信陰陽有拘忌祇憑忠信涉風波凡有水路者從不陸行空王殿上香烟少故友墳邊麥飯多補蘿先生墓代祭四十年矣奴僕亦知安我拙相隨都已鬢皤皤

置驛南陽我不如客來相見定相於平生客無留門者喜除詩外從無債愛聽泉聲似
啓予十頃水田生計足四時風月夜窗虛何圖將相沙場上萬里馳書訊起居謂孫福兩公相和惠兩制府
著到飛棋與偶然無絃琴好亦空懸家餘旨畜隣分潤園少墻垣賊見憐園無藩籬恰不失物
一物有情皆入賞半生非病不孤眠休提往日輿人頌風影訛傳五十年至今村市有彈唱當年德政者皆方朔外傳附會無稽

題姪婦戴蘭英秋燈課子圖

禮訓從來出戴家戴嫣生小貌妍華娟娟國色天仙妬字字金鑾紫石夸豪犀
梳罷清晨起便倚妝臺吟不止脫口能傳伏勝經停針便續班昭史偶然吹竹
更彈絲多藝多才侍婢知芳姿似月閨中照佳句如雲紙上飛喜結絲蘿歸小
阮寒家戚里人人羡西湖攬勝共香車北苑題箋分筆硯秦嘉聞說也聰明詩
筆終輸徐淑清不櫛由來稱進士妝成理合喚先生一朝夫壻長安去男兒慣
被封侯誤郎病方教我欲愁妾憐早唱公無渡剩有嬰娩膝下孤呱呱知哭阿

爺無購來李翰蒙求本命寫顏家千祿書最苦霜天夜月高烏啼不住朔風號兒頭已觸屏風睡娘手猶持荻草教而翁曾作宜興宰我來乍見驚鴻態不料乖離十四年霜蘭雪竹容顏改贈扇題詩當束脩近亦自稱女弟子年年春仲望來游用見贈句我來先要含飴問兒課何書記得不

魏齊

祖龍一怒萬人愁大索張良也罷休底事應侯小嗔喝半空飛下魏齊頭

題竹宜夫人玉堂春曉圖畢制府室姓伊字竹宜

朝天人去未還家偷得閒身掠鬢鴉莫向風前頻卻扇恐教羞落海棠花

一幅生綃烟景清寄來千里意分明老人把筆無題處只好裙邊署姓名

張素香校書以扇求詩

素女披香倚畫欄張星須與月同看國風儘寫莊姜美我道凝脂第一難

衰翁無計致溫存只可摩挲一斷魂絕似武夷君下世向卿空喚女曾孫

碧山吟社圖爲秦小峴觀察題有序

前明弘治癸亥秦修敬先生招陸懋成勉陳天澤履十人為詩會沈石田為作碧峯吟社圖藏秦府多年忽然失去小峴觀察得之濟南書肆甚為欣喜然已失去圖尾諸名流題跋矣

碧峯社裏十風人寫上丹青五百春底事仙山飛海外（用王摩詰故事）依然神劍躍龍津文姬自古終歸漢淮水而今尚姓秦莫惜標題微有缺斷圭殘璧總精神

奇中丞失察織造缺額罷官入都賦詩送行

七載甘棠露未乾一朝春去太無端本來戀闕心原切如此休官夢亦安佛為度人常入劫驥因久駕暫離鞍薰風滿路黃梅雨病後知加幾頓餐

最難分手有袁絲剛在吳門送亦奇風引卿雲還上界鳥啼殘照戀高枝便違色笑從今日再宿南衙是幾時老淚無多自憐惜為公傾灑怕公知

歌者天然官索詩

何必當筵唱浣紗但呼小字便妍華萬般物是天然好野卉終勝翦綵花

雌霓雄風總可憐春蠶到老愈纏綿摩挲便了三生願與汝同超色界天

中丞體素羸解組後陽滿大宅枚入見心喜再賦二首

眠食勝常貌轉佳封疆肩卸此心開方知前示維摩疾總爲憂民報　國來

廊廟江湖境本同能舒能卷是英雄只愁絲竹東山樂未必蒼生許謝公

送中丞至惠山蒙賜人蔘留別

老怕恩多記不清著公衣服送公行（身上葛袍公舊服也己酉仲夏所贈）惠山泉似知人意流出潺潺不盡聲

一路官民盡捧靴（用崔戎故事）中丞病起奈勞何不圖去日旌旗少轉比來時迎者多

老我婆娑語未終幾莖仙草納懷中知公留贈無他意要我長生再見公

公是朝陽未有涯我如落月暫徘徊從今抵得千回夢只盼長安一鴈來

五月二十一日還山留別蘇杭親友

八旬人別武林城回首西湖尚有情倘與諸公緣未盡三年來聽鹿鳴聲（余戊午舉人再隔三年又戊午矣）

妙手調羹愛阿戎幾番招飲醉衰翁弟兄花似開棠棣越到斜陽色越紅謂春圃弟

寄語朱雲感未忘當年爲我訪花忙戴家小玉今存否只恐麻姑鬢已霜乙酉冬韶六翰林同遊碧浪湖引見戴家能詩之婢意欲聘之

二老三仙酒一巵春巖廉使女雲鳳雲鶴玉如王夫人一齊觴我全家送別話依依故鄉尚有孫思邈忍說杭州竟不歸

再過莫愁湖有感

結綺臨春盡化塵莫愁樓閣又重新男兒欲爲千秋計不作英雄定美人

與嵇曼叔世講遊惠山石門

惠山遊石門喜與嵇康共初登心已訝再上身漸重先入紫微宮焚香來者衆繼至白雲嶺飛流奔石洞東望尤莽蒼撫心內自訟下臨萬仞溪險絕不可控倘一失足墜老命爲誰送忍死登其巔白日手可弄雙峯不見門絕壁但留縫九天一聲咳萬山齊欲動佛坐影尚搖鳥飛天若縱邵寶雖重來錫山童謠云若要石門開除非邵寶來張騫難鑿空一笑下山歸回頭似出夢

紀周將軍墓上事 有序

乾隆四十九年秋周將軍遇吉墳爲黃河水所齧兆將傾矣居民嘆曰將軍如此忠節而死後乃不保其墳耶是夕雷電以風全地俱震及旦視之湧出高山百丈爲障其墳時春圃弟秉臬山西以公事至寧武關歸述其事

古來陵寢如鐵甕摸金校尉猶能動惟有忠臣土一坏天看更比山河重寧武關外周將軍心似精金膽似雲（淮南子膽爲雲）萬箭攢身不變色百年埋骨尚留墳墳近黃河百餘步漸漸崩沙嚙其路一夕風雷震地鳴湧出青山替保護我于此事常懷疑天若無知又有知與其朽骨天猶管何不天兵早救之誰知國祚本無常運去時來各自忙難扶大廈孤撐手易表沉檀死後香君不見建文之朝黃子澄殘骸狼籍埋華亭蔓草荒烟四百齡年年祭掃家無主有人築亭偷取土三築三擊雷不許（亦近年事嘉定校官錢塘爲余言）

吳樓坪太史滌硯遺圖 有序

乾隆元年余與翰林前輩吳樓坪先生同受廣西金中丞知薦鴻博入都時先生鬢髮全白而余一領青衿年纔弱冠同試保和殿上今花甲重周音塵久隔偶過姑蘇其後人名顯者見示此圖展玩之下不特如見先生幷如見中丞也磨墨揮毫悲來橫集

憶昔同徵日於今六十年一朝逢畫裏萬感集胸前我鬢全蒼矣君容尚婉然遙知洗硯處初染桂花烟此圖畫於雍正癸卯是年公舉秋試

附樓坪先生王坦自題小照詩

不合人間有此生年來蹤跡寄浮萍身餘筆墨難償債家爲饑寒已廢耕與我周旋仍作我識卿面目付還卿風雲變盡隨時態白首惟君不世情無言獨坐傍芳菲此子襟期與世違苜蓿草荒天馬病神仙字老蠹魚饑露寒金粟秋風早水落吳江獨雁飛今日燈前重問訊怪他雙鬢漸看非

惡老八首

老人慣早起如盤古開天獨來又獨往四望無人烟欲盥水未溫欲飲茶未煎

兒女門戸閉僮僕縱橫眠豈不欲嗔喝猛然記少年記得少年時鼾聲如雷顚
身欲往某處必是有所謀及至行中路業已忘因由偶呼奚僮來意有所分付
及其來至前翻問來之故李崇或損腰周仁時溺袴窺園奴急扶登樓人盡怖
事事受人憐方知老可惡
支筇豈不佳因足累其手高談覺傷氣真乃口戕口厭坐起而行行亦不能久
有意珍藏物及尋轉無有昨宵所見客今日問誰某愁看細字書畏逢禮多友
魯昭心雖童梁王已呼叟只好學模棱唯唯又否否
看老天光景漸漸不相容有目漸不明有耳漸不聽卿輩雖難記徐陵終不恭
訓人至萬語毋乃王世充屬饜便却須臾腹又空鬱烝偶免冠觥寔又受風
圍棋陣易劫看書卷難終驚視倉山嶺斜陽紅不紅
一兒能吟詩不教其應試一兒太蠢愚但教其習字責善最不祥我豈爲兒累
學禮與學詩聖人亦寫意倘鯉不趨庭或竟任嬉戲高鳥自翔天芳草自覆地
彼豈有爺娘辛苦爲兒計

昔吾少也賤性却愛豪奢慕人衣裘美羨人膳飲嘉所思恆不遂隱隱生嘆嗟
於今衣頗華老醜不相稱旨畜亦多珍果腹能幾頓我欲訴真宰還我前景光
寧可少時富老來貧不妨
出門四月餘箋奏動盈尺非是索標題兼且乞親筆知其畏我死取之及其生
桃符又性急應付心始寧麵糊用一斗墨水飲三升行樂吾有分節勞吾不能
動說精神好欺人語勿聽
精神爲主人形骸爲屋舍主人漸貧窮屋舍亦頹謝將頹未頹時主人強支架
導引以養生醫藥以補罅及乎無可爲主人亦告罷何如蛤與蜃江湖能變化
旁有趙大夫淒然爲涕下

龍王慈孝堂圖爲鮑肯園題

宋末政弛萑苻麻起鮑氏二賢父挈其子夜行晝伏父爲賊縛解一縛置樹頭磨
刀霍霍舂其喉誰知草間尚有兒叫號泣拜不肯休願殺兒毋殺爺兒代爺死
無怨嗟解二爺曰不可我老不足惜留我兒爲我祖宗綿血食解三父子爭死如爭

財爭奪賊刀將自裁風雲爲慘悽禽鳥爲悲哀解四羣賊大驚淚下沾纓道我輩亦有爺虎豹寧無情何不撒手縱之行登時白頭黃口僮僮抱走得重生解五事聞於朝萬口褒揚傳至景曾龍山建堂曰孝曰慈經兩朝帝王寵錫龍章解六六百年來風撓雨淫堂不可尋十三世孫宜瑗過之顫然傷心顧語其子汝他日再爲建造庶幾慈後有慈孝後有孝解七其子志道再拜受言取肯堂之義自號肯園殫精竭誠積三十年而厥願始成解八匪徒堂建兼勒石記之匪徒記之又從而圖繪之堂前樹二枝已飄零妙手丹青爲補其形其一卷曲鬱怒如受縛樣其一傴僂鞠躬如哀乞狀至今若有聲響可呼之於紙上解九嗚呼君不見武梁祠上圖羣賢慈容古貌傳千年男兒生世間得傳孝義名又何必身標麟閣貌畫淩烟解十

再送香亭之廣東

白髮送行人青山都變色何況八十翁送弟萬里別後會何時逢彼此不開口倘若一開口如何再分手

久聚不知樂乍別方知愁早知別可愁一晤抵千秋弟在家八年懽飲能幾度
回首再思量寸寸光陰誤
記弟初來歸弟年才十五從此五十年悲懽難悉數如萍合又離如琴罷復鼓
倘演作傳奇可泣可歌舞（弟生長桂林）
天生兩鶺鴒一勞一安逸勞者生佳兒逸者又奪得（喜阿通近頗工詩）峨峨道素門書
香久歇絕今春過祠堂爾我兩扁額（祠堂在慈谿祝家渡余入翰林扁曰清華世胄弟成進士扁曰兄弟甲科）
我昔來訪弟鐵樹方開花端州文武官餽席爭相誇（官協臺劉參戎楊明府諸公）八十一盤
羹食前竟方丈回首荔支香消魂在天上
我歸弟送我握手愁難偕不料未一年天風吹汝來前來非意中今去出意外
未知粵海樓我題詩可在
積俸至萬金不可尚云少倘稍知斂藏儘足自娛老弟身非天女何苦散空花
（弟存借券六萬餘金）阿六善經紀弟當師蕭家
我有一尊酒為弟餞房中女嬃與邱嫂婆娑勸千鍾勸罷送弟出三老淚始流

不敢對弟流憐弟也白頭

詩人多情者往往作司馬劉白曾爲之聲名不相下吾弟黄堂坐忽變青衫客

此去過潯陽琵琶聽不得

此翁

一病方知靜養功眼前物理與心通煙難出戸天將雨花肯升堂夜有風萬卷

書横秋水上一燈人坐白雲中莫教貧相此翁也八十高吟尚未終

示兒

不將庭誥學延之但說平生要汝知騎馬莫輕平地上收帆好在順風時大網

既舉憑魚漏小穴難防任鼠窺古諺云鼠穴留一個好處不穿破 三百六旬三十日可聞諍語

嚮茅茨

喜老七首

初覺老可惡旋覺老可喜廿五科翰林世上曾有幾我非挾長者其奈無敵體

偶遇士大夫論交一掄指非其大父行卽是年家子初見問誰何道破重拜起

莫怪武夷君人人曾孫矣

筋力不爲禮人拜我但扶鄉黨莫如齒首坐常晏如張蒼怕食乳愈欲精庖廚

陸展無側室久不染髭鬚前途知有限錢亦不留餘兒婦知我老抱孫來揶揄

賓朋知我老攜尊來相於我亦自知老行樂爭須臾笑問老一字千金肯賣歟

漢廷夏侯勝宮中延爲師以其年篤老瓜李無嫌疑我亦大耋年傳經到女士

班昭蘇若蘭紛紛來執贄或捧靈壽杖或進上尊酒入謁必嚴妝惜別常握手

雖然享重名不老可能否

夏禹惜寸陰揚雄常愛日味此古人言我却無慚色十載宰官身吏民尙懷德

養母三十年晨昏常侍側種松高十丈著書盈三尺五嶽山已遊四朝事能說

清夜自思量此老老亦得

老姊相依住將開百歲筵老妻亦八十齊眉在案前僮奴各斑白霜雪盈其巔

人指老人國我遊羲皇天更有分壽者率兒孫乞憐要我手摩頂以爲結善緣

偶然遊四方觀者走跰躚以爲覘一面勝如遇一仙我乃囅然笑人老竟值錢

嫫母不知醜西施不知好我亦將毋同八十不知老宴客必張燈吟詩尚留稿或栽雨後花或剗風中草一起百事生一眠萬事了眠起即輪回無喜亦無惱何物是真吾身在即爲寶就使再龍鍾憑人去笑倒試問北邙山年少埋多少生時自己啼死時他人哭我啼人輒喜人哭我當樂逝者如斯夫風輪如轉轂改燧不改火後燭即前燭可笑世間人紛紛仙物供修煉既身勞禮拜亦頭痛卒竟歸渺茫風影不可控果然呼即來一笑吾從衆

記得

記得兒時語最狂立名最小是文章十三歲先生命賦詩言志而今八十平頭矣猶爲文章鎮日忙

聞奇中丞　恩給郎中銜管理　圓明園三山事喜而有作

作宦如遊山直上自然好倘不稍曲折領略終嫌少中丞弱冠年宮花已插帽一路揚旌麾西川及嶺表七載大江南民吏皆鳧藻冬日舒陽和秋毫察窈渺吟詠萬家安嬉遊百事了未免登泰山一覽天下小從此竟調羹天心道太早

乃借旁來風忽吹布帆倒凿凿三吳坻持靴欲前抱我道爾胡然善人　國家寶龍馬暫離鞍慈航偶轉棹果然　天意回春到梅花早許管三神山轉得遊蓬島仰首望蒼蒼鄉月仍皎皎不久或重來南衙何必掃山中白髮翁一笑已忘老

蔣梅厂出示尊甫容齋先生偕友申耜先天台采藥圖遺照爲題一律

樓閣渺雲烟瑤姬笑拍肩是誰兩年少采藥到溪邊隔水疑無路逢花便有緣遙知劉與阮今日早成仙

病十月十八日

一病原非死年衰易喫驚醫巫招幾輩兒女坐三更老樹風霜耐閑雲去住輕寒蟬雙翅在依舊作吟聲

題趙碌亭先生對松山圖

展卷如登岱松風撲面來斯人正年少隻手掃雲開老去難忘舊徵詩更愛才不知溪畔鶴可尙啄蒼苔

我亦泰山客回頭五十年（壬戌年余登泰山至南天門而止）當時小天下此日臥林泉宗炳重看畫洪崖似拍肩何時雙白髮同去作飛仙

接奇中丞信知加二品銜管喀爾烏蘇事却寄二律

盼斷長安旅雁聲瑤華吹到白雲驚纔教蓬島三山住又作陽關萬里行肩任朝廷西顧重冠飄孔翠馬蹄輕（聞新賜花翎）臣心久已清于水應耐風霜一路迎

十載龍門一夢過自憐雙鬢愈婆娑姑蘇隔水猶嫌遠絕域如天更奈何從古英雄多出塞于今良馬定奔波葡萄酒熟烽烟息好唱天山勑勒歌

薦霞裳與揚州轉運曾賓谷先生附之以詩

大雅扶輪力有餘東南轉運繼鮮于公追漢上題襟集（公仿唐人温段二公故事編邗上題襟集）我獻昌黎薦士書天際衆星原拱月人間化雨也隨車三江桃李栽千樹只恐歐門尚不如

暢月廿八日陳東浦方伯招飲贍園

招飲南衙不速來衙寒花正放黃梅談深文字同忘老嘆絕盤餐易舉盃（枚素不飲）

昨以酒美餚佳竟至沉醉五郡簿書鈴閣靜一庭琴鶴綺筵開瞻園尊貴隨園冷風味依然兩秀才

方伯和

許爲一飯果能來恰喜輕陰散早梅妙論盡知聽大雅歡情敢料飲深杯六朝松石當人立十詠風光對鶴開有瞻園十詠獨笑詩仙太相愛風塵不厭有粗才

燈下理書不能終卷自傷老矣

百物可決捨惟書最難別欲重溫一番桑榆景太迫翻經恐遺史讀子慮失集追思購買時千金不顧直觔斷爲搜全編殘替補缺精華多手抄驅使當吏卒旦夕與綢繆丹黃與甲乙幾枝蠟燭光幾點心頭血子孫未必知蠹魚或能說今朝大整理吾生萬事畢嬾寫紙三千自慚年八十南朝沈麟士年過八十手抄書三千餘紙且喜書中人九原盡羅列不久卽相逢何須更私覿

殘臘

殘臘蕭蕭歲又更衰翁夜坐每心驚自從老後翻無病但到花間尚有情人道伏波還矍鑠我愁夷甫太鮮明（時豫親王又有書幣相將）每聽漏盡雞先報與汝何干要作聲

二月十二日淮樹觀察六十索詩

六旬花甲啓華筵生長花朝花有緣宦海抽帆真達者英雄退步即神仙通侯故第安居好（公買張侯府號曰安園）太守新河德政傳（聖駕南巡公從江口開河直抵棲霞）更看中山王隴上千松手植已參天（公在魏王塚上植松千枝）

平生使氣佩吳鉤老去心經注未休（公注心經）博局人爭呼彥道花叢誰不怯羅虬

千金券約投爐了二月湖山挾妾遊我敢稱觴無一語與公各自有千秋

除夕

一年盡矣在須臾雨細雲低臘未舒無處招人來飲酒有誰今日尚看書春如遠客將歸速歲似交盤把舊除且喜斜陽還戀我比尋常去略躊躕

丙辰元旦

八十又添一 新君正紀元枚二十一歲爲乾隆元年八十一歲爲嘉慶元年恩逢千叟宴身歷四朝尊賀客誰投刺梅花代管門老妻梳白髮手自弄杯盆六十年前事回頭似在旁一鞭行萬里三策試明光冉冉浮雲過重重春夢長滄桑何處問只問滿頭霜

嘲守歲者

有錢尚須散有歲何必守不知人世間此例何時有徹夜全家忙守子直到丑誰知重門關依舊歲逃走雖燒紅燭光難掩黃雞口我道子胡然別歲如別友故人自然佳新人未必否任其自去來只要我長久不學傳修期年年六十九只學賈浪仙祭詩且沽酒

余三十三而致仕有句云可惜巢與由此身不肯老今八十一矣偶讀此句不覺失笑

昔入山時怕出山巢由不老發長嘆而今又被巢由笑老到來時也不難

以繡畫祝慶晴村都統時駐劄寧古塔

花甲人開塞外筵蟠桃爭獻大西天誰知遠進霞觴者尚有倉山一散仙

寄君一幅海棠花采色鮮紅映曉霞知道將軍詩句好弓衣繡遍女兒家

當年記否喚吳娘濃笑書空道姓唐今日瑤池偷重到麻姑兩鬢定如霜

懸弧同唱百年歌老我先叨八十過怪底少微星尚在餘光分得將星多

祝公轉旆督江東再聚西園樂未終不信但看圖上鳥雙飛兩個白頭翁

余五十歲用眼鏡今八十矣偶爾去之轉覺清朗作別眼鏡詩

是誰替我換雙睛靉靆捐除眼忽清與汝竟成垂老別叨光已領卅年情水因

春暮冰方解月到更深魄倍明從此鼻端兼耳畔永無牽挂累餘生

孫補山相公在西藏軍營深夜秉燭和隨園自壽詩六首將弁驚訝以為有緊急軍務也詩成傳寫方始釋然書來告知感謝一律

夜半牙旗捲朔風帳中筆響一燈紅羣驚草檄傳軍令豈料題箋寄野翁萬里雁隨雲入塞六章詩似將成功老兵磨墨應含怒何物袁絲累相公

再寄麗川中丞

兩寄詩箋墨未乾遙從塞外問平安怕經吳郡當轅過愁夢遼西識路難江左自然春再到晨星無奈漏將殘八旬年紀千行字應惹中丞掩淚看

成警齋都統素未識面蒙入山見訪枚小住揚州有失迎候及至京江走謁又爲風阻途中蒙賜肴烝剪江而至

西清簪筆舊詞臣官領東南統制尊半刺正思投帥府八騶先已到蓬門渡江趨謁風偏阻破浪傳餐盞尙溫未得瞻韓情若此況教文史共深論

京江相晤誦見贈十詩知夙有同門之誼再謝一章

匡衡翼奉本同師海上成連見獨遲一面各驚雙鬢雪千金不換十章詩雲泥分隔緣偏重膠漆情深水亦知從此秣陵烟樹裏雲停月落總相思

寓佩香女士聽秋閣主人未歸蒙左蘭城家岸夫分班治具都統成公屢以詩來同至焦山餞別

京江小住聽秋閣竟作平原十日歡弟子攜尊排日飲將軍走馬送詩看香蓴紅藥家家賞活捉鰣魚頓頓餐歸過焦山重望海一天烟水又憑欄

佩香歸和

兩月揚州久未還荒齋閒博老人懽歸帆可奈先生早時先生亦自揚州到鎮明月難同弟子看有客登臨陪望海無人朝夕勸加餐白頭知否懷恩意鎮日風前獨倚闌

輓吳敬軒明府諱之承山東人

琴堂昨歲別匆匆忽聽仙遊兜率宮善政人方千口誦服官年僅五旬終鶯遷喜振雲中翮棠蔭驚摧海上風君新陞海門司馬遙識吳儂失慈母忍看丹旐去江東

我本留侯門下人哭君三世倍沾巾廉泉一勺頻分俸仁粟千鍾更指囷握手記曾留後約通家何遽了前因傷心芳訊來如昨猶餉新茶及早春仲春蒙寄新茶

輓范莪亭孝廉

客春遊四明到處停蠟屐范蠡有精苗新交如舊識君晚舉明經娛情任泉石漢隸及籀書八儒兼三墨一一盡淹通等身多著述久聞天乙閣藏書勝西穴想向蒲侯借因到鄴架側君家諸族人粲若屏風列蠹魚見我來蠕蠕盡逃匿

芸草知我來餘香未消滅啓櫝無一編但見灰塵積據云丁亥年　四庫求書
急恭進七百種　天子大喜悅命付抄胥抄原本仍發給重重官府門遠若人
天隔無人敢往領遂致全散失方信牛宏言藏書有五厄我入寶山遲一瓻乞
不得賴君有雅尚愛搜古墨迹前明牘與箋裝潢高百尺中有楊左書字字萇
弘血公然我拜觀亦足慰飢渴君乃索序言諄諄相敦迫何圖白首逢遽作黃
壚別難乘縞素車遠弔張元伯只好學孝標修書踐諾責聞君素聰強偶然遘
小極一朝竟委化七旬還欠一我少一面緣來騎千里驛緣盡便乖分其故誠
難測宜乎楚屈原問天天不說

三伏

炎帝代辭客幽人得自如門無朱鬣馬家有白雲車雨久荷花密風高楊柳疎
年年三伏日添著幾行書

消暑無事偶檢破簏得未刻古文九十餘篇中有尚可存者理而出之竟
留其半大概皆少作也然非老耄之不能割愛卽當時之過于矜嚴姑付

開雕以質觀者

偶檢叢殘稿遺珠覺可嗟重番加甲乙照樣付麻沙悔黜貧時媍重栽拔過花

倘非儂有壽一炬落誰家

徐朗齋投筆從軍圖

孝廉船一隻落第去從軍投筆千兵捧高歌萬馬聞甘陳初學武隋陸本能文

聽說燕然石銘功正待君

哭福敬齋公相追封郡王詩

勳冠雲臺有重臣一朝天上作星辰誓清蠻觸寧知病力竭沙場竟致身家散

黃金酬將士貌留青瑣畫麒麟祇愁甲可銀河洗難洗三軍淚滿巾

西域班師未駐車又從荊楚建高牙丹霄屢展擎天手瘴雨偏傷捧日花諸葛

臨終猶薦士景桓辭闕早忘家九原料得公含笑已報軍前獲呂嘉公薨數日而苗匪首逆就擒

九重卹典下非常四海聞知也斷腸帝壻沿途勞執紼聖躬奠酒忍臨喪

招魂特建昭忠廟　錫爵追封異姓王如此哀榮真絶代千秋竹帛有輝光

四章詩寄草廬中念舊憐才字字工業已威名傳海外尚能儒雅繼家風青琴識曲真難再白髮銜恩感未終倘到泉臺趨膝下先王還恐問衰翁文忠公亦追封王爵

遣與

身世悠悠過八旬客來還說好精神燈光縱白終非曉霜葉雖紅不是春鬢髮全凋休對鏡恩仇未報尚爲人古今第一聰明士最愛南朝范子真

久眈水竹賦幽居偏有榮光照草廬無驛遠來千里客終朝忙答九州書家藏帝子量才尺瑤華主人賜玉尺門走雲鬟問字車身在虛名竟如許未知身後更何如

黃公罏下渺山河子野聞歌喚奈何貧怕盤空添客至老貪睡少得詩多萬般往事風前憶一片浮雲水上過轉眼瓊林春宴近可容此老再婆娑下科會試即己未矣

莫說無情尚有情風吹瓢動許由驚易知秋冷身原瘦常對烟雲夢亦清竹樹添孫多外向兩兒俱生兩女諺云女心外向梧桐忘老作秋聲歐陽當日文名重更要推敲畏後生

冬常早起夏常眠生性耽遊自在天身健每嫌兒女弱心虛常覺友朋賢魚貪涼影遊荷下鳥戀殘花立樹巔記得當時康節語憑人謗我作神仙

未知還有幾年狂欲遣靈氛問彼蒼杖有三枝空擺設食無四簋恰精良常臨水坐心常活不惹人嫌老不妨最是今秋傷感處四賢詩冊兩賢亡（謂福敬齋郡王孫補山公相皆冊中冠首）

重九日爲凡民先生掃墓余年逾八十來日大難祭畢愴然賦詩與訣因甲午年詩有君葬十三年我來如一日之語故起句首及之

過來兩個十三春依舊儂來祭墓門宰樹有情應識我故人來享也消魂離離秋草澆三爵裊裊香烟散一村此後衰翁難再到定將此事付兒孫

戲仿易林五首

粉面遇雨其醜自取不見嫦娥淡妝如許

貧士遇珠奄人遇姝豈不相愛徒生嗟吁

案頭塵積衣上潮生無故而至總不分明

春冷過冬秋熱勝夏衰旺無常使人驚訝
烏不巢桐蟬不鳴松一避威鳳一怯高風

雜書十一絕句

愛坐孫樵去佛齋不登梁武講經臺老夫心在羲皇上可肯攢眉入社來
不婚不嫁悟真如我替如來大喫虛未到百年人類盡可將塔廟付龜魚
輕輕一紙越王書全活生靈萬萬餘較勝兩階干羽舞漢文功德有誰如
小立芳塘有所思休文綺語合刪遲中通外直蓮花性尚有纏綿不斷絲
數枝芍藥映欄紅香重風輕色更濃賜與羅虬花九錫金刀作剪錦帷封
柝聲四起夜沉沉靜掩蕭齋獨自吟花影到牕知月上蟲聲如雨識秋深
新茶人贈白雲翁舊雨爭來飲一鍾當作蘇門四學士朝雲手試密雲龍
落葉得風走瓦上野鷗避雨來牕前池中無故蕩船響籬外有人偷採蓮
衰年一卷手當持捨去全無悅目資祇爲消閑非好學此情惟有蠹魚知
吟詠餘閑著食單精微仍當詠詩看出門事事都如意只有盤餐合口難

酬應隨心最自如從來天籟勝笙竽兒時愛著新衣好越是矜持越惹污

聞麗川中丞又調葉爾羌矣久未接信

聞公西域換雙旌路隔天山又幾層聞葉爾羌比烏蘇更遠萬里信遲青鳥使一年人盼白門燈星纏驛馬身宮旺功立沙場物望增早晚　君王召方叔滔滔江漢正軍興

補祝慶樹齋尚書來書以弟有兄無詩見責

尚書花甲補徵詩已過稱觴兩載期天上不教青鳥報山中那得野鷗知調羹久已家留鼎介壽何曾釁有絲從古瑤池王母宴偷桃方朔總來遲

記來南國唱皇華招得衰翁載後車兩點金焦迎使節幾番詩酒醉通家卿雲雖別光常照冬日留溫影未斜公生日在十月不久瓊林儂要到添籌再獻杏園花

送陳東浦方伯調任皖江名奉茲江西人

五載屏藩物望尊一朝玉節走雕輪皖城有幸迎郇伯江左無緣借寇恂卿月本來難久照仁風何處不班春只愁明歲瞻園燕錯認堂前舊主人

臣心如水一般清但見風人便有情俸薄酒常置東閣官尊貌不改書生請天
三日甘霖得今春苦旱公朝禱而暮雨故用束廣微語唾地千篇頃刻成豈獨陳遵夸尺牘詩才
壓倒謝宣城枚愛公尺牘多加潢治公詩鐫十二卷

雲泥分隔意綢繆肯把心期物外遊愛訪烟蘿常命駕恐驚猿鶴不呼騶公來山中
不鳴騶不喝道蕭家侍史傳箋慣公僕程鵬能詩每有文字必遣渠至王粲英年掃榻留枚薦王西林秀才爲記室每
到清談動移日九霄老鳳一鬧鷗

德星久聚手難分忽唱驪歌耳怕聞正喜青琴同識曲何堪白髮又離羣一江
秋水旌旗遠兩地蒼生盼想殷倘到大觀亭上望小倉山下有孤雲

不寐

老來最怕夜如年不是鰥魚也不眠苦望天明如望榜一聲明砲便欣然

孫補山相公輓詩

星折中台朝野驚拳拳遺表見生平三公坐席何曾煖八十從軍慷慨行傳箭
峨嵋苗女捧著書西域陣雲清公著西藏志信來借書公真不愧梅陶語忠慎勤勞似孔

明

聖心哀感　詔纏綿　卹典重重下九天臣力盡時雙目瞑　君恩深處萬人

傳謝元賴有孫能繼王猛深知子不賢公遺表云臣子不肖願以孫襲蔭倘見朝雲訴家難也

應東海旱三年愛姬沈夫人被誣冤憤先亡

五羊城下拜旌旗衰朽曾蒙國士知八座鳴鉦來視疾六鶯飛馬替傳詩星移

白下重逢速人去黃扉再見遲聽說江東諸父老至今翹首望歸期公所出告示民間刊刻傳觀

今春芳訊雁頻通豈料公歸兜率宮一勺廉泉猶在口公贈金十笏署曰非貪泉也先生可飲幾

行衰淚又臨風家鄉有墓西湖重勳舊無人北闕空福敬齋郡王同在軍中先公薨逝安得韋

丹碑十丈儘教杜牧寫殊功

獨坐

風滿長廊月滿庭蕭蕭獨坐一燈青常疑天上仙何在最恨人間鬼不靈眼看

大千諸世界手持小品法華經秋聲何苦年年至到像衰翁耳愛聽

再示兒

山上栽花水養魚卅年沈約賦郊居書經動筆裁提要詩怕隨人拾唾餘三代文章無考据考据之學始于東漢一家人事有乘除阿通詞曲阿遲畫都替而翁補闕如余不作詞不能畫

送方訒菴觀察

觥觥訒菴公仁風江左宣一旦引嫌去士民俱拳拳或爭嗅韡鼻或思拗馬鞭僉曰昔觀察當作傳舍觀惟公甫下車恩威竟赫然無徵人不信聽我歌一篇觀察夫何如學道始東魯國人皆曰賢君子以爲古判事重南山隨車帶甘雨公羊創邪說兄弟分母父遂有鬩墻人忍將弱弟侮公訪搆訟者嚴鞫加箠楚從此不軌徒聞風氣先阻明如日破黑捷若箭離弩雷霆劈鬼膽佛力馴豺虎吏從冰上行民向風前舞我知公經綸十未施三五但借寇一年此邦爲樂土吳淞多海氛往往枹鼓響官吏不知兵遇賊膽先喪公昔攝觀察慷慨將書上某嶴宜設伏某港宜搖槳或驗風色行東南須辨向或練水犀軍糧薄宜加賞

會哨集我衆探巢搜彼黨未戰先習船揮戈免吐浪善事先利器平時修甲仗
才如唐休璟萬里指諸掌勇哉灌將軍臂奮請親往
相國劉諸城當年擅威福公作秋曹郎升堂論刑獄元老一言定諸曹盡瑟縮
公獨執法爭一士偏諤諤宗資諾可畫游肇筆難曲相國爲改容盈廷嘆忠告
一時朝士中驚看麟獨角即此見生平肯因人碌碌
愛民先禮士手扶大雅輪鍾山有講舍多士蒙陶甄剋期呼騶至口將經義申
峨峨獬豸冠言厲色則溫濟濟青衿列聞訓書諸紳每逢宣講日相戒毋逡巡
頗如弟子惰怕受先生嗔欣沾時雨化竚見文風振惜哉桃李樹不能長留春
公昔寓白下屢蒙詣山莊芳花生滿齒佳什披琳瑯昨冬乘繡幰奉 命來巡
防方伯陳太邱清風相激昂（東浦方伯）遂使一閟鷗得逐雙鳳凰風月時談論治理
或咨商忽然悵分手兩賢齊啓行（方伯調任皖江）老我既難別更代民思量如兒奪其
乳如川移其梁恐返渡河虎更添朝飲羊安得吹慈雲依舊覆江鄉

駱佩香女士歸道圖

小別西王母紅塵四十年三生緣忽了一旦悟真詮洗手翻靈笈拖裙采妙蓮
將心安放處如月放中天
入夢非非想空床只自知如何女龍寡不作藁砧思落筆多仙氣伊誰作導師
九天玄女問莫說老袁絲

題妙巾女子瓊樓倚月圖 有序

乾隆庚午蘇州詩人蔣盤漪教題納姬冊子幷抱所生公子嬰婗出見爲賦長慶體一章載在集中今四十餘年矣公子綰綬皖江政聲循卓又以丁姬妙巾小照索題余老矣棖觸舊事一往情深惜子固叔姬雙雙俱至而余又遠遊揚州不得一見故第五首及之公子名業謙字湛華太夫人住白蓮橋少有觀音之號

飛瓊身本住瓊樓偶到人間字莫愁誓與姮娥常見面夜深不肯放簾鉤
晚妝才罷倚雕楹月下窺園倍有情知是桃花知是妾問郎曾否看分明
枉費冰人說蔦蘿美人方寸是星河一逢蔣濟真才子便唱丁娘十索歌姬曾却富

人千金之聘

生長西溪學浣紗一朝皖上看桑麻知隨潘令班春去壓倒河陽滿縣花

孤負雙雙駐畫輪衰翁偏作出山雲披圖喜見驚鴻影未識丹青肖幾分

題罷風詩笑口開惹儂往事上心來白蓮橋下觀音降江令當年早費才

詩塚歌

晴沙先生選詩畢公選梁溪詩自漢魏以至本朝剩稿橫堆三十尺作何位置費商量欲焚欲棄心未決買生鬭入大叫呼投諸水火詩無辜盍將斷簡殘編葬當作枯骴朽骨乎相彼惠山下厥壤惟墳壚殮以文梓匣加以純灰塗二泉環流清似雪較勝水銀江海黃金鳧賓賓學子來會葬都是鬱鬱佳城墓大夫髑髏臺點鬼簿團聚詩人無萬數樹櫝何妨七尺高樵採應禁五十步楚些招魄家唱青山夜靜聞聲響地下騷壇个个爭墳頭吟草枝枝長君不見 本朝顧俠君選刻元詩三百人夜夢高冠如箕一齊來拜謝想見名心未死不以陰陽分君今此舉古來寡文家筆冢難方駕泥封更比紗籠尊火燒亦不秦皇怕我欲高刊華

表十丈碑大書過路詩人齊下馬賈生名崧

哭和希齋大司空有序

枚與公素無一面而兩次書來云先生　聖世奇才久思立雪軍中帶小倉山房全集朝夕諷詠虔等梵經又寄懷云相逢知有日天不墜文星嗚呼文星未墜將星先墜矣八十衰年非常知己而終不獲修士相見禮其能無腸若湝湯揮毫一慟耶

伯爵才封　賜紫繮忽聞三楚喪元戎祭遵儒將人多愛鄧禹英年事正長不待兩階舞干羽竟將一死報　君王　聖心正是焦勞際又灑　堯天淚幾行

刻意憐才孰與同小倉詩當梵經供久思立雪言何重未畫淩烟帳已空萬里孤臣烟瘴外三生知己夢魂中癡心想借金靈馬追到泉臺一見公

過吳門有懷麗川中丞

偶泛扁舟往浙東戟門重過意忡忡高牙大纛依然在不見詩人嚴鄭公

一天風雪水盈盈獨捲孤篷看月明倘使公家還在此幾番歡笑幾番迎

秋風九月接瑤華紙上猶飛塞外沙想對天山萬重雪還思陶令一園花

千里相思兩鬢霜雲峰難割九回腸師丹老去渾忘事只有恩門死不忘

翁雲槎徐守愚王紹曾皆奇中丞侍者見余來蘇如見故主置酒爲歡余感其憐才念舊一往情深贈詩一章兼寄中丞

中丞曾築招賢館侍者能憐穎士才一艇偶從吳下過三賢齊道故人來花如相識皆含笑酒爲衝寒易舉盃王謝堂前舊時燕依依也繞百千回

題歸佩珊女士蘭皐覓句圖

仙人謫下瓊瑤島生長朱門讀書早寫就簪花妙格妍詠來柳絮清才好客春曾見衍波箋詩比芙蓉出水鮮已把名香熏什襲還將佳句付雕鐫今來小泊申江渚曳杖隨風扣仙府蒙卿一見老袁絲喜上春山眉欲舞自言十載奉心香俠拜甘居弟子行一朶琪花天上落也隨桃李傍門墻白頭意外蒙矜寵三日三來不停踵捲袖親將鳩杖扶抽簪還把茶甌捧手贈雙銖金錯刀更分雜佩解瓊瑤束修多是裝奩物探出羅襟香未銷匆匆潮落催回槳惜別牽衣情

怏怏但願衰翁似白鷗青溪黃浦頻來往誰畫蘭皐覓句圖仙姿蘭氣頗能摹何妨添個西河叟常許朝華問字乎

題天平攬勝圖爲珊珊女子作

一綫盤空上天平景最清松林秋寺古峯影太湖明雲壓裙釵濕風吹環珮鳴詩成誰作答繞屋有泉聲老我來梨里三眠寫韻樓燈殘還問字吟罷始梳頭白髮難爲別紅妝易惹愁何當攜此卷攬勝與同遊

再展和希齋尚書手札淒然有作

焚香再讀八行書老淚盈傾眼欲枯議論儼然王者佐胸襟肯受宋儒拘札云宋儒之爲道拘猶士大夫之爲位拘也因文識我真奇士爲國士身古丈夫底事三賢同歲去不憐一叟寸心孤札云讀先生詩知先生之爲人未曾一面早心開偏在雲霄憶草萊忘却通侯爲上將屢誇聖世有奇才身騎箕宿天邊去魂逐倉山集上來此日三湖連九塞金風鐵雨有餘哀

哭王西林秀才有序

西林名汝翰其父廷泰余試童子時之案首也西林才過其父而溺苦於學以咯血亡年纔二十六歲

曾見而翁美少時卅年又見小瓊枝老夫當作鸞雛待爭奈偏教鵩鳥知
殿前楊柳張思曼天上瑤金劉叔琳一旦驚風摧玉樹不知造化是何心
記否同眠水竹居風簷殘燭夜窗虛夢回千樹梅花下睹背兒時舊讀書
也曾學佛拜天尊也愛絃歌入聖門今日西天與東魯教人何處與招魂
文章攻苦太嫌過嘔出心肝奈爾何料得春來書帶草年年生長墓門多
輔嗣身亡最可憐九原辜負腹便便他時水月松風處定遇談玄一少年

觀瀑

海被風吹起狂瀾直上天山川齊助響草木盡生烟點額初疑雨飛珠忽打肩何時千尺雪洒遍萬家田

阿通生子賦詩戲之

吾兒真不肖弱冠便呼爺可記兒來日而翁鬢已華邑名勝毋處曾子早回車

何苦添丁急希圖跨竈耶

臘月十四日別蘇州還山作

出門納屨便行矣歸里臨期轉黯然不是伊桑戀三宿只愁丁鶴別千年賓朋

心惜風中燭祖餞筵開雪後天更有金閨女弟子牽衣捧杖倍纏綿

小倉山房詩集卷三十六

小倉山房詩集卷三十七丁巳

錢唐袁枚子才

丁巳元旦

八十又加二人憐天亦憐童孫初入抱臘月朔日阿通生一子鴻案尚齊眉努力尋三樂

關門靜一年好教來歲健重赴鹿鳴筵明歲即戊午科

新正喜晴

今朝纔像是新正梅蕊離離報曉晴老眼破昏如更少嫦娥久别倍多情芳園

門外車騎響好鳥枝頭口舌輕況我衰年尤愛日看書要趁夕陽明

余病痢醫者誤投蔘耆遂至大劇

胸横一老字動手便蔘苓譬治萑苻盜先存姑息心彎弓忘審的閉眼亂穿針

始悟中醫好俞跗何處尋

不寐有感

老去神衰夜不眠更籌數盡五更天乞誰送入華胥國一夢強於活一年

人生在世如雲耳雲去雲來雲本無生怕易來不易去惡風攔阻在中途

病中不能看書惟讀小倉山房詩集而已

病中何事最相宜惟有攤書力尚支悅耳偶聽窗外鳥賞心只看自家詩一生陳迹重重在萬里遊蹤處處追吟罷六千三百首恍如春夢有回時

病痢劇甚蒙張止原老友餽以所製大黃聞者驚怖搖手余毅然服之三劑而愈賦詩致謝

藥可通神信不誣將軍竟救白雲夫（大黃俗名將軍）醫無成見心纔活病到垂危膽亦麤豈有酖人羊叔子欣逢聖手謝夷吾全家感謝回生力料理花間酒百壺

周青原舍人札來勸勿服藥

明知勿藥喜當局便迷懵身困求援急醫多聚訟忙補羸無紫桂厄閏有黃楊得汝箴規語如餐續命湯

憶梅

久已東風到若耶千枝香雪未橫斜寒梅似為居停病忍住春寒緩放花

兒童走報蕊初含待到花朝賞尚堪我欲杖藜扶病起巡檐一笑死猶甘

折梅插瓶供之寢室省往看之勞

巡檐終竟怕迎風忍折花枝伴老翁笑汝林家爲外婦不曾迎到洞房中

夢醒羅浮月影涼美人何在但聞香呼童慢把衾裯捲且讓殘花睡滿牀

止原勸病起尤宜珍攝再謝一詩

張華慮在平吳後士燮深憂克楚前同是超超元箸意知君不愧古時賢

病中雜記古人事之可喜可愕者作絕句十六首命兒輩錄出以擴見聞

商王愛酒酒爲池痛飲晨昏竟失時特遣官奴問箕子答云臣醉不能知箕子

主上執鞭迎道左百官屈膝跪雲臺將軍還要出身正依舊還鄉舉秀才陸遜

休將伐國問仁人家數牀原上下分阮籍看人惟白眼蘇瓊將我入青雲蘇瓊

太師赴宴舉家遊望見簾中有莫愁奪得方知自家妾妾多忘記在空樓迭水兒

宋儒迂謹久傳聞獨有尚書友誼真借妾生兒仍返璧兩家供一太夫人潘兆豐

元代諸科拉雜開諸王高坐論人才人才絕好高君玉可惜科從進士來衞紹王

祿食天家七十春未嘗一日病纏身竟忘草木威名重直犯雷霆救直臣　張萬福

太初遭際慶明良初捷南宮寵勝常帝爲賞錢三十萬竟將私債累君王　李沆

元帥功成萬馬馳滿懷冰雪映戎衣伯顏平定江南後只帶梅花兩樹歸　伯顏

宮僚花飲擁嬌紅天子聞知怒相公公整衣冠前拜賀太平有象是臣功　王旦

閨閣英雄荀灌娘十三救父改軍裝後來只有渾公子乳媼同來入戰場　荀灌娘　渾瑊

朝官受賂跪盈庭獨立昂然宋廣平賂到臣門臣亦受一言諸罪盡從輕　宋璟

愚孝愚忠古所譏呼延贊事更堪嗤全家身刺勤王字刲股爲羹自療兒　呼延贊

前朝內監太豪奢萬石胡椒載滿車抄到奄人劉瑾宅方知元載是貧家　劉瑾

深夜孤軍受賊戕自將碧血寫封章抽刀誰似來君叔忍死須臾薦段襄　來歙

一角孤山構草廬先生梅鶴與同居如何尚有憐才意愛寫公卿薦士書　林逋

擬重赴鹿鳴瓊林兩宴詩 有序

余七十九歲作八十自壽詩見彈而思鴞炙自覺太早故藏篋中次年

纔敢示人今春病中無俚念明後兩年重赴鹿鳴瓊林之期已近題目大佳忍俊不禁各賦十章聊當枚家七條以想當然三字虛處描摹古之詩流往往有之雖預支年壽蒼蒼者未必慨然見賜然詩登集上則願了心中質之諸君子其愚我耶其和我耶

丁未年重赴泮宮鹿鳴筵又宴衰翁分明六十年前事聽到呦呦耳尚聰（雍正四年余入泮宮年纔十二）

折桂蟾宮幾度秋婆娑還伴少年遊不愁月裏嫦娥笑只恐嫦娥也白頭

當年意氣似雲顛頃刻風吹欲上天今日萬般心事了僅留一杖傲羣仙

主試共將前輩喚同年多把歲星猜偏教一路珠簾捲錯認當年梁灝來

小醉華堂酒漸消金鞍扶上馬蹄驕奈他多少簪花客攔住衰翁說四朝

代請熊公赴鹿鳴一篇駢體最風情不圖我亦修能到追繼前賢有後生（代請熊滌齋先生重赴鹿鳴啓在文集中）

記得長安利市街平康巷裏小徘徊幸虧叔寶無風貌不被紅裙看殺來

泥金名紙久模糊落落晨星影太孤不識上公憐譜誼宮門還問簡齋無阿廣庭相公戊午同年奇中丞入覲詩曰白頭宰相關心甚問了黃河問簡齋

宴罷高歌詩八章諸公莫笑老夫狂世間幾個盧生在能作邯鄲夢兩場

萬事輪回若轉轤光陰飛去在須臾他年花甲重周日更有何人繼老夫

重宴瓊林詩

羽衣人掃大羅天道有重來老謫仙不料桑田變滄海瓊花一朵尚新鮮

記得曾騎白鼻騧路旁人指少年夸而今舉眼誰相識認得袁絲只杏花

車如流水馬如龍回首天街似夢中愁上金明池上照綠衣郎變白頭翁

新貴森森玉筍班探花折柳各憑欄老夫別有閑心相獨自摩挲銅狄看

九霄臚唱會羣仙仙樂嘹嘈送耳邊絕似當年趙簡子重尋殘夢到鈞天

五雲深處幾輪車西抹東塗笑語譁越是阿婆人越看蟠桃一樹古時花

史先嵇後兩平章文靖公文恭公同撤金蓮進洞房他日 熙朝記人瑞鴛鴦也得附鸞凰三人皆恩假歸娶

詠罷霓裳廿五科春明門外邈山河白頭宮女儂相似記得開元舊事多
開箱難覓舊冠巾借得宮袍未稱身轉悔當年燒尾宴不曾想作再來人
懽場回首易消魂世上榮華水上雲三百銀袍何處去天留一叟伴諸君己未進士共三百人

讀北魏書有感

席間夏侯夬耳語江文遙人生多局促相看先後凋今約諸君子生死須招邀
良辰與美景宴集如今宵亡何夬竟逝又逢上巳朝江公如其言設位將魂招
果見夏侯來杯斟酒即消幽明雖渺渺神理殊超超後有裴伯茂曾與李渾交
裴亡李率友靈前進羹肴一酹一相酌纏綿往復勞泣問裴中書可復知吾曹
我讀兩傳畢不覺心忉忉既傷逝者情又感風義高奈年登大耋平輩多寂寥
他日靈牀前有酒知誰澆

東風

東風又送好韶華柳漸青青草漸芽照水莫驚雙鬢雪幾人能看四朝花光

陰一寸皆爲福樂事三春未有涯客到只從籬外聽笑聲多處是吾家

病中妬晴

欲起尋春杖嬾扶百花似雪滿園鋪虛情不領東皇惠如此晴光贈病夫

膳飲留滯舌上苔生戲題

仁粟空吞學喫齋智牙殘缺易生災如何妙絕瀾翻舌不長蓮花只長苔

昨冬下蘇松喜又得女弟子五人

夏侯衰矣鬢雙皤桃李栽完到女蘿從古詩流高壽少於今閨閣讀書多畫眉有暇耽吟詠問字無人共切磋莫怪温家都監女隔牕偷覷老東坡

枚少受知于鄂文端公史文靖公中年受知于尹文端公晚年受知于孫文靖公四公薨後行狀碑銘都出枚手書後追思感賦一律

聖世元良四重臣皤皤一老受恩均不圖青史傳名裏都付倉山後死人褒鄂鬚眉非易畫皐夔氣象見方真九原他日相逢處始信文章有宿因

惱夢作六言詩

醒時頗少精思夢裏偏多佳句無奈漸漸將醒便覺沉沉遁去有如追捕亡人一去竟無尋處

病起作

天公容老不容健特教二豎來相困庸醫知老不知病誤把強松弱草認關門養賊助之攻桂附蓡耆藥雜進從此迷懵匝月餘腹苦彭亨頭作暈幸遇良醫仲景來按脈分明敢自信道是膳飲多滯留須用將軍破堅陣（用大黃三劑）果如觸犯天屎星暴下農田十畝糞漸漸胸膈得展舒五餐三饋纔能嚥其如元氣已凋傷未免黃楊重厄閏皐陶面色如削瓜沈約腰圍減幾寸直似恢復得空城雞犬桑麻存者僅重辦屯田善後方甘霖潤補雷霆震又恐蟯瘕消導難牛炙羊羹都不近老妻稱藥妾量水比畜嬰兒尤謹慎自笑龍鍾八十翁未必期頤還有分雲水無心愛出山舟如藏壑心無慍晝起卽是地行仙宵橫便算長眠漢笑斥如來護命經胸有莊生齊物論世間萬事等閒觀歿固欣然存亦順君不見顏含性命自家知雖有郭璞蓍龜從不問

示兒

可曉而翁用意深不教應試祇教吟九州人盡知羅隱不在科名記上尋

葛洪不識摴蒱齒陶侃嗔將博局投一個神仙一豪傑肯教白日付悠悠

二月十五夜

暗香疎影曲欄東千樹梅花一老翁白髮似花花似雪夜深難辨月明中

忙

花要泉澆鶴要糧穿池疊石要平章巢由料理溪山事竟與皐夔一樣忙

常記

常記古人言思之每爛熟食蔗漸漸佳離官寸寸樂

陸展古賢相論士尤諄諄不能一勺酒便是五分人

靜參諸物性草木各成家竹有低頭葉梅無仰面花

謝談竹塘贈綿馬夾

四月清和春已歸春寒猶未去重帷感君家有長生庫許我身披短後衣半體

全忘腰下重一鞭好上馬如飛只愁八十持竿叟難換戎裝立釣磯

題李蕙圃玩石圖

青蓮本謫仙擇交苦無偶目空世界海獨與石爲友相對兩忘言摩挲最耐久我昔遊桂林奇峯登八九幸逢君哲兄推袁不離口君時從經師方騎竹馬走何圖一星終尺書魚腹剖命題玩石圖玉貌還如舊樹根拗作牀離騷縛在肘一個萬石君袖著補天手石丈與石婆鱗羅侍左右我乃石戸農願借少康帚來掃石上苔同飲窪尊酒先題詩數行問石點頭否主人郎松園之弟

花落書上卽夾書中

花下攤書卷花多落卷旁想來花意思也似愛文章卽取書中夾聊當柱下藏他年再翻著還恐有餘香

贈計賦琴

令君人去香猶在任育生來影亦佳莫更披衫臨水坐恐教羞殺六郎花

溧陽彭賁園先生年八十五矣聞其健在喜寄以詩

芳訊傳來喜欲顛魯靈光殿尙巋然東方著述三千牘彭祖家風八百年屈指
誰爲天下士比肩同作地行仙急書詩箋風中寄當作鍾期未了絃

山雀

晨起坐南牕山雀來簷宇三五各成羣意態何容與或踏樹枝搖或出烟中語
向我啁啾鳴似識園林主汝來從何方汝去歸何所雖有稻粱謀而無家室苦
生便有來時死竟沒尋處從無飛禽尸空中墮毛羽夫豈皆神仙沖天竟飛舉
此理不能明教吾常羨汝

夢

古今最是夢難留一枕黃粱醒卽休衹有高唐巫峽處至今雲雨尙悠悠

雨中送春

東風吹雨洒雕輪楊柳依依欲斷魂真個送春如送客滿山花草有啼痕
雲從嬾後都爲雨春到歸時不管花我恰憐春歸路滑不知今夜宿誰家
花魂四月尙勾留姹紫嫣紅鬬未休一日東皇如夢醒子規啼殺不回頭

春如五日張京兆我是三生杜牧之初放夭桃初舞柳教人越老越相思

簾遮芍藥戲作六言

簾遮芍藥數瓶關住一房花氣譬如新得佳人一月何妨幽閉

六月披裘

分明荷葉滿池浮節過端陽冷似秋天要衰翁作衰樣今年六月尙披裘

舊痾又作

老去將身作漏巵廉頗依舊矢三遺空增對藥攢眉態無復熏香擁被時廳號

更衣常覺少烏呼脫褌總嫌遲想緣天廁無人守重起劉安作主持

解穢思將羯鼓撾芝蘭臭味向誰夸呼童傾倒婌窬物賜與將離早作花（俗號將離爲糞芍藥）

滯留掃盡五倉中從此清明應在躬莫笑先生太枵腹劍仙從古號空空

讀孔子世家

贊易刪詩話恐虛孟荀筆舌始紛如尼山道冠千秋處妙在平生不著書

病後自覺衰頹而筆墨應酬人云未老
一病方知老容顏瘦鶴同腰圍三寸減衣叩滿身鬆見客先尋杖看花便怯風
只提雙管筆不像八旬翁

潯陽客況圖

潯陽江上水客過便情生楓葉雖無影琵琶尚有聲花開雙蓓蕾酒飲一經程
不忍匆匆別題詩記姓名

謝霞裳寄藥方兼訊病中光景

多謝良朋寄藥方教將病態說周詳花經雨後香微淡松到秋深色尚蒼鎮日
翻書尋本草幾番偷眼看斜陽莫辭妙墨三千卷便是張衡不死牀
八十遊山一杖支童心猶似少年時幸虧二豎來相訪甚矣吾衰始得知

詩城詩 有序

余山居五十年四方投贈之章幾至萬首梓其尤者其底本及餘詩無
安置所乃造長廊百餘尺而盡糊之壁間號曰詩城

十丈長廊萬首詩誰家闢富敢如斯請看珠玉三千首可勝珊瑚七尺枝

推襟送抱好詞章四海風人聚一堂不待恭王來壞壁早聞絲竹響宮牆

不用烏曹磚一片不須伯鯀造成功但教詩將文房守四面雲梯孰敢攻劉文房號

城下梅花千樹栽羅浮春到一齊開參橫月落羣仙降定與詩魂共往來

五言長城又贈某云遙聞詩將會南河

詩城歌

陸應宿小雲

先生選詩如選將一城高築萬花上長廊百尺盡糊詩宛與騷壇作保障嘉名肇錫雅且新疎疎密密雲錦陳喜有崇墉足位置免同論語燒爲薪占來形勝更無偶青山抱左水繞右雖無劍氣起豐城定有文光射牛斗除非風人到孰敢乘其墉無形之險勝王公不須更設重門重先生原是詩中霸李少鶴贈詩云云海內詞宗少並駕足使淩雲倚馬才一齊受降此城下城下千枝香雪清城頭幾朵白雲行垂楊似學旌旗舞鳴鳥疑聞鼓角聲我每登臨看明月愧乏衝鋒一枝筆長城輸與劉文房只好充當守陴卒

答勸參禪者

看破浮生一夢中醫巫何必召匆匆世無天女休貪色心有如來便不空雲去雲來還見月花開花落且隨風瞢然寐後蘧然覺桑戶歌聲尚未終

王葑亭太僕梅石居居士同日訃來俱年未六十感而有賦

王楊並逝如相約李嶠雖存涕不禁序齒已慚加倍長論交都有廿年深王維朝罷多佳句梅福山居抱古心今日病中聞訃到九原累我再追尋

歸佩珊女公子將余重赴鹿鳴瓊林兩宴詩以銀鉤小楷繡向吳綾見和廿章情文雙美余感其意愛其才賦詩謝之

三尺吳綾字數行累君纖手替裁量買絲想繡平原久先繡霓裳曲廿章鏡檻風和鬢影斜稀針密線不教差遙知小婢私相訝不是尋常慣繡花珍藏合把戒香熏當作天孫織錦文夸向河汾諸講席門牆可有薛靈芸閨閣如卿世所無枝枝筆架女珊瑚將儂詩獨爭先和領袖人間士大夫和章千里寄來而城中紳士尚無一人和者

李謩明歲試金鰲千佛名經手自操我勸唐宮針博士替他留巧繡宮袍郎君李安之

答東浦方伯信來問病

人生將辭世先從反常起飲者或停杯遊者懶舉趾我性愛賓客見輒談娓娓自從一病餘聞聲輒掩耳甚至妻孥來揮手亦不理自知大不祥老身殆休矣誰知理舊書欣欣色尙喜偶作病中詩高歌夜不止推敲字句間從首直至尾要教百句活不許一字死或者結習存餘生尙有幾

日長

不忍流年一擲過日長老子更婆娑三更詩尙呼兒寫一早奴先把墨磨好學易飄高鳳麥回天難仗魯陽戈自家憐惜自家喜白髮光陰得最多

後知己詩

余四十歲作諸知己詩蓋卽杜甫八哀高智海以文報德之義今八十二歲矣四十年來王侯公卿布衣女子好我者又得若而人其人已逝

其情難忘故又作後知己詩十一首生存者只張松園方伯一人亦倣

從前之溧陽一相云

追封郡王福文襄公

福王如威鳳勳名震八荒窮河到星宿試劍斫扶桑陣前無勁敵麾下有降王海內驚天人敢仰不敢望忽然書一函加之詩四首道讀隨園詩十日香滿口慊慊願納交遠寄倉山叟枚轉念先王（謂文忠公）通家兩代久正擬報芳訊雲泥共往來何圖凶訃聞王已赴夜臺三軍縞素臨　九重淚如雨征苗未凱旋擎天失一柱夷王盡來弔海外都設主誰知菰蘆中尚有閒鷗泣青詞願奏天來生侍王側侍側客何能執鞭兼執筆

文淵閣大學士孫文靖公

龍神夜不睡能與四海雲灃水清見底蛟螭難藏身峨峨文靖公嶽降甫與申金精雖閃爍玉質常温存不料宋廣平獨愛袁臨汝識公在羊城別公在江浦俸肯分廉泉衣還贈縞紵置酒愛清談鳴騶過蓬戶黃閣方調羹西陲又用武

刁斗正森嚴征苗搥雷鼓忽然秉燭起揮毫萬馬驚疑有木魚符天上下奇兵
誰知題詩箋遠寄倉山叟三軍齊一笑解甲重飲酒即此整以暇古將可能否
惜哉功垂成飄然歸碧落遺命韋丹碑交與杜牧作賤子才力薄漏萬將一挂
大海蠡或測泰山筆難畫文靖公能終夜不寢

工部尚書四川總督和公琳

常讀樂府章泥有憶雲曲誰知今不然鄉月照茅屋嗚呼我與公從未一識荊
乃從沙漠外望見隨園燈得我一片紙虔如捧梵經甘居弟子列屢札呼先生
方擬兩江督又領三軍行征苗用伯益渡瀘苦孔明干羽未及舞大星先墜營
傷哉八十翁得此大知己情深路竟隔恨恨何時已難望公再生只祈我速死
速死到九原一見隋武子

吏部尚書託公庸

託公來六年彼此不往返一恐方伯尊一慮處士誕無端一面交大恨相知晚
愛我神解超呼爲心中人我亦愛公雅如坐風中春說經必窮源談道必徹底

花開輒相招月落未許起一朝公登　朝天官領羣職重復寄書來苦道心相

憶枚每過瞻園必拜甘棠枝一聲園鶴鳴還疑公在斯

江寧布政使陶公易

公初守淮安便命隨園駕遷擢至屏藩官高心愈下手錄倉山集裒然一尺高

如何溺愛甚竟將柳昝雕爲政持大體不以小節拘自言少也賤樊薪夜讀書

恤災如救焚決獄如懸鏡所拔英俊升所到桴鼓靜一朝紅羊劫雷霆生頃刻

廷尉望山頭全家俱籍沒聞說狴犴中猶念隨園翁嗚呼向子期忍聽笛聲終

江寧布政使孔公傳炣

嘗憎佛家言偏愛因緣說有緣割不分無緣續不得我與南溪公同年性不同

毛崔性多介嵇阮性多通公性最清嚴無人敢請干獨我一書抵從諫如轉環

留我輒視蔭飲我必專席但得一刻留願以千金易金陵作屏藩年纔六十九

自覺神明衰乞病歸曲阜值我在病中不獲走相送公來四人扶登牀一號慟

果然緣竟盡舟中繐帳開我道緣正長尙有來生來

華亭縣知縣程明愫

觥觥程夫子昔宰華亭縣忽寄十行書遠託雙飛雁爲道愛我詩千金求一面招我遊茸城遂得瞻邦彥同看金谷花再續南皮宴握手意殷殷題襟情眷眷何圖渤海歸遽隕靈光殿我有一束芻何處招魂奠極目楚天雲傷心淚如霰

山陰布衣童鈺

生未識君面死乃登君牀屈指平生交惟君尤斷腸君居若耶溪前生卽梅花慣替梅寫照傲骨全槎枒論詩少許可當代獨推袁壬寅春二月見訪來隨園值我遊天台翻似尹邢避返棹住邗江望儂如望歲再貽尺素書云卽駕舟至其時六月天炎威逼江路我道衰年人且勸公無渡相約秋涼後我將遊廣陵二分明月下定唱相逢行誰知居期往仙駕返蓬萊聞說彌留際盼我雙眼開偶聽風幔響猶認履聲來待商詩廿卷堆滿靈牀側留贈一幅梅淋漓墨尚濕

香山縣知縣彭翥

阿連守端州彭君爲屬吏值我遊嶺南殷勤來執贄貽我鷫鸘裘助我刊書費

聞待諸上官情文無此摯一別幾何年忽從都門至官加司馬銜還問元亭字
聽說治萑苻書生出奇計貌雖植如鰭氣竟猛于鷙盡將鯨鯢呑頓息海氛熾
因此覲　天顏屏風書姓氏我爲賦長歌當作贈行記奈何染蠻烟一朝傷永
逝滇南萬里天歸骨何時至忍見倉山中有君立雪地

浙江布政使張公朝縉

我昔還故鄉泛宅西湖住忽聞花外鉦驚起湖邊鷺公時作屏藩禮先施枉顧
不以雲泥分竟許苔岑附次日華筵開召我傾金杯簾前釵釧響一隊驚鴻來
元相金閨彥只許楊炎見家人父子情聞者爭相羨贈我容成侯丈六金身現
貽我鮫綃錦奇彩日三變憐才尚如此何況濟蒼生爲誦子瞻語大哉張方平

纖纖女子金逸

梁朝簡文帝愛讀謝朓詩道不一日讀口臭却自知纖纖一女子愛我頗似之
道樂有八音金石絲竹好其餘匏土革愛者大抵少倉山音節佳餘音常嫋嫋
兼之情最深字外皆繚繞宜乎感頑豔傳抄到海島斯言一以出使我心傾倒

倘非絶代才何由領玄妙而況陽文姿風裁尤窈窕可惜扱地拜扶起已奄然
不及交一語半月便登仙聞其彌留時吐詞尤悢悢道有書中疑未及先生問
我告女相如老夫年已邁相别不多時卿其善自愛好將所欲詢含笑九原待

哭王葑亭太僕

記得蓬門三徑開王筠沈約一齊來君受業于沈瘦岑而沈又余之老門人也領君入見年未弱冠秀出班行絲蘿
幸託崔盧誼風雅尤欽鮑謝才驟晉卿班作 天使未周花甲赴泉臺傷心十
八年前别又得邗江見一回客春三月君巡漕淮揚適余亦至得數日盤桓

觀瀑

天上從無海空中忽有潮横飛珠萬點高挂布千條映日光無定終年響未消
我來嘗一勺不負許由瓢

送王安溪之貴州

聽説牂牁道千年剗不平山多天忽小水猛地常驚盤磴馬無力迎風虎有聲
王尊真健馭叱者此中行

法大司成詩龕圖

時帆先生詩中佛偶學維摩營丈室不供如來但供詩紗籠錦字東西列先生聲望著雞林早動名流仰止心得過騷壇聆緒論勝朝南海見觀音詩龕啓處勤延納遠近投詩如梵夾祇恐難登選佛場惟求口授傳衣鉢迄今太學蔚人文難得經師却遇君身擁皐比上蓮座樹教桃李悟聲聞公餘魁踽心塵淨古柏蒼松圍曲徑耳聽流水學微吟客把尋詩疑入定草生書帶綠滿階時復拈花笑口開回首奚奴花外至不知誰又送詩來

梨里行

吳江三十里地號梨里村我似捕魚翁來問桃源津花草有靜態鳥雀亦馴馴從無夜吠犬門不設司閽長廊三里覆無須墊雨巾家家掉小舟目不識車輪勾欄無處訪摴蒱聲不聞絲蘿不外附重疊爲天姻不知何氏富不知誰家貧更有奇女子嫁與賢郎君秦嘉與徐淑才調俱超羣(謂徐山民及珊珊夫人)雙雙來執贄賓賓拜起頻留住小眠齋款如骨肉親我喜風俗美更感古意敦逝將去故土

十萬來買隣非徒結張邴兼且聯朱陳謂秋史有女此地嫁有男此地婚庶幾子
與孫永作義軒民

兩賢大夫歌

大雅少扶輪風騷路欲斷不圖大江南龍門開兩扇一爲李北海廷敬曾來守白
門一時豪俊士吹噓登青雲一爲曾南豐燠轉運來揚州邗上題襟集傳播堪
千秋乃有目論者道李失之寬上士食肉者未必皆馮驩道曾失之嚴不與士
相見名紙偶然投毛生難覿面我道兩君子易地則皆然爲仁尚有術憐才豈
無權海濱斥鹵地士人至者希不倒屣相迎伊誰肯叩扉鹽官掌財賦分潤人
人來倘欲夸豪舉難築黃金臺更有探原論取人終以身太邱雖道廣王祥無
雜賓麗華能進姝自家顏如玉伯牙善鼓琴聆音纔識曲我願兩賢爲相公手
持玉秤如昭容定教天上雲龍滿不管萬馬人間空

有懷西江二生

陳用光號碩士

散行文似廣陵散古調惟君肯再彈珍重天生一枝筆莫當吾世失蘇韓

吳嵩粱號蘭雪

芳訊經年一鴈無仙才逸韻滿江湖梅花真有修來福笑受檀郎拜不扶

戲答醫者

業已清齋學太常醫師還勸撤羹湯思量養病無他法合伴夷齊餓首陽

吳韋亭赴千叟宴歸畫　賜杖圖求題

宴罷　彤庭出建章耆英會上說吳剛丹青賴有傳神筆畫出鈞天夢一場

寵錫重重喜不支手拈如意下階遲一枝鳩杖　君恩重交付童孫好護持

老我欣逢　盛典開路遙無福醉蓬萊羣仙定訝東方朔何處偷桃不見來

就醫揚州江口阻風

惡風江上起如病入膏肓不許三醫謁偏教二豎狂稽留雖小劫忍耐即良方

誰信揚州近難于上太行

舟泊袁浦蒙索亭河帥先來過訪賦七律二章奉謝

壓任黃河涙不驕六年買讓擁旌旄勤能補拙才偏敏廉不沽名品益高　國事每同家事辦大臣更比小臣勞兩淮百萬蒼生命都是明公一手操

八十衰翁駐水涯遙瞻帥府意徘徊杜陵正想升堂拜嚴武先蒙枉駕來傾耳談雖聽半刻少微星已照三台龍門砥柱今朝見不負清江過一回

哭兩湖制府畢秋帆先生

聞說尚書竟致身郗公誄者定填門（晉書郗超薨門下士執筆誄者四十人公當加倍）栽還桃李盈天下捧出心肝奉　至尊有去有來真佛相（公在陜扶乩仙人批云畢沅畢於沅江後果薨其地自知不起）全終全始是君恩一篇請罷東征疏除却房喬孰敢言（公請撤征苗兵洋洋千言）

武緯文經罔不宜三湘兩陜樹旌旗韋皐未上平蠻頌羊祜空留墮淚碑狀貌單于驚漢相（北史七尺之身不如一尺之面一尺之面不如一寸之眼公兼而有之）文章倭國乞蕭師如何袖却調羹手不待　君王枚卜時

卌載榮華春夢過衰年猶執魯陽戈潰圍誰救牛元翼曳足人哀馬伏波豈料狀元能殺賊至今壯士尚高歌感公戎馬倥偬際還有閒情問薛蘿（二月三日公尚有札）

見寄

連歲鍾期逐漸殂成連海上寸心孤（謂孫文靖諸公）山頹忽又亡元老腸斷空存一病夫感舊易揮千點淚招魂難覓九天巫金閨二女來從學公在重泉知也無（公側室張霞城智珠女公子俱通書執贄受業隨園）

小住樗園經月將歸白門留別琴溪主人四律

浮生何處泛仙槎小住樗園勝若耶盧氏修篁能請客淮南丹桂正開花但知白髮堪娛老忘却青溪尚有家半爲養疴半修道終朝來往只煙霞

主人當代米元章目有青睛賞鑒忙五子各教司一業六旬猶未鬢含霜人能好古心先雅琴遇知音響更長我贈一碑錢本草古來歐趙本收藏（家藏錢本草碑唐張燕公文樊厚書海內所稀金石錄中竟未載也）

自憐沈約愛郊居借得園林似畫圖細雨催花鳩輒報衰翁送客樹先扶牆高能護雙飛蝶室矮常溫一小鑪佳話更誇蕭穎士司閽可有子雲無（司閽楊如川能讀隨園詩常以詩來請益）

重陽時節雨蕭蕭難向平川折柳條老去別人如中酒秋深飛鳥亦歸巢空桑一宿心常戀黃菊千枝影尚招留下雪泥鴻爪意爲君磨墨寫芭蕉

夜長不知昏曉畜一雄雞而詩以祝之

何必鈞天老鳳鳴雄雞一唱九州驚藏身便覺黃昏到開口能呼紅日生與我私談消寂寞比他官鼓倍分明更憐緩步高冠態雨夜風宵不輟聲

病起口號

黑夜不知醒青天忽有光如逢金雞赦李白還夜郎攬鏡急自照見貌輒自臧有耳似覺聰有目似覺良奴僕走相賀都道主勝常司廚亦欣欣加意進羹湯我一喜一懼彌欲自周防譬如盜賊去可不修垣牆譬如荒年過敢不減餱糧病加于小愈此語愼毋忘執玉而捧盈一日如千霜但恐老妻念急揮信數行欲其大歡喜未免小夸張道云勿藥喜似有神降祥將行筮吉日渡江理舟航勝擁十萬貫騎鶴還家鄉

九月二十夜疾又作

一病經年矣周流總不除升沉似飛鳥來往類遊魚未泊先催棹將行又卸車小兒真造化戲我欲何如

病劇作絕命詞留別諸故人

每逢秋到病經旬今歲悲秋倍愴神天教袁絲亡此日人知宋玉是前身千金良藥何須購一笑淩雲便返真倘見玉皇先跪奏他生永不落紅塵

再作詩留別隨園

我本楞嚴十種仙揭來游戲小倉巔不圖酒賦琴歌客也到鐘鳴漏盡天轉眼樓臺將訣別滿山花鳥尚纏綿他年丁令還鄉日再過隨園定悃然

小倉山房詩集卷三十七

小倉山房詩集補遺卷一　癸丑至丙午刪餘改剩之作

錢唐袁枚子才

擬古

無情生山川無情造舟車今日君與妾遂至淚盈裾盈裾不一語掩面立別處
此別非昔別此別抱病去須臾君不見殘花堆滿徑妾聲君慣聽千呼胡不應
妾身非白雲君身非青天一合而一離悠悠能幾年步出燕南門遙望邯鄲市
挾彈美少年翩翩似豪士慷慨一具陳同是報仇人相將偕一泣攜手入其室
誰謂爾無家黃金絡絳紗誰爲爾無堂瓊樓十二行金石雜絲竹音響何喤喤
飲至耳熱處有客蹙額語主人髮衝冠拔劍出門去妻兒不敢啼須臾聞馬嘶
驚起問何之氣激有所爲一諾酬君子萬金養孤兒高義從此聞長揖從此辭
白雲在天地未知姓名誰

瀘溪道中

山中巉巖碧蘚滋小溪行出樹聲遲一灣野色垂楊柳十里春風聽畫眉戲縛

野亭花作帚閑敲河子石爲棋龍津尙在江城北烟雨蒼茫有所思

放槳

放槳東風逐水流鶯花深處便淹留衣冠僧識江南客翰墨兒呼學士舟碧柳啼鶯千谷靜白雲臥犬一村幽早知尙有桃源境王粲年來好遠遊

宿臨江旅店

昨夜華星卸寶鞍青衫異國倚欄杆南人已作西人夢花淚還同燭淚殘疎雨一更橫枕聽殘詩四壁拂塵看瑤池烟草蓬山雪幾費劉郎玉指彈

途中寄金二質夫

己未入翰林我與君翔步君學自精醇我才較拔扈爾我居相隣諧笑靡朝暮各約今年秋努力攻章句庶幾砥礪精元白馳雙轡何圖志未遂驅車我南去譬彼女蘿枝斷絕窮依附如角原頭鹿委之棄中路鴻鈞付萬物去留無喜怒賤子抱區區聊復自陳訴九歲讀離騷嗜古有餘慕學爲四子文聰明逐陳腐猶復篝殘火偷習詞與賦自謂登青雲專精莫馳騖未幾踐玉堂竊自比徐庾

勉力作象胥三年墜雲霧尚期　廷試畢辛苦立門戶豈知俗緣深弱水不留
住我　皇重汲黯淮陽竟相付從此作吏人仕學難兼顧申韓習刑名桑孔較
藏庫況復荒歉餘保障煩憂慮不敢理舊妝作官如作婦不敢忘本根愛身如
愛樹繭絲羅我懷蠹魚撐我肚欲以彼易此耿耿不得吐姜維喜用兵投降遭
國故賈生能上書出爲長沙傅造物好違材鬼神工媢妬不許逞全力多端以
相誤兩賢豈相阨蓬山君獨踞勉旃扶大雅用以答知遇竹木或亂塗梟盧莫
高呼經學恐難爲瑣屑苦爬疏昌黎博雅人蟲魚譏傳註史家陳興衰諸子多
奇悟研閱宜千帙排比應百部會見邁古流翺翔逐李杜乃若歲九還尤宜亟
時務經綸竹帛光富貴草頭露君固金玉器狂瀾自砥柱賤子何復道別景請
重敘五月事行役熱雲烝油幕朝飲醒心泉夕餐惡草具蒼蠅嚼肌膚蟣蝨起
裙袴夏苗苦短稀秋霖愁沮洳朝來逢縣令清瘦如涸鮒縣令爲我言江南最
難作　皇帝愛民心民奉爲孤注借此羣號呼饑黎爭欲赴婦女攀輪轅呵官
相抵捂帑金雖百萬頃刻寧得富食者未覆盆餓者已前仆更聞二麥傷秋來

彌足懼我聞縣令言惴惴殊自怖書生當民社籌策竟何措跪拜習鞠膃冷熱嘗鹹醋回首謝故人我與君殊趣願持吟咏懷絃歌安士庶願持編摩手搜剔除奸蠹幸寬大吏嗔冀免鄉人惡瑟瑟秋風起木葉下無數雅度想崑田清標懷叔度餘子才槃槃朝夕首常聚詩牌肯暫停酒杯豈空貯知否南飛禽目極雲深處

初抵溧水縣署

津吏傳呼款碧輪籌書裁見一番新初官直似爲新婦滿眼何嘗有故人

贈易主簿祖栻

我聞易君名七年邈然難接如神仙都人爭傳紅藥句　天子親題墨竹篇藩王好賢今河獻朱輪延入梁園殿上座方知騷客尊揮毫不管旁人羨遊宴追陪奉羽觴牙襦繡勒何輝煌金罍詞賦驚枚乘明月風流愛謝莊江南往歲需人亟先生慷慨思擊楫　君王顧盼日未停宰相牽衣留不得君從八月下江陵余亦乘風到石城相逢喜愜三生願相對同生萬古情　朝廷聖澤真高厚

金鐵木欐偶然有河決全憑禹力回鴻飛賴有堯天覆已持手板落風塵文采風流那復論閑倉汲黯雖無力立水王尊敢惜身長沙女兒顏如花十年不得來君家洞庭春老湘雲薄一夜烏啼鬢欲華君久聘未娶莫把衙官惱屈宋莊莊宦海吾從衆庾乘嘗因末坐尊杜欽翻以卑官重我贈君歌君和之當頭明月照金巵請看牛斗雙龍氣定有風雷拔地時

偶步

偶步西廊下幽蘭一朵開是誰先報信便有蜜蜂來

偶成

月行疑踏水花坐當熏衣笑問梁間燕明年歸不歸

行大雪中口號

珠明衣上水明沙遠遠炊烟剩幾家一箇馬嘶紅叱撥千村人舞白題斜平林直上無飛鳥天際空行盡落花料是東皇小游戲亂將梅片打行車

厚薄行難穩縱錚踏有聲禪高矜足白官冷覺膚清入港水流澀壓簷人語輕

蒼茫天地外玉海是前程

關防承恩寺

面壁禪師此日同更何關節到包公不聞人語諸天上剩有香烟一縷中時留香一炷作火種敲鎖始知來水菜閉門惟有感秋風廚師皂隸無分別低殺圍棋日幾通

出沭陽口號

征衫斜挂早春天綰綬潼陽愧兩年路餞酒傾七十里贈行詩載一千篇無情胥吏多垂淚滿地兒童盡折鞭平日使君嫌枳棘者迴回首亦潸然

侯夷門貳尹五十初度卽席索詩

東羊擔酒祝壽星壽星此日兼文星文星閶闔叫不靈長吟直入江南城江南縣丞報姓名天使咨嗟大吏驚咨嗟不用復何益手板拘人足嘆息信陵公子已灰塵侯嬴子孫非俊物發來狂疾公何苦枝枝大筆張牛弩軍糧萬斛老妻馱石臼千斤頭上舞公得狂易之疾載妻運糧以石臼戴首而舞匣中雌劍聲嗚嗚赤腳神仙與太孤一夕天風吹落葉十年兄弟聚江湖江湖秋色橫空起秦淮莽莽東流水烏

兎齋驅大海中鳳凰雙立天門裏飲君酒贈君車感君走筆如龍蛇雙鏡夾鼻眼昏花倒持書卷帽帶斜銅鉢數聲詩萬字珠璣落紙風沙沙回首長安諸舊侶二十四人散如雨叔子老如銅雀妓驢材已作令僕去世上滄桑且莫論眼中車馬如雲屯阜里先生鬢似銀草衣山人白袷巾簾中美人笑且顰座上歌曲宛復申田郎纏頭美絶倫白雲四映菊花春我若不飲飲不勝丞不負余余負丞

俗吏篇

俗吏未必從我始吏俗當亦從我止老母迎養病在衙有子不見常千里爲言不見良如何朝朝五鼓車馬馱參謁大吏苦迎送應答賓客時奔波金陵內城六十里約略一轉時光過歸來但見燈兩廊夕陽同下如牛羊嫋孀崽子攔滿道牽裾各各陳衷腸但恨長官歸來晚不知長官未餐飯忍饑息氣排衙坐欲決不決頭屢顧既恐羈遲轉累民又恐倉皇事多誤亂絲抽割將下堂猶有秀才呈文章使君既自翰林出不加禮貌非循良星落更沉風轉緊簿書束束如

春筍滴墨研硃細討論吏胥乘閑猶舞文回首紛紛幕府進公事倘張多報信岸獄稍寬逸數因倉穀逢霉爛一寸抽簿共言糧不足願把蒲鞭聊示辱已從漏盡解衣裳重整精神任敲撲倦極酣眠門又響失火民呼公速往抽豐賓客太無聊重疊書來請絶交仰天大笑卿知否折腰只為米五斗何不高歌歸去來也學先生種五柳

揚州曲

揚州渡頭貴官集揚州船上笙歌急歌舞攔江醉不開杜牧乘舟江口來江頭欲問楊柳枝倡條冶葉盡參差朝朝迷迭風前賦歲歲琵琶水上詩琵琶彈罷聲幽咽紆景流雲風瑟瑟不持手板傍轅門先走江關探月色江關吹動一枝春耳目驚飄不定魂拖囊帶病倚胡床烏巾束額眉翠長幽蘭心冷偏宜雪宮柳情深不耐霜芳年小字從頭問嚦嚦嬌鶯傾耳聽未把纏頭取次傾先將金合今宵定須與朔風船面大暮雲點點臺鴉過待到仙香天上來果然明月舟中墮百花帳冷篆烟孤一笑春生冷漸蘇袖長誤拂燈花落爪短私將翠被鋪

自言九歲便從師解誦團雲散雪詞朝歌紅豆聲長怯暮舞黃麞力不支愔愔自懺三生孽絳蠟分明此意知枕邊言罷悄無聲冷落殘紅淚暗傾可憐蕉葉心長捲不信黃河水更清雄雞喔喔東方曙宛轉啼襟辭欲去丁寧後會是何年江水茫茫不知處我生瀟灑吟風月此日逢卿愁轉結年少韶光各幾時天涯相見還相別遠近飄零蘆荻花東西亂發江城笛孤枕長抛暈未消香囊解下痕猶濕寂寞空船獨自歸漫天飛雪荒江白

出郭

出郭剛三日看山過幾灘天陰催晚易雨細望晴難樹影千帆亂溪光一蝶寒靜中參物化琴對落花彈

上方伯陳公德榮

海上青桐琴金絲久斷絶不關彈者稀所悲知音歇古文三百載流宕無氣脈紛紛述作殊冥冥源流失少小學爲文寸心若有得不示并州兒轉恐資談噱安州陳夫子來作江南伯曾辭黃鶴樓仙人贈雲笈氣厚如春雲萬物資潤澤

星辰落眼中迴照搜冥渤憐我吏治真愛我文章傑曰汝學唐人宋後所不及
或向大吏薦或問老母疾春風飛九天到處生顏色每一宴風人稚子許前席
瞻園秋復春百花爛如雪脫略長官禮散坐隨巖穴酒酣天地寬情親魚鳥習
嘆息浮世例官階何懸隔屏藩至縣令相去一千尺其體稍尊嚴手板多跋踖
胡公獨不然和光忘謙德喬木覆芳草草本同枝葉大江抱清池池水江中出
夫子學問大是以契合切借公舊甘苦作我新羽翼多感國士知大雅願努力
城頭春樹青城外春潮白蒼茫憶大賢風雲同激越

觀察台公柱

探懷得明月清光照一躬瞻依逢仁人終年皆春風我公爲臺彥江南來花驄
管領千神駿不皮相英雄察事如察眉肌理劈春葱治民如治家江海包雍容
長髯秀若神華岳神氣通碧天孤鳳凰偶來青梧桐落落官爵異悠悠風雅同
官衙日無事袖詩相追從上論漢魏始下極元明終詩教原温柔公情更坦融
示我一二篇瑝然清廟鐘願公立　朝廷賡歌如夔龍皇唐發元氣雅頌陳蒼

穹政和人心古永永垂無窮

太守蔡公長澐

繒厚衣不裂酒厚味不酸所以古聖人忠厚愛儒冠況我金陵民淳良無黠頑

嚴霜八九月草木苦秋寒忽然春風來萬象回無端閭閻多額手父老亦加餐

爲聞賢太守諸事靜且安嘗觀兩漢治丞尉濟濟賢何以致此威上不侵其權

太守識此意大才藏槃槃真氣溢眉宇舉動能自然起視諸吏治脫手如彈丸

笙歌遍正月花鳥盈江關嘻嘻婦子樂青青野麥攢誰云太平治不在張弛寬

大網魚亦得小網魚亦難漢代嚴延年渭水空摧殘

舟中書懷

烟江遠望欲迷津鎮日推牕看好春笑問往來能有幾順風時節泊船人

余與同年曾南村黃笠潭以翰林改官江南六年矣丁卯秋二人以分校

來白下榜後留宿署中夜閒有作

弟兄難得此黃昏相對江南酒數尊荒署偶然聯一榻蓬萊原是舊諸昆家僮

愛客頻添燭秋雨多情暗打門感昔懷今成底事只談兒女也消魂

暫時西笑話長安明日征驂路渺漫胡馬戀羣風送別秋江吹笛雨空寒帆飛

碧海相逢少脚落紅塵再轉難莫道夜闌情未盡數聲官鼓已摧殘

滿庭霜影月華濃葉落天涯萬萬重宦況本如秋冷淡歸心休勸我從容韶光

逝水千年夢聚散關心一夜鐘珍重白頭咸努力好隨江上采芙蓉

送春

淹留三月動征程從此炎涼逐漸生笑我送迎真宛轉恨君來去不分明山中

啼鳥聲聲別陌上殘花緩緩行莫道東皇真薄倖夕陽無限故人情

丹陽道上留別雙郎

姑蘇春水一帆斜惆悵丹陽兩岸沙爭奈行船換鞍馬淡烟疎雨別梅花

蝶枕鴛衾夢不成燈花如雪夜分明兩行淚落吳江水愛有芙蓉處處生

十三名字冠揚州腰帶猶存瑪瑙鈎記否空江篷背冷新年聽雨木蘭舟

當筵怕唱六幺終頃刻回頭夢已空寄語篙工緩搖槳千金難買石尤風

贏得芳名喚滿窗枝頭乳燕話雙雙情知送我終須別留下香囊伴過江
珍重梨園檀板餘幾時重訪范莊居三秋憶著休貪嬾纔歇笙歌便寄書

送安撫軍北上華陽道中作

華陽古道暫停車草木荒荒夕照初一氣盡時看落葉萬山冷處讀殘書夢隨
棋局飛難定路入羊腸轉更紆愁殺班姬舊團扇伴郎纔熱又離居

偶折

偶折花枝懶惰生吏人擊柝又心驚縣庭公案秋階葉一樣闌殘掃不清

送同年陶京山之官滇南

同年十載前升沉兩不知同年十載後悲歡自得之我今辭官日送君作郡時
君將往滇南萬里從此辭倉皇料行李來索故人詩故人一舉筆百感如抽絲
皇帝戊午年孝廉集京師翩翩兩年少顧盼無鬚髭我時登翰林君歌歸來
詞亡何我作吏君鄉我所治君鄉古金陵山水天下奇養病乞隨園解組仍棲
遲君忽捧檄至煌煌腰金龜新官揖舊官治化願商咨㲯㲯兩令尹長鬣相支

持節此面目間逝者已如斯何況大江波滔滔曷可追今夕復何夕春風吹花枝不恨酒盃少但恨生別離不願遽遷官但願長相思明日隔山川皓首爲前期

天風閣

山巓起高閣其高與天通明窗廿四扇扇扇來天風呼吸飲沆瀣坐招浮邱翁白日出大海徘徊扶桑東未向世界白先來此閣紅青青九點烟羅列歸雙瞳笑指大江帆順逆誰家篷雪來天地淨月來天地空閣下有浮圖偶然一聲鐘

南樓

一樓青山横滿窗明月冷美人獨上時自踏娉婷影隱隱闌闠聲茫茫雲樹景試向烟中呼飛鴻來亦肯

水西亭

活此園内景全在一池水水聲流向西亭以成其美荷花十二時濛濛香不止蕩開蒹葭霜明月乃在底我學李王孫喝月水中起

山上草堂

山上有草堂對望北極閣風雨當三面闌干繞四角不見世上人但見世上屋不見天下春但見天下綠

判花軒

從前判花軒本是在官衙我今移此處四時料理花畫圖六十幅書卷千餘車古鼎燒香烟沉吟白日斜黃鳥如嘉賓早晚來啞啞鳥亦疑此軒道是仙人家

枚年十七杭州朱端士先生命製七十壽序爲忘年交再十五年枚歸自江寧拜先生於横河之西年八十九矣神采如故感贈一篇

先生兩眼如明月十五年前懸清光照我一帆掛江海雲離兩散三千場我今來訪河水清水流不盡故人情先生大笑披衣迎滿堂風雨飛春聲自言昨夜夢我至我今果到夢中地前堂燈舞後堂歌分明不是前生事先生老筆猶横陳先生意氣如青雲瀟灑何以送日月朝朝磨墨揮千軍萬松嶺上梅花杖龍魚不跨乘風上崇文書院湖水邊阿婆塗抹驚少年八十九年春正早手書亥

字知多少棋罷何知歲月更身強只覺兒孫老且莫言黃須青鬢變幻餘眼前樹木非當初但記我來介眉壽先生見我不見鬚忽然歸娶宮錦香忽然掛冠鬢髮蒼君如轆轤轉我腸我如傀儡舞君旁回頭不覺春風忙但看江波日夜流茫茫入魯尙拜靈光殿還鄉得見中郎面此時相見能幾杯此後相逢知幾遍況我風塵累未終買船又作南飛鴈錢塘六月溽暑濃雲雷日日東南峯感激知己心忡忡願傾東海添金鍾先生來醉荷花中年年顏色如花紅

梅雨

日脚未出雨脚入前庭天青後庭黑皇天雜施陰陽功道是江南黃梅節忽然珍珠傾萬盤忽然瓦簷留一滴來如咳嗽無定期去如藕絲未斷絕迷宮步障張滿空美人一日千回泣雨師心碎耐雜煩陽烏壽短較頃刻巾箱氣鬱白毛生寢堂几滑蝦蟆立造化毋乃弄奇怪雌蜺雄雷示不測豈知天心愛我民滂沱有意洗吳越吳田越田多水稻稻如小兒喜乳汁蜜雲不交天乳乾轆轤聲聲轉愁急兒童迎龍打瓦鼓老叟驅魃鞭陰石不願家藏金一流但願塘留水

三尺當今西川罷用兵駱駝脚住牛背歇此雨直從天河來甲兵洗盡無餘孽
我時南行揚子江破篷亂打燈光怯滿船渠獵舊衣裳爛盡不值青蚨百但願
陰雨接秋霖爲天削除六七月更願酒盃似此雨早晚不拘隨所適

雨夜宿白土

涼雨接路生天地如新浴征夫走旅店波濤逐雨足怒潮語敗濤荒燈閃茅屋
饑蚊鳴若麻展卷不能讀炙雞得半醉起自理枕褥秋泠從天來先到空床宿
美人各一方此味非吾獨白土抵秣陵百里猶屈曲路近心轉紆五更呼僮僕
添驢雨三頭加鞭一百束盡日走江城夕陽看修竹

蔣誦先復園宴集圖

復園之奇無不有千山萬山夾花柳復園之客無不狂科頭赤脚多徜徉就中
宗伯吾同年頭顱霜雪澹若仙一朝勝事成雅會畫圖十載猶流傳我今來宿
主人家諸公散盡空梅花夕陽在天風在樹美人不來春不去時寓園中訪妾棋子重
敲亂石前釣竿再拂雲深處主人把圖捉我手此中面目君知否家僮父子兼

師友約略衣冠二十九請君磨墨不開口一一題罷纔飲酒我昔無畫今有詩
人生聚散能幾時一床明月一雙鶴花開花落長相思

寄江西撫軍唐莪村先生

積年懷斗嶽殘歲拜江城雪色千窗滿葵衷一夕傾相知兼兩代垂感極三生
往日徵詞客微軀困玉京詩投賀祕監譽借李長庚月照梅花發風吹桂樹榮
太常秋祭罷藩伯粵西行大阮從油幕諸袁藉品評噓枯合喬梓清俸寄蓬瀛
乍轉東山駕旋飄浙水旌銅符剛奔走竹馬未逢迎靄靄陽春渥茫茫宦海驚
風波身幾度蕉鹿夢重更浪拍山仍峻雲開月愈明艱危占定力患難見交情
帝念西江地人推元老名匡廬聽號令草木鑒精誠 眷注全終始馨香重
晚成自憐求病假暫爾息塵攖白髮雙親重青雲萬事輕新鴻馳楮墨舊雨託
公卿書薦柴耕南不盡低回意牙琴海上聲

隨園樹上鸜鵒巢如車輪家僮舂以戈三雛纍纍委地鸜鵒歸繞樹哀號
晝夜不止余悲之爲作鸜鵒號子之曲

山上有鷺鷥繞樹尋其雛尋雛不可得鷺鷥鳴鳴鳴昨日哺吾雛雛口張向娘今日銜得蟲娘口不忍嘗直飛向高樹雛巢竟兩亡一株復一株樹樹親迴翔雙翎翻轉仄兩眼看周詳母子生別離天上風茫茫謂是雛已飛翅嫩無因依謂是娘來遲來去無幾時謂是誤所之分明此樹枝偶聞別巢啼狀貌非我兒豈不念兒死棄其猶在茲豈不畏弓繳老身何所辭只恐娘口低呼兒兒不知兒去無還日娘呼無盡期我向鷺鷥語汝情毋太苦恐雛雖長成未必遽反哺請汝迴烟霄免我增淒楚鷺鷥如不聞長鳴已三日初鳴聲於邑再鳴聲斷絶起視樹根頭草木盡流血

許滄亭觀察馬扶風太史兩老人過訪隨園喜作兩叟歌

紅日一丈柴門開龐眉皓首兩叟來不知爲仙與爲佛但覺天風颯颯吹麻鞋一叟疑是馬自然紅霞嚼過三千年玉尺量我錢塘江江上小兒纔扶床江水滔滔流一片此兒已宰江寧縣江月茫茫秋復春此兒已作山中人山中錦瑟如人長老叟曳杖猶來往不管南海變滄桑但把青山畫紙上一叟自號許飛

瓊入水不溺火不驚洞庭之波知我心瀟湘之花聞我名半空撒手便飛去千金買屋居金陵贈我詩句氣如虹驅遣蘇詩如化工蘇公已老叟不老七十容顏猶美好釣鼇長竿爛不收梅花菊花兩詩稿兩叟兩叟既來過請叟不言聽我歌當年兩叟同豪華當年兩叟同風沙叟不見鳳凰高翔羣帝傍天公美酒傾千觴此時意氣如海水高闊未許人思量忽然黃河捲浪向身瀉泥沙土礫污衣裳排雷斡電雲霧息回頭人世已夕陽又不見老樹槎枒好交結根入九霄通南極長劍欲斫斫復休殘枝尚帶人間秋吁嗟乎黃土厚碧天高悠悠四海誰英豪縱有二三豪健者又使龍虵𨉖𠩂生波濤不愁豺虎咬不愁霹靂燒但愁將軍七十餘戰後微覺鬢邊霜雪來蕭蕭試觀兩叟萬千場如一夢何若青山綠水我今日之逍遙水有荷兮如蓋山有榴兮如火長跪向叟問再來果不果明日兩叟來看山後日兩叟來看我

古意

妾本良家女少小多容芳十三學錦瑟十四彈清商良媒干選擇得升君子堂

柔心承恩澤翻使愁中腸不愁君不愛但愁愛無常平生針線迹都在繡鴛鴦
他人所織布妾不量短長胡爲衆蛾眉悠悠相謗傷初言君不信再言君且防
三言君見問四言君撤床妾欲自申明有淚聲不揚妾欲誓青天六月無飛霜
後言雖有入前言不能忘不如辭椒殿嘆息守空房亦自傷薄命豈敢忘君王

問月

問他牕外團團月曾在瀟湘見我不十九年中人似夢三千里外水空流過來
塵海茫茫事難向嫦娥細細愁只憶當初相對處潘郎可有雪盈頭

小園

小園花嫩草萋萋公子新歸繫馬蹄愛聽相思怕聽別只栽紅豆不栽梨

似村公子清江信來訂相見之期幷寄三兄璞齋見和落花詩

柳花白處別郎君柳葉青時信又聞知否愛閒多病客半年不作出山雲
雙飛尺素遞黃柑先訂西牕酒共酣柔擄一枝波正綠又搖公子入江南
沐鶴溪邊花亂開大郎迴後小郎迴通家便是溪頭鶴親看仙人取箭來

三郎遠寄落花詩清角琳琅幼婦辭梅自過時桃尚早竟將羌管一齊吹

顧稼梅春溪放艇圖

芳草斜陽軟浪天浮家泛宅有神仙自搖小艇歌桃葉看弄柔荑理釣絃山翠遠含衫影綠釵痕涼拂水花鮮笑儂題罷先生畫正爲尋春要上船

陸郎輓辭

郎小字千里薛一瓢外孫也膚神兩清玉雪可念壬申五月一瓢爲香山之會命郎出拜今六年矣余再來吳門郎已化去沈歸愚侍郎序郎之敏悟爲小引以徵詩

水南軒上酒盈卮曾見摩挲玉一枝今日童烏同鶴瘞（一瓢有瘞鶴銘）再來秋士對春悲粱飛玉燕魂歸日露冷桐花鳳去時嘆息龍門好文字楊家無惲欲傳誰

病起

病起深知萬事虛玉樓已去又回車玉皇問我何留戀尚有人間未讀書

彭芝庭少宰招飲即席命題南陔圖

三徑蘭風愛日長諸公齊詠白華章阿誰得有香山福親醉裴公綠野堂
菜甲自栽平慮草魚波可愛水梭花寢門終比楓宸近睡起紗窗日未斜

贈徹凡上人

山人門掩桃花雨有僧敲門作吳語昔年儒服今年僧說到滄桑恨不勝當年
儂住館娃宮隣有江君號雨峯定交杵臼晨昏共相對芝蘭臭味同江君好古
雅成癖余亦貪奇愛搜輯朝將威斗辨甄邯夜爲單于題服匿其時丹桂發天
香令子登科舉壽觴燈燒羊侃金花燭銀鑿魚宏入寶床奢豪意氣孟嘗君車
馬喧填客似雲中有吳閶戴處士當門彈鋏獨超羣處處拏舟歌得寶時時絃
索弄參軍明年五月江帆動戴君置酒江君送華堂三疊紫雲回分明不是前
生夢六載風沙萬事非江淹才盡淚沾衣牢盆握罷錢何在窮瀆流乾水不歸
大廈已傾無雀賀夕陽將墜有烏啼戴君飄泊情無賴一朝償盡三生債自削
頭顱雪萬莖主人尚有如來在南宗北證兩相參滌盡塵心號徹凡松花滿洞
白雲冷欲訪斯人路莫探可憐天道更難論江氏蕭條盡一門祖爲憐孫相繼

歿兒因哭父又無存斗酒澆殘喬氏墓巫陽招斷屈原魂翟公門冷誰相過孤兒曲唱家山破惟有方袍圓頂人相看不忍王孫餓意欲推袁好託孤公然訪戴涉江湖不辭烟水三千路暫放菩提百八珠相對青山喜復驚感僧風義淚縱橫豈有空門能念舊斷無菩薩不多情未隔輪迴忘夙業仍將老衲喚先生先生一榻垂楊下長日消閒惟有畫隨手拈來總是花有時摩頂松將化萬樹紅燈半夜簫江郎攜手共逍遙送郎似送毘曇佛不到西天願不消香火因緣夢竟醒功成行滿付丹青他時要說人間法但誦儂詩當誦經

春分日似村招飲西園時余將往揚州而似村將歸北闕留詩贈別即和其韻

河梁同日感離羣淚灑羊欣白練裙二月客從花底別一年春在雨中分（是日燈窗聞雨余驚欲呼輿而雨息）風窗燈影三更酒玉笛關山萬里雲狎恰相思何處寄買絲終日繡郎君

送潘筠軒學士還會稽

秋花明秋陽故人還故鄉送君兼送秋使我心內傷同作寓公人先倡歸田賦
衰草萋寒天夕陽引前路前路向何處步步入山陰行向吾廬過西湖秋水深
蘇武返漢闕李陵前置酒歌罷泣數行向南頻回首
我爲張童子君爲昌黎賢同出陸公門起家桂林巔鴻爪有陳迹曜靈無停鞭
分鑣紫薇省並軌滄江天絳帷不可見華髮忽盈顛寸心如月皎萬事隨風旋
人老惜新別花殘戀暮烟交情或可忘難忘二十年
問官稱學士紫綬腰銀魚問年書亥字鳩杖行鄉閭問息有舒祺垂老獲明珠
君子有三樂欣欣賦歸歟摩挲銅狄仙薙除瓜牛廬花下鄉先生田間上大夫
飲酒徵雅行樂歌山樞習靜得真逸忘機近元虛念我三秋心加愛千金軀
乘風復來翔柴門候巾車
重九後一日岳水軒劉南廬李晴洲陳古漁來登天風閣分韻
家有登高處門來采菊人重陽雖昨日落帽在今辰山頂江浮閣芙蓉秋作春
莫教虛此會才語鬭清新

喜西圃來白下

喜逢君至桂初香又借荒村草一床夜夜獨歌山絶頂雙雙同赴酒千場遲開只覺碧蓮嬾早起始知清晝長聽說出門西笑去前途珍重鬢毛蒼

林輪溪硯銘冊子

不剳青雲剳紫雲屢將貪墨試羅文滿房流出端溪水此是人間萬石君硯田原有舊家風阡陌親開樣不同自製銘詞三百首年年耕殺管城公

雙美讀書圖

十二欄杆秋水邊珮環聲隔落花烟神仙只有天台好玉女一雙春萬年大姑采蓮停織機小姑采苧製郎衣風前挽手齊一笑三十六隻鴛鴦飛朝雲暮兩半荒唐擬把餘生託此鄉同是一場春夢裏誰人得似楚襄王

題元稹決絶詞

疑他神女愛行雲故把鴛鴦抵死分秋兩臨邛頭雪白相如終不棄文君

揚州偕馬秋玉陸停川看梅平山歸飲天寧寺分賦

仲月春始半艤舟古維揚爰從陸家秀追陪馬氏昆出郭至環溪沿流登山堂梅花萬枝雪玉立環平岡照影地全白搖空天聞香余性愛古玉環珮紛鏗鏘如偕綠萼華同驂鸞鶴翔山影澹寒流江波沉夕陽歸寺月初上風露浩已涼當門好修竹戛耳彈清商重剪華堂燭各各入醉鄉

與何西舫孝廉遊山後海子網魚而歸

山草長數尺踏草草欲鳴轉側過山背一樹孤花明長澗如匹練覆以楊柳青澗邊老田父斗笠來相迎面有主人意款接何真誠餽以樹上桃纍纍盤中傾桃雖未成熟奈此野人情一聲魚潑刺不覺貪心生戲舉緯蕭起銀鱗耀眼橫得失占天機豈爲杯中羹既得亦自喜歸來索鼎烹遙聽打魚處尚聞犬吠聲

花朝前一日周蘭坡學士王孟亭太守涂沈秦陶四秀才看梅隨園分得鶯字限七古體禁用瓊瑤玉雪等字及梅花典故

主人錢爲梅花輕終朝招客吹金笙來客車爲梅花爭長裾雜珮紛相攖青天春爲梅花晴白雲藹藹烘花明翩然一揖揩雙睛太守學士四門生十二隻履

繞樹行一枝澹拂千枝迎雲英浥露浮青莖列仙不語烟中橫深深鼻觀如有
呈諸天宮闕無流鶯有笛不敢作春聲有筆不敢矜才情相約白戰無寸兵如
滅聞見遊太清雲璈水瑟冰絲鳴髣髴梅花詩乃成諸客悄然酒自傾相看臟
腑生水晶出門斜月拖江城羣花亦隱夜二更

懷通家龔雲若進士

星郎踏雪訪牆東自入新春信未通病起擬歌將進酒花開誰伴半衰翁滿城
門掩清明雨一笛聲寒翠竹風惆悵南都舊桃李年來賸有幾枝紅

周石帆學士秋林覓句圖

先生本秋士家住延秋里日日望秋來桐音吹滿耳兒孫倦讀書大呼秋至矣
先生入秋林一坐不能起以玆筆墨緣悟彼山水理萬木刊浮華百川清見底
松根削灩灩石骨露齒齒素飆無近情澹月有微旨先生晚年詩所得多類此
豈獨木犀香吾無隱乎爾

得桂歎

每買桂一枝直當三千錢偶逢刈薪翁負桂花參天請以錢易之盈百翁大喜移植隨園中香冠羣花矣人皆笑花下我獨泣花中傷心天下桂何必盡遭逢

清明苦雨寄涂秀才長卿

門掩清明節簾垂雨氣深杏花雖不語寒影恰關心烟重濕新綠竹涼啼暮禽春愁無著處題句寄繁欽

董彤菴觀察解組兩年又蒙　廷召將赴長安過隨園話別

甘棠枝上慶雲生知有賢人入郡城鄉里久歸龔勝駕朝廷猶記弱翁名商量詩句攀花立愛好雲山曳杖行坐久不知秋色晚金鞍涼映月華明

浮生蹤跡等摶沙記否橫塘小玉家知己忽逢三語掾挑燈消盡六班茶一江風定聞呼渡萬里人歸學種瓜送出柴門還耳語木蘭船帶幾枝花公多姬侍

藍士賢刺史乞病歸以畫像四幅屬題

碧落翔丹鳳天衢馳高軿道行得大適風阻且小留賢哉藍大夫霜隼橫孤秋刺符必赤緊敷政先安鳩吾　皇十六年江南迎鑾旒其時箕斂者戢戢持牙

籌舐糠多及米枉道時鳴騶萬目睽睽中斯人獨搖頭請爲何易于腰笏自引
舟請爲元紫芝于蔿陳清謳官辨有時已民頌無時休　天子聞所聞循良拔
其尤錫汝一片金畀汝斗大州三年待報最一病生窮愁籃輿還白門父老迎
道周願繪循吏像四時羅珍羞公笑捋其鬚丹青得肖不或坐而箕踞或騎而
兜鍪或綠水之坻或白雪之邱春秋與冬夏幅幅何夷猶圖中存故我圖外無
他求蕭蕭三月天行李如輕鷗毋使我公歸頗聞蒼生憂安得生黃金鑄像從
公遊不如留此本傳觀當琪球袁子歌爲詩以送賢諸侯

宮保歸自皖江疊棲霞前韻見寄枚亦新自揚州還山再依前韻奉呈

皖江歸後詩盈篋又詠倉山繼攝山魚素幾行隨鴈至馬蹄前歲踏香還公前年至
園漁樵泛宅家原寄蒲柳中年鬢早斑非把師門當野徑雙鳧紅不到人間先生
嫌枚朱履太早故及之
苦被風花累不勝十方願力總輸僧當樓舊署書千卷隔竹新添水一層同有
棲霞分小大公顏隨園爲小棲霞公然吏隱鬬精能未知手造靈臺者可許儂爲左右丞

每因山好忘家窮鎮日平章一畝宮江影自涼高閣上書聲時度小溪東久離蓬島津難問悔種桃花路轉通月滿南樓懷絳帳雲中遙見兩旗紅登天風閣見制府牙旗

野人新自邗江返揚子中泠水獨嘗同抱遊情歸更晚各依前韻詠何長爲園請額公先笑對壁籠紗我敢忘留取千秋傳雅事眉山衣鉢本歐陽

烈女祥符詩爲寶觀察作

青陵臺上鳴鴦鴦清風嶺上飛嚴霜女兒祥符纔笄歲柏舟一誓追共姜輕車都尉巴公子生來弱不勝羅綺花詠桃夭僅一年雪壓瓊枝終不起新婦入門無舅姑捧匜沃盥侍兒夫將身求代啼聲苦視藥溫涼燭影孤稾砧數盡留難住呱呱稚女相隨去不見雕粱燕哺雛空聞落月烏啼樹人言夫死妾難從妾道郎行且待儂黃泉不比關山遠只隔陰陽路一重不剪雲鬟服不變與郎暫別旋相見戚里遺將髻上釵侍兒分與妝臺線要使郎知死後心不教妾改生前面旁人勸罷淚如絲苦節分明皎月知一腔碧血分明處三尺紅羅宛轉時

聖朝綽楔表徽音紫誥鸞書奬更深誰將趙女磨笄石鑴作張華女史箴

雨

雨跡如曉露簾影晝沉沉能使小窗暗更添高樹深潤宜三月暮涼見百花心長願黃梅駐炎囂永不侵

送劉介菴入都

一年兩年顏色老一箇兩箇故人少客去梁園碧草新烏啼白下江村曉江村三月杏花紅江淹賦別愁春風三千里路去雲外十六載事來心中我昔見君未華顛君昔見我美少年高歌酣顏能幾日歲年一過如雲烟秦淮水樹歌成隊金釵挂燭留髡醉各折花枝當酒籌同參金母飄霞珮（謂金郎）江外傳呼令尹來琴堂屢報雲仙會扶桑一夕天風改我竟抽帆先過海回首昆明劫後人誰南只有劉安在草草黃金信手消輕輕烏帽被風飄帳中未散彈箏伎吳市先吹乞食簫丁期甘爲桓元死狎客都成患難交（闖金郎爲君破家）可憐六十已平頭重整羸驂北地遊上界星多官易補將軍緣盡客難留（大府不肯奏留）征途落日長安遠

珍重蕭蕭吳髮短苦道相逢未必逢思君腸共車輪轉

送李再來入都

白下清明柳半含爲君折柳送行驂中年遇别先惆悵舊雨關心只二三好聽曉鐘趨玉陛但逢流水卽江南郵亭若作隨園夢千樹銀燈酒正酣

中秋宫保招飲會枚渡江未赴次日歸踐前約卽席賦呈

中秋曾約赴華筵江上人行細雨天深感西園一杯酒花間等到月重圓

詔書讀罷淚繽紛從古知臣莫若君誰是升堂高弟子千秋身已託青雲詔本朝科目惟尹繼善鄂爾泰兩人

公子將歸詞客老大家珍重話清宵西牕離緒西園柳一樣風前萬萬條時璞齋將赴京師

夜深手札出深閨勸我新歸應早回笑殺公門嬾桃李五更結子要風催枚與公子夜坐公從後堂札示云江上新歸須還家補慶毋使姬人懊惱

接宫保和送行詩疊韻再呈

將鳴珂馬入楓宸猶寄新詩別釣綸忙有工夫酬筆墨交惟雲水最心親貪吟我每輸元老嬾送公當恕病人回首茅簷尚留戀廿年江上四番春（公詩有茅簷疾苦之句）

宮保再和

我將北上覲楓宸君在江干理釣綸臥病不嫌高士懶言歸便覺故山親追思往事成前夢再唱驪歌賸幾人去路何愁霜葉冷風光已近小陽春

揚州吳義山五十生子索詩

石麒麟降太嫌遲惹得而翁兩鬢絲燕姞三更徵吉夢商瞿五十有新詩生當瓊樹花開處抱看吾　皇駕到時（時值南巡）如此佳兒真萬福桑弧應挂是高枝

秋興

采采繁英滿數邱自看風色捲簾鈎華燈見月光先淡細雨含花影亦愁萬種秋聲歸落葉六朝全局在高樓憑欄掉首緣何事又見新霜上瓦溝

即事

漸漸金風動井床差差荷葉送新涼寒蟬心事無人識苦抱青枝叫欲狂
半山落日影亭亭雲外天雞斷續聽坐到月明風漸緊一痕烟斷萬山青
彈著風琴坐露臺屧聲拂拂草痕開柴門客到無人管徑向白雲深處來

九月初二日雨

淅淅聲何急蕭蕭意獨長山中三日雨世上幾重涼雲影過深竹秋容滿畫堂
孤花無賴甚態似望殘陽

冬日作

吹律清商變高歌白雪交新霜初試瓦朽樹欲危巢日短明燈補窗寒苦竹敲
冬心終未負吞易注三爻
滿背飛黄葉扶笻踏白雲九州同落木一鴈感離羣樹禿長江近松青百草分
夫容好顏色遲暮怨湘君
目中鴻爪去意外雨聲來小雪如春暖黄花夾杏開山深無宿客月好有空臺
隱几昏昏坐殘書理幾回

落日上高樓江山面面收紅牆蕭寺小黃瓦孝陵浮暝色千村靜長年一葉愁
流黃中婦語好整鹿皮裘

為陶西圃催妝

故人遠去最消魂萬里攜囊襆被身欲折長條無別物自家山裏一枝春
小園凍合短長橋漠漠寒雲雪未消一夜老梅來破臘東風人日是明朝
小紅歌罷衆山青楚雨吳雲一路情更愛河陽種花日夭桃先傍馬頭明

種梅

迎來水綠山青處種到參橫月落辰我聘梅花如聘婦入門纔是我家春
紅籬翠竹板橋東保護瓊瑤不受風四面香雲千片雪孤亭一箇放當中

看梅

曲曲長廊雪打頭啾啾翠羽漾春流香心飽滿春風軟熏得樓臺影亦愁
自春花片作春糧仙鶴肥如白鳳凰問是客來誰引見幽人領著玉千行
巡簷索笑兼招客護雨遮風又嬾眠閑處春愁忙處醉與他同瘦十多天

笑將雙鬢鬬橫斜自曳藤條吸晚霞尚有一枝山背後絕無人看只開花

題方問亭宮保貯蘭圖

芳草一枝佩古人千載心君子抱晚香臭味與之深鬱鬱平泉莊蕭蕭梧竹林鄭侯手素書王儉插斜簪對茲蘭蕙叢閒作盆池吟春水生寒綠華月明幽襟寸心與誰語天風鳴玉琴

樹棘秋得刺樹桃秋得飽所以樹木人貯材擇其好公爲八州督報國恆苦少惟有儲人材栽之如香草當門勿輕鋤孤根畜使老盆舊發花稠泥深得春早竹以虛臣心梧以招鳳鳥回首笑謝氏堦庭作私寶若云夢徵蘭祝公轉嫌小我昔過保陽縣令逢周君爲言老尚書譽汝頗殷勤枚也如小草甘心蕭艾羣何堪備藥籠芳訊聞氤氳惟願韓太尉愷澤流春雲遺曲賡元聖浴湯垂清芬九天珠露沃百代光風薰會使空谷士馨香時時聞

蔣秦樹中書以垂釣扈蹕兩圖屬題

捶鈎控大馬釣海制神鼇從來英雄人變化隨所遭君本古漁父蓑笠蹲烟阜

來迎周文王漁歌當簫韶三百六十釣頃刻化旌旄錫之器與爵命其騎而袍扈從獵岐陽石鼓煩推敲天山雪中明柳外黃旗飄萬馬聲嗚嗚繞帳生波濤作書與魴鯉我輩豈蓬蒿當其射猛虎何異登長蛟人生如明月隱現不終朝雪泥存兩爪畫頰添三毫畢竟何者樂一笑霜天高

輓孫柳村

春燈握手漏沉沉惆悵蕭郎寄訃音兩耳久無天下事一帆歸有首邱心先生居制府幕以聾乞歸芙蓉舊幕花仍發老樹秋風葉不禁重過師門東閣地館賓遺跡怕追尋

新正四日宮保寄詩及小棲霞匾額署曰子才太史賦詩志謝

纔領東風四日餘尚書詩已到蓬廬喜看題額先春至愧把頭銜照舊書元旦一晴諸事好梅花千本向陽舒請將拜賜陳情意當作新年試筆初

宮保和

蓬島身遊弱冠餘風塵十載入山廬頭銜縱換成仙吏香案曾經號祕書三

字額懸花正放一園春滿日將舒白雲深處扶笻好莫道蒼鬚不似初子才有鬚鬚之作故云

馬鞭

管絃聲裏搖鞭去斜指江南水一灣帶雨催程芳草渡隔花傳響夕陽山春隄手倦天將暮錦障泥深路本艱寄語行人莫輕用恐教良馬淚潺湲

古琴

三尺青琴錦一端懸時當作古人看年多徽賸黃金影聽少絃生白雪寒海內清商無正調烟中離恨有孤鸞高山流水秋心老就對鍾期也不彈

許郎席上追和莊念農刺史景陽閣韻

霜林十月小陽春蕭寺題詩粉壁新傳說瑤池仙子會滿身香雪看花人

袁絲無福扣元關打槳橫塘客未還讓與羣公秋世界半江紅樹一樓山

莊周久不聽青琴忽遇飛瓊又賞音可學聞香僧破戒十年一動看花心

紅兒寵盡雪兒誇聽過啼烏又曉鴉只此簾前方寸地幾枝簫送六朝花

落葉飄離兩絕天哀絲豪竹寫中年青蓮何在東陽老自顧浮生亦黯然謂晴江補蘿

除夕宮保許賜食物而日昳不至戲呈一律

手把屠蘇酒一巵盼春不到覺春遲已看臘雪消將盡似對寒梅有所思原憲家貧人事少彭宣年老後堂知良辰擬獻椒花頌未敢仍吟舊歲詩

元日宮保補賜食物五種

元日辛盤至當楣首拜嘉留將殘臘雪開作早春花物比雙南貴恩同五福加荷囊尤豔絕傳徧野人家

滌齋先生八十索詩

三朝雨露一生春晝錦堂開慶八旬蕊傍久無同輩客瓊林偏有再來人蟠桃樹老生花早玉女風高進酒頻剛是日長添線節南天雲物倍精神

辭却中丞奉板輿稱觴偏愛小西湖膝前蓬島三珠樹座上香山九老圖水竹風懷類園客滄桑閑話共麻姑江城歲歲看花徧鳩杖隨身不要扶

小倉山房詩集補遺卷一

小倉山房詩集補遺卷二

錢塘袁枚子才

宿莊念農河房作

竹枕支牀臥不成與頭歷落總無情砧聲夜靜家家少布被秋來漸漸輕近水易看簾月落朝東先見紙牕明披衣急起將詩寫遲恐茫茫百感生

到江上送同年馮潛齋侍講即次原韻

江口同年話別時隔城敢問夜何其瓊林宴罷分飛早君館選後即乞假尋親南海雲深見面遲春夢那堪談往事白頭難定是前期君歸若對羅浮月好折梅花寄所思

題解仲發秀才山莊卷子

不見詩人十五年相逢彼此各華顛披圖還是當時貌細認丹青一惘然

清涼山下夕陽斜竹徑茅蓬處士家我有隨園最鄰近三春同看一山花

一句新詩動相公十年東閣坐春風而今重過招賢館酒賦琴歌夢未終秀才以多

讀詩書命亦佳之句爲尹相國所賞授館十年

要從四庫問三生纔得西歸又北征我是南朝沈家令衰年難別范安成君効力四庫館又將赴補

題沈秀才洗硯圖

伯時好洗玉倪迂好洗桐先生獨洗一片硯所好與古將無同先將取硯法部居別白言其略旋作洗硯圖命丹青手相描摹梧桐之陰五月涼先生科頭意若忙呼九硯來如賜浴奚奴次第投滄浪參之太史著其潔此意毋乃通文章我聞楮先生管城子一齊大笑爲君喜硯上之塵尚且無胸中之塵可知矣

陶京山六十索詩

花甲筵開深柳堂南都人祝魯靈光我來高唱蓬山曲三十三年話正長

記訪江南第一仙長安二月杏花天祇今尚有金臺月曾照當初兩少年君戊午科江南第一

江左飛鳧遇故交琴堂幾度聽雲璈只談風月無餘語想見襟期華嶽高

滇南循吏首相推閩海歌聲徧草萊誰料淵明家法在種成五柳便歸來

菀裘何處築牆東天爲安排一畝宮絕好青溪起華屋經綸重展水雲中

月榭風廊高復低垂楊飄蕩水亭西玻璃窗隔三層望就使神仙坐也迷

仙鹿呦呦隔院譁古梅修竹自橫斜今年應囑看園叟添種蟠桃一樹花

仙家夫婦有劉綱同醉瑤臺紫玉觴月姊生辰春更早樊英先拜又何妨夫人長先生五月

繞膝瓊枝繞砌蘭一家風月慶團圞晉陽刺史真純孝爲捧流霞暫挂冠

滄桑世事且休論同看宮袍舊酒痕長願香山兩耆舊年年白髮說開元

余以丁未年入泮今又丁未矣戲作重赴泮宮詩

記得垂髫泮水遊一時佳話徧杭州青衿乍著心雖喜紅粉爭看臉尚羞夢裏榮華如頃刻人間花甲已重周諸君可當同年看簪采芹香插白頭

方次耘司馬遺朱郎餽食物戲書其扇當輭脚錢

家住橫塘烟雨鄉曾經歌曲唱伊涼憐卿身似小楊柳纔別幾時如許長

珍物分明海樣投主人風義重千秋笑儂頗有高瓊癖欲把奴星當禮收

題何蘭庭紅袖添香圖

不是騷人太不廉青編紅袖一身兼讀書要學燒香法耐得工夫細細添

匡床八尺夜橫陳久坐渾忘枕上春莫惹一雙紅袖怨隔生休嫁讀書人

太白樓

謫仙何處去太白一星知秋樹還披錦江聲學詠詩高樓離月近平水過船遲

我欲先生借長虹作釣絲

立秋後二日張荷塘世講以詩問疾奉答兩章

五言佳句等長城一紙傳來讀便驚肯向山中詢白髮可知心上有蒼生通家

人少交情重循吏名高爵位輕聽說訟堂無底事吟聲纔罷又琴聲

非公不至宰官家偏過君門必駐車入座頻傾白墮酒分甘遠惠綠沉瓜蒙惠西瓜

風多暑帶將殘意雨久荷開不斷花料得張堪應含笑今秋民有好禾麻

張和

山中別業半依城路僻林深鳥不驚欹枕窗前聞澗落杖藜脚底看雲生榻因好客終朝設身自辭官卅載輕數與接談多近道寸莛直許發鐘聲

當初叶卜此移家陌上圖書載幾車作傳自緣彭澤柳謀生人識五侯瓜招尋難得心相印篇什看來眼欲花經月匆匆疎問訊紛然案牘正如麻

疊韻贈明府

難得詩人共石城一回詩到一回驚堂前案牘從容理筆底風花傾刻生丹桂心幽招隱易碧梧秋老下階輕衍波箋到挑燈誦愈信秦吟是正聲（公涇陽人）

九世同居有幾家爭禁民看使君車（君九世同居奉旨旌奬）政如子產非操火面類皐陶豈削瓜此日絃歌方滿耳他年旌節定開花多君馳驛將詩改心細還如一縷麻（君嫌前詩起句未妥遣一騎持箋來換）

張和

寓公老傍石頭城早有文章海內驚白髮千莖如雪淨洪談四座尚風生暄姸檻外花光麗陰翳簷端竹影輕一語堪憑爲頌禱園亭世世讀書聲

論交原是舊通家門外來停問字車欲把藏書倒筐庋有煩留客具茶瓜勞生難說心無雜廢學空慚鬢已華終擬相從聞道要因依笑得比蓬麻

三答

詩才久慕謝宣城五接雲箋喜又驚作吏如何耽此事讀書原本在前生七條絃爲鍾期奏萬戶侯因張祐輕莫道風塵無我輩鍾山新有鳳凰聲

翠微亭下野人家幾度高賢駐小車豈爲後凋憐碩果轉因不食愛匏瓜兒童競捉初飛蝶古佛偏拈已散花倘得秋涼蘇老病定來扶杖話桑麻

四答

相離未隔一重城兩月乖分夢亦驚佳句得來勝珠玉好官從古屬書生才高自覺風雲闊情重翻疑華嶽輕連日清商吹到耳滿天涼雨作秋聲

敢把衰年鬬作家戲隨佛法演三車饞同束晳思胡餅（君家作餅最佳故思之）恩感齊桓賦木瓜雨引斷雲歸曲徑風催老樹發孤花陶潛樂事君知否添種柴桑一畝麻

五答

屢見珠璣落管城紅箋飛下白雲驚豈徒吏術堪千古便作詩人也一生燕寢風和鈴鼓靜秦淮水長畫船輕何當手弄桓伊笛閒坐青溪聽政聲

我是南朝仲蔚家年過三十早懸車偶因見獵全忘老敢說投瓊必報瓜綠字喜逢青鳥使白頭愁對紫薇花一麈幸託神君庇臥聽隣姬夜績麻園中紫薇大開

六答

隨園已築受降城露布傳來我又驚諸葛祁山兵六出遠公蓮社證三生才如天馬行空慣筆似蜻蜓點水輕聽說輿臺沾雅化滿街呵殿盡詩聲

故人風義恤貧家餽物前車接後車蒙兩賜點心月姊瓊酥團作餅安期仙棗大如瓜君真白雪高難和我勸優曇少作花牆上碧紗籠已滿張顛珍重字如麻

題實堂主人雪灘鴻影圖

人生所到如飛鴻飄然而下過即空但須留影記西東方知某某爲遊蹤當今儒者有吾宗觥觥束脩行己恭治經已追馯子弓古文更學王荊公與余道義

相磨礱三十餘載無異同忽持木鐸來吳中士林仰若泰華嵩雪灘之旁半畝宮先賢於茲張釣篷石橋橫駕青天虹枝枝楊柳搖春風先生含笑常支筇彈琴坐詠先王風命丹青手描其容寄索我句開心胸我思韓孟本雲龍勝地有此主人翁何不相逐行從從灘上同酣酒百鍾使我影亦常追從可奈髮禿形疲癃心雖欲往與己慵詩雖有盡意無窮掩卷尚覺雲重重

宣州道上遇孫敦夫太守作

己未正月余寓孫牧堂翰林家公子敦夫纔七歲別四十餘年孫守宣州而余遊黃海突逢道中奉贈二首

五馬旌旗狹路逢下車人忽問衰翁爲言四十四年別可認當時七歲童

居停那敢忘君家春雨盈盈燭影斜還借君家池上水照儂初次插宮花

題畫有序

庚辰二月二十八日唁東陽公子之喪代檢所藏書畫得余舊贈補蘿高克明神駿一幅未及十年哭及兩世不禁人琴之痛爲題數語仍付

童孫夢蘭收之

記贈東陽畫星霜未十年今朝重過眼兩世已黃泉題墨痕猶濕知音客盡捐郎君纔九歲交付倍淒然

將往揚州阻風宏濟寺贈默默上人

入門修竹倚風翔下界蘆花九點涼海內雲烟留勝迹中朝人物聚文章江流萬古山僧老潮打空城草木荒半偈未留逢又轉禪關回首正斜陽

何須撒手問懸崖仙佛原須絕代才石幕勢吞高殿起江帆影射畫堂開阻風莫悵前程緩失路方能福地來累我一官塵幾寸朝衫今日點蒼苔

上方九十老支公煉得容顏瘦鶴同謁我但參鳩杖左送人偏過虎溪東誦經音韻江聲裏入定神光水氣中三萬六千回日落問師親見幾回紅

拾級攀梯不憚遙公然耳目到雲霄舟中夜夜東西笛江上年年早晚潮滿壁詩人多聚散六朝老樹半蕭條空桑爭道無留戀何計揚州駐短橈

爲馬所驚補作有序

丙寅五月余宰江寧捕蝗七里洲馬爲野豕所驚怒逸不止余強勒之
馬竄入廢寺門欄橫木馬可入而馬上人必折頸以死矣馬竟騰身而
進余私念死可也如此慘人必疑有隱慝焉此念甫動馬忽然止若泥
馬然似有人攔之者余從容跨下牽縳樹閒良久輿從踉蹌來告以故
有驚喜泣下者事隔四十載痛定思痛追作一首
驚馬忽然止宛如潮水平眼前無性命天上有神明隱隱是誰救蕭蕭向我鳴
阿誰到此際能不憶平生
讀唐書
人老氣衰則鍾情轉甚唐明皇歸南內後追念玉環依依不捨作太子
時起兵入宮上官婉兒執燭親迎以請睿宗監國表示劉幽求劉爲代
請度以常情頗應寬宥而帝不從即斬旗下其英武與晚年光景絕不
相侔何也
旗下三郎寶劍開婉兒親自點燈來奈逢龍子初飛日了却蛾眉首不回

閨怨

分明共枕又齊肩夢醒蘭衾冷半邊急起挑燈探消息兒夫私抱阿誰眠

甘露

甘露聞奇禍高天隕角星麒麟無轡策鷹隼有雷霆夢爲防秋隔書因絶塞停空山留馬迹孤劍走龍庭慮喪孫邛首偏遭鄧艾刑他時懷李牧臨陣失甘寧賀酒仇家飲書詞海内聽功高魂自壯冤甚目難瞑一代丹書議千年野史亭私情與公論同付淚熒熒

尚有皐陶鬼能空貫索因如何檀道濟枉唱白浮鳩鑿極皐蘭下提歸贊普頭修期馳露布馬燧賀宸旒半夜天星動長城萬里休五更聲未畢三丈血先流誰訟陳湯罪空懷谷永憂歐刀秦下相草索漢涼州黄雪飛炎海紅霜澹早秋傷心丞相議真報郅支仇

小倉山房詩集補遺卷二

西元二〇二二年一月一日重製一版

小倉山房詩文集　冊二（清袁枚撰）

平裝四冊基本定價叁仟元正
（郵運匯費另加）

發行人　張　敏　君
發行處　中　華　書　局
臺北市內湖區舊宗路二段一八一巷八號五樓（5FL., No. 8, Lane 181, JIOU-TZUNG Rd., Sec 2, NEI HU, TAIPEI, 11494, TAIWAN）
客服電話：886-8797-8396
公司傳真：886-8797-8909
匯款帳戶：華南商業銀行西湖分行
179100026931
印　刷：維中科技有限公司
海瑞印刷品有限公司

No. N3063-2

國家圖書館出版品預行編目(CIP)資料

小倉山房詩文集/(清)袁枚撰. -- 重製一版. -- 臺北市 :
中華書局, 2022.01
冊 ; 公分
ISBN 978-986-5512-74-3(全套 : 平裝)

847.5 110021468